LA COLÈRE DES RIVIÈRES

LES SEPT ÎLES
TOME TROIS

A.R. KNIGHT

1

LA CITÉ FLUVIALE

Wax, Vis Renewal, sauveur potentiel du monde, était fauché. Sa sacoche pendait vide à ses épaules, flottant dans le vent occasionnel de Rana, et ses Gardiens n'étaient guère mieux lotis. Ils étaient assis, vêtus de couches de lin grattant achetées en échangeant leur dernier butin de Foti, autour d'une fontaine dorée. Six petits jets jaillissant dans la fraîcheur matinale entouraient un geyser plus important, étiqueté du nom de son île d'origine. Des bâtiments en albâtre aux angles vifs jouaient avec la lumière, des bannières proclamant les noms de famille et les commerces flottaient dans une splendeur radieuse. La place autour d'eux semblait ne pas se soucier le moins du monde de la situation précaire de leur héros, les commerçants, les travailleurs et les familles profitant au maximum des derniers jours avant que l'hiver ne s'installe pleinement.

Et c'était là le problème.

— Pas un seul, dit Torny, la bandit ramenant ses genoux contre elle et les entourant de ses bras. J'ai redemandé à tous les conducteurs ce matin, et le peu qui ont dit pouvoir nous transporter au nord ont exigé plus que ce qu'on a.

« Même quand tu as promis plus tard ? » signa Bliss, bien que ses doigts maladroits suggéraient qu'elle connaissait déjà la réponse.

— On dirait que les Rana ne croient qu'au paiement d'avance. Torny haussa les épaules et soupira. Tu as quelque chose de caché pour le déjeuner, Wax, ou est-ce que je dois… ?

Cette fin en suspens faisait allusion à une suggestion que Torny avait faite ces deux derniers jours, une fois qu'il était devenu évident que la bande pas si joyeuse de Wax n'obtiendrait pas une escapade festive vers le Tourbillon, le vortex éternel où les skars de Rana, ces pierres mystérieuses, étaient conservées. La bandit n'avait pas oublié sa vie d'avant lorsqu'elle avait rejoint le groupe de Wax, quand il avait accepté sa demande de devenir Gardienne, et maintenant chaque besoin semblait pouvoir être résolu par quelques doigts agiles, quelques bourses allégées.

— Tu sais ce que les Rana font aux voleurs, grogna Quik, le frère aîné de Wax et le membre bourru et musclé de leur groupe. Ils te pendront ou te jetteront à la mer sans poser de questions. Comme il se doit.

— Seulement s'ils m'attrapent. Je parie qu'ils n'y arriveraient pas.

— Je tiens ce pari.

— Personne ne va rien voler du tout, trancha Wax, coupant court à la dispute. On doit aller au nord, et on ne peut pas y aller à pied. C'était la première chose sûre qu'ils avaient apprise depuis que le galion de Foti les avait déposés à Riroca quatre jours plus tôt. Rana, l'île, fonctionnait grâce à ses voies navigables omniprésentes, et bien que des ponts existaient, une randonnée jusqu'au Tourbillon serait à la fois dangereuse et longue. Ce qui signifie qu'on doit gagner notre passage à la dure.

« C'est ce qu'on fait », signa Bliss, « Ce n'est jamais assez. »

C'était vrai. Les quelques emplois que Rana offrait aux non-locaux leur laissaient à peine de quoi se loger et se nourrir. Wax et Quik avaient passé des jours à déplacer des cargaisons sur les navires et à les en décharger, et même après une journée réussie, le maître du port de Riroca n'offrait qu'une pitance et aucune promesse de travail pour le lendemain. Supplier pour un autre tour semblait une option presque insupportable, mais que leur restait-il d'autre ?

— Pas de combats de rue pour toi cette fois ? demanda Quik à sa jeune sœur, et Bliss secoua la tête.

« Aucun que je puisse trouver. Pas qu'ils me laissent entrer dans les endroits où je pense qu'il pourrait y en avoir. »

— Cette maudite île. Quik frappa la pierre grise et froide d'une main plate. On pourrait échanger nos armes ?

La lame de Foti, le bâton de Bliss, les gantelets de Quik et les dagues de Torny ? Ce serait peut-être suffisant pour obtenir un passage, mais les démons étaient partout ces jours-ci. Partir en voyage avec seulement ses mains et ses pieds semblait être une demande de mort rapide.

Riroca le savait aussi. Les avenues sinueuses de Rana, étroites et alternant avec des canaux et leurs bateaux, avaient des gardes postés partout. Des trios marchaient ou circulaient en gondoles, deux sabres et un arbalétrier dans chaque groupe. Leurs efforts n'avaient pas été totalement couronnés de succès non plus : le port avait perdu trois quais et deux entrepôts à cause d'attaques de démons, et lors de leurs promenades, Wax avait vu plus de dégâts le long des faubourgs de la ville.

Peu de rires flottaient dans l'air. Une peur sèche et inévitable s'accrochait à l'endroit, malgré les couleurs.

— On ne peut pas faire ça, dit Wax.

— Ce qui veut dire quoi, business comme d'habitude ? demanda Torny. Parce que si on va perdre une autre journée, autant s'y mettre. Je veux quelque chose de plus savoureux que de la soupe ce soir.

— Vole-le, alors, ajouta Quik.

— Si je le fais, je le mangerai très lentement devant toi. Je savourerai chaque bouchée.

Wax se leva. Il alla pour se gratter l'épaule et ne trouva que les vêtements de lin. S'habituer à porter des vêtements complets tout le temps prenait, eh bien, du temps. Il soupira. Quelle aventure.

— Quik et moi, on va retourner aux docks. Torny, toi et Bliss, voyez si vous ne pouvez pas décrocher un service dans une auberge. Peut-être le Repos du Pêcheur à nouveau ?

— Si ce cuisinier me fait encore des avances, Wax, je l'éventre, dit Torny.

Wax grimaça, voyant une colère qui couvait dans les yeux de Bliss alors qu'elle signait une accusation similaire.

— Alors une autre, répondit Wax. On trouvera quelque chose. Rendez-vous ici au coucher du soleil.

— Compris, patron. Torny se leva d'un bond, Bliss juste derrière elle, et le duo partit sur la droite, s'enfonçant plus profondément dans la ville.

— Ces deux-là, marmonna Quik, les regardant s'éloigner. Torny lui monte la tête.

— Avec quoi ? demanda Wax, commençant à marcher vers les docks.

— Des idées.

Wax rit, — En quoi est-ce dangereux ?

— Je ne sais pas, mais Torny n'est pas l'une des nôtres, Wax. Elle ne vient pas de Vis.

— J'avais compris, merci. Quand il y aura quelque chose dont je devrais m'inquiéter, Quik, dis-le-moi, d'accord ?

Les docks s'agitaient tout comme la ville au-dessus. Riroca s'étalait sur une pente descendante où l'eau courante rencontrait l'océan dans un delta tourbillonnant, maintenant surchargé d'énormes quais remplis de navires de toutes les îles sauf une : Whent.

Wax ne l'aurait probablement pas remarqué si tout ce qui allait de travers sur ces docks ne provoquait pas une malédiction visant l'île massive au nord-est. L'éternuement d'un mangeur de roche avait fait tomber cette caisse, la chute d'un autre avait poussé un bateau un peu trop loin de son amarrage. Si un joint forgé par Foti lâchait, c'était parce qu'un Whent l'avait d'abord bousillé.

Wax et Quik apprirent à ignorer les plaisanteries, voire à y participer quand l'occasion se présentait, ne serait-ce que parce que cela amenait les autres manutentionnaires à les regarder avec un peu moins de rancœur.

Les frères eurent de la chance en arrivant au port, le maître du quai leur faisant signe d'approcher et pointant du doigt un immense galion foti chargé d'armes et d'armures fraîches, de métaux à teindre en vert océan de Rana. Il fallait déplacer caisse après caisse, et les deux Vis avaient gagné le droit de déplacer les plus gros et les pires colis des cales les plus profondes du galion.

— Quelle chance on a, dit Quik.

— C'est exact, répondit le maître du quai. Au boulot.

Wax ne protesta pas, gardant pour lui son propre soulagement face à ce travail. Le labeur simple avait maintenant un avantage supplémentaire, celui de répéter les mêmes gestes pendant des heures. Soulever, marcher, monter les rampes et déposer près des chariots qui transporteraient l'équipement aux artisans de Riroca. Assez facile à faire sans trop réfléchir.

Ce qui laissait à Wax le temps d'écouter les murmures dans sa tête.

Deux skars étaient cachés sur un collier sous sa tunique grise usée, une émeraude Vis et un rubis Foti, bien qu'aucun ne corresponde à la beauté sereine d'une vraie gemme. Au contraire, ils pulsaient de vie, chauds au toucher, et ils parlaient comme s'ils avaient des histoires à raconter.

Au début, Wax trouvait leurs murmures interchangeables, une rafale dans sa tête comme le son statique d'une averse. Après des jours et des nuits, cependant, il avait réussi à discerner des différences. Le skar Foti errait dans ses murmures, comme s'il cherchait et se précipitait sur une phrase pour ensuite attendre, marmonnant, jusqu'à ce que l'idée suivante se précise. Son homologue Vis adoptait un bourdonnement plus agréable, un bavardage continu qui revenait sur lui-même, un bégaiement répétitif qui, après des heures, aboutissait à un final rapide et pétillant.

Quant à ce que tout cela signifiait, Wax n'en avait aucune idée. Les mots n'étaient dans aucune langue qu'il avait jamais entendue, et la cadence, les pauses semblaient en désaccord avec toute langue qu'il connaissait.

Mais les skars donnaient à Wax d'autres indices, comme celui du Vis le faisait maintenant, s'agitant alors que Wax s'efforçait de monter cette prochaine caisse sur la dernière rampe jusqu'au quai. Ce faisant, Wax sentit ses muscles fatigués reprendre de l'énergie, une poussée comme celle qu'il avait ressentie en se balançant dans les arbres sur Vis. Une montée d'adrénaline, mais ce que le skar fournissait ne lui coûterait rien plus tard. Quand il posa la caisse, le skar Vis redevint silencieux, mais ses jambes et ses bras se sentaient aussi forts que jamais.

Quik, pendant ce temps, respirait fort, ses bras couverts de sueur. Il examina Wax alors que le Renewal s'étirait. — Fais attention. Ils vont s'en apercevoir.

Wax se regarda. Les marques du travail étaient là, mais pas d'égratignures, peu de sueur, et certainement pas l'épuisement caractéristique d'une dure journée de labeur.

— Désolé. C'est facile d'oublier, répondit Wax, affectant un léger boitillement alors qu'ils retournaient chercher la dernière caisse.

Depuis que des bandits sur Foti avaient pris Wax et ses frères et sœurs en otage uniquement pour le skar et sa valeur, garder la pierre secrète était devenu une priorité. Le raid Najahn qui s'en était suivi sur ces mêmes bandits avait rendu absolument nécessaire de garder son statut de Renewal secret.

Wax n'avait pas besoin de plus de morts sur la conscience, peu importe à quel point elles étaient méritées.

— Hé, dit Quik après qu'ils eurent déposé la dernière caisse près du chariot. N'avons-nous pas vu ce navire quand nous avons quitté Foti ?

Le navire Kance que Quik pointait du doigt avait une opulence éthérée, comme si le navire daignait s'amarrer, toucher l'eau. Les immenses voiles entrecroisées attrapaient le vent d'une manière que Wax ne pouvait comprendre, maîtrisant les mers comme même les Rana ne le pouvaient. Pourtant, si loin de Kance, même leurs navires légers étaient rares, un événement suffisamment important pour attirer les regards de plus que juste Wax et son frère.

— La Renewal Kance, dit Wax. Elle nous a rattrapés.

— Dépassés, je pense. Quik croisa les bras alors qu'ils

observaient le bateau, le même ordre garde-Renewal-garde menant le débarquement, bien que cette fois un troisième soldat suivait. Tous vêtus de l'armure royale argentée de Kance. — Elle doit déjà avoir le skar Kance.

— Tu insinues que je suis lent ?

— Je dis que tu te diriges vers un meilleur avenir qu'elle.

Collecter tous les skars en premier, gagner l'emprisonnement de votre courte vie sur Noctia. L'Aegis, gardant la terre des démons jusqu'à ce qu'ils se dessèchent. Un honneur pour votre île, pour vous, bien que Wax ne fût pas sûr qu'un Aegis se sentirait fier à la fin.

— Peut-être, marmonna Wax, se frottant le menton et regardant l'impérieuse Renewal remonter le quai. Ou peut-être que j'ai juste besoin de rattraper mon retard.

— Difficile de faire ça quand tu ne peux pas te payer un bateau.

La Renewal Kance avait une certaine grâce alors que le soleil se couchait, ses robes amples bleu argenté captant un feu scintillant tandis que les diamants célestes sur leurs ourlets embrassaient la lumière orangée déclinante. La femme ne semblait pas le remarquer, sa bouche droite, ses yeux droit devant, les mains le long du corps et tendues d'un but résolu.

Kance, une terre de deux Reines. L'une, disait la rumeur, était toujours choisie pour être la Renewal. Celle, continuait la rumeur, qui aspirait au pouvoir, à l'influence.

— Quik, je parie qu'elle est riche, dit Wax.

— Ce n'est pas un pari que je prendrai, mon frère.

— Non, mais un dont nous pourrions quand même tirer parti.

Quik secoua la tête, se tournant pour aller voir le maître

du quai, collecter leur maigre paie sous forme de pommes de terre, de grains empilés dans des sacs derrière l'homme.

Depuis le début, cette quête avait récompensé l'ingéniosité, le risque, l'invention. Wax avait tout cela, et il avait une nouvelle idée.

Alors que le Renewal Vis se lançait à la poursuite de la Reine Kance, le skar Foti claqua et agita ses murmures dans la tête de Wax. Approuvant, ou du moins le pensait-il.

2

LA ROUTE GELÉE

Maena, capitaine Rana, commandante de son propre navire et meneuse de dizaines de marins, s'essuya le nez sur une manche couverte de crasse tandis que le vent de Whent fouettait ses cheveux secs et filasse sur son visage. Le reste de sa personne n'était guère en meilleur état, les semaines passées dans les grottes s'accrochant à elle aussi fermement que les cordes liant ses poignets et ses chevilles aux anneaux métalliques du chariot bringuebalant.

Elle partageait ce voyage cahoteux à travers la toundra accidentée de Whent avec ceux qui l'avaient suivie dans les Profondeurs Obscures, ou du moins les derniers qui étaient restés jusqu'à la fin : Svarde, l'imposant Gardien Foti, et son loyal Ferrite étaient assis, plongés dans une réflexion pondérée, vers l'avant du chariot. Près d'eux, Rasslebeck et Pennifer, deux combattants Rana qui auraient dû être en train d'égorger des Whents plutôt que d'être retenus par les mangeurs de roche, étaient assis face à face, échangeant de vieilles histoires. Un rire sinistre semblait être leur mode par défaut en ce quatrième jour de traversée de l'immense île de Whent.

Plusieurs prisonniers anonymes occupaient les bancs, des gens à qui Maena n'avait pas parlé, et ils partageaient son manque d'intérêt, passant leur temps à se gratter les poux et perdus dans leurs esprits à moitié gelés.

Au moins, ils n'en avaient probablement qu'un seul.

Maena tourna son regard vers la droite, par l'ouverture étroite à l'arrière du chariot. Le convoi de prisonniers Whent continuait, quatre autres chariots les suivant et cinq de plus devant, tous se dirigeant vers ce donjon Whent connu sous le nom des Fosses.

Cela dit, Maena ne saurait peut-être même pas quand elle y arriverait, tant elle passait de temps enfermée dans une lutte avec sa propre tête.

Le démon des Profondeurs Obscures avait déchiqueté sa mémoire, siphonné le passé de Maena comme elle aurait pu grignoter un en-cas. Ce qui avait été laissé derrière avait construit, dans le peu de temps où il avait existé, une version d'elle-même. Une version qui se battait pour rester en vie même après que Svarde eut ramené de force la Maena originale.

Pourquoi ne veux-tu pas mourir ?

Parce que j'ai à peine eu la chance de vivre.

Les conversations se poursuivaient sans fin à travers les minutes, les heures, les jours. Chaque pensée de Maena provoquait une interjection de son autre moi, une opinion, une suggestion, une exigence.

Tu ne me reprendras jamais.

C'est arrivé une fois. Ça peut arriver à nouveau. J'attendrai.

Maena renifla. S'essuya le nez une seconde fois. Cligna des yeux pour chasser les larmes dues au vent mordant. Elle n'était pas du genre à pleurer, mais avec sa peau gercée, sans abri contre les rafales coupantes et les bourrasques de neige occasionnelles, son corps adoptait d'autres mesures.

Pouvons-nous vivre l'une avec l'autre ?

Pas avec toi à la barre.

C'était risible. Une barre. Maena avait accepté avec tous les autres marins de renoncer à cette vie pour l'expédition, un accord qui s'était effiloché peu après que l'obscurité était devenue trop profonde, les cris du démon trop forts. Elle avait renoncé à ce qu'elle aimait seulement pour échouer à ce qu'elle voulait.

Je n'ai même pas eu une chance d'essayer ça.

Des rugissements annoncèrent leur arrivée avant que le chariot ne ralentisse, les échos s'élevant au-dessus des plaines comme le grondement d'une cascade. Bientôt, le paysage suivit, le chariot roulant à travers une porte palissadée, avec les pieux en bois pointés vers l'intérieur, les gardes dans les tours de guet orientant leurs regards dans la mauvaise direction.

Devant la porte, des tentes surgissaient à travers le paysage, leurs sites offrant des foyers et des Whents joyeux vêtus de fourrures profitant de leurs journées après la saison des récoltes. Certains levaient des pichets pour porter un toast aux chariots qui arrivaient, d'autres lançaient des quolibets.

De l'autre côté de la porte se trouvait ce que le bon commerce pouvait vous apporter. De vrais bâtiments, empilés avec des rondins Whent et renforcés par la pierre de l'île rocheuse. La fumée s'élevait haut de centaines de cheminées, mais l'air ne contenait rien de la puanteur minière de Foti. Maena vit des boutiques, des boucheries, des auberges et des restaurants en abondance, tous soutenus par du bétail errant et de robustes potagers, la plupart maintenant en jachère pour l'hiver.

Les chariots attiraient plus d'acclamations des passants tandis qu'ils roulaient. Maena ne pouvait que frissonner en réponse, la joie dans ces regards étant une violence manique justifiant tous les raids Rana qu'elle avait menés contre les barbares Whent. Ces gens aimaient leurs jeux sanglants, tant qu'ils pouvaient les regarder depuis leurs perchoirs rocheux.

Lorsque les chariots s'arrêtèrent, leur destination ressemblait moins à une cellule de prison qu'à un autre trou de pierre. L'estomac de Maena se souleva à la vue de l'entrée en pente descendante, des torches brûlant le long de ses murs.

Tu ne peux pas avoir peur de ça maintenant, n'est-ce pas ? J'ai vécu toute ma vie dans un endroit comme celui-là. Sois courageuse, voleuse.

Voleuse ? C'est ma vie.

Pense ce que tu veux.

— Fais attention, lui cria un homme Whent, détachant ses cordes des anneaux et les attachant immédiatement à une autre chaîne plus fine. Celle-ci liait ses chevilles au prisonnier derrière elle, formant une file serpentine. — Tu me suivras de près, compris, ou tu recevras une raclée. Ils ne retarderont pas non plus ton tour, alors si tu veux une chance de sortir d'ici, mieux vaut garder ta langue et ouvrir grand les yeux.

Un autre homme à côté de lui, à l'entrée de la pente sous cette palissade menaçante, rit. Dans une main, il faisait tournoyer un couteau à dépecer.

— Barten, dit l'homme, tu leur donnes de l'espoir alors qu'il n'y en a pas. Pourquoi les tortures-tu ainsi ?

Barten roula des yeux, un geste impressionnant étant donné leur taille, nichés au fond de son visage ridé et barbu. — Ils sont plus amusants quand ils ont quelque chose à perdre, Tross. Barten descendit du chariot, tira Maena pour la mettre debout. — Il y a aussi un ferrite dans ce lot. Maudite salamandre de feu Foti qui ne veut pas quitter son maître.

— On ne peut pas le tuer ?

— Jochi dit que non, dit que ce sera un combattant inté-ressant.

Une autre secousse et Maena fit un pas hors du chariot. Plus loin qu'elle ne le pensait, et ses jambes n'étaient pas encore tout à fait réveillées. Elle tomba en avant, mais Barten la rattrapa d'une main et la remit d'aplomb.

Tross jura, rangea son couteau et se dirigea vers l'avant du convoi. Les yeux de Maena le suivirent tandis que Barten faisait descendre les autres du chariot.

— Il va aller dire deux mots à votre chef de convoi, dit Barten, répondant à une question posée par Rasslebeck. Vous avez tous l'air moins que prêts. Les Fosses ne veulent que des gens en bonne santé, et on dirait qu'on va devoir passer quelques jours à vous remettre en forme pour les épreuves.

Des épreuves ?

Les Fosses, Maena le savait, offraient aux prisonniers de Whent, aux criminels, une chance d'obtenir justice par la prouesse. Réussissez telle ou telle épreuve et vous seriez libéré. Maena ignorait à quel point c'était vraiment possible.

Elle n'avait jamais rencontré quelqu'un qui s'en était échappé.

Alors nous pourrions être les premiers, si tu me laisses gérer les choses.

Maena rit, un râle rauque. C'était une idée. Dans son état, fatiguée, à moitié gelée et avec des voix qui parlaient dans sa tête, Maena aurait de la chance si elle survivait à un combat à l'épée contre un bébé.

Allons, c'est exagéré, aucun bébé ne pourrait soulever une épée.

Tu ne sonnes pas comme moi, tu sais ?

Je suis toi, donc c'est impossible, Maena.

Barten fit descendre leur train de prisonniers dans le trou et sous terre. Au moins, avec toutes les torches, le froid disparut. Un air vicié le remplaça, mais Maena s'en contenterait pour sentir ses doigts et ses orteils.

Les gardes entassèrent leur groupe de chariot dans une seule cellule, avec des lattes de paille éparses et moisies. Un trou dans le coin servait de latrines.

— Les repas viendront quand nous le jugerons bon, dit Barten. Mieux vaut les manger dès qu'ils arrivent, car vous aurez besoin de chaque bouchée pour rester en vie.

Il passa l'extrémité de la corde à travers un interstice de la porte en bois, puis tira d'un coup sec. À cette traction, tous les nœuds autour de leurs poignets et de leurs chevilles se défaite, laissant une corde serpentine que Barten récupéra.

— Si vous faites du grabuge, si vous nous causez des ennuis, vous servirez de dîner à quelque chose d'autre, poursuivit Barten, balayant du regard chacun d'entre eux. Vous êtes maintenant parmi les damnés, mais pas encore parmi les morts. Le temps que ça prendra dépend de vous.

Un éclair, un léger retroussement parmi ces boucles hirsutes. — Quelques chanceux pourraient même s'en sortir vivants.

Cette lueur s'estompa avec une grimace. — Pas que j'en voie ici.

— Attendez, Whent. Le grognement attira l'attention de Maena sur sa gauche, vers la silhouette de Svarde, toujours imposante malgré la perte de son armure et de ses haches. Où est le ferrite ?

— Le lézard a la même chance que vous. S'il gagne sa liberté, nous le renverrons sur votre maudite île.

Sur ces mots, Barten tourna une clé dans la porte en bois, les enfermant dans la terre et la poussière.

Sept personnes dans une cellule assez grande pour le double signifiait de la paille pour tout le monde, bien que l'odeur des latrines ruinât le peu de confort que cela procurait. Le premier repas arriva assez vite, du moins, et Maena dut le regarder longtemps pour comprendre ce qu'elle voyait.

Meilleur que ce qu'on mangeait en bas, je peux te le dire.

De la vraie viande. Cuite et mélangée avec des pommes de terre. Des carottes à côté. Pas de bière, mais un tonneau d'eau et des tasses en terre cuite accompagnaient le repas. L'un des autres prisonniers se mit à pleurer à cette vue, enfournant la nourriture dans sa bouche avec ses mains.

— Lavez-vous d'abord les mains, annonça Svarde à la pièce, un peu tard pour celui-là. Allez voir Tamas et ils vous le diront. La façon la plus rapide de mourir vient de la maladie dans un endroit comme celui-ci.

Une autre prisonnière, une femme mince au nez trois fois cassé, rit : — Si tu penses que la maladie va t'emporter avant une épée ici, ou la gueule d'une bête, alors j'envie ton espoir.

Mais elle se lava les mains, tout comme Maena et tous les autres. Même le premier prisonnier, une fois qu'il eut fini de se remplir la bouche, nettoya ses pattes sales.

Alors, qu'est-ce que tu vas faire, voleuse ? Rester assise ici en silence ?

Après l'avertissement de Svarde, le groupe s'était installé à sa place. Maena sentait le regard de l'homme de

Foti se poser sur elle de temps en temps, des regards qu'elle ignorait. Il avait essayé de reconstruire leur relation lors de la sortie des Ténèbres d'En-Bas, mais Svarde avait connu l'ancienne Maena, celle qui était encore entière.

Celle-là n'existait plus.

Quoi, tu as une meilleure idée ?

Je n'ai pas pris les choses en main dans cette grotte, et j'en suis morte. Ne me tue pas une seconde fois.

Maena se raidit. Son second moi avait raison. Les Fosses pouvaient être une condamnation à mort, mais elles pouvaient être quelque chose de plus grand. Si elle pouvait rassembler l'énergie pour essayer.

Rassembler ? Si j'avais su que la vraie moi était aussi pathétique, je me serais tirée une balle au lieu de ce démon.

Maena eut un rire silencieux. Encore une fois, le second moi avait raison. Combien de raids avait-elle menés ? Combien d'épées avait-elle croisées pour gagner les médailles sur son armure perdue ? Ce ne serait qu'un défi de plus dans une vie qui en était remplie.

Voilà qui est mieux. Montre-moi qui je suis vraiment.

Finissant son repas, Maena jeta son bol contre la porte et se leva. Le bruit attira l'attention sur elle, les prisonniers regardant sa silhouette en haillons sales et déchirés retrouver sa colonne vertébrale.

— Je ne sais pas pour vous, dit Maena, le râle mourant alors qu'elle forçait sa voix à travers sa gorge fatiguée, mais j'ai laissé un travail inachevé là-bas, et j'ai l'intention de le terminer. Cela signifie se battre pour sortir d'ici, peu importe ce que ces salauds de Whent nous jettent dessus. Qui est avec moi ?

La prisonnière ricana à nouveau, ouvrit la bouche, puis la referma alors que Svarde se levait, l'homme la fixant longuement avant de hocher la tête vers Maena.

—Jusqu'au bout, Rana. Jusqu'à la fin amère et violente.

— Si j'avais un sabre, il serait à vous, ajouta Rasslebeck en se levant.

Pennifer se leva aussi. — Mes poings sont à vous, bien qu'ils seraient meilleurs avec une arbalète entre eux.

Les trois autres prisonniers regardèrent le quatuor avec une méfiance confuse, mais sous le regard de Svarde, ils durent trouver une mesure de confiance, car bientôt ils furent eux aussi debout.

Juste à temps pour qu'une cloche retentisse.

3
LA COURSE SUR LES TOITS

Rana émettait une lueur nocturne que Foti n'avait jamais eue. Les rivières serpentant autour de Riroca captaient la lumière rose de Sichi et la projetaient dans des ovales de verre bordant les canaux, chacun teinté de couleurs différentes, si bien que chaque rivière peignait son parcours d'une couleur unique : or, bleu, vert ou rouge. Les reflets dansaient sur les bâtiments, scintillaient sur les rambardes dorées, et aidaient généralement Bliss à guider leur quatuor sur les toits.

Comparé à se balancer de liane en liane, sauter d'un toit d'ardoise à l'autre était aussi facile que Bliss pouvait le souhaiter : des atterrissages stables, pas de feuilles glissantes, et une vue dégagée jusqu'à leur destination ?

Oui, s'il vous plaît.

Elle s'était portée volontaire pour mener le groupe après que Wax eut exposé le plan, déclarant qu'il valait peut-être mieux que ce soit Bliss qui risque une chute ou d'être repérée par les gardes de Rana plutôt que le Renouveau lui-même. Avec Quik qui la soutenait, la position habituelle de Wax en tête du groupe avait été abandonnée. Il était maintenant en troisième position, avec Torny qui fermait la marche.

Leur objectif les attendait à plusieurs pâtés de maisons de là, reposant sur la rivière pendant que ses passagers chargeaient leur équipement. Pendant que Bliss et Torny subissaient un autre quart de travail à servir des assiettes et à les laver dans une auberge quelconque, Wax et Quik avaient surveillé l'équipage de Kance, repéré leur départ prévu pour ce soir, juste devant eux.

Quand Wax s'était renseigné sur le départ de Kance, le capitaine du bateau fluvial avait déclaré qu'aucune chambre vide ne serait remplie, surtout pas à un tarif réduit.

Alors Wax avait proposé une alternative pendant leur maigre dîner : sauter à bord au moment du départ du bateau, implorer la pitié en tant que Renouveau, et espérer le meilleur.

En tant que plan, les trois autres étaient unanimes pour dire que c'était nul. Mais comparé à une autre journée de travail dans la ville, nul ne semblait pas si mal.

— Au pire, dit Torny, ils nous déposent sur la rive et on marche. Pas si terrible.

Avec l'hiver qui approchait, une marche pas à pas à travers les terres sauvages de Rana n'était peut-être pas la meilleure option, mais il valait mieux essayer et échouer que de rester ici à perdre jour après jour pour rien.

Bliss fit signe qu'elle était d'accord, et même Quik accepta d'essayer cette option clandestine.

Maintenant, Bliss attendait au bord d'un toit plat, observant un trio de gardes de Rana tourner au coin de la rue à un demi-pâté de maisons, disparaissant de vue. Pour monter à bord à partir d'ici, ils devraient sauter par-dessus un canal, un saut intimidant pour quiconque n'avait pas beaucoup d'expérience à se jeter dans le vide.

Heureusement, Bliss avait un bâton.

« Regardez-moi », signa Bliss, reculant de plusieurs pas.

Les trois autres lui firent de la place. Le visage de Torny, éclairé par la lune, trahissait de l'inquiétude. Wax et Quik n'affichaient qu'un ennui confiant. En bas, des lueurs dorées montraient la distance, une légère descente vers la maison de l'autre côté.

Bliss prit une lente inspiration, laissa l'air frais jouer autour d'elle, lui donner de l'énergie. Elle rebondit sur ses pieds. Stabilisa son bâton dans sa main droite avec une extrémité métallique reposant sur son épaule.

En expirant, elle se mit en mouvement, levant le bâton au premier pas et le plantant au troisième, son extrémité s'enfonçant dans le toit, courant contre le rebord peu profond sur son côté plat. Bliss prit appui, s'envola dans les airs, les arbres et le canal défilant en dessous d'elle. Elle replia ses genoux, se pencha en avant et roula en touchant la maison de l'autre côté.

L'ardoise faisait plus mal que la douce terre de la jungle, mais la roulade fonctionnait tout aussi bien, permettant à Bliss d'absorber son élan sur le toit. Elle s'arrêta sur le dos, regardant droit vers le ciel.

Bon, ce n'était pas un atterrissage parfait, mais elle avait survécu, elle avait prouvé que c'était faisable.

Maintenant, pour le prochain tour.

Se levant et retournant au bord du toit, Bliss souleva le bâton, recula de quelques pas, puis courut et le lança en arrière. Le bambou léger mais solide se révéla aussi adroit en vol que Bliss l'avait été, volant par-dessus le vide jusque dans les mains tendues de Quik.

Les deux sauts suivants se passèrent aussi bien que le

premier, Wax et Quik rejoignant leur sœur de l'autre côté du canal. Mais quand Quik s'apprêta à relancer le bâton à Torny, la voleuse secoua la tête. Elle leva un seul doigt, puis disparut dans l'obscurité.

— Qu'est-ce qu'elle fait ? demanda Quik. Elle abandonne enfin ce jeu ?

« Elle ne part pas », signa Bliss.

— J'espère bien. Elle est aussi ma Gardienne maintenant. À moins qu'elle n'aime briser les serments.

Wax prit le bâton des mains de Quik et le donna à Bliss.

— Ça te surprendrait vraiment ? dit Quik.

— Tu sais ce qui me surprendrait vraiment ? Que tu sois autre chose qu'un connard envers Torny.

Quik fronça les sourcils et détourna le regard. Wax lança à Bliss un regard qui disait « que peut-on y faire », puis se dirigea vers l'autre côté du toit, Bliss le suivant.

— Encore deux sauts et on y est, dit Wax.

« Trois. Tu oublies le saut vers le bateau. »

— C'est plus une chute, ça.

« Pourquoi penses-tu que ça va marcher, Wax ? »

— Parce que je l'ai vue, répondit Wax. Elle n'avait pas l'air heureuse.

« Et ça veut dire ? »

Wax afficha un grand sourire.

— Ça veut dire qu'un plaisantin comme moi peut entrer dans ses bonnes grâces. Une fois que c'est fait, on est dedans.

Torny apparut deux bâtiments plus loin, signalant au trio en tenant un long couteau pour capter la lumière de la lune. Comment elle avait réussi à aller aussi loin sans se faire prendre, sans éveiller les soupçons, c'était un mystère, mais même Quik ne pouvait pas contester les résultats.

— On dirait qu'on va devoir la rattraper, marmonna Quik en voyant la bandit. Elle peut bouger.

Les derniers sauts se firent rapidement sans plus de canaux à traverser. Les maisons, toutes construites pour abriter de nombreuses familles de Rana, offraient amplement d'espace pour atterrir, et bientôt le groupe se retrouva face à une véritable rivière de Rana, qui enveloppait le côté est de la ville et continuait vers le nord. Une artère principale, selon les cartes que Bliss avait espionnées dans les diverses auberges.

— Tu es sûr qu'ils voulaient partir maintenant ? Dans l'obscurité ? demanda Torny en regardant l'eau qui s'écoulait.

La rive près d'eux s'illumina de lanternes orange en spirale de verre, espacées le long d'une rambarde métallique marquant la limite de la ville. Peu de gens s'y promenaient, à la fois à cause du froid et, selon Bliss, de la menace croissante des monstres. Toute promenade romantique ou paisible risquait d'être interrompue par une horreur crachante, ce qui gâchait le plaisir.

— La capitaine m'a dit que je ne pourrais pas la harceler demain quand je lui ai demandé, dit Wax, puis il laissa échapper un petit rire. Je lui ai dit que j'aurais assez de pognon pour acheter un passage après ma prochaine garde. Je pense que ça l'a effrayée au point de me le dire.

« Je parie que ce n'était pas tant le pognon que l'idée de t'avoir sur son rouleur », signa Bliss.

— Depuis quand les Gardiens peuvent-ils donner leurs conneries de Renouveau ?

« Depuis toujours. »

L'information de Wax s'avéra exacte quelques minutes plus tard. Un bruissement tourbillonnant rompit le flot babillant de la rivière, la grande roue du rouleur plongeant dans l'eau. Se tenant au milieu du chenal plus profond, le rouleur s'éleva au-dessus de la rambarde métallique, son pont principal offrant de la place pour un équipage restreint et de nombreux passagers. De petites lanternes ornaient les flancs métalliques légers du navire, transformant le vaisseau en un phare orange en route vers le nord.

— Je vous l'avais dit, dit Wax. Cette Reine ne perd pas de temps.

Bliss fronça les sourcils, évaluant la distance alors que le rouleur avançait vers eux. « Le saut sera trop loin. Nous n'aurons pas le temps de refaire le coup du bâton. »

L'espoir avait été que la taille du rouleur le maintiendrait assez près de la rambarde pour rendre un saut viable. D'ici, cependant, il faudrait tout l'effort de Bliss juste pour atteindre le côté bâbord du navire. En l'état, elle s'écraserait directement contre la paroi, une promesse qui lui faisait déjà mal à la tête.

— Alors on fait à ma façon, dit Torny.

Les trois se retournèrent et virent Torny dérouler une fine corde, dont une extrémité était attachée à son long couteau. Bliss avait remarqué la corde enroulée plus tôt, fourrée dans la sacoche de Torny, mais la bandite gardait toutes sortes de choses étranges sur elle et avait l'habitude d'esquiver toute question posée.

— Tu fais le saut, dit Torny à Bliss. Plante mon couteau dans le côté et on glissera le long de la corde pour te rejoindre.

— Alors c'est comme ça que tu as fait, dit Quik, en faisant un geste vers les bâtiments derrière eux. Tu as lancé ça et tu l'as utilisé pour...

— Non, Torny secoua la tête. Ces bâtiments ont des prises partout. Facile à grimper. Si vous trois saviez vous faufiler correctement, j'aurais dit qu'on pourrait simplement courir jusqu'ici.

C'était bien Torny de glisser une insulte dans une réponse.

— Bliss ? demanda Wax. Tu penses pouvoir le faire ?

« Je n'ai pas vraiment le choix. »

Personne ne contesta cela, alors Bliss se prépara avec la sacoche de Torny, donnant la sienne à la bandite. Une fois de plus, le bâton trouva sa place sur l'épaule de Bliss tandis qu'elle évaluait le timing et la distance jusqu'au rouleur. De près, le bateau semblait plus grand qu'avant, et Bliss pouvait distinguer la silhouette de la capitaine dans la cabine avant du bateau, regardant dehors avec une main sur la roue.

Espérons que la femme ne serait pas tellement choquée qu'elle échouerait le radeau.

Quik offrit une prière à Vis tandis que Bliss se préparait, ces mots sonnant étrangement si loin de chez eux. Après tout, Bliss accepterait toute l'aide que leur dieu mort depuis longtemps pourrait offrir.

Elle sprinta en avant, planta le bâton et s'envola dans les airs. La familière poussée d'adrénaline revint, la sensation d'apesanteur avec rien autour d'elle tandis que Bliss tournoyait, la sacoche perturbant son poids.

Son poids, mais pas sa distance.

Bliss heurta le bord bâbord du rouleur, basculant par-dessus pour atterrir sur l'étroit pont. Son tibia gauche explosa de douleur, ne lui permettant pas de se lever alors que des cris éclataient autour d'elle sur le bateau.

Il faudrait s'occuper de ça plus tard.

Tenant toujours son bâton, Bliss s'appuya dessus, planta son extrémité sur le pont du rouleur pour se lever en tremblant. La corde se déroulait de la sacoche, Torny et

Quik tenant l'autre bout sur le toit. Un bout qui se déroulait rapidement alors que le bateau remontait la rivière.

Bliss sortit le poignard et le planta dans le plancher du pont. Le mouvement secoua à nouveau sa jambe gauche, l'extrémité émoussée du bâton glissant et envoyant Bliss une fois de plus sur le pont.

Des pas s'approchèrent d'elle, Bliss roulant pour voir un garde de Kance approcher, des rapières déjà dans les deux mains. Vêtu d'une armure complète, ressemblant à du verre ambulant, le garde lança à Bliss un regard étroit avant de suivre la corde qui se tendait.

Oh non, tu ne vas pas faire ça.

De sa main droite, Bliss fit tournoyer son bâton. Au sol, avec un effet de levier minimal, l'arme ne fit guère plus que rebondir sur les tibias armurés de l'homme de Kance. Cela attira cependant l'attention de l'homme, la pointe d'une rapière se dirigeant vers le visage de Bliss.

— Que faites-vous ? demanda le garde, sa voix un grognement plumé, comme si l'homme voulait être menaçant mais ne savait pas vraiment comment s'y prendre.

« Je prends un raccourci », signa Bliss, même si le garde ne comprendrait pas.

Le garde cligna des yeux vers elle, puis trébucha en avant avec un juron. Rebondissant sur lui, atterrissant les fesses les premières sur le pont, se trouvait le frère aîné de Bliss et son compagnon gardien. Quik bondit sur ses pieds, levant les poings — un choix judicieux de garder ses gantelets rangés maintenant — et hurlant au garde de garder ses épées pour lui.

Pas que le garde et ses amis qui approchaient aient envie d'écouter. Ils s'arrêtèrent cependant et crièrent lorsque Wax suivit Quik, faisant une entrée plus fluide sur le bateau.

— Coupez la corde ! cria la capitaine, à travers une fenêtre ouverte dans la cabine avant du rouleur. Ne laissez plus personne monter !

Le premier garde, debout à côté de Bliss, exécuta l'ordre, même si Quik tentait de l'arrêter. La rapière coupa la corde, et sur le côté du bateau, dans les eaux sombres de la rivière, un bruit d'éclaboussure résonna au-dessus du mouvement tourbillonnant du rouleur.

Torny.

4

L'APPEL DE L'AVENTURE

Sawi observa le dessin au dos de sa main tandis qu'elle tendait le bras pour cueillir la mangue de sa branche. Des lignes orangées suivaient ses veines avant de se ramifier, comme l'arbre auquel elle était suspendue. Ces lignes marquaient sa place à Kitaye, son monde. Elles étaient aussi vives qu'à l'accoutumée aujourd'hui. Sa corde maintenait Sawi suspendue pendant qu'elle cueillait le fruit et le laissait tomber dans sa sacoche. Une récolte tardive avant l'arrivée de l'hiver, qui s'annonçait froid au vu des dernières nuits.

Wax, où qu'il soit, voyait peut-être même de la neige maintenant. Ne serait-ce pas quelque chose, une expérience ? Vis ne voyait cette poudre blanche que sur ses plus hautes montagnes, loin à l'Est et à l'Ouest, dans des endroits où Sawi n'irait pas. Plus maintenant.

Sawi fronça les sourcils tandis que son regard passait de l'arbre au sol, le bosquet n'étant pas loin de la frontière occidentale de Kitaye, s'étendant le long des falaises surplombant l'océan. Il n'y a pas si longtemps, quand elle accompagnait les cueilleurs plus âgés pour apprendre le métier, grimper aux arbres et cueillir les fruits était un exercice paisible. Une chance d'être en harmonie avec la nature dont Vis regorgeait.

Maintenant, des chasseurs rôdaient entre les arbres avec eux. Ils portaient des lances, des arcs, avaient le regard perçant et le corps tendu. Silencieux, sauf pour des cris rythmés, signalant que tout allait bien de temps en temps. Les premiers jours, ces cris avaient mis les nerfs de Sawi à vif. Elle avait fait tomber des fruits. Failli perdre une sacoche.

Mais c'est ce qui arrive quand un démon manque de vous tuer, du moins selon ses parents. Ou selon ce que les anciens du village avaient annoncé à la cité alors que de plus en plus de gens arrivaient de toute l'île.

Les démons étaient venus, et ils rendaient Vis dangereuse. Peut-être que Wax était parti juste à temps.

Néanmoins, Kitaye avait des bouches à nourrir et des visages courageux pour répondre à cet appel. Sawi le faisait, fidèle au serment que l'encre sur ses épaules et ses mains exigeait. Elle partait à l'aube chaque matin avec une escorte de chasseurs, cueillant fruits, herbes, céréales et champignons, remplissant sacoche après sacoche des richesses que Vis voulait bien leur offrir.

Les résultats remplissaient son estomac, apportaient du bonheur à bien d'autres, mais la paix ne semblait jamais venir avec.

Après tout, comment trouver la paix quand le monde semblait se déchirer autour de vous ?

Sawi, sa sacoche pleine et le soleil descendant, passa la sacoche sur son épaule et se laissa descendre, un appui prudent après l'autre — Wax aurait simplement sauté, faisant confiance au destin et à son instinct pour le maintenir en vie — et atterrit sur le sol ramolli par la pluie avec sa récolte intacte.

Elle porta deux doigts à sa bouche et siffla. Il était temps de rentrer.

Kitaye bourdonnait d'une mélodie différente lorsque Sawi et ses quelques chasseurs d'escorte revinrent. Les épices de cuisine, les chants et les cris des groupes qui revenaient étaient les mêmes que d'habitude, mais un courant d'excitation sous-jacent parcourait le familier, son explication se trouvant dans les regards tournés vers la crique.

— Un nouveau navire ? demanda Sawi à un chasseur qui était revenu avec elle.

Le jeune homme — ils étaient de plus en plus jeunes maintenant, avec tant de blessés — secoua la tête. Il avait été avec elle, comment aurait-il pu savoir ?

Pourtant, quelle autre explication y avait-il ? Kitaye et Vis, malgré tous leurs doux plaisirs, suivaient une routine régulière. Les saisons poussaient les chasseurs et les cueilleurs à des responsabilités tournantes, tandis que les familles s'épanouissaient en créant la prochaine génération. Les autres Sept Îles faisaient leurs affaires, menaient leurs petites guerres et jouaient leurs jeux politiques, laissant Vis et ses si importants aliments et médicaments tranquilles.

Donc si vous vouliez susciter l'excitation à Kitaye, la vraie ferveur, il fallait apporter quelque chose de vraiment nouveau. Comme un navire, et pas seulement un navire marchand, regorgeant de métaux Foti ou de joyaux Kance.

Même Sawi n'y crut pas au premier coup d'œil. Elle avait déposé ses sacoches chez les cueilleurs et rejoint le flot constant qui se dirigeait vers la crique, beaucoup tendant le cou pour voir ce qui allait descendre des quais.

Un navire Najahn, et un gros. Un mélange de la taille

d'un galion Foti avec les lignes élancées d'un sloop Rana, le bois noir scellé avec des sculptures métalliques traçant une ligne imposante dans la baie. L'unique cotre Kance partageant la baie avec le grand navire semblait minuscule, bien que magnifique, mais aucune beauté ne pouvait rivaliser avec une journée dans la jungle, donc l'attention due à ce petit navire était maigre.

Au lieu de cela, Sawi regardait les soldats Najahn descendre le gréement du grand navire, affaler les voiles, jeter une ancre et amarrer le navire massif. Sawi compta quatre ponts complets de haut en bas, avec trois mâts monstrueux s'élevant aussi haut qu'un arbre de la jungle dans le ciel. Que pouvait bien vouloir un tel navire d'un endroit comme Kitaye ?

La réponse ne vint pas avec ceux qui débarquaient, bien que plus de questions suivirent certainement. Plusieurs gardes en grande tenue, les voulges courbées et les anneaux à lames le long de leurs dos complétant l'armure pourpre, noire et or. Un équipement lourd, suffisamment pour que Sawi imagine que le trio devait transpirer malgré l'air plus frais du soir. Leur matelot céda la place à la vedette du navire, annoncée comme telle par sa descente sur le quai, suivie de plusieurs érudits en robe portant des livres, des sacoches et un grand coffre.

Les gardes s'écartèrent au bord du quai, ne disant pas un mot aux anciens de Kitaye qui attendaient pour les accueillir. Au lieu de cela, ils se tenaient silencieux, impérieux et imperturbables pendant que leur chef marchait sur le chemin de bois vers la terre ferme.

L'homme semblait taillé pour une vie de loisirs. Malgré ses robes, Sawi ne voyait que peu d'agilité dans la carrure imposante de l'homme. Svarde, le Gardien Foti, avait été tout aussi massif, mais portait sa corpulence comme s'il attendait l'occasion de frapper quelque chose avec. Celui-ci, celui-ci s'attendait à ce que le destin vienne à lui.

Lorsque les anciens eurent enfin l'occasion de parler à l'homme, le chef najahn les écarta d'un geste avec des paroles apaisantes. Une main sur le bras, un hochement de tête poli, et les anciens reculèrent, laissant à l'homme najahn la possibilité d'observer la foule assemblée.

Et Sawi, qui s'était faufilée plus près de l'avant, espérant et redoutant à la fois que ce vaisseau najahn aurait des nouvelles de Wax, fit un ajustement.

Ce chef najahn n'était pas doux, malgré les apparences. L'homme, les mains jointes devant lui, les yeux plissés et durs tandis qu'il balayait la foule du regard, était très certainement un chasseur, bien que d'un genre différent de ce que Sawi connaissait.

— Un grand accueil, commença l'homme, en martelant ses mots, de la part d'un grand peuple. Les voyages sont des choses fatigantes, et je regrette de n'avoir aucune nouvelle particulière à partager, seulement une escale sur mon chemin vers notre avant-poste un peu plus loin. Je vous en prie, continuez vos activités, et ne laissons pas notre présence perturber votre soirée plus longtemps.

Des murmures déçus parcoururent la foule, assez forts pour que l'homme najahn les remarque, bien qu'il n'en montrât aucun signe, se contentant de faire signe à ses gardes et à ses bagages de le suivre.

Aucune nouvelle particulière ? Était-ce une bonne chose ? Sawi s'extirpa de la foule, bousculée par les spectateurs qui retournaient à leurs feux de cuisine, fermaient leurs comptoirs, ou vaquaient aux innombrables autres tâches nécessaires pour faire fonctionner un foyer en ces temps sombres.

Sawi abandonna sa propre famille, délaissa le bosquet

de son quartier et son dîner pour suivre l'homme najahn. Ses gardes chassaient les enfants et les autres personnes comme Sawi, qui lançaient des questions ou des offres de trésors à vendre. Leur cible ne semblait pas y prêter attention, sauf pour écarter les demandes d'un geste tout en avançant péniblement. Il passa devant les principales auberges de Kitaye.

L'homme avait-il l'intention de continuer à pied maintenant, dans l'obscurité ?

Cette question ralentit les pas de Sawi, la forçant à réfléchir à ce qu'elle faisait. L'homme avait dit qu'il n'avait pas de nouvelles, et elle avait une journée de récolte complète devant elle. Suivre le Najahn ne lui apporterait peut-être rien d'autre que moins de sommeil et plus de frustration. Même s'il pouvait dire qu'aucun Renouveau n'était mort, les nouvelles voyageaient lentement entre les îles. Tout ce qu'il pourrait offrir serait déjà vieux avant même de quitter sa langue.

Et pourtant.

La jungle s'épaississait à mesure que le Najahn s'enfonçait dans la ville, Sawi le suivait à pas feutrés, se mêlant à la foule en chemin. Les grandes feuilles au-dessus, ombres noires sur une nuit qui se couvrait, ramenaient avec elles des questions passées, des conversations anciennes.

Combien de fois avaient-elle et Wax parlé d'aventures parmi ces feuilles, ces branches ? Combien de fois s'étaient-ils juré l'un à l'autre qu'ils iraient, poursuivraient l'action et vivraient leurs jours sur la courbe ondulante d'une liane, sautant dans l'inconnu ?

Wax l'avait fait. Bien que, Sawi devait s'en souvenir, il y avait été poussé par Pan. Pourtant, malgré la tragédie, Wax avait continué. Il était monté à bord du bateau de Kance et avait mis les voiles, se dirigeant vers un nouvel endroit tandis que Sawi, ce matin-là, apprenait quels champs et arbres seraient les siens à préserver.

Quelles promesses comptaient le plus, celles faites à son moi plus jeune, ou à sa ville, sa tribu ?

Quinze Najahns formaient le convoi, érudits et gardes, ces derniers doublant le nombre des chercheurs de savoir, bouillonnant et babillant autour de leur chef. Le groupe atteignit la lisière de Kitaye, les derniers scintillements des torches les forçant à s'arrêter.

Sawi attendit, observant derrière un arbre. Plusieurs autres Vis s'accrochaient aussi à proximité, l'un continuant à vendre de la nourriture et de l'eau, nécessaires pour le voyage des Najahns, et gagnant ainsi quelques échanges des provisions des voyageurs.

— Nous campons ici, dit le chef najahn, jetant un regard autour de lui. Les démons rendent les voyages nocturnes dangereux, et toute difficulté ce soir nous apportera le soutien de la ville.

— Il y avait des auberges pas loin derrière ? intervint un érudit. Sûrement nous...

— Il y aura peu de confort sur la route vers notre avant-poste, mon ami, répondit le chef. Nous aurons besoin de ce que nous avons pour y arriver. Je ne le dépenserai pas pour un luxe inutile maintenant.

L'érudit étendit les bras.

— Nous sommes l'île la plus riche, sûrement nous pouvons nous permettre...

— Quand vous atteindrez mon rang, que Noctia l'interdise, vous pourrez dépenser sa générosité comme bon vous semble, répliqua le chef. Notre temps ici peut être court, il peut être long. Je me prépare pour le second cas. Si c'est trop difficile à comprendre pour vous, je vous suggère de retourner au bateau et d'attendre avec les marins.

Sur ces mots, l'érudit abandonna son argumentation et commença, comme les autres, à déballer un sac de couchage. Les soldats najahns allumèrent un feu de cuisine et chassèrent les derniers commerçants, laissant Sawi seule à observer leur groupe, rassemblant son courage.

Après tout, que pouvait-il lui arriver de pire ?

Elle s'avança, le petit camp étant immergé dans ses préparatifs de repas. Un garde la vit en premier, se leva et la chassa d'un geste, déclarant qu'aucune autre transaction ne serait faite cette nuit.

— Je ne suis pas intéressée par le commerce, répondit Sawi. J'ai une question.

— Posez-la, alors.

— Avez-vous des nouvelles des Renouvellements ? Mes amis représentent les Vis, et ils sont partis pour Foti il y a des semaines. Je n'ai pas...

Le garde s'adoucit, lui offrant un sourire à la lueur de la torche.

— Alors, soyez tranquille. Seul le Renouvellement de Tamas a quitté la partie jusqu'à présent, et ce en raison d'une blessure, non d'un décès, en escaladant les crêtes de Kance. Pour autant que Noctia sache, votre ami est toujours en vie.

— Une chose chanceuse, n'est-ce pas ? intervint le chef najahn, levant les yeux de son bol de soupe. Les érudits suivirent son regard, imitant leur chef comme des bébés imitent leur mère. Avec les démons aussi sauvages qu'ils le sont, que tant de Renouvellements soient encore en vie.

Le ton ne poussait pas au renvoi, et le regard du chef semblait sonder Sawi, comme s'il voyait au plus profond de son cœur.

— C'est vrai, dit Sawi, et elle s'attarda. Des fruits et des céréales. Des sacs de récolte l'attendaient. Et pourtant, ici se présentait une autre possibilité, une autre chance de faire un choix antérieur. Cette pensée lui retourna l'estomac, une froide trahison même lorsque sa voix posa la question : — Si vous avez besoin d'un guide, je serais à votre service.

Le chef najahn rit doucement, regardant autour du feu les autres.

— De toutes les offres que nous avons entendues depuis notre arrivée ici, pas une seule n'a été pour nous montrer le chemin. Si je devais deviner pourquoi, c'est la peur des démons qui retient votre peuple. Pourquoi êtes-vous différente ?

L'anxiété qui la tourmentait se dissipa à la question du Najahn. Elle avait fait le premier pas. Maintenant, tout ce que Sawi avait à faire était de marcher.

— Parce que je connais assez bien cette peur pour l'affronter à nouveau.

— Vraiment ? Les yeux du Najahn brillèrent, gouffres noirs contre l'ombre du feu. Alors moi, Gladdring, Précepte de Noctia, j'accueillerais vos services avec plaisir. Guidez-nous bien, et vous serez récompensée. Échouez, et je suis presque certain que vous ne survivrez pas pour en subir les conséquences.

5
LES GARDES DE LA REINE

Parmi tous ses plans, Wax commençait à considérer celui de courir et sauter sur le radeau comme l'un des pires. Certes, il y avait eu les courses exaltantes sur les toits, les sauts, l'esquive des gardes, mais il était difficile de se réjouir de tout cela avec Torny qui se débattait dans l'eau tandis que le rouleur avançait.

Les doigts de Bliss volaient rapidement, même si ses mots signés n'avaient aucun impact sur les soldats de Kance, si beaux dans leur armure, si sévères dans leur humeur. Des yeux durs, des âmes dures. Ils ignorèrent aussi la demande de Wax, se contentant de rester là, lames dégainées, attendant un signal caché.

Dans quelques secondes, Torny serait trop loin derrière pour que ce signal ait de l'importance.

— C'est notre Renouveau, dit Wax en faisant un signe de tête vers la forme qui éclaboussait, maintenant plus floue à mesure que la lumière s'éloignait. Si vous la laissez se noyer, les espoirs de Vis disparaîtront avec elle.

Le garde devant lui tressaillit, son visage ombragé par le casque pointu. Cependant, le contrôle l'emporta, et sa rapière resta stable, sa pointe visant directement le ventre de Wax.

— S'il vous plaît, fit écho Quik, à terre près de Bliss avec des épées pointées sur leurs propres poitrines. L'émotion de son frère ne semblait pas aussi sincère que celle de Wax, mais au moins il essayait.

— Aidez la fille.

L'ordre venait d'en bas, d'un escalier menant au pont principal. En émergea le Renouveau de Kance, cette reine glaciale qui ne l'était pas moins maintenant, même dans des vêtements fins enveloppés d'une robe blanc-bleu hâtivement mise.

Elle répéta les mots quand aucun garde ne bougea. Cette fois, celui qui tenait sa rapière sur Wax s'écarta, bien que la lame restât prête.

— Faites ce que vous pouvez, dit le garde, sa voix fluette suintant une menace narquoise. Faites un seul autre mouvement et je ferai tacher le pont avec vos entrailles.

— Ce serait un cauchemar à nettoyer, marmonna Wax, arrachant la corde qu'ils venaient d'utiliser pour descendre sur le bateau et se précipitant vers l'arrière du rouleur. En passant devant la Reine, Wax lui adressa le plus léger des hochements de tête qu'il put.

Au moins, comparé aux navires de haute mer, le rouleur n'était pas si long. Quelques grandes enjambées amenèrent Wax à la poupe, la corde traînant derrière lui comme un serpent couleur sable.

— Attrapez ça ! cria Wax, tirant la corde dans un mouvement ample et la lançant.

L'extrémité disparut au-delà de la lumière, mais Wax connaissait les cordes, connaissait sa propre force, et se prépara au moment où la première secousse forte revint.

— Elle l'a attrapée, dit Wax sans se retourner. J'aurais besoin d'aide pour la remonter !

La vitesse du rouleur et le poids mouillé de Torny mirent les muscles de Wax à rude épreuve, une tâche qu'une journée de travail à transporter des caisses n'avait guère aidée. Ses bras brûlaient après un seul effort, ces nouvelles callosités menaçant de se briser et de saigner.

Et elles l'auraient fait sans une nouvelle traction derrière lui. La corde se tendit, passant entre les doigts de Wax. Toujours lourde, mais avec l'aide, gérable. Wax avait les pieds pressés contre le rebord arrière du radeau, une planche robuste dorée à la feuille d'or, les yeux rivés vers l'avant, guettant le moindre signe.

— Merci, dit Wax, essayant de projeter sa voix derrière lui. Je suis sûr que ce n'était pas votre idée.

— Toutes mes idées sont les miennes, vint la réponse, du même ton mesuré et totalement d'acier qui commandait les gardes un instant auparavant. Tenez bon, bon sang.

Wax s'agrippa à la corde, les fibres sèches glissant presque de ses mains après avoir entendu la voix de la Reine. Que faisait-elle ici ? Et comment pouvait-on demander cela ?

Mieux valait s'en tenir à ce qu'il connaissait, à ce qu'il était.

Vis n'avait pas de royauté. On ne lui avait jamais appris comment en gérer une.

— Désolé, je ne m'attendais pas, vous savez...

— Concentrez-vous sur votre amie.

C'est vrai. Torny. Wax se pencha en avant, la remontée allant plus vite maintenant que le succès stimulait leurs efforts. La bandit émergea dans la traînée de lumière du rouleur après quelques instants de plus, s'accrochant à la corde avec sa tête apparaissant et disparaissant à la surface. Ses bras ne bougeaient pas, elle ne disait pas un mot.

— Elle est là, dit Wax. Bien que je ne puisse pas dire si elle est vivante.

— Une question à laquelle nous répondrons en temps voulu.

Si Quik avait prononcé ces mots, Wax aurait répondu quelque chose de sarcastique. Maintenant, il ravala sa langue, se concentrant sur la traction. Un autre corps vint derrière, releva la Reine avec un ordre silencieux, tandis qu'un second, celui-ci pas en armure de Kance mais paraissant aussi en colère que les gardes, prit sa place à côté de Wax à l'arrière du bateau.

— Vous allez la sauver, dit le capitaine du rouleur, et ensuite je vous jetterai tous à nouveau dans la rivière.

— Ça rend toute l'opération inutile, non ? dit Wax. Et si vous nous laissiez faire le voyage avec vous, et personne ne découvrira que vous avez jeté un Renouveau par-dessus bord pendant que les démons nous dévorent tous ?

Le capitaine rougit, posa ses mains sur le tableau arrière et regarda la forme de Torny rattraper le rouleur, commençant à s'élever hors de l'eau.

— Personne ne s'en souciera, parce qu'aucun Renouveau qui ne pouvait pas payer le voyage ne vivra jamais jusqu'au bout de toute façon, dit le capitaine avant de se pencher par-dessus bord, d'attraper Torny et, avec un juron, de soulever la bandit et de laisser tomber sa forme trempée sur le pont.

Les yeux de Torny papillonnèrent tandis que ses quatre sauveteurs, Wax et la Reine, son garde et le capitaine, se penchaient sur la bandit.

— J'en conclus que je suis sauvée, alors ? balbutia-t-elle, en crachant de l'eau.

— Non, tu viens simplement de trouver un nouveau problème, répliqua la capitaine.

— Vous allez les laisser se nettoyer, dit la Reine, énonçant ces mots comme s'il s'agissait d'un fait et non d'un ordre. Puis vous les ramènerez ici et nous déciderons, tous ensemble, de la meilleure marche à suivre.

— De sages paroles, ma reine, marmonna le garde tandis que Wax aidait Torny à se relever. Je demanderai à Akido de les surveiller pendant que nous discutons.

— Qui est Akido ? demanda Wax, alors que Torny toussait.

La Reine se contenta d'acquiescer.

Akido s'avéra être le premier garde qui avait trouvé Bliss, et il maniait ses rapières moins comme des épées que comme ses propres bras : toujours sorties, toujours prêtes.

Le quatuor sournois se rassembla à la proue du radeau sous l'œil vigilant d'Akido. Wax n'avait pas grand-chose à faire à part vérifier que sa sacoche et la lame Foti avaient traversé intactes. Torny requérait le plus d'attention, Bliss aidant la bandit à changer ses vêtements trempés pour des linges secs. Une tâche difficile, disait Torny, quand chacun de vos os était engourdi.

« Que penses-tu qu'ils vont faire ? » demanda Quik, faisant danser ses doigts devant Wax.

« La Reine ne semble pas encline à nous tuer, répondit Wax. Bien que la capitaine veuille nous jeter à l'eau. »

— Gardez vos mots à portée de voix où je peux les entendre, dit Akido, pointant une rapière vers les doigts de Wax. Il n'y aura pas de secrets ici.

— Oh, nous étions juste en train de dire que tu étais laid, répliqua Wax.

Ces yeux se plissèrent à nouveau. De simples fentes maintenant.

— Tu arrives à voir quand tu es aussi en colère ? demanda Wax, faisant face à Akido. Vraiment, je suis impressionné.

— Frère, avertit Quik.

— Non, je le pense vraiment. Il est tellement plissé maintenant, gloussa Wax, pointant la main droite d'Akido. Regarde, il tremble même.

Avec sa main gauche, Wax envoya un message simple à Quik.

« Sois prêt. »

Akido secoua la tête, pointa la rapière de sa main droite sur la poitrine de Wax. Plus aucun tremblement en vue maintenant. — Tu ne m'auras pas, gamin.

— Si je suis un gamin, quelqu'un avec ton déséquilibre émotionnel doit être quoi, un bébé ?

Akido fit un pas vers Wax, sa main droite se levant pour un coup de revers. La rapière gauche du garde restait pointée sur Wax, ne laissant aucune ouverture pour une esquive. Torny et Bliss derrière bloquaient toute retraite.

Rien n'empêchait Quik de saisir librement. Le chasseur de Vis attrapa les poignets d'Akido, poussant le bras droit de l'homme autour de son cou et plaquant le gauche contre la taille d'Akido. Wax dégaina sa lame Foti, pointant l'épée de saphir vers l'ouverture dans le casque de l'homme de Kance.

— Regardez ça, dit Wax. On dirait que c'est le gamin qui a le contrôle.

— Tu seras mort dans une minute, rétorqua Akido tandis que Quik le poussait contre le bord du radeau.

— Combien de temps peux-tu nager avec tout cet équipement ? demanda Quik. J'ai entendu dire que les Kance peuvent flotter sur le vent. J'ai hâte de voir ça.

Akido se raidit, ses insultes mourant sur les paroles de Quik. Wax agita sa lame Foti devant le garde.

— Lâche tes rapières, ensuite nous aurons une vraie négociation.

— Il ne fera rien de tel.

La Reine, flanquée des deux gardes restants et de la capitaine du radeau, s'avança vers eux. — Tu vas lâcher mon homme maintenant, Vis.

— Qu'est-ce que ça nous apportera à part une rapière dans le ventre ? demanda Wax, glissant une réponse avant que Quik ne puisse s'en mêler.

Certaines personnes savaient comment mener une guerre de mots. Quik, d'après l'expérience de Wax, préférait ses batailles dans des arènes plus physiques.

— Cela vous vaudra un passage sur ce navire, dit la Reine. Chose que j'allais vous accorder de toute façon. Ainsi que l'utilisation d'une cabine en dessous. Maintenant, je pense que vous passerez le voyage ici sur le pont.

Wax jeta un coup d'œil à Torny et Bliss. Toujours en train de se remettre. Pas prêtes pour un combat.

— Vous êtes consciente qu'on a toujours ce type contre la rambarde, n'est-ce pas ? demanda Wax. On pourrait le jeter par-dessus bord.

— Alors vous mourriez. La Reine ne plissa pas les yeux, ne rougit pas, ne fit rien d'autre qu'énoncer le fait et le laisser là.

— On ne négocie pas, hein ?

— Wax, dit Quik, accepte cette putain d'offre.

— Ton ami-

— Frère, coupa Wax.

— Frère, alors, la Reine fit un bref signe de tête à Wax. Il te donne un bon conseil. Prends-le.

— Il vous arrive de ne pas obtenir ce que vous voulez ?

Là, pendant le plus bref instant à la lumière jaunâtre de la lanterne, Wax aperçut une faille dans le calme glacial de la Reine. Un tremblement des lèvres, un frisson dans ces pupilles.

— Plus que tu ne le sais, dit la Reine. Elle glissa une main dans sa robe. Elle en sortit un seul stylet étincelant. Lâche-le, ou ta vie prendra fin.

La pointe en diamant, longue et étroite, était dirigée vers le sol, mais dans sa prise Wax vit le Maître du Vent de Kance de son premier voyage, celui assez habile à l'épée pour accomplir n'importe quel meurtre qu'il désirait.

Peut-être, juste peut-être, Wax pourrait régler ça, s'en sortir avec tout le monde en vie.

— Marché conclu, alors, dit Wax, faisant un pas en arrière derrière Quik tandis que son frère relâchait Akido.

Le garde, cependant, ne semblait pas d'accord avec les termes. Libéré, il pointa sa rapière vers Quik et s'apprêta à frapper, pour geler son attaque à un cheveu de l'estomac de Quik.

La raison brillait comme une ligne claire dans l'obscurité. Le stylet de la Reine, sa pointe menant juste sous le casque d'Akido jusqu'à son cou.

— Nous avons un accord, ce combat est terminé, dit la Reine. Capitaine, laissez-les à la proue. Nous barrerons la porte des ponts inférieurs. S'ils tentent de la forcer, vous avez ma permission de faire ce que vous voulez d'eux. Akido, avec moi.

La Reine retira sa lame et Akido, avec un dernier crachat aux pieds de Quik, se retourna et la suivit. Seule la capitaine resta, arborant un air renfrogné impressionnant.

— Je n'aime pas trop les passagers clandestins qui voyagent gratuitement, dit la capitaine une fois que la Reine et sa suite eurent disparu. Alors voici comment vous allez payer pour ça. Chaque jour, j'aurai des corvées pour vous, que ce soit pêcher ou nettoyer mon radeau. Si vous les faites assez bien, je vous laisserai manger nos restes. Sinon, et peu importe ce qu'elle dit, vous quitterez ce navire à la première occasion.

Quand la capitaine eut fini, Wax haussa les épaules. — Vous auriez pu me faire cette offre cet après-midi et nous épargner beaucoup de problèmes à tous.

— Des problèmes ? a ri la capitaine, bien que sans joie. Il y a bien pire que des problèmes qui nous attendent, mon garçon. La Reine n'a pas payé cette traversée avec sa sacoche. Ses gardes m'ont donné le même choix que toi. Une mort rapide ou un voyage vers le nord.

— Ils ne pouvaient pas vous payer ?

La capitaine jeta un coup d'œil en arrière, s'assurant que le groupe de Kance était parti.

— Ils auraient pu payer grassement, mais les rumeurs qui viennent de l'endroit où nous allons maintenant ? On dit qu'aucun d'entre nous ne reviendra. Pas une seule âme qui vive.

6

DANS LES FOSSES

Barten eut la grâce de paraître et de sonner désolé lorsqu'il les conduisit hors de leur cellule. Il avait prétendu avoir besoin de plusieurs jours pour les remettre en forme, mais ces affirmations n'avaient aucun poids. Les Fosses, semblait-il, devaient trier rapidement leurs nouveaux arrivants.

— Ça, dit Barten en guidant le groupe à travers de larges tunnels éclairés par des torches, et les principaux événements de l'après-midi se sont terminés tôt.

— Pourquoi ? demanda Maena, en tête après son petit discours.

— Le grand gagnant a glissé et perdu la tête en moins d'une minute. Barten secoua la sienne. Décevant. J'avais parié quelques repas sur lui.

— Comment a-t-il perdu la tête ?

— Oh, vous le découvrirez bien assez tôt. Si vous avez de la chance.

Au-delà des torches, les tunnels perdaient leur aspect de donjon. Des entailles occasionnelles dans la surface offraient des vues sur le ciel gris et déclinant de l'après-midi, des lignes boueuses coulant le long des murs et les bords du tunnel montrant un travail de drainage rudimentaire.

Une construction Rana aurait détourné cette eau vers un endroit utile.

Des convois de prisonniers les croisaient dans l'autre sens, certains aussi longs que le leur, tandis que d'autres ne comptaient qu'un ou deux détenus. Joichi, le seigneur de guerre qui les attendait à la sortie du Sombre Dessous, avait prétendu avoir capturé tous les Rana qui quittaient leur expédition meurtrière contre les démons, mais Maena n'avait encore vu aucun vieil ami ici. Cela dit, la plupart des prisonniers qui passaient semblaient si meurtris, couverts de boue et las du monde qu'ils en étaient méconnaissables.

Elle serait bientôt comme ça.

Comme si on n'y était pas habitués.

Il fut un temps où nous étions propres. Sur l'eau.

On n'a jamais eu l'occasion de savoir ce que c'était.

Tu pourrais encore le découvrir.

Tout le fatalisme qui s'était insinué en Maena pendant le trajet en chariot s'estompa durant la marche dans le tunnel, après le repas. Elle avait passé des jours avec peu à faire, peu d'espoir, mais maintenant la perspective de l'action insufflait un peu de vie dans ses membres endoloris et affaiblis. Maena gardait la tête haute plutôt que de la laisser s'enfoncer dans ses bras.

C'est comme ça que j'étais quand on est retournés chercher le démon. Devine comment ça s'est terminé.

La destination de Barten, cependant, ne contenait aucun démon. Une arène taillée dans la terre, les murs de terre lissés pour rendre difficile toute prise. Une argile rouge profonde recouvrait tout l'espace. En haut des murs et sur le rebord se trouvaient des bancs en bois. Une foule clairsemée, couverte de fourrures, s'y était rassemblée, déversant boissons et nourriture dans leurs bouches tandis que le spectacle entrait en scène.

Autour du bord de l'arène se trouvaient huit caisses, en nombre égal à celui des prisonniers. Chaque caisse correspondait à la largeur des épaules de Maena et montait jusqu'à ses tibias. Pas de prises, et leurs profondes empreintes dans l'argile suggéraient qu'elles n'avaient pas été déplacées depuis longtemps.

Au centre de la fosse se trouvait un tas de pierres, chacune étant une boule rugueuse pas plus grande que la tête de Maena. Grises et noires, tachetées de terre et de temps, les pierres avaient été empilées en un amas lâche. Contrairement aux caisses, aucune ne semblait bien installée.

Maena sentit la traction sur ses mains, la corde les attachant tombant à nouveau. Elle se frotta les poignets, redonnant pleine sensation à ses doigts tandis que Barten annonçait les instructions.

— Allez chacun à une caisse, dit Barten, plus fort que nécessaire pour les prisonniers. Le public entendait aussi l'histoire. Pas de partage. Vous vous tiendrez devant, vos talons touchant le bord de la caisse. Pas de triche. Barten rit, pointant l'homme qui avait englouti son repas. Je sais que tu as déjà été ici, alors ne gâche pas la surprise.

Quelqu'un d'assez malin pour s'échapper d'ici, mais assez bête pour se faire reprendre ?

Les Sept Îles ont toutes sortes de gens.

— Avec moi, murmura Svarde, dépassant Maena en lui donnant une légère poussée. Dans un endroit comme celui-ci, mieux vaut rester ensemble.

— Je croyais que tu étais un solitaire ? répliqua Maena, bien qu'elle suivît Svarde de l'autre côté de l'arène.

— J'ai essayé ça. Ça n'a pas marché. Ma mission n'est pas terminée.

La sienne non plus. Malgré la bataille qui faisait rage dans sa tête, Maena pouvait voir les démons très clairement, ceux qui avaient pris-

— Voici le jeu, alors, cria à nouveau Barten alors qu'ils se tenaient tous devant leurs caisses, les talons contre le bois mou et pourri. Dans une minute, je vais siffler. Ensuite, ce sera la loi du plus fort. Les deux premiers qui mettent trois pierres dans leurs caisses auront la sortie facile. Ça devient plus dur après. Barten sortit son couteau à dépecer et fit un geste vers le public. Si quelqu'un essaie de grimper, mon ami là-haut a une vilaine pique pour vous embrocher. N'essayez pas. Sinon, faites ce que vous devez. Ça en vaut la peine.

Barten recula jusqu'au bord de l'arène et glissa le couteau dans sa ceinture.

— On les frappe fort, dit Svarde. Je vais les écarter, toi tu prends tes pierres.

Barten porta sa main à sa bouche, deux doigts à l'intérieur. Une profonde inspiration.

— Tu joues ton jeu, je jouerai le mien, répondit Maena alors que le sifflet de l'homme retentissait, haut et perçant.

Svarde fonça en avant, hurlant un cri de guerre Foti et projetant de l'argile froide partout avec ses pieds nus. Maena fit un pas puis s'arrêta, regardant fixement.

Qu'est-ce que tu fais ? Tu essaies de perdre ?
Regarde.

Les sept autres, y compris Rasslebeck et Pennifer, se précipitèrent frénétiquement vers les pierres au milieu. Ils se bousculèrent, les mains fouillant, poussant et repoussant. Pennifer eut la jambe fauchée, sa tête s'écrasant dans la terre. Le glouton rencontra l'épaule de Svarde dans une plongée mal avisée vers une pierre et s'effondra au sol, étourdi.

Maena gardait l'œil sur la femme gloussante, dont la caisse se trouvait à sa droite, et la regarda attraper sournoisement une pierre au bord du tas et commencer à retourner vers sa caisse.

Nous allons perdre si tu ne bouges pas.

Maena ignora son moi plus simple. Elle vit Svarde émerger du tas avec une pierre dans chaque main. Le Gardien Foti se dégagea avec force, retournant lentement vers sa boîte en piétinant. Rasslebeck et l'autre prisonnier que Maena ne connaissait pas avaient aussi des pierres, une chacun sur le chemin du retour.

La cible de Maena atteignit sa boîte, grogna en y soulevant la pierre. La femme se retourna vers le centre et courut, les bras s'agitant sauvagement, le rire familier s'élevant de ses lèvres.

Et maintenant, on y va.

La capitaine Rana passa à l'action, se dirigeant non pas vers le tas mais vers la boîte de l'autre femme. Se penchant avec ses deux mains, Maena arracha la pierre, se retourna et la traîna sur la courte distance jusqu'à sa propre boîte. L'y déposa.

Oh, ça c'est un coup sournois.

— D'où tu sors ça ? demanda Svarde, et Maena remarqua qu'il était venu à sa boîte avant la sienne.

— Mets ces pierres dans ta propre boîte, Svarde. Je n'ai pas besoin de ta charité.

Svarde semblait sur le point de protester, alors Maena le poussa. Cela donna un indice au combattant Foti, Svarde trébuchant dans la bonne direction.

Ce qui permit à Maena d'observer le terrain. La femme qui riait et Pennifer s'emmêlaient l'une avec l'autre, un enchevêtrement involontaire alors qu'elles allaient chercher la même pierre. Rasslebeck avait presque libéré sa deuxième du tas, un mouvement bloqué quand le glouton, reprenant ses esprits, plongea sur le combattant Rana. Le troisième prisonnier, libre de marquer sa deuxième pierre, la souleva et retourna à sa boîte, deux places plus loin que celle de Maena.

Pourquoi se battent-ils tous au lieu de simplement prendre les pierres ?

Pour la même raison que j'ai volé la mienne. Ralentir la compétition, se sauver soi-même.

Maena sprinta vers la gauche, coupant la route de Svarde alors que le barbare imposant se dirigeait vers le centre. Le prisonnier qui traînait sa deuxième pierre la jeta dans sa boîte, se retourna à l'approche de Maena, et leva les mains dans une défense de lâche.

Malgré tout son discours sur le fait de s'en sortir vivante, Maena ne laissa pas les sentiments de culpabilité la ralentir. Barten avait clairement indiqué que les Fosses n'étaient pas un jeu d'équipe.

Avec une feinte vers le visage du prisonnier, Maena fit lever ses bras maigres, laissant une large ouverture pour un coup de coude dans le ventre de l'homme. Il se plia en deux, et Maena balaya son bras droit par-dessus le prisonnier, le poussant vers le bas et à travers sa jambe pour le laisser s'étaler dans l'argile.

Sans s'arrêter, elle plongea dans la boîte, souleva la pierre. Assez lourde pour nécessiter les deux mains, vider complètement la boîte de l'homme n'était pas envisageable. Maena fit pivoter ses talons dans l'argile, repartant dans la direction d'où elle était venue.

Sur sa gauche, Rasslebeck avait gagné son combat, laissant le glouton à nouveau étourdi dans la terre. Sa deuxième pierre était presque à la maison. Pennifer et la femme qui riait s'étaient séparées, Pennifer remportant la lutte pour son premier prix. L'autre femme alla plus profond, ramassa sa pierre, et commençait à revenir.

Svarde, toujours méthodique, avait de nouveau deux pierres dans ses bras, rentrant péniblement.

Maena le dépassa à nouveau en flèche, laissant la surface molle de l'argile la faire glisser autant que courir. Se penchant en avant, elle laissa tomber la deuxième pierre dans sa boîte, jeta un coup d'œil à Svarde.

— Tu sais quoi ? J'ai changé d'avis. Je peux en avoir une ? demanda Maena.

Svarde fit rouler la pierre dans son bras gauche, la souleva alors que sa paume en trouvait le bord et envoya la pierre dans un court vol pour atterrir dans l'argile à mi-chemin entre leurs boîtes.

Un court voyage pour une victoire.

Maena parcourut la distance alors que Svarde atteignait sa propre boîte, y déposant la troisième pierre.

— Nous avons notre premier gagnant ! cria Barten par-dessus la mêlée continue. La Bête Foti revendique une victoire !

La Bête Foti ? Ça sonne juste.

Maena atteignit la pierre lancée par Svarde, la ramassa. Elle commença à retourner vers sa boîte quand elle entendit Svarde crier son nom.

Le ton de l'homme indiqua aux instincts de Maena quoi faire, et elle se baissa, serrant la pierre contre elle alors que la femme qui riait, crachant maintenant des jurons, frappait Maena. Des ongles croûtés, des dents mordantes, des pieds qui donnaient des coups assaillirent Maena comme un tourbillon pourri, que Maena endura assez longtemps pour balancer la pierre.

Certes, les boules de roche pouvaient être utilisées pour gagner le jeu, mais ces choses avaient du poids, du volume, et quand le coup à deux mains de Maena atteignit le menton de la femme qui attaquait, elle s'effondra dans la terre sans bouger.

Avec des égratignures sanglantes et un tibia meurtri, Maena trébucha jusqu'à sa boîte, y fit rouler la troisième pierre. S'assit dans l'argile.

Elle remarqua, pour la première fois, les hurlements furieux de la foule. Des jurons, des railleries, les postillons coléreux des paris qui avaient mal tourné à la dernière minute.

— Arrêtez ! cria Barten, puis il siffla à nouveau. Arrêtez, mes amis, mes compétiteurs pleins d'entrain. Le jeu est terminé. La Bête Foti a été la première à trois, mais quant à la deuxième place, nous avons un litige. Barten pointa une main vers Maena, l'autre vers Rasslebeck. L'autre combattant Rana, comme Maena, se tenait au-dessus de sa boîte, trois pierres y reposant. Nous savons tous comment les égalités sont départagées dans les Fosses, n'est-ce pas ?

La foule rugit en réponse.

— Exactement, exactement, dit Barten. Toujours un délice. Tout le monde, dégagez l'arène. Oui, toi aussi, Foti. Ce concours ne te concerne plus.

Deux autres gardes Whent apparurent, cordes en main, à la sortie. De longs couteaux à leurs ceintures indiquaient clairement ce qui arriverait si quelqu'un avait une mauvaise idée. Pennifer et les trois autres prisonniers, la femme que Maena avait assommée étant traînée par Svarde, quittèrent l'arène.

Rasslebeck lança à Maena un regard presque d'excuse, haussa les épaules.

Oh, ça commence à devenir intéressant.

Maena ne partageait pas ce sentiment. La foule se lança dans un chant régulier, montant en volume alors que Barten marchait vers le centre de l'arène, évitant les pierres en marchant. L'homme leva les deux mains, agitant ses doigts comme pour entraîner le public dans une frénésie.

— Très bien, mes estimés amis, dit Barten. Il est temps de régler notre jeu. Comme pour chaque concours dans les Fosses, les égalités sont départagées dans un match d'adresse, de talent physique et d'acuité mentale.

La main de Barten alla à sa taille, tira le couteau à dépecer qui y était rangé. Il le laissa tomber au centre, sa pointe s'enfonçant dans l'argile.

Vous allez devoir vous entretuer, n'est-ce pas ?

Maena déglutit, tempéra sa respiration. Garda ses yeux sur Rasslebeck. Combien de raids avaient-ils traversé ensemble, combien de saisons à naviguer sur les îles ?

Maintenant ça, ça je peux apprécier. Une lutte pure. Que le meilleur gagne. Montre-moi ce dont nous sommes capables, capitaine.

Barten mit alors une main à son oreille, hocha la tête. La foule devint plus bruyante. Un nouveau son se glissa au-delà d'eux, amplifié alors que quelque chose de nouveau se poussait contre le bord supérieur de l'arène. Une caisse, et à l'intérieur, une créature.

Une que Maena connaissait.

— C'est exact, une trouvaille rare en effet. Une ferrite, tout droit venue de Foti ! s'exclama Barten. Une fois relâchée, celui d'entre vous qui lui portera le coup fatal remportera la victoire. Barten laissa échapper un petit rire. Espérons que l'un de vous y parvienne.

Barten fit un autre léger geste et la porte de la cage s'ouvrit. Quelqu'un souleva l'arrière de la cage, déversant la ferrite qui roula en culbutant sur le sol de l'arène.

Kivi, l'amie de Svarde et leur guide fidèle dans l'obscurité, se secoua, renifla et trouva Maena avec ses yeux saphir curieux.

7
L'IMPROBABLE PRISONNIÈRE

Libre. Si Bliss devait choisir un mot pour décrire sa vie avant de se lancer dans cette aventure, ce serait celui-là. Ou presque. Torny, cependant, remettait cette idée en question, semblant prendre plaisir à montrer toutes les façons dont Kitaye, sa famille et sa société avaient maintenu Bliss enchaînée.

Les deux étaient assises contre la proue du rouleau, dominées par l'énorme roue avant tandis que l'aube se levait, la lumière de Sichi virant à l'orange en se mêlant au jour. Une journée sans nuages s'annonçait, fraîche et lumineuse. Autour d'elles, le paysage urbain de Riroca avait depuis longtemps cédé la place aux étendues sauvages des berges. Des pins s'élevaient le long des rives, leurs branches épineuses s'étendant au-dessus des eaux bruissantes. De petits rongeurs couraient, harcelés par des oiseaux noirs croassants. Des créatures que le capitaine appelait Okam suivaient leur progression, quadrupèdes à la queue épaisse et à la gueule dentée. De temps en temps, l'un d'eux se précipitait vers l'eau, y plongeait son museau pointu et en ressortait avec un poisson frétillant.

— Filandreux et sec, dit le capitaine lorsqu'elle en pointa un du doigt. Si tu meurs de faim, ça fera l'affaire. Sinon, n'importe quoi d'autre est préférable.

— On dirait que vous parlez d'expérience, répliqua Torny.

— Une expérience que vous pourriez bientôt partager.

Le capitaine n'offrit rien d'autre, si ce n'est de se retourner vers sa barre et la rivière devant elle. Wax et Quik avaient été appelés à l'arrière, coincés là-bas pour gérer les filets de pêche du rouleau, les perches traînant l'appât dans l'eau.

Selon le capitaine, ils n'avaient pas eu le temps d'approvisionner suffisamment le navire pour le voyage tel qu'il était, et encore moins pour quatre bouches supplémentaires à nourrir. Il faudrait se débrouiller pour trouver de quoi manger.

« Comme s'il n'y avait pas de villes sur le chemin », signa Bliss.

Malgré l'heure, elle et Torny avaient leur propre tâche : nettoyer les branches et autres débris de cette grande roue qui tournait à l'avant. Bliss n'était pas sûre de son fonctionnement, de ce qui la faisait bouger, bien que Torny ait mentionné qu'elle nécessitait une chaudière et expliqué pourquoi les deux autres membres d'équipage du capitaine montaient rarement sur le pont.

— On a volé les meilleurs boulots du navire, dit Torny tandis qu'elles utilisaient des perches en bois avec des balais au bout pour attraper les débris. Je parie qu'ils ne sont pas contents de nous.

« Pourquoi le capitaine ne nous donnerait-elle pas les pires tâches ? »

— Parce que si on bâcle ça, la roue ne prend qu'une égratignure. Si tu rates un truc avec la chaudière, tout le rouleau explose. Torny, enveloppée comme Bliss dans d'épais linges Foti, ressemblait un peu à un monticule gris avec un bâton qui s'agitait. On a travaillé toute la nuit et toute la journée jusqu'à présent. Le capitaine ne pourrait pas continuer à avancer comme ça sans notre aide.

D'une certaine manière, savoir qu'elles n'étaient pas de simples parasites dans ce voyage donnait un coup de boost à Bliss. Malgré toute la confiance de Wax dans leur tentative de se faufiler sur le radeau, Bliss n'avait pas beaucoup volé dans sa vie.

Comme l'avait dit le capitaine, ça marchait pour survivre, mais si ce n'était pas nécessaire ?

— Vous, les Vis, devez vraiment vous tenir dans l'obscurité, poursuivit Torny. Tu n'as jamais vu la vapeur en action ? J'admets que c'est assez rare, mais traîne sur n'importe quelle île civilisée et tu le remarqueras.

« Tu es vraiment en train de dire que Vis n'est pas civilisée ? »

Torny eut la grâce de plisser le visage, embarrassée. Ses cheveux, attachés en arrière comme ceux de Bliss pour empêcher le vent de leur fouetter les yeux avec leurs mèches, mettaient en valeur le front de la bandit, lisse à l'exception d'une légère ligne rouge partant d'une oreille jusqu'au cuir chevelu. Une autre cicatrice avec une autre histoire que Bliss n'avait pas encore méritée.

— Tu sais ce que je voulais dire. Pas moderne.

« C'est encore pire. »

Torny soupira.

— Écoute, je n'ai jamais été à Vis, d'accord ? Tout ce que j'ai, ce sont des rumeurs. Ce que j'ai entendu. On dit que votre île est un paradis, mais que vous êtes tous bizarres. Pas comme le reste d'entre nous.

« Comme le reste, comment ? »

Torny fixa intensément la roue.

— On dit que vous ne vous souciez pas du pouvoir.

« Ça nous rend étranges ? »

— Vous et Tamas, oui.

« Toi, tu te soucies du pouvoir ? »

Torny hocha la tête.

— Pas comme être reine ou quoi que ce soit. Mais je veux contrôler ma vie. Me protéger. Protéger mes amis.

La bandit lança un regard particulier à Bliss en terminant. Ne sachant que faire du soudain silence, du regard étrange, Bliss balança sa perche vers la droite, tapant Torny sur l'épaule.

— Hé, quoi ? s'exclama Torny, lâchant sa propre perche pour se frotter l'endroit touché.

« Désolée, j'essayais d'attraper une feuille que tu avais ratée. »

— Merci, idiote.

Vers midi, la forêt de pins céda la place à des collines ondulantes couvertes de chardons et des voies d'eau sinueuses, la rivière rejoignant et se séparant d'autres cours d'eau. Parfois, elle semblait assez large pour engloutir Kitaye, d'autres fois le radeau s'engouffrait dans des canaux si étroits que Bliss retenait son souffle tandis que le capitaine manœuvrait autour d'un virage serré.

Sans les débris encombrant la roue, Bliss et Torny retournèrent aider Quik et Wax à gérer les provisions, une tâche que Quik attaquait avec un enthousiasme ravi. Le chasseur avait confié à Wax la charge des perches, choisissant de manier lui-même un fusil-harpon.

— Ça m'a pris quelques essais, mais j'ai compris maintenant, dit Quik. Regarde.

Bliss se tenait à côté de Quik tandis qu'il levait l'arme à son épaule, la corde pendant lâchement mais ordonnée près de ses pieds. Plissant un œil et le plaçant près du canon de l'arme, Quik visa dans les eaux sombres. Après à peine quelques secondes, le chasseur appuya sur la détente, envoyant le harpon filer dans l'eau en aval.

Quelque chose éclaboussa et se tortilla pendant que Quik posait le fusil, prenait la corde et commençait à tirer.

— N'hésite pas à aider si tu restes planté là, dit Quik, un large sourire sur le visage.

Bliss savait pourquoi. C'était l'élément de Quik, ce qu'il aimait, ce qu'il avait prévu de faire depuis qu'il pouvait marcher dans la jungle. Ensemble, ils remontèrent le poisson, le jetant dans un épais coffre près de l'arrière, rempli de glace fraîche de Rana.

Ça, au moins, le capitaine avait pu s'en procurer avant leur départ la veille.

« Tu te sens mieux ? » signa Bliss alors qu'ils commençaient à réarmer le fusil-harpon.

— Quoi ? demanda Quik, puis il vit où Bliss regardait. L'endroit près de son estomac, où Eggrad, le chef des bandits, l'avait poignardé il n'y a pas si longtemps. — Ouais. Il reste une petite cicatrice, mais la guérison a été incroyable.

« On a de la chance », signa Bliss, puis elle fit un signe de tête vers Wax. Son frère et Torny s'occupaient d'un enchevêtrement de lignes qui semblait absolument cauchemardesque. « Sans la guérison, tu... »

— Sans elle ? On ne serait pas là si Wax n'essayait pas ça.

« Je croyais que tu voulais de l'aventure ? » Bliss ramassa une ligne, une plume ébouriffée.

— C'est le cas. Mais tout ça est tellement aléatoire, répondit Quik. On arrive à Foti, on ne sait rien, puis on se fait kidnapper. On répète la même chose ici, et maintenant on est des pêcheurs de fond sur un bateau engagé par un autre Renouvellement. Quik soupira. — Peut-être que je suis juste fatigué d'être ballotté. On est censés sauver le monde, pas harponner des poissons.

« Suis les traces, pas le rêve. »

Quik ricana. — D'accord, sage. Je ne pense pas qu'ils parlaient des Renouvellements.

« Comment le sais-tu ? »

— Je suppose que je ne le sais pas. Même ainsi. Tu te souviens de ces Najahn avec qui nous étions ? Ils comprenaient. Ils nous ont donné ce dont nous avions besoin, nous ont aidés. De plus, personne ne leur a causé de problèmes.

« Ouais, parce que ce sont des Najahn. Tout le monde a peur de ce qu'ils pourraient faire. »

— Pas peur, Bliss. Ils croient que les Najahn sont leur seul espoir. C'est ce que nous devrions être. L'espoir. La force. L'avenir. Quik, le fusil-harpon rechargé, se leva avec Bliss et lui tendit l'arme. — N'est-ce pas ce que tu veux être ?

« Je me contenterai de faire en sorte que Wax s'en sorte vivant. Ça semble déjà assez difficile comme ça. »

— Je suis d'accord avec toi. Maintenant, tiens-le comme ça, et tu sens la crosse ici...

Le sommeil ne fut pas difficile à trouver cette nuit-là pour la plupart d'entre eux. Torny et Wax s'écroulèrent les premiers. Quik mit plus de temps, allongé sur le pont. Le capitaine leur donna quelques couvertures grossières, suggérant d'utiliser leurs propres sacoches comme oreillers. Bliss, cependant, resta éveillée en dernier, regardant les étoiles.

Mis à part le froid, les choses semblaient bonnes, et ce sentiment paraissait étranger. La dernière fois que Bliss pouvait dire qu'elle avait été en paix, c'était à Kitaye, avant que les démons ne viennent. Avant le Renouvellement, Pan, et sa propre tentative à peine réussie d'éliminer ces monstres.

Mais ici, avec la roue qui tournait derrière elle, son grondement se mêlant à celui de la rivière pour créer de bonnes vibrations, Bliss pouvait lâcher son bâton, pouvait s'étirer sans avoir besoin de savoir qui avait été posté pour monter la garde. Aucun bandit n'attaquerait ici, et le capitaine avait dit qu'ils étaient encore à quelques jours d'un territoire vraiment risqué.

Profiter du moment, alors. Se laisser relaxer.

Ou elle l'aurait fait, en tout cas, si ce n'était pour des pas sur le pont. Des pas silencieux, mais plus que deux. Se dirigeant vers l'arrière.

Bliss se redressa, regarda autour d'elle et vit qu'aucun des trois autres n'était réveillé. Les doux ronflements de Wax se perdaient dans le bruit de la rivière. Torny avait le visage écrasé contre sa sacoche, tandis que Quik avait un sommeil de chasseur, le sommeil rapide de quelqu'un qui devait saisir ce qu'il pouvait de courts sommeils.

Un mot coupa le bruit. Pas assez clair pour être compris, mais le ton était perceptible. De la colère, de l'irritation. Peut-être quelque chose de plus dur. Les pas continuèrent vers l'arrière.

Partir et laisser faire ?

Bliss regarda Torny à nouveau. Pas moyen que la bandit laisserait passer ça. Elle dirait que toute information sur les autres était utile.

Eh bien, Bliss pouvait être sacrément silencieuse quand elle le voulait.

Se levant sur ses pieds nus, Bliss resta accroupie. La cabine avant avait une lanterne allumée, l'homme d'équipage de nuit au gouvernail, mais l'homme avait les yeux rivés sur l'eau, pas sur Bliss alors qu'elle se déplaçait autour du coin vers le côté bâbord du radeau.

L'étroit passage le long du côté du radeau ne donnait pas beaucoup de couverture à Bliss, alors elle adopta une posture différente. Debout, affichant une expression endormie. Prête à argumenter qu'elle cherchait juste un endroit pour uriner si quelqu'un la trouvait. Néanmoins, elle garda sa démarche silencieuse, remarqua que la porte de l'escalier menant en bas était fermée.

Mais les mots revinrent, tranchants, de l'arrière. Et maintenant, avec la roue atténuée par la distance et la masse du radeau, Bliss pouvait les distinguer.

— J'ai dit que j'avais besoin d'air. Le ton glacial de la Reine. Seulement maintenant, il manquait le commandement de fer que Bliss avait entendu auparavant. Plus frustré, incertain. — Vous ne pouvez pas me garder en bas toute la journée.

— C'est pour votre propre sécurité, un autre type de discours ferme ici. Une mère parlant à un enfant, des tons que Bliss connaissait assez bien en grandissant. — Vous ferez ce dont nous avons besoin, et l'Égide sera vôtre.

— Et Kance sera à elle.

Bliss atteignit l'arrière, resta pressée contre le mur intérieur du radeau. Écoutant.

— Faites attention à ce que vous dites, Altesse, dit le garde. — Vous êtes loin de chez vous.

— Tuez-moi maintenant, Silvrin, et vous scellerez votre propre destin.

— Alors que dirions-nous d'être tous les deux aimables, et personne n'aura besoin d'être blessé.

Bliss recula d'un pas. Elle ne se considérait pas comme une experte en Kance, leur politique, ou comment quoi que ce soit fonctionnait hors de Vis, mais il semblait étrange qu'un garde parle ainsi à la Reine.

Et la Reine avait dit tuer ? Comme si le garde allait la tuer ?

— Excuse-moi, Bliss.

Derrière elle, Wax la poussa en passant, forçant Bliss à tourner le coin à découvert. La Reine et Silvrin tournèrent leurs regards furieux dans leur direction, bien que tous deux ignorèrent Wax alors qu'il remplissait sa gourde au tonneau, et gardèrent leurs yeux sur Bliss.

— Qu'est-ce que tu fais ici ? demanda Wax, sa peau remplie.

« Tu es un idiot », signa Bliss, tournant les talons et retournant à l'avant.

Toujours tenir compte des imbéciles, disait-on chez elle. Quelque chose que Bliss devait se rappeler chaque fois que Wax était dans les parages.

8

LES DENTS DE LA JUNGLE

Bruit : c'était le seul mot que Sawi pouvait utiliser pour décrire les Najahn après leur première matinée de voyage ensemble. Malgré le chemin dégagé vers le sud-est, un voyage de plusieurs jours jusqu'au avant-poste Najahn et le Grand Sana, l'escouade de Gladdring avait fait ses bagages comme s'ils se préparaient pour une expédition de plusieurs mois, et une expédition dangereuse qui plus est.

Chaque pas étouffait le chant de la jungle avec des tintements et des cliquetis, les armures et l'équipement s'entrechoquant. Les conversations des Najahn y contribuaient aussi, leurs syllabes dures et leur argot citadin se mêlant à la vie sauvage luxuriante autour d'eux. Sawi grimaçait chaque fois qu'elle voyait un soldat écarter une plante d'un coup de pied ou trancher une liane gênante.

Les cueilleurs qui entretenaient ces routes le faisaient avec respect, déplaçant les plantes là où elles pouvaient pousser sans interférence, sans tuer sans réfléchir.

Les Najahn étaient bien trop heureux de prendre aussi, acceptant la nourriture offerte par Sawi, du poisson frais et des fruits pour le petit-déjeuner, avec à peine un remerciement et sans offre de réciprocité. Les enfants qui avaient suivi Sawi pour voir partir les Najahn, espérant un bibelot ou deux, étaient repartis les mains vides.

Gladdring et ses érudits faisaient leur part pour retenir son attention, au moins. Ils bombardaient Sawi de questions sur ceci et cela, des coutumes Vis aux noms des plantes et des animaux rencontrés pendant leur voyage. Les érudits, avec d'étranges parchemins, notaient tout ce qu'elle disait.

Toute cette combinaison guérit Sawi de toute timidité, transformant la fascination en une curiosité crue et une acidité mordante, poussant Sawi, lors de leur pause déjeuner sous un soleil chaud dans un bosquet parsemé de fleurs roses et blanches, à demander à Gladdring ce qu'ils voulaient.

— Chacun ici a des objectifs différents, dit Gladdring, plus jovial maintenant que la veille. La sueur trempait son visage, mais Gladdring semblait ne pas s'en soucier. Ses robes noires et violettes, maintenant sales, restaient en place. Plusieurs de ces gardes vont renforcer l'avant-poste ou échanger leurs rotations avec ceux qui y sont déjà. Ces érudits appartiennent à différents Préceptes, certains enregistrent des informations à partager chez eux, tandis que d'autres cherchent des moyens de les utiliser.

— Les utiliser ?

— Tout comme vous le feriez à Kitaye, Sawi. Gladdring accepta de la viande séchée d'un garde, en offrit un morceau à Sawi, qui refusa. Vous ne mangez que vos propres aliments ?

— C'est ce que je connais.

— Et s'aventurer au-delà de ce que vous connaissez est une chose effrayante ?

Avec Wax, Sawi n'aurait pas dit cela. Ensemble, ils avaient trouvé l'inconnu comme un lieu à explorer, à conquérir. Seule ?

— Je suis ici, dit Sawi. Laissons-en là pour l'instant.

— Bien sûr. Bien que si vous trouvez difficile d'essayer ne serait-ce qu'un peu quelque chose de nouveau, vous allez trouver très dur de quitter Vis.

— Qui dit que j'ai l'intention de partir ?

Gladdring gloussa, un gargouillis ressemblant à celui d'une grenouille. — Peut-être me surprendrez-vous, Sawi, en ne vous présentant pas à notre bateau le jour du départ, mais je ne le pense pas.

L'après-midi se déroula à peu près comme la matinée, une randonnée régulière ralentissant à mesure que le soleil plongeait vers une pluie précoce d'hiver. Le chemin devint boueux, l'humeur des Najahn s'aigrit. Sawi leur indiqua les canopées plus épaisses sous lesquelles s'abriter, mais la plupart des Najahn étaient trop têtus, trop dédaigneux pour suivre son conseil.

Gladdring, cependant, suivait ses pas exactement.

Le soir venu, l'orage se calma, un camp fut monté dans une obscurité lugubre et infestée d'insectes. Les feux s'avérèrent difficiles à allumer, crachant et fumant. Sawi aurait simplement grimpé à un arbre, se serait attachée à une branche et aurait profité de quelques fruits et d'un coucher précoce. Au lieu de cela, elle aida les intrus à trouver un peu de confort sur le sol humide et moussu de la forêt.

— Qu'est-ce que c'est que ça ? demanda un garde Najahn, assez fort pour attirer l'attention de tout le monde.

L'homme avait dégainé sa vouge, pointant la lance courbe à travers les arbres. Sa cible : six petits orbes scintillants bien espacés alors qu'ils se déplaçaient, bien en arrière et dissimulés dans l'obscurité.

Avant que Sawi ne puisse parler, un autre soldat Najahn émit un sifflement aigu, provoquant une bousculade dans le camp. Gladdring et les érudits se dirigèrent vers le centre, les gardes Najahn dégainant leurs armes et formant un cercle.

Sawi, les sourcils levés tout du long, regarda, et rit quand la formation fut terminée, la laissant à l'extérieur.

— Mettez-vous derrière nos lances, fillette, aboya le garde qui avait donné l'ordre. Nous ne pouvons pas vous protéger des démons si vous êtes là-bas.

— Des démons ? demanda Sawi, gardant le rire dans sa voix. N'est-il pas étrange que la native ne semble pas inquiète ?

— Dites-nous donc, annonça Gladdring du milieu. Si nous ne devrions pas nous inquiéter, pourquoi ?

— Ces choses ne vous feront pas de mal, répondit Sawi. Plusieurs hanoko. Une mère et ses chatons. C'est leur territoire, au moins jusqu'à l'hiver quand les chatons partiront de leur côté. Les hanoko ne chasseront pas un groupe comme nous. Sawi laissa un sourire malicieux se glisser sur son visage. Bien que je vous suggère d'aller par paires si vous avez besoin de quitter le feu la nuit.

— Si c'est dangereux, nous devrions les chasser, dit le garde Najahn, les mots dirigés vers Gladdring. Nous ne pouvons pas rester ici s'il y a une chance qu'ils attaquent.

— Ces hanoko répondront-ils à une menace ? demanda Gladdring à Sawi.

— C'est leur maison, répondit Sawi. Elle ramassa et abandonna une douzaine d'idées différentes, jugeant chacune trop éloignée pour ces soldats urbains. Vous ne les effrayerez pas. Vous risquez plutôt de les effrayer au point de les pousser au combat, ce que vous ne voulez pas.

— Alors vous pensez que nous sommes en sécurité ?

— Il y a des proies plus faciles ici que nous. Vous irez bien.

Gladdring, se tenant droit au-dessus de ses gardes, fit un signe de tête à Sawi. — Nous ferons confiance à la native, capitaine. Relâchez vos armes, bien que le guetteur doive être plus vigilant.

— Je prendrai le premier tour de garde moi-même, déclara le capitaine.

Il ressemblait à tous les autres, à l'exception d'une broche circulaire en or sur sa cuirasse. Il planta sa vouge dans le sol en parlant, comme si cela le rendait intimidant.

Sawi essaya de ne pas rire et y parvint presque.

Pendant que le reste du camp s'installait, Gladdring s'approcha de Sawi, qui tentait de décider quel arbre ferait un lit plus confortable.

— Pouvez-vous m'emmener les trouver ? demanda Gladdring. Ces hanokos ?

Les yeux avaient disparu peu après le coup de sifflet paniqué du capitaine. Trouver la piste des grands félins dans l'obscurité ne serait pas facile, même pour un chasseur Vis chevronné.

— Ce n'est pas une bonne idée, répondit Sawi. Nous risquerions de trébucher dans l'humidité jusqu'à ce que, ennuyés, épuisés et sales, nous revenions ici sans rien à montrer.

La déception vida le visage de Gladdring, l'étincelle urgente dans sa démarche s'éteignant dans un soupir.

— C'est un non, alors ?

— Nous avons une longue marche demain, Tenet. Et le jour d'après. Mieux vaut se reposer tant qu'on le peut.

Les yeux de Gladdring se plissèrent, ses mains, les doigts serrés l'un contre l'autre et, si Sawi devinait juste, autour d'un petit objet entre eux.

— Vous ne me faites pas confiance là-bas dans le noir, dit Gladdring. Ce n'était pas une question. Vous ne me pensez pas capable.

Sawi cligna des yeux. L'homme disait vrai, bien que ce soit une vérité qu'elle n'avait pas formulée consciemment jusqu'à ce qu'il le dise lui-même.

— Vous et votre peuple n'avez pas votre place ici, dit Sawi. Vous n'êtes pas chez vous dans la jungle. Ce n'est pas si dangereux pour moi, qui y ai passé chaque jour de ma vie, mais vous ? Une cheville cassée, une piqûre d'une épine empoisonnée...

— Ne vous concerne pas, coupa Gladdring. Quoi que vous puissiez penser des Najahn, de moi, sachez que nous sommes plus que capables de gérer vos plantes et vos animaux.

— Alors pourquoi m'emmener du tout ?

— Pour ceci, juste ici. Gladdring hocha la tête derrière Sawi, vers l'obscurité. S'il vous plaît, ne serait-ce que pour un court moment. J'aimerais beaucoup voir l'une de ces créatures.

Sawi commença à nouveau à exprimer son objection, mais trouva la dissidence s'estomper même alors qu'elle se formait dans sa gorge. Alors l'homme voulait faire une promenade stupide dans le noir ? Qu'est-ce que cela pouvait faire ? S'éloigner de tous les grognements des Najahn, de leurs jurons et de leurs plaintes, pourrait être une bonne chose avant une nuit de repos.

— Une courte promenade, acquiesça Sawi.

Le capitaine Najahn fit connaître sa désapprobation, mais Gladdring la balaya d'un geste. Il déclara que lui et la Vis pouvaient se débrouiller, qu'ils resteraient assez près pour que le capitaine puisse effectuer un sauvetage si des démons venaient rôder.

Ainsi, avec la pluie qui tombait, armée de sa corde et Gladdring derrière elle, Sawi s'enfonça dans l'obscurité.

Un ciel nuageux signifiait que Sichi et les étoiles ajoutaient peu de lumière, faisant des premiers moments loin du feu Najahn un exercice hésitant. Ses pieds nus — les chaussures d'escalade rangées dans sa sacoche — Sawi utilisait ses orteils, ses doigts, son nez pour se guider. Gladdring suivait, et Sawi trouva son estime pour l'homme grandir alors qu'il égalait sa marche dans un silence presque total.

Pas de cliquetis métalliques, pas de jurons, pas de respirations bruyantes. Seulement une confiance tranquille émanant du Tenet.

Tous les Najahn n'étaient donc pas pareils. Quelque chose à retenir.

Laissant le feu derrière eux, Sawi et Gladdring s'aventurèrent là où les yeux scintillants du hanoko avaient été vus pour la dernière fois. Les chats pouvaient se déplacer légèrement quand ils en avaient besoin, mais Sawi trouva facilement leurs empreintes dans le sol boueux. Des feuilles aplaties, des fougères et l'odeur collante de l'urine de hanoko marquaient bien la piste. Ses yeux s'adaptant, le noir absolu devint un monde ombragé, des lignes grises se mêlant les unes aux autres. Quelques insectes accoururent pour examiner le couple, leur nombre diminuant à l'approche de l'hiver.

— Ici, dit Sawi, reconnaissant une mauvaise herbe à sa gauche et tendant la main pour en écraser les pétales dans ses paumes. De minuscules pustules dans les feuilles se brisèrent pour laisser une petite bave. Frottez ceci sur votre visage et vous serez épargné par les pires morsures.

Gladdring ne protesta pas, acceptant l'offre et l'étalant.

Un autre point en sa faveur.

L'homme marqua d'autres points en ne parlant pas tandis que Sawi les guidait le long de la piste. Elle restait basse et douce, Gladdring l'imitait, et les deux traquèrent les chats plus longtemps que Sawi ne l'avait prévu, les indices étant trop clairs pour être ignorés.

— La tanière, chuchota Sawi, presque en respirant, lorsqu'ils arrivèrent devant l'énorme arbre tombé. Il s'était écrasé contre un autre, les deux s'effondrant ensemble pour former un abri qui durerait plusieurs saisons ou plus. Ils attendront là-dedans.

— Ils attendent ? demanda Gladdring. Ils ne dorment pas ?

— Les hanokos chassent autant la nuit que le jour, répondit Sawi. La mère pourrait déjà être derrière nous, attendant de voir si nous faisons un geste vers ses petits.

— Mais vous n'avez pas peur.

Sawi se redressa.

— Si nous ne les attaquons pas, le hanoko nous laissera tranquilles. Encore une fois, il y a des proies plus faciles.

— Dommage, dit Gladdring. J'aurais aimé en voir un de près.

Sawi se retourna maintenant.

— Pourquoi ?

Dans l'obscurité, elle ne pouvait pas distinguer les contours plus fins du visage de Gladdring, mais elle lut le reproche dans son ton.

— Mes raisons m'appartiennent, Sawi. J'apprécie vos efforts pour m'amener ici, mais j'ai peur qu'ils ne soient pas suffisants.

— Je ne...

— Les Îles sont en danger. Un Renouvellement a été appelé, et les Najahn sont chargés de nous garder tous en vie jusqu'à ce qu'un nouvel Aegis soit gagné. Gladdring posa une main sur l'épaule de Sawi. Donna la plus légère poussée vers la tanière du hanoko. Pour faire ma part, je dois voir l'un de ces chats de près. Maintenant, si vous voulez bien.

Les arguments contre l'idée de Gladdring étaient nombreux. Ils se déroulèrent, une litanie frénétique, alors que Sawi faisait le premier pas vers la tanière du hanoko. Si les chats la considéraient comme une menace, ils plongeraient sur le couple, ils attaqueraient et les déchireraient, elle et Gladdring.

Pourtant, Gladdring avait suggéré qu'une seule provocation, un seul hanoko vu de près pourrait aider à sauver les îles. Pourrait donner à Wax une meilleure chance de succès.

Comment Sawi pouvait-elle dire non ?

À son deuxième pas, elle ouvrit la bouche, poussa un bas cri de chasseur, l'appel classique quand une prise avait été trouvée. Un son que ces hanoko auraient entendu, auraient appris à craindre.

Ainsi, Sawi ne fut pas du tout surprise lorsque les ombres devant elle bougèrent, rapides et silencieuses, à l'exception d'un grognement, fort et grondant, venant des arbres au-dessus.

9
JEUX DE LANCE

Quand Bliss rata le troisième tir d'affilée, Quik sut que quelque chose n'allait pas. Sa sœur, qui avait passé la veille avec lui à l'arrière du rouleur à devenir experte au lance-harpon, ne ratait pas sa cible de cette façon.

Depuis qu'elle était capable de soulever ce bâton et de souffler dans une sarbacane pour envoyer son aiguille dans un arbre, le père de Quik l'agaçait en disant que Bliss était destinée à être la vraie chasseuse de la famille.

— Malgré tous tes muscles, disait son père, elle t'aurait mis sur le dos et vaincu en quelques secondes.

Comme tout frère et sœur, Quik avait appris à gérer ces piques, généralement en se joignant au groupe de chasse le plus proche et en évacuant sa frustration sur son prochain dîner. Très vite, il avait commencé à rire avec son père, tous deux admirant les progrès de Bliss lorsqu'elle revenait à Kitaye d'abord avec de la vermine, puis des oiseaux de chasse, et enfin avec les précieuses bêtes lourdes de plus en plus difficiles à trouver sur Vis.

« J'ai compris », signa Bliss alors que Quik s'avançait

pour l'aider à recharger le lance-harpon. L'irritation se lisait dans ses gestes. « C'est ce que je mérite. »

Cette irritation, cependant, n'atteignait ni son visage ni ses yeux. Le regard de Bliss se portait constamment sur sa gauche, de l'autre côté de la plate-forme arrière, vers les filets de pêche manœuvrés par Wax et la Reine Kance. Un de ses gardes se tenait à proximité, observant le duo avec ce qui semblait être un froncement de sourcils permanent.

Les Najahn n'avaient jamais l'air aussi en colère. Quik se demanda si la Reine choisissait simplement les brutes les plus difficiles pour ce travail. Après tout, qui voudrait naviguer autour des Sept Îles avec cette bande de crétins ?

Wax ne semblait pas s'en soucier, son frère faisant ce qu'il faisait toujours : s'attaquer aux choses avec un entrain plein d'audace. Si les parents de Quik avaient déclaré Bliss comme la vraie tueuse du groupe, ils ne savaient pas quoi faire de Wax. Il avait été laissé libre, à se débrouiller tout seul, passant ses journées à se balancer d'une liane à l'autre.

Quik laissa de l'espace à Bliss et observa plus longuement ses deux cadets. Un léger sourire se dessina sur son visage. Il n'y avait pas si longtemps, ils étaient tous deux si petits, Quik les portant dans la maison de l'arbre, les emmenant à la crique pour un bain. Et maintenant, ils étaient là, partis à l'aventure ensemble.

Pouvait-on être une famille plus chanceuse ?

— Tu vas bloquer tout le bateau ?

Le sourire de Quik s'effaça complètement lorsque Torny le frôla, un en-cas de mi-matinée dans les bras. Un plateau garni de petits bols de riz, bouilli sur la même chaleur qui faisait avancer le rouleur dans son voyage tumultueux vers le nord.

— Le capitaine dit que vous en avez chacun un, et que

vous êtes censés en être contents, poursuivit Torny en tendant le plateau à chacun à tour de rôle. Même le garde bourru en prit un, marmonnant un bref merci. Des cuillères en bois, pas plus grandes que les doigts de Quik, suffisaient pour porter les grains bruns et moelleux à sa bouche.

Le riz correspondait au goût de la journée : fade et inoffensif. Des nuages gris qui auraient pu annoncer de la neige par un temps plus rude masquaient le soleil, mais pour une fois, le vent ne semblait pas enclin à les chasser. Quik attribuait cela aux vastes rizières qui s'élevaient de part et d'autre et plus loin encore.

Les producteurs de ce même riz qu'ils mangeaient maintenant, et la principale culture de Rana, à en croire le capitaine. Le dernier bon territoire qu'ils traverseraient avant d'atteindre l'étendue nord de Rana, ses rivières plus sauvages et, finalement, le Tourbillon.

— Ça vous plaît ? demanda Wax, et Quik pensa être la cible, mais entendit plutôt la voix de la Reine en réponse.

— Correct, répliqua la Reine. Je ne critiquerai pas la nourriture du navire dont j'ai besoin, cependant.

— Vous avez peur que le capitaine vous jette par-dessus bord ? rit Wax.

— Elle ne le fera pas, intervint le garde sans humour, sans l'ombre d'un doute. L'homme avala une nouvelle cuillerée de riz, le broyant entre ses dents. Elle a été payée. Elle nous livrera.

La Reine sembla figée à ces mots, fixant son propre homme d'un regard impassible, qui ne se brisa que lorsque Wax fit une mauvaise blague sur le fait de livrer un Renouveau comme lui au Tourbillon.

— Un vrai comique, ce type, dit Torny, finissant son propre bol près de Quik. Il a toujours été comme ça ?

— Dès qu'il a eu une bouche, il s'en est servi pour nous faire rire, dit Quik.

« Ou grogner », signa Bliss. Ayant terminé avec le lance-harpon, elle le posa contre l'arrière du bateau. « Vous avez un moment tous les deux ? »

— Où d'autre pourrions-nous aller ? demanda Torny, et Quik ne put qu'approuver.

La taille du rouleur restait quelque peu mystérieuse, car la Reine interdisait au groupe de Vis, et à Torny, de descendre à l'intérieur. Seule la chance avait permis que le temps reste assez clément pour ne pas forcer la question, et les belles vues empêchaient l'envie de vagabonder de Quik de prendre le dessus, mais même ainsi, il s'attardait souvent près de l'escalier. Le vieux désir d'aventure, d'exploration. La seule chose qu'il avait en commun avec Wax.

Bliss jeta un autre regard au garde, qui mâchait son riz. L'homme mangeait lentement, jetant constamment des coups d'œil à la Reine. Protecteur, mais après tout, les rumeurs disaient toujours que la royauté Kance avait des tendances violentes.

« La nuit dernière, ils étaient ici », signa Bliss, désignant discrètement la Reine, Wax et le garde.

— Wax ? dit Quik, pour ne recevoir qu'un regard noir de sa sœur.

— Je pense qu'elle veut que ce soit un secret, murmura Torny. Bien que nous devions maintenir une certaine apparence.

« Parlez de Foti », signa Bliss. « Du tolkat et du démon. »

Pour une histoire pas si vieille, Torny lui donna une sacrée tournure, plongeant dans la découverte, le puits de lave, le combat qui s'ensuivit et les retrouvailles entre frère et sœur. Déjà, Torny y mêlait des bribes de légende, des descriptions tordant la réalité et y insufflant magie et enchantement. Un embellissement naturel.

Pendant tout ce temps, Quik observait les doigts de Bliss voler, et il l'accompagnait avec ses propres questions. Torny, encore novice dans le langage des signes, se concentrait principalement sur son histoire, faisant occasionnellement des signes à Quik pour le faire rire.

Le récit de Bliss manquait de l'imagination de Torny, du monstre et du triomphe meurtrier, mais il avait l'avantage absolu d'être important pour leur situation immédiate.

— Tu crois que la Reine est retenue contre son gré ? signa Quik. Tu en es sûre ?

— Pas du tout. J'ai juste entendu une dispute, c'est tout.

De retour sur Foti, quand Quik était allé voir le commandant Najahn pour leur expliquer leur situation, le violet et noir n'avait pas hésité un instant avant de déclarer leur intention de sauver Wax. Cette nuit-là, le sloop avait été chargé, larguant les amarres et risquant un mauvais éclairage pour sauver la vie de son frère.

Pas parce que Wax était un Vis ayant besoin d'aide, mais parce qu'il était un Renouveau, et que le monde avait besoin de sa chance.

Si Bliss avait raison, alors la Reine pourrait être une otage, aussi incroyable que cela puisse paraître.

Et que feraient-ils exactement de cette information ?

— Elle est toujours là, signa Quik. Elle n'essaie pas de s'enfuir.

— Parce que ces gardes ne la lâchent pas d'une semelle, répondit Bliss. Que pourrait-elle faire, les combattre ?

Ce serait une erreur. Quik imaginait que les robes de la Reine pouvaient cacher un couteau ou deux, et Kance avait la réputation de manier les petites lames, mais contre ses trois gardes ? Sans soutien ?

Quik se redressa. L'histoire de Torny touchait à sa fin, et ils devraient faire un choix.

— Nous n'en savons pas assez, signa Quik. Les Najahn ne voudraient pas qu'un Renouveau soit impliqué là-dedans.

Torny renifla au milieu de sa phrase. — Les Najahn se fichent complètement de nous tous, marmonna-t-elle, avant de hausser à nouveau la voix pour la danse finale avec le monstre en forme de palourde.

Quik fronça les sourcils en direction de la bandite, puis chassa cette pensée. Torny n'avait pas d'importance, elle était insignifiante sauf pour ce qui était d'aider Wax. Et Bliss semblait apprécier sa compagnie, alors Quik la supporterait.

Pour l'instant.

— Alors on peut lui demander ? signa Bliss. Trouver un moyen d'être sûrs ?

Quik jeta un coup d'œil au garde, à la Reine et à Wax, revenus maintenant à leurs filets de pêche. Le regard du garde ne semblait plus si protecteur. Au lieu de cela, il semblait s'attendre à ce que la Reine fasse un bond, prêt à plonger pour la rattraper.

— Une distraction, dit Torny en remettant les bols sur le plateau. C'est ce dont ce rouleau a besoin. Une bonne vieille distraction.

La bandite fit un clin d'œil à Quik en partant, la vaisselle récupérée pour être lavée.

— Une distraction ? demanda Bliss. Comment ?

Quik, cependant, avait une idée. — J'ai un plan. Quand ça se produira, fais en sorte que Wax lui demande. Vous n'aurez pas beaucoup de temps.

— Qu'est-ce que tu vas faire ?

Quik se contenta de sourire. Il dit à Bliss de s'écarter,

prit le fusil à harpon. Il le tenait d'une main. Plus léger que les lances complètes qu'il maniait chez lui.

Facile.

— Tu vois, Bliss, tu le tiens mal, annonça Quik. Tu dois mettre les deux mains sur le canon, viser le long de la ligne de mire, et ensuite, peu importe où tu vises... Quik fit pivoter le fusil à harpon, Bliss se baissant alors que le trait passait au-dessus d'elle.

Le rouleau n'était pas un navire instable, mais il tanguait et roulait au gré du courant de la rivière. Les rapides, les rochers et le simple bouillonnement inhérent à toute voie navigable maintenaient le rouleau dans un léger mouvement, dont Quik profita maintenant pour se déséquilibrer.

Il bascula en arrière, poussant un cri, et appuya sur la détente. Le fusil à harpon tira, effleura l'armure Kance du garde et s'envola par-dessus bord.

— Fais gaffe où tu vises, grogna le garde tandis que Quik retrouvait son équilibre. Je ne suis pas un poisson, espèce de baiseur de fleurs Vis.

Le chasseur contint sa colère. Mauvais tir ou non, l'insulte n'était pas nécessaire. Néanmoins, ces mots donnèrent de l'entrain à Quik alors qu'il courait vers le garde, s'approchant très près et inspectant l'endroit où le harpon avait éraflé.

Il n'y avait rien d'autre qu'une légère bosse sur l'épaulière d'argent du garde, mais Quik secoua quand même la tête de son mieux.

— Ça a l'air mauvais, dit Quik. On ferait mieux d'aller voir la capitaine pour voir si elle a quelque chose pour vous aider.

Le garde essaya de résister tandis que Quik posait sa

main droite sur le bras gauche du garde, tournant l'homme vers le passage du rouleau.

— Ça ne prendra qu'une minute ou deux, j'en suis sûr, dit Quik. Et bien sûr, je paierai pour ça. C'est ma faute.

— Ça, c'est sûr, dit le garde, essayant de se dégager du bras de Quik. Si tu as endommagé ma cotte de mailles, je vais...

Le garde continua de parler, Quik continua de pousser, et Bliss passa juste à côté d'eux alors que Quik guidait le garde au coin.

Avec un peu de chance, sa sœur pourrait obtenir quelques réponses.

Quik sourit. Bien sûr qu'elle le pourrait. Bliss était la meilleure. Ils le savaient tous depuis si longtemps maintenant.

10

PIERRES SAUVAGES

Un bon capitaine connaît l'état d'esprit de son équipage sans qu'un mot ne soit prononcé. Un seul regard, comme celui que Maena lança à travers l'arène à Rasslebeck, lui indiqua que l'homme n'avait pas l'intention de l'embrocher. Cela lui indiqua également que le ferrite qui se tenait entre eux était assez inoffensif. Rasslebeck verrait sans doute la même chose dans les yeux de Maena.

Pas que Barten s'en souciait. Le garde continuait à hurler ses grossières louanges, présentant Kivi comme un monstre dévoreur d'hommes, aussi susceptible de bondir hors de la fosse pour engloutir la foule que de manger les deux combattants. Avec seulement le vieux couteau de Barten au centre de la fosse, quelle chance ces deux-là avaient-ils vraiment ?

On omettait de mentionner les chances que Barten lui-même, qui se promenait sur les bords de l'arène en agitant les bras, puisse servir de collation.

Si ça pouvait le faire taire, j'approuverais.

Maena s'élança en avant, sprintant à travers l'arène vers

le couteau tombé. La poussière s'éleva lorsqu'elle s'arrêta en glissant près de la lame. Kivi ne semblait pas le moins du monde perturbé, reniflant une fois et mordant dans l'une des boules de pierre restantes au milieu de l'arène. Rasslebeck restait où il était, près de l'unique sortie de l'arène, les bras le long du corps, le visage crispé et grimaçant.

— Un risque audacieux, de laisser l'arme à ton ennemie, cria Barten tandis que Maena ramassait le couteau, le retournant pour une prise de la main droite. Peut-être pense-t-il que le lézard pourrait la manger maintenant ?

— Reste avec moi, murmura Maena à Kivi. J'ai un plan.

Kivi renifla. Rasslebeck interpréta son mouvement de couteau et se rapprocha de la porte de l'arène.

— Le lézard semble placide, dit Barten. Peut-être est-ce le moment pour un coup fatal !

— Poursuis-moi, murmura Maena.

Kivi pencha la tête, sortit sa langue fourchue pour goûter l'air.

— Maintenant.

Maena bondit à nouveau, se ruant vers Rasslebeck en affichant le regard le plus furieux qu'elle pouvait.

Kivi comprit bien les intentions et se lança à la poursuite de Maena, courant le long du sol de terre. Rasslebeck prouva qu'il n'était pas un imbécile en faisant un pas de côté vers la droite, contre la porte.

Barten, prouvant qu'il en était un, cria qu'il n'y aurait pas d'échappatoire, que la porte ne s'ouvrirait que pour laisser sortir le vainqueur.

L'éventrer déjà ? Ça semble cruel, pour toute l'aide qu'il nous a apportée.

Tu ne sais pas de quoi tu parles.

Hé, je ne suis en vie que depuis quelques semaines.

Maena fonça sur Rasslebeck, les yeux de l'homme

s'écarquillant lorsqu'il réalisa qu'elle n'allait pas s'arrêter. Les deux tombèrent au sol, s'appuyant contre cette sortie grillagée. Kivi les rattrapa, s'arrêtant net devant l'amas.

— Brise les barreaux, ordonna Maena au ferrite.

— C'est ça ton idée ? chuchota Rasslebeck pendant que Barten criait à un coup de couteau imaginaire, à un combat pour leur vie. Les ferrites mangent de la roche, pas du fer.

Kivi, cependant, semblait déterminée à prouver que Rasslebeck avait tort. Elle contourna leurs pieds, vers le coin de la grille, ouvrit sa gueule et mordit d'un coup sec le métal noir forgé. Ses dents de pierre projetèrent des étincelles en entrant en collision, et la grille trembla.

— Il faut qu'on les distraie, dit Maena en se retournant et en repoussant Rasslebeck dans l'arène. Attaque-moi.

— Capitaine, il fut un temps où j'aurais été partant pour une bagarre, dit Rasslebeck en se relevant et en levant les poings. Mais là, je ne le sens pas.

— Au diable tes sentiments. Maena leva le couteau, le pointant vers Rasslebeck. Barten hurlait qu'une mort par coup de couteau était proche. Rends ça réaliste, ou on mourra tous les deux aujourd'hui.

Derrière elle, un autre craquement. Quelque chose de dur se brisa. Il y avait donc une chance.

Elle plongea vers Rasslebeck, menant avec le couteau, dirigeant sa pointe juste à côté de la taille de l'homme tandis que Rasslebeck attrapait ses épaules, la repoussant contre la grille.

Le fer s'enfonça, des vis rugueuses éraflant le dos de Maena. Kivi donna un autre coup de dents, un rapide coup d'œil confirmant que le coin cédait. Il faudrait encore beaucoup de travail pour créer un espace suffisant pour s'échapper, à moins que l'un d'eux ne prévoie de ramper pour sortir.

Rasslebeck relâcha sa prise à l'impact, se demandant peut-être s'il avait réellement blessé sa capitaine. Au lieu de cela, Maena saisit l'ouverture, enfonçant son poing gauche libre dans l'estomac de Rasslebeck, le faisant se plier en deux.

— Fais semblant d'avoir été poignardé, dit Maena, glissant le couteau dans la tunique en lambeaux de Rasslebeck, déchirant le tissu et peut-être, juste peut-être, éraflant sa peau.

Le pillard Rana connaissait bien son rôle, cependant, et le joua à merveille, plaquant la lame contre son côté et reculant d'un pas en titubant.

Kivi brisa un autre barreau.

— Qu'avons-nous là ? Un coup d'estoc pour la fin ? s'écria Barten. Un retournement de situation surprenant, le coup de couteau non pas de la créature, mais de son ancien ami ! Barten fit signe à Maena d'avancer, la capitaine acceptant l'offre d'une marche lente. Oui, vous avez bien entendu. Elle était le chef de sa victime, une capitaine Rana, maintenant une simple meurtrière pour votre divertissement. Pourtant, c'est ce que nous devons devenir si nous voulons gagner notre liberté dans les Fosses.

Maena ralentit face à la biographie improvisée de Barten. Leurs ravisseurs Whent avaient arraché des conversations sommaires à tous pendant les nuits en route vers les Fosses, des bribes de passé qui semblaient assez anodines. Presque agréable, l'intérêt que ces scribes avaient porté aux prisonniers sales.

Bien sûr, tout cela menait au profit, au spectacle.

— Allez, allez, continuait Barten en suppliant Maena. Accepte ta gloire, capitaine, car tu l'as méritée. Aussi amère soit-elle, c'est sûrement mieux que de gésir dans la poussière, tes tripes se vidant dans la terre, non ?

Un autre craquement, un autre claquement. Kivi qui continuait à mâchouiller. Barten, pour la première fois, fronça les sourcils en regardant le ferrite.

— Il semble que le lézard ait un goût pour notre métal, dit Barten, puis il fit signe aux gardes en haut de l'arène de faire une coupure plus nette. — Il vaudrait mieux remettre la ferrite dans sa boîte, mes amis, de peur que nous ayons à fermer cette fosse pour réparations. Barten fit un clin d'œil théâtral à la foule, qui rit. — Comme si nous le ferions jamais. Une porte peut facilement être remplacée par des lances. Nous avons assez de gardes pour les manier, et si jamais nous en manquions, n'importe lequel d'entre vous sauterait sûrement sur l'occasion !

Maena atteignit son côté, accepta la main de Barten tandis qu'il levait son poignet bien haut. La foule répondit par un mélange d'applaudissements, de grognements, d'insultes et de compliments. De la salive et de la bière volèrent, certaines atterrissant sur le duo. Barten accueillit tout cela avec un sourire. Maena ferma les yeux et détourna le regard.

Tu es revenue pour tout ça. N'es-tu pas heureuse ?

Je n'ai pas choisi de revenir.

L'autre côté de Maena n'eut pas de réponse à cela. À la place, un autre craquement attira le regard de Maena loin de la pluie d'immondices, de retour vers la porte. Une autre fente était partie, l'ouverture maintenant assez grande pour passer en se baissant. Rasslebeck restait immobile.

Bouge. Maena essaya d'envoyer l'ordre, de le transmettre à travers un lien éthéré avec Rasslebeck, mais l'homme ne bougea pas. Attendant un signal, alors. Une sorte de permission pour abandonner son capitaine et fuir.

Elle pouvait lui donner cela.

Rassemblant son souffle, Maena mit ses doigts à sa

bouche et siffla. Aigu et fort, le commandement s'éleva au-dessus du bruit. Pour la foule, cela semblait être un signe de victoire. Pour Rasslebeck, allongé dans la poussière, le sifflement ne pouvait signifier qu'une chose : attaquer.

Le pillard roula en avant, se releva du sol et plongea à travers l'ouverture de Kivi. Maena regarda Kivi jeter un dernier regard dans sa direction avant de se lancer à la poursuite de Rasslebeck, les deux disparaissant dans les couloirs sous les Fosses.

La foule éclata alors en différents cris, Barten se retournant pour suivre leurs indications et attrapant les derniers moments de la fuite de Rasslebeck.

— Un homme fort, celui-là ! cria Barten. Feindre la mort seulement pour s'échapper. Un rire fort et forcé, tout en gardant une prise ferme sur le poignet de Maena. — Pas que ça change grand-chose. Personne n'échappe aux Fosses. Une profonde inspiration. — Ce sera tout pour cette session, et pour la journée dans cette arène. Profitez de votre temps aux Fosses, et que le sang soit toujours épais !

Avec un dernier salut, la foule s'éloignant pour trouver de nouveaux événements, de nouvelles boissons et de nouvelles pierres à lancer, Barten tira Maena sur le côté.

De près, Maena compta les dents tordues et ébréchées de l'homme. Son nez cassé. Une haleine capable de tuer quelqu'un rien qu'avec son odeur. Pourtant, les yeux secs de Barten contenaient une menace prudente.

— Ne pense pas que nous ne savons pas ce que tu as fait là, capitaine, dit Barten, l'intonation de bouffon disparue. — Ton ami va être coincé, soit par la lance d'un garde, soit par le couteau d'un autre prisonnier. Tenter de s'échapper te met sur un chemin dont on ne peut pas s'enfuir.

— Nous étions morts de toute façon. Au moins maintenant, il a une chance.

— Une chance ? Barten secoua la tête, un faux deuil dans le geste. — Tu avais une chance. Vous en aviez tous les deux une ici même. Les Fosses ne sont pas un donjon où la mort attend tout le monde, capitaine. Il y a de l'espoir ici. Une vraie opportunité de se libérer et de se donner une nouvelle vie. Barten poussa Maena en arrière, vers la porte. Il la suivit, continuant à parler. — Je ne suis pas un monstre cherchant à condamner les autres à la misère. C'est la justice, pure et simple. Ceux qui veulent prouver leur innocence peuvent le faire. Maintenant, tu as creusé pour ton ami un trou dont il ne s'échappera jamais.

Beau travail.

Je ne t'ai pas entendue proposer d'idées.

J'en ai une maintenant. As-tu le cran pour ça ?

— Et moi, Barten ? Est-ce que j'obtiens le prix du vainqueur ? demanda Maena, se retournant à nouveau pour faire face à l'homme.

— Le prix du vainqueur ? Pour ça, il faudrait que tu aies gagné. Ni la bête ni ton adversaire ne sont morts. Barten tendit la main, poussa à nouveau Maena en arrière. La capitaine ne trébucha pas, laissa les pas venir. Resta immobile. — Ce que tu obtiens, c'est la sentence d'un échec. La punition la plus sévère que je puisse donner. Celle que nous réservons à ceux qui n'essaient pas, qui ont déjà abandonné tant d'eux-mêmes qu'ils ne tenteront pas de se rétablir.

Barten s'approcha à nouveau, visant à donner une autre poussée à Maena. Maena attendit que les bras se referment, puis s'élança en avant, sous sa portée. Elle leva brusquement la tête, frappant son menton avec le haut de son crâne. Sa mâchoire claqua fort, l'homme reculant. Maena lança un coup de pied avec son pied droit, attrapant la cheville de Barten et l'envoyant s'étaler au sol.

Pas une âme ne cria, pas une lance ni une flèche ne vola dans sa direction. Les gardes montant la garde étaient partis avec la foule.

Barten balbutia quelque chose alors que Maena s'approchait, lui donna un autre coup de pied, le laissant recroquevillé. Plusieurs pas plus loin, Maena se pencha, ramassa une boule de pierre.

Fais-le. Maintenant.

Maena se retourna, tenant la boule des deux mains. Lourde. Barten gémit.

Tais-toi. Tu ne sais rien.

La seule chose que je sais, c'est que laisser tes ennemis vivre te coûtera cher.

Elle souleva la pierre. Barten roula, posa ses mains au sol, mit ses genoux sous lui. Dans un autre moment, il serait debout.

Ne sois pas miséricordieuse maintenant. Tu ne l'as pas été avec moi. Finis-en, pour une fois.

Quand Maena partit, se baissant à travers le même trou que Kivi avait mâché quelques minutes plus tôt, elle laissa derrière elle une arène silencieuse. Ses mains poussiéreuses, ses pieds rouges et humides.

Elle regarda à droite, regarda à gauche. Écouta, entendit des pas et des jurons venant de la gauche. Alors Maena, désarmée, ne portant rien d'autre que quelques lambeaux de lin, partit à droite à la place, écoutant son instinct et rien d'autre.

Pour une fois, la voix dans sa tête s'était tue.

11

LES MURMURES DE LA NUIT

La Reine agrippa le bras de Wax lorsque le fusil-harpon se déclencha. Heureusement d'ailleurs : le bruit soudain, l'éclair lumineux quand le harpon fila dans les airs, rebondissant sur l'épaule du garde, firent reculer Wax vers le bord arrière du bateau. Il perdit l'équilibre et serait tombé si ce n'était pour la main rapide de la Reine, sa force surprenante alors qu'elle le ramenait à bord.

— Garde ton sang-froid, dit-elle tandis que Wax se stabilisait, un mouvement soudain éclatant derrière eux. Je ne suis pas ta nounou.

— Ma nounou ?

Quik interrompit la question avec une remarque absurde au garde à propos de son épaule, d'une potentielle blessure. De toutes ses années, Wax savait que Quik était un homme attentionné, mais d'une manière bourrue et distante. Pas question qu'il se soucie d'un garde de Kance quelconque.

Pas question non plus, alors que Wax retraçait ce qui venait de se passer, que Quik rate son tir aussi lamentablement.

— Tu n'écoutes pas, n'est-ce pas ? dit la Reine, aiguisant suffisamment son ton pour trancher à travers ses pensées.

— Désolé, dit Wax, observant toujours son frère qui entraînait le garde grommelant au loin. J'essaie de comprendre...

Bliss surgit entre les deux, ses doigts s'agitant. Wax se reconcentra, saisissant les symboles tandis que la Reine, perdant enfin son sang-froid, plissait les yeux et pinçait les lèvres.

« J'ai entendu un garde hier soir, son garde, la menacer », signa Bliss en direction de Wax. « Tu dois lui demander si elle va bien. »

Une question. Toute la matinée, Wax en avait lancé à la Reine et n'avait reçu guère plus que des refus en retour. Soit elle restait silencieuse, soit elle rebondissait avec une question propre, évitant une réponse et la remplaçant par une légère interrogation sur Vis, sur le foyer de Wax, sur la nourriture qu'il préférait. Wax parait ces questions avec des réponses aimables, essayant toujours de ramener la conversation à son interrogatoire, mais la Reine s'était jusqu'ici montrée meilleure dans ce jeu de mots, laissant Wax voir l'instruction de Bliss moins comme une option et plus comme une ouverture désespérée.

Sans le garde ici, avec quelque chose d'aussi direct, peut-être que la Reine ne pourrait pas se cacher.

— Êtes-vous une otage ? demanda Wax, baissant la voix.

Les eaux, le vent nuageux du matin chargé de cris d'oiseaux, et le moteur du bateau produisaient suffisamment de bruit pour étouffer les oreilles indiscrètes, mais Wax ne voyait pas l'intérêt d'être tapageur.

Après Sledge, après Foti, le groupe avait adopté une nouvelle philosophie : les ennemis étaient partout.

La Reine prit la question comme Wax prenait sa quatrième bière de la nuit, avec une sorte de stupeur douce, comme si être confrontée à cette réalité n'avait pas de réplique prête, pas de repartie habile.

Elle ne dit rien.

Bliss, fronçant les sourcils, signa à nouveau à Wax.

— Ma sœur dit qu'elle vous a entendue, hier soir, dit Wax, puis cligna des yeux. Attends, Bliss, c'est ce que tu faisais quand je t'ai bousculée ?

Bliss leva les yeux au ciel. « Arrête d'être idiot, Wax, et concentre-toi. »

— Je ne suis pas une otage, répondit la Reine, se dégelant de sa stupeur. Je suis une Reine de Kance. Mes gardes veillent simplement sur moi. C'est tout.

Wax jeta un coup d'œil à Bliss, dont le froncement de sourcils ne fit que s'approfondir. « Elle ment. »

— Je ne veux pas vous insulter, euh...

— Votre Majesté fera l'affaire, dit la Reine, reculant d'un pas, un froncement de sourcils solide se dessinant sur son visage. Et j'accepterai une remarque désagréable, mais pas deux. Gardez vos soupçons pour vous. Les passagers clandestins, peu importe qui ils peuvent être, n'ont pas le droit de perturber mon navire. Demandez encore, et je demanderai à mes gardes de vous jeter par-dessus bord.

Avec un tour rigide, néanmoins parfait malgré le roulis du bateau sur le remous de la rivière, la Reine s'éloigna d'un pas lourd, disparaissant au coin du bateau.

« Eh bien, ça ne s'est pas si bien passé », signa Bliss, pinçant les lèvres. « Quik a pourtant joué son rôle à la perfection. »

— J'étais impressionné, marmonna Wax, regardant l'endroit où la Reine s'était tenue, essayant d'assembler son puzzle et échouant.

Toute la matinée, alors qu'elle esquivait ses questions, elle avait lancé les cannes et les filets comme une pêcheuse qui aurait passé sa vie sur les bateaux. Sans sa robe, remplacée par un pantalon propre de Kance et une chemise de travail, elle avait montré des muscles sculptés dans aucune cour royale dont Wax avait jamais entendu parler.

Comme le disaient les dictons de Vis, plus ton titre était gonflé, plus il y avait d'air à l'intérieur. La Reine défaiit tout cela.

Et plus encore, elle avait montré de vrais sourires en remontant la prise, en tirant fermement sur les lignes et en voyant leurs récompenses. Comme si la Reine savourait cette tâche simple, malgré les nombreux grognements de son garde qui lui disait de retourner en bas, de laisser les tâches à ceux censés les effectuer.

« Tu perds la tête, mon frère ? » signa Bliss, puis claqua des doigts devant son visage. « Le soleil te monte à la tête ? »

— Il fait nuageux, dit Wax, tressaillant.

« Ouais, mais te connaissant, ça ne m'étonnerait pas. »

Wax secoua la tête. Il sentit la traction alors qu'une canne annonçait qu'elle avait trouvé une autre prise. Peu importe combien il pouvait le souhaiter, le bateau ne laissait guère de temps à la réflexion.

L'après-midi marqua un changement. Pas dans le temps, qui restait un froid maussade, ni dans les eaux, qui poursuivaient leur flux incessant. Le paysage autour d'eux, cependant, brisa ses rizières soigneusement entretenues. Les collines s'aplatirent en marécages encombrés, avec de petits arbres jaillissant et étendant de vastes branches grêles dans toutes les directions. Comme des champignons hirsutes. Ces branches offraient un abri à toutes sortes de plantes étranges, leurs tiges séchées et leurs bulbes donnant des indices sur ce que cet endroit sauvage pourrait être au printemps et en été.

— Ça va mieux maintenant, marmonna la capitaine en rejoignant Wax et Torny près de la roue avant du rouleur.

Une fois de plus, deux personnes devaient rester en permanence près de la bête vrombissante, nettoyant les saletés au fur et à mesure qu'elle avançait. La capitaine semblait toujours aussi nerveuse, bien que Wax remarquât qu'elle avait changé d'équipement. Elle ne portait plus seulement des vêtements chauds, mais des cuirs de Rana. Un sabre pendait à sa ceinture.

— Si vous étiez venus ici il y a quelques mois, vous auriez eu la tête envahie d'insectes, puis harcelée par les oiseaux qui les chassaient, continua la capitaine, sans se concentrer ni sur Wax ni sur Torny, parlant simplement dans le vent. Il y avait aussi plus de trafic maritime. Des pêcheurs, des plongeurs, des récolteurs qui faisaient leurs tournées. Tout est terminé maintenant, ça ne recommencera pas avant qu'on ait un nouvel Égide, été ou pas.

— Trop effrayés ? suggéra Torny, sa question provoquant une grimace chez son interlocutrice.

— Plus raisonnables, dirait-on. Le Tourbillon est une porte. Il descend aussi profondément que n'importe quel endroit des Îles, et il aspire autant qu'il noie. Quand les démons commenceront à venir, c'est autour du Tourbillon qu'ils seront.

— Attendez, dit Wax. Le Tourbillon n'est-il pas l'endroit où se trouvent les skars ?

La capitaine hocha la tête. — Chaque île a son défi, d'après ce que j'ai entendu. À Rana, il faut entrer dans cette bête et en ressortir avec ton joyau. Le plus difficile, je parie.

— Les Najahn ne le gardent-ils pas protégé ?

— C'est là que nous allons, Vis. La capitaine pointa l'horizon du doigt. Encore un jour et nous y serons. Bien que nous ne bougerons pas pendant la nuit, pas ici. Trop d'obstacles sur le chemin.

— Donc les Najahn sont ici ?

La capitaine rit, donnant comme toujours une tournure lugubre à son rire. — Tu ferais mieux d'espérer qu'ils ne soient pas déjà tous morts.

L'ambiance sinistre sembla envelopper le rouleur alors que le soleil, toujours caché, laissait le monde sombrer dans l'obscurité. Une ancre fut jetée, le moteur éteint, et pour la première fois depuis des jours, Wax ne sentit pas, n'entendit pas le grondement du rouleur. Tout le monde sembla se taire en réponse. La Reine et ses gardes ne firent pas d'apparitions, restant en bas. La capitaine n'ouvrit les portes intérieures que pour servir le dîner.

— Gardez vos armes à portée de main cette nuit, avertit la capitaine. Et établissez un tour de garde.

— Vous n'aidez pas ? demanda Quik.

— Si vous laissez ce navire couler, vous n'arriverez pas non plus là où vous voulez aller. Ne laissez aucun mal lui arriver, et vous en sortirez vivants demain.

Wax se proposa pour prendre le premier quart, s'installant avec sa lame de Foti. Le couteau lui manquait, disparu depuis la bataille contre les ferrites sur les coulées de lave de Foti. Les deux armes s'étaient bien complétées. Maintenant, dans la lueur de la lanterne du navire, Wax tournait sa lame bleue et regardait la lumière.

Il avait à peine utilisé l'épée depuis qu'il l'avait échangée sur Vis. Quelle idée ç'avait été. Protection. Il n'avait réussi qu'un seul coup avec, contre le scarabée dans le tube de lave de Foti. Tout le reste, des échecs.

Wax sourit. Pas des échecs, non, juste des occasions

manquées. Peut-être que Rana lui donnerait une chance. Bien que comment pouvait-on poignarder un tourbillon ?

Le marais ne détenait pas les réponses. Sans le grondement, les quelques insectes ne pouvaient pas compenser, laissant Wax largement dans le silence. Les nuages persistaient aussi, donnant à la nuit une sensation d'enfermement. Si Wax avait cru aux fantômes, il aurait pu prétendre les voir flotter dans l'obscurité.

Au lieu de cela, il laissa ses jambes pendre par-dessus le bord du rouleur, la lame reposant sur ses genoux. Il tourna son attention vers les deux skars, écoutant leurs murmures. Ils grandissaient à mesure que Wax se concentrait, comme une conversation qui se tournait pour l'inclure. Le skar de Vis parlait d'une voix calme et posée, tandis que celui de Foti, à la manière de son lieu de naissance, déclarait ses pensées en phrases dures et courtes.

Quelles étaient ces pensées, Wax l'ignorait. Mais peut-être que ce soir, il pourrait essayer de les démêler.

Commencer par la maison d'abord.

Si Wax voulait un discours, le skar de Vis ne lui en donna pas. Au lieu de cela, il parlait en lignes répétées, les mêmes deux ou trois phrases encore et encore dans une langue que Wax ne connaissait pas. Au début, Wax supposa que les mots étaient aléatoires, ses mains reposant sur la lame de Foti. Il écouta, ne trouvant rien à quoi s'accrocher.

Jusqu'à ce qu'un insecte trouve son dîner sur son oreille. Quand Wax leva sa main gauche pour chasser l'insecte, le skar changea sa chanson, s'illuminant. Le skar devint plus fort, plus excité, comme Sawi disant à Wax qu'elle avait trouvé un nouveau sana à escalader.

Et dans son excitation, le skar sembla opérer sa magie étrange, dissipant la douleur de la piqûre, bien que la marque elle-même prendrait du temps à disparaître.

Des mots différents, des émotions quand le skar trouvait son but. Cela avait un certain sens, bien que Wax ne fût pas sûr de ce qu'il pouvait faire de cette connaissance.

La garder pour plus tard. Peut-être que s'il devenait un jour l'Égide, quelqu'un pourrait l'utiliser.

En attendant, il écouterait le bavardage des skars, regarderait les nuages et attendrait l'occasion de rêver sur le pont dur du rouleur.

12

DES COUTEAUX ENTRE AMIS

Sawi écarta les bras et poussa un cri, pas un hurlement. Déterminée, confiante malgré l'idiotie de Gladdring. Elle ne fit pas un pas de plus vers la tanière des hanokos, et les grands félins ne s'approchèrent pas davantage d'elle. Ces orbes brillants restaient à l'abri sous le couvert des arbres, la mère gardant aussi ses distances.

Ne pas montrer de faiblesse, ne pas provoquer de menace, et les hanokos la laisseraient tranquille.

— Calme face au désastre, marmonna Gladdring. Tous les Vis sont-ils comme toi ?

— Si tu ne fais pas demi-tour pour retourner au camp, je te laisserai ici, dit Sawi sans se retourner.

— Et prête à me menacer. Eh bien, ce n'est pas ce que je cherchais à apprendre, mais je repartirai satisfait malgré tout. Désolé pour cette embuscade, Sawi, mais je devais savoir.

— Savoir quoi ? demanda Sawi en reculant d'un pas lorsqu'elle entendit Gladdring bruisser à travers les fougères et la boue.

— Si tu étais une espionne.

Sawi essaya d'obtenir plus de détails de Gladdring, mais le Tenet refusa, disant seulement que Sawi avait réussi l'épreuve. Cette réponse ne fit rien pour apaiser la colère montante de Sawi, parfaitement justifiée après avoir été jetée à la merci des félins. Elle rumina sa colère pendant tout le chemin du retour au camp, où elle grimpa dans l'arbre qu'elle avait choisi, sur une branche haute et solide.

Aussi confortable que le sol moelleux ? Probablement pas, mais Sawi ne risquerait pas de recevoir un coup de couteau dans le dos ici-haut.

La branche avait un autre avantage : ses nœuds bosselés étaient suffisamment inconfortables pour réveiller Sawi avant la plupart des Najahn, lui donnant l'occasion de faire exactement ce que Gladdring avait dit qu'elle n'était pas : espionner.

Le Tenet, malgré la lumière matinale du soleil, avait déjà rassemblé ses érudits en cercle. Il semblait mener une discussion animée, agitant les bras dans tous les sens, pointant ici et là. À un moment, un érudit éleva la voix — Sawi capta le mot « skar » — mais Gladdring le fit taire d'un démenti virulent.

— Ce voyage n'est que pour la recherche, dit Gladdring, sa voix s'élevant assez clairement pour que Sawi l'entende. Nous voulons savoir si les démons se rassemblent sur Vis, s'ils se dirigent vers le Grand Sana. Vous avez tous vos études assignées. En dehors de cela, ne vous préoccupez de rien d'autre que de votre propre survie.

En terminant, Gladdring leva les yeux, remarqua Sawi et lui fit signe de la main de descendre.

— Content de te voir réveillée, Sawi. Encore une journée de voyage et nous arriverons, n'est-ce pas ?

— Si vous maintenez un bon rythme, cria Sawi en démêlant sa corde.

— Alors je compte sur toi pour le maintenir, répondit Gladdring. Montre-nous le chemin.

Malgré les paroles de Gladdring, les Najahn ne regardaient ni n'écoutaient Sawi alors qu'ils continuaient sur la route menant au Grand Sana. Les estimations de Gladdring sur leur progression s'avérèrent également erronées, une autre nuit sur la route étant probable malgré le rythme soutenu. Wax et Pan avaient mis quelques jours à traverser la jungle en se balançant, et aucun groupe marchant ne pouvait égaler la vitesse d'une paire de Vis.

Sawi, cependant, garda cette opinion pour elle. Elle garda aussi ses mots et ses pensées pour elle-même, et le groupe de Gladdring sembla bien vouloir la laisser ruminer. Du moins jusqu'à la pause déjeuner, quand Gladdring abandonna à nouveau ses disciples pour trouver Sawi assise seule dans la clairière ensoleillée juste à côté de la route.

— Tu ne veux pas nous rejoindre ? Nous en dire plus sur ton île ? demanda Gladdring avant de sortir un étrange biscuit et de le lui tendre. Un cookie à la cannelle. Cuit sur Noctia, mais, je te jure, la recette vient de chez moi.

Sawi examina le cookie. Blanc et dur, recouvert d'une poudre brune. La cannelle n'était pas un mot qu'elle connaissait, mais Gladdring ne la verrait pas avoir peur, ne la verrait pas hésiter. Elle le prit, en croqua une grosse bouchée, et dut se jeter sur sa gourde d'eau pour ne pas s'étouffer.

La cannelle se mêlait au cookie d'une manière brûlante et sucrée, une chaleur noisettée s'épanouissant à mesure que le cookie fondait dans sa bouche.

— J'avoue, dit Gladdring, interprétant mal l'expression de Sawi, que ces biscuits conviennent mieux aux climats plus froids.

— Le cookie est très bien, dit Sawi, l'eau dégoulinant de son menton. Ce qui ne va pas, c'est que tu essaies de me faire tuer.

— Comme je l'ai dit...

— Tu n'es pas la première personne que je rencontre avec des secrets, dit Sawi, se rappelant Svarde et les nombreuses demi-réponses de l'homme Foti. Tu n'es pas le premier à me regarder, à regarder mes amis et à penser que nous sommes des gens simples sans rien à offrir à part quelques fruits et un soleil chaud. Je n'ai rien à te prouver. Je suis venue parce que j'étais curieuse, et je reste parce que j'ai dit que j'aiderais à vous guider, mais je ne suis pas ton jouet. Je ne suis pas ton exemple, ton sujet d'étude.

Gladdring sembla se ratatiner à mesure que Sawi parlait, la chaleur de l'homme cédant la place à une attitude rigide. Elle passa d'insecte à ennemie, et pendant un moment, Sawi se demanda si Gladdring allait ordonner aux Najahn de la découper en morceaux.

Au lieu de cela, Gladdring tendit la main et saisit celle de Sawi avec une rapidité à laquelle elle ne s'attendait pas. La prise n'était pas agressive, mais douce, comme celle d'un ami.

— Mon monde est fait d'agendas, de motifs et de malédictions, Sawi, dit Gladdring en inclinant légèrement la tête pour ajouter de la sincérité. Immergé dans de telles choses depuis si longtemps, on commence à voir des complots partout, même là où ils n'ont aucun sens.

Gladdring fit un signe de tête vers l'extrémité opposée de la clairière, encore plus loin des Najahns.

— S'il vous plaît, j'aimerais partager quelque chose avec vous.

Sawi fronça les sourcils, sur le point de demander ce qui nécessitait cette courte marche, mais les yeux de Gladdring lui racontèrent une autre histoire. Ne parle pas, disaient-ils, et suis-moi.

Kitaye et Vis, pour autant que Sawi le sache, ne pratiquaient pas la tromperie. Les coups bas, les complots, le fait de saper et d'écraser ses ennemis avec des mensonges et des surprises... cela n'arrivait tout simplement pas. Les anciens dirigeaient les villes et les cités de l'île grâce à leur expérience et leur volonté. Pas d'élections, juste un désir de se présenter et d'aider. Pas de dirigeants, juste des gens raisonnables. Alors quand Gladdring laissa entendre que quelque chose de secret se tramait, Sawi l'aborda avec la naïveté d'une néophyte.

Elle passa le trajet à travers la clairière à regarder en arrière vers le groupe des Najahns, essayant d'identifier... quoi, exactement ? Un ennemi ? Mais n'était-ce pas Gladdring qui avait essayé de la faire tuer ?

Ce qu'elle ne donnerait pas pour être de retour parmi ses sanas, les fruits et les herbes.

— As-tu déjà fait un voyage ? demanda Gladdring lorsqu'ils s'installèrent contre un autre arbre, son écorce d'un brun terreux, les crevasses encombrées de fourmis grouillantes.

— Pas du genre que tu veux dire.

Gladdring esquissa un sourire.

— Je suis ici pour une raison spécifique, et j'ai choisi d'amener plusieurs de ces érudits avec moi. Pourtant, après les avoir invités, j'ai trouvé le double de leur nombre qui attendait au bateau pour partir. Et plus de soldats najahns en plus.

Gladdring attendit et Sawi sentit qu'elle était censée déduire quelque chose de ses paroles.

— Quoi, ce n'est pas censé arriver ? demanda-t-elle.

La chose évidente, et même l'exposition récente de Sawi à l'espionnage le rendait ainsi, était que certains de ces suiveurs avaient des objectifs contraires à ceux de Gladdring. Ce que Sawi était censée faire à ce sujet restait flou.

— Les Najahns, même les érudits, mais surtout les soldats, ne voyagent pas pour rien, dit Gladdring. Leurs voulges, leur loyauté, sont à louer. Et il y en a qui aimeraient beaucoup me voir disparaître.

Plusieurs options se présentèrent. Sawi n'en choisit aucune, allant plutôt droit au but. Elle avait dû faire cela si souvent avec Wax, un homme enclin à de folles digressions par rapport à ses objectifs. Si vous vouliez avoir fini de parler à Wax avant le coucher du soleil, vous deviez le guider correctement.

Gladdring, semblait-il, n'était pas différent, même si peut-être moins innocent dans ses motivations.

— Pourquoi m'apportez-vous cela ? demanda Sawi. Vous avez dit que vous aviez des amis là-bas ?

Gladdring haussa les épaules.

— Des amis ? Pour un temps, à un moment donné, peut-être. Noctia est construite sur des pierres mouvantes, Sawi. Maintenant, je pense qu'il est temps de les laisser derrière.

— Que voulez-vous dire ?

Quand Gladdring lui expliqua, ses yeux prirent une lueur familière. L'homme se pencha, mais pas de manière menaçante, l'enthousiasme et l'aventure se dégageant de ses paroles, les possibilités et le potentiel résonnant dans ses promesses.

Fais ces choses et Sawi pourrait voir sa vie transformée.

Les faire bien, et elle se retrouverait une fois de plus en conflit avec ses obligations : choisir Vis, ou un chemin plus dangereux ?

Lorsqu'ils installèrent à nouveau le camp, Sawi dirigea les Najahns hors de la route vers un bosquet plus touffu. Des souches et des arbres tombés marquaient cet endroit, suffisamment de feuillage endommagé pour montrer que quelque chose de brutal s'était produit ici il n'y a pas si longtemps.

Sawi vit les marques rouges, les éclaboussures cachées sous les feuilles et les fougères. Une piste qu'elle avait repérée il y a quelque temps, suivie le long du chemin jusqu'ici.

Un voyageur ou un animal, capturé, traîné et dévoré. Les Najahns, pas un chasseur parmi eux, ne virent pas les signes. Ils remarquèrent, oui, l'écorce éraflée, les feuilles piétinées, mais quand Sawi dit que c'était un point d'arrêt fréquent, la troupe ne posa pas de questions. Ils allumèrent des feux, étalèrent leurs rouleaux et chassèrent les insectes curieux.

Gladdring ne regarda pas une seule fois dans sa direction.

Sichi sortit tôt, la lueur rose se répandant parmi eux quand elle pouvait esquiver les feuilles au-dessus. Tandis que les Najahns mangeaient leur dîner, Sawi s'éclipsa, suivant encore plus de marques, sachant ce qu'elle pistait et réprimant ses craintes.

Aucun prédateur natif de Vis ne laisserait une telle piste.

Gladdring avait demandé une distraction, et il l'aurait. Sinon, selon lui, selon ce que Sawi avait deviné, les Najahns donneraient la chasse.

Tout en marchant, se faufilant entre les arbres et les fougères, Sawi jouait avec une autre idée, une possibilité d'abord dégoûtante dans sa brutalité, mais attrayante à mesure qu'elle s'enfonçait plus profondément dans la forêt : si le piège finissait par tuer Gladdring, alors Sawi pourrait récolter une récompense différente en rapportant ses effets personnels, preuve de ce qui était arrivé à l'avant-poste najahn. Plus de faveur pour Kitaye, pour elle, et pas besoin de risquer sa vie.

Trop sombre ? Sawi jeta un coup d'œil à la canopée ombragée. Les Îles ne permettaient plus l'innocence ces jours-ci. Pas depuis Pan. Pas depuis que Wax et Bliss étaient partis, peu susceptibles de revenir.

Elle avait fait un choix en venant par ici, en suivant Gladdring. Ce qui arriverait ensuite, eh bien, elle verrait comment Vis voulait que cela se passe.

L'Île ne fit pas attendre Sawi longtemps. Au-delà de la musique nocturne de la jungle, un grincement dur interrompit le flux de Sawi. Elle s'accroupit, chaque pas une chose délicate, ses doigts écartant les feuilles et les branches sans le moindre bruit. Sa respiration était lente, les clignements d'yeux rares jusqu'à ce qu'elle l'aperçoive.

Le démon offrait des bras en abondance, des bouches assorties sur un corps long et mince. Un mille-pattes, sauf avec des doigts et des pouces au lieu de ses pattes agrippantes. Des yeux bulbeux pendaient le long de son corps à partir d'antennes bondissantes, chacun brillant chaque fois qu'ils captaient la lumière de Sichi. Aussi grand que deux hommes côte à côte, le démon n'était pas aussi effrayant que certains que Sawi avait vus — cet honneur resterait à jamais à la bête géante qui avait attaqué Kitaye — mais devrait, donnerait à Gladdring ce qu'il voulait.

De sa main droite, Sawi tâtonna, trouva une pierre. Les vies s'équilibrent sur des moments cruciaux. Elle avait laissé la sienne tomber d'un côté quand elle avait dit non à Wax et l'avait laissé partir.

Cette fois, Sawi choisit la poursuite.

13
MORSURE DE LIANES

Le marécage eut la gentillesse d'attendre que Wax ait terminé son tour de garde et soit plongé dans un rêve agréable peuplé de lianes sur lesquelles il se balançait. À ce moment-là, du moins c'est ce que Wax supposa dans les premiers instants de panique lorsque des cris et des hurlements le tirèrent brutalement du sommeil, le marécage décida qu'il avait eu assez de répit.

La voix de Torny fut la première à briser la coquille de sommeil de Wax, une véritable litanie de jurons brûlants qui fit bondir Wax, se demandant, et plaignant, qui pouvait bien mériter une telle volée d'insultes.

La cible n'était pas difficile à trouver. La question, cependant, était de savoir s'il s'agissait même d'une seule cible.

— Les mauvaises herbes nous attaquent ? dit Wax, sa question se perdant immédiatement dans la mêlée.

À sa gauche, Torny et Bliss, qui avaient devancé Wax de plusieurs secondes en sortant de leurs couvertures, taillaient et frappaient des brins d'un vert profond qui se fendaient. Aussi épais que des branches et semblant défier la force commune qui attire les choses vers le sol, les vrilles s'élevaient au-dessus du bord du rouleur et balayaient, apparemment suspendues, dans leur direction. Une toile d'araignée se formant en temps réel, chaque fil recouvert de fines soies.

Il serait damné s'il en laissait une le toucher. Wax n'était peut-être pas un escrimeur, mais il pouvait couper quelques plantes.

Wax porta un coup de taille à travers le groupe le plus proche, les morceaux tombant sur le pont du bateau tandis que le reste, s'éloignant de Wax et passant par-dessus la proue du rouleur, commençait à repousser.

— Ce truc est tenace, grogna Quik à la gauche de Wax, ses gantelets enfilés et frappant de gauche à droite.

Chaque coup ne retardait la croissance que d'un moment ou deux.

— Ce n'est pas un combat que nous allons gagner, dit Wax, regardant à gauche tout en fendant davantage de plantes. Où est le capitaine ?

— Tu demandes au mauvais gars, répondit Quik.

Torny et Bliss se recroquevillèrent derrière Wax, dos à la cabine centrale du bateau. Le démon envahissant grimpait le long des côtés, du plancher, menaçant de pousser Quik et Wax aux côtés du duo. Une fois là, ils seraient piégés, peut-être capables de tenir les pousses à distance jusqu'à épuisement de leur énergie.

Ce n'était pas ainsi que Wax voulait mourir.

— Couvre-moi, dit Wax, se déplaçant brusquement à gauche derrière Quik, le long du bastingage envahi du rouleur.

— Te couvrir comment ? cria Quik. Je n'arrive même pas à me couvrir moi-même !

Wax ne répondit pas, son attention accaparée par de

larges coupes à travers les plantes devant lui. Deux coups de la lame Foti amenèrent Wax à la porte menant en bas. Devant, l'arrière du rouleur semblait perdu, déjà recouvert de vrilles. Derrière Wax, bientôt, son chemin de retour serait dans le même état.

Il n'y aurait pas moyen de sauver le rouleur. S'échapper, en revanche ?

Là résidait une possibilité.

— Quik, appela Wax, les gantelets en action de son frère visibles. Fais sortir Torny et Bliss du bateau. Dirigez-vous vers les bas-fonds du côté bâbord.

— Et toi ?

— Je vous y retrouverai.

Wax aurait voulu trouver quelque chose de plus inspirant, mais les lianes envahissantes ne lui laissaient pas beaucoup de temps. Plus pressant encore était de comprendre pourquoi personne n'était monté en courant les marches du rouleur. Sûrement, avec tout ce bruit, tous ces cris, le capitaine, ses quelques membres d'équipage et le groupe de Kance devaient savoir que le désastre les avait trouvés.

Alors pourquoi étaient-ils tous encore sous le pont ?

D'ailleurs, pourquoi Wax s'en soucierait-il ? Il pouvait faire demi-tour, s'échapper en courant sur les plantes avec ses Gardiens. Laisser ce démon retirer un Renouvellement de la liste de Wax, surtout un qui le battait dans la course aux cicatrices.

Ah oui. Être l'Égide était un prix de merde. Laisser la Reine gagner signifiait se tenir éloigné de cet horrible trône de pierre.

— Réveillez-vous ! cria Wax en passant par l'étroite porte.

À sa gauche, la cabine du capitaine était vide. Sa

lanterne sphérique était éteinte, mais la lueur venant de l'extérieur montrait un lit de camp en désordre. Le moteur du rouleur était arrêté, le gouvernail immobile. À la droite de Wax, les quartiers de l'équipage semblaient tout aussi vides, deux couchettes désertées, mais des sacoches et de l'équipement encore entassés dans les casiers.

Alors ils s'étaient réveillés et avaient décidé de descendre ?

L'escalier se trouvait devant Wax, des marches en bois poli descendant vers l'obscurité totale. Aucune lampe ne brillait en bas, peu de sons non plus. Juste des craquements sinistres, des fissures alors que les planches luttaient pour rester entières.

Wax, gardant sa lame devant lui, descendit lentement, laissant à ses yeux le temps de s'adapter, d'absorber autant qu'ils le pouvaient de la courageuse lumière qui parvenait jusque-là. En bas, l'escalier se terminait contre le côté tribord du rouleur, formant un T.

Ses pieds nus donnèrent à Wax le premier indice lorsque ses orteils touchèrent quelque chose qui n'était décidément pas du bois. Il ne voyait que des ombres, n'entendait que des craquements, mais les vrilles frémissaient au contact de Wax. De nouvelles pousses jaillirent, testant les pieds de Wax à la recherche d'une surface appropriée.

Choisissant rapidement une direction pour éviter d'être englouti, Wax se précipita à droite, vers l'arrière. L'étroit couloir tournait brusquement après une enjambée, la lame Foti de Wax balayant devant lui en coupures hésitantes. Des vrilles pendaient du plafond, se tendaient depuis les murs, tiraient sur ses orteils. Wax appela, n'entendit aucune réponse.

Pourtant, il ne pouvait pas frapper à l'aveuglette, de

peur de heurter un garde égaré ou un membre d'équipage du rouleur.

Un signal, si on pouvait l'appeler ainsi, vint de la première pièce que Wax dépassa sur sa gauche. Wax ne pouvait pas dire où il se trouvait, sauf que la lame Foti ne heurtait pas de mur lors d'une coupe transversale, lui indiquant l'encadrement de la porte. Un tour, une écoute, et une lutte étouffée émergea, se mêlant aux craquements du rouleur avant de s'éteindre.

— Qui est là ? demanda Wax en avançant.

Ses pieds atterrirent dans plus de vrilles, mais aussi dans de l'eau, le marécage saumâtre froid et visqueux au toucher.

Donc le démon avait percé la coque du rouleur. Merveilleux.

La lutte s'intensifia, et Wax suivit les vrilles jusqu'au milieu de la pièce, près du lit étroit.

— Je ne vois rien, alors désolé si je vous coupe, marmonna Wax, gardant ses pieds en mouvement tout en tâtonnant la première forme.

Les jambes, les bras et l'armure indiquaient que le captif était l'un des gardes de la Reine, et Wax aurait pu laisser l'homme là si la situation n'avait pas exigé des alliés, n'avait pas exigé du désespoir.

La lame Foti coupa net et au plus près, donnant un coup en biais le long de la jambe du garde, près de sa poitrine, et Wax aurait coupé plus loin s'il n'y avait pas eu plus de mouvement à sa droite. Un deuxième, peut-être un troisième corps, tous ensemble, regroupés autour du lit.

Des gardes protégeant leur Reine, ou la tuant ?

L'homme qu'il avait coupé profita de l'aide, se redressant avec assez de force pour briser les vrilles qui l'enveloppaient.

— Libérez-les, râla le garde alors que Wax s'apprêtait à le faire. Il n'y a pas de temps à perdre.

— J'en suis bien conscient, dit Wax. Vous n'auriez pas une lumière, par hasard ?

— Toutes les lanternes sont brisées.

Néanmoins, travaillant à l'aveuglette, le duo libéra un deuxième garde, suivi, effectivement, de la Reine en dernier. Les vrilles se refermaient de l'extérieur, d'en bas, mais les gardes retrouvèrent leur forme, échangeant leurs rapières contre des couteaux plus précis et les utilisant pour maintenir une ouverture, se frayant un chemin vers la sortie de la pièce.

— Restez avec la Reine derrière nous, dit Akido, le deuxième garde libéré. Nous avons encore l'un des nôtres à sauver.

— Nous allons nous diriger vers la sortie, merci beaucoup, répliqua Wax tandis que le quatuor se frayait un chemin hors de la pièce à coups de hache, de trébuchements et de tâtonnements.

— Vous allez venir avec nous... commença le garde.

— Il fera comme bon lui semble, et j'irai avec lui, dit la Reine. Sauvez l'équipage et suivez-nous.

Dans une autre situation, sans les sombres vrilles qui s'agrippaient et saisissaient, sans les planches qui se brisaient sous leurs pieds, Wax pariait qu'Akido aurait passé outre l'ordre de la Reine. Son souffle brusque en disait long, mais toute réplique mourut lorsque l'autre garde maudit la progression croissante des vrilles, leur épaisseur.

— Allez, dit Wax, tirant la Reine vers l'escalier. Juste assez de lumière, un seul rayon rose de Sichi, leur donna la direction. Ils s'en sortiront.

— De cela, je n'ai aucun doute.

Arriver à l'escalier s'avéra assez facile. Le gravir, en

revanche, serait impossible. Les vrilles avaient escaladé les marches de l'intérieur et de l'extérieur, les lianes jaillissant et brisant le bois, ne laissant rien d'autre qu'une forêt de vrilles fracturées devant eux.

— Nous sommes piégés, murmura la Reine.

— Pas avec un Vis, rétorqua Wax, puis il tendit le manche de la lame Foti vers la Reine. Ils se balançaient tous deux, gardant leurs pieds en mouvement pour que les vrilles ne puissent pas trouver prise. Vous coupez, je cours.

Wax aurait aimé qu'il y ait assez de lumière pour voir le visage de la Reine à son commentaire, mais les ombres ne lui accordèrent pas ce luxe. Il sentit cependant qu'elle prenait l'épée.

— Et après ? demanda la Reine.

— Continuez simplement à couper. Maintenant.

La Reine fit tournoyer la lame devant eux, tranchant les vrilles loin de leur visage, ouvrant un chemin désespéré vers l'avant. Wax tendit le bras, saisit la Reine et la souleva. Pas un port complet — la cage d'escalier n'avait pas la place pour cela, même sans les plantes obstruant le passage — mais Wax garda ses pieds hors du sol, la Reine légèrement penchée en avant pour qu'elle puisse continuer à manier la lame.

— C'est parti, dit Wax, et le Vis grimpa.

La Reine tranchait les vrilles pendantes et Wax suivait, faisant confiance à ses pieds pour atterrir et garder l'équilibre d'une marche brisée à l'autre, tout comme en sautant de branche en branche chez lui. À chaque sursaut, la Reine marmonnait des jurons, mais ils montaient, une avancée à la fois.

Jusqu'à ce que le rouleau se scinde en deux.

Les côtés arrière et avant les plus proches du couple grimpant se déchirèrent, s'inclinant vers le ciel et plongeant leur progression improvisée dans la mer marécageuse. Les vrilles tombèrent et s'agitèrent autour d'eux, s'accrochant aux cheveux de Wax, tirant sur ses vêtements.

— Nagez, ordonna la Reine alors qu'ils heurtaient l'eau, son froid pénétrant jusqu'aux os de Wax.

La plage, la plage Foti. La dernière fois qu'il avait ressenti un froid si horrible, une glace si engourdissante pour les muscles. Wax se figea, son esprit revenant à ce moment, à ces minutes de souffrance dans une telle agonie vide.

Quelque chose le gifla. L'éclaboussa. La lumière de Sichi se déversa autour de Wax, le rouleau disparu. Devant lui, la lame Foti dans une main et ses yeux verts brillant d'un feu rose, se tenait la Reine.

— J'ai dit nage, Wax, répéta la Reine, sa voix plus froide encore que l'eau. Maintenant.

Ses jambes trouvèrent leur élan, pédalant derrière la Reine alors que les vrilles en dessous et autour d'eux luttaient pour garder prise. Des vêtements se déchirèrent, certaines plantes laissèrent des égratignures et des marques sur ses bras, mais ensemble, ils se dirigèrent à travers la vase.

Pas de mots, rien d'autre que leur respiration, leurs bras et leurs jambes battant l'eau. Devant, de l'herbe et des monticules boueux émergeaient de l'eau. Des formes s'y déplaçaient, un trio que Wax reconnut, qui lui donna plus d'espoir.

— Par ici, appela Quik lorsqu'ils approchèrent, le froid dans les os de Wax se mêlant à un feu bas alors que son corps s'efforçait de le maintenir en mouvement. Je vous tiens.

La corde sortit. Récupérée avec leurs sacoches du

rouleau, et Wax et la Reine s'en servirent pour les dernières longueurs avant de grimper sur les berges boueuses.

Torny et Bliss, ramassant des herbes sèches, des feuilles et des brindilles en tas, avaient déjà un petit feu qui grandissait, près duquel Wax et la Reine s'installèrent. Ensemble, tout le groupe regarda le rouleau finir sa vie, les vrilles s'élevant, enveloppant tout le navire dans un treillis végétal. Les lanternes allumées sur les côtés du navire éclatèrent en étincelles fumantes une par une, avant que le tout ne descende dans l'eau.

— Vos gardes, dit Wax. Je ne les vois pas.

— Ne sous-estimez jamais un garde de la Reine de Kance, répondit la Reine, ses traits d'acier ne trahissant aucun signe de deuil. C'est le capitaine et son équipage que je pleurerais plutôt.

C'était vrai. Wax hocha lentement la tête. Derrière eux, il entendit Quik, Bliss et Torny planifier leurs prochains mouvements. Quelque chose dont il se préoccuperait après un peu plus de temps dans la chaleur du feu. En attendant, Wax tendit la main, reprit sa lame Foti du côté de la Reine. Elle l'observa.

— Merci d'avoir sauvé ceci, dit Wax, puis il hésita. Pouvait-il vraiment l'appeler "Reine" après tout cela ? Y avait-il une telle chose que la noblesse quand ils étaient trempés d'eau boueuse, avec peu de choses à leur nom à part quelques skars ?

— Tu peux m'appeler Eujo, dit la Reine, semblant reconnaître son dilemme.

Le sourire alors, aussi petit fût-il, fit plus que ses mots pour rendre Eujo réelle.

14

LE PRIX DU VAINQUEUR

Maena n'avait ni objectif ni but précis après avoir laissé le corps de Barten derrière elle dans l'arène vide. Une partie confuse de son esprit jouait avec l'idée de s'échapper, de fuir ces tunnels et, après s'être mêlée aux dégénérés qui pariaient sur ces vies misérables, de s'aventurer libre dans la toundra de Whent.

Libre et seule.

Elle avait tourné à droite. Derrière elle, au détour du tunnel, Rasslebeck et Kivi tenteraient leur propre évasion. Les gardes à leur poursuite les encercleraient sans doute, les ramenant à la pointe de leurs lances vers la cellule sale qui s'approchait maintenant sur la gauche de Maena, ses pieds portant la capitaine Rana dans une lente marche en avant. Pennifer et Svarde y étaient peut-être déjà, blottis contre la terre en attendant un autre repas, un autre défi. Les autres qui avaient partagé leur voyage en chariot, qui avaient été jetés dans la compétition ?

Morts, peut-être, ou relégués à un jeu encore pire.

Est-ce cela qui te trouble tant ?

Non. Les Fosses de Whent étaient connues. Rien ici ne surprenait Maena. Mais...

Tu ne pensais pas te retrouver ici ? Bienvenue à ma petite fête.

Elle avait passé tant de saisons à trouver des pillards volontaires, les avait arrachés à leurs navires, rarement à leurs familles — ceux qui s'aventuraient dans les Profondeurs Obscures n'avaient pas de liens profonds — et s'était retrouvée avec rien. La plupart de son équipage était probablement ici, entassé parmi les criminels de Whent et d'autres captifs, se jetant de la boue jusqu'à s'y noyer.

Comment Maena avait-elle pu échouer si lamentablement ?

Pas si mal, non ? Je suis là maintenant, et plein d'idées.

Une voix dans sa tête. Elle-même, mais sculptée différemment.

Maena s'arrêta. À sa gauche, une bifurcation dans le tunnel montait vers la surface. Une grille là-bas serait le seul obstacle entre elle et une possible liberté. Dans ses haillons, Maena n'irait pas loin avant que quelqu'un ne s'intéresse à elle, mais même ainsi...

Écoute. Je ne t'ai pas laissée revenir pour que tu te complaises dans l'apitoiement.

Tu n'avais pas le choix.

J'aurais pu lutter plus fort. Tu es une capitaine Rana, Maena. Agis comme telle.

C'était si simple, n'est-ce pas ? Surmonter ce sentiment de malaise dans son estomac et aller de l'avant, trouver la poignée du sabre et le brandir. Métaphoriquement, du moins.

Maintenant tu comprends. Un peu plus de sang versé et tu iras bien.

Pour faire cela, Maena devait trouver un plan différent. Pas de masses recroquevillées, pas d'évasion larmoyante. Une évasion, avec des armes et des gens. Renverser les Fosses. Il y aurait des gardes, mais ils seraient gras et paresseux dans leur privilège, faciles à renverser, tout comme Barten. Ils —

— Rana, tonna une voix épaisse, résonnant sur les murs du tunnel. Maena se retourna à moitié, tendant les jambes au cas où elle devrait courir. Il est temps que nous ayons une conversation.

L'homme qui demandait cet entretien se tenait avec deux gardes derrière lui. Derrière eux suivaient Rasslebeck et Kivi, un autre duo militaire avec des pointes de lances sur leurs nuques.

Le seigneur de guerre Jochi, celui qui les avait rassemblés à leur retour à la surface. Maena se souvenait du nom de l'homme à cause de son discours grandiloquent, ses peaux d'animaux superposées recouvrant chaque surface d'un visage sombre et renfrogné. Des yeux presque noirs, oscillant entre des fentes et des cercles. Une chaleur émanait de l'homme, du même genre que Maena avait vu chez les guerriers les plus brutaux lors de ses voyages.

Un corps né pour la conquête.

Un moment difficile pour lui, alors. Avec le Renouveau, les Najahn imposant la paix.

— Tu as tué Barten, poursuivit Jochi en s'approchant. Les gardes qui l'encadraient levèrent leurs lances, les pointant vers Maena, mais sans malice. Une ruse intelligente. Sa roublardise me manquera, mais il n'aurait jamais dû te laisser t'approcher autant.

— Non, répondit Maena.

— Je ne ferai pas la même erreur. Jochi croisa les bras,

exhibant divers bracelets sertis de gemmes. Tu les vois, Rana ? Tu sais ce que c'est ?

Maena cracha aux pieds de Jochi. Elle savait parfaitement ce que c'était.

— Bien, il te reste un peu d'esprit, dit Jochi. J'aurais été déçu si tu l'avais tout laissé avec Barten. Tu en auras besoin là où tu vas.

— Je ne jouerai pas à un autre jeu, dit Maena, abandonnant sa demi-rotation pour faire face carrément à Jochi. S'ils allaient la poignarder ici, alors elle mourrait avec dignité. Derrière Jochi, elle croisa le regard de Rasslebeck, vit qu'ils lui avaient amoché le visage. L'homme plus âgé parvint à hocher la tête, son visage enflé ne pouvant rien faire de plus.

— Pas de jeux. À la place, la rédemption, dit Jochi. Une chance de rembourser cette île pour tout ce qu'elle a subi de vos mains.

Oh, ça va être affreux, n'est-ce pas ? Ou délicieux ?

— Vous ne méritez aucun remboursement.

— Tu me le donneras quand même, répliqua Jochi. Parce que je connais les capitaines Rana. Toute cette vitesse et cette finesse sur vos navires. Galopant partout, coûtant des vies et riant tout du long. Mais quand il s'agit de douleur terrible, vous êtes tous des lâches.

Les yeux de Maena se plissèrent. — Ces bracelets.

Jochi ne sourit pas tant qu'il ne fit un signe de tête entendu à Maena. — Décernés pour des meurtres, capitaine. La plupart d'entre eux lents. Agonisants. Un lourd soupir. Ces gardes gardaient leurs lances à niveau. Pas parce que j'aime ça. Non. Ce serait sadique. Mais parce que je dois à mon peuple de les protéger de vous.

— En nous torturant ? Aucun Rana ne ferait la même chose...

Jochi leva un seul doigt. Le garde à sa gauche s'avança, semblant sur le point de poignarder Maena jusqu'à ce que l'homme fasse pivoter la hampe de la lance autour de son poignet, enfonçant plutôt le bout émoussé dans l'épaule de Maena et la repoussant.

Un bleu, rien de plus. Elle ne leur donna aucune satisfaction.

— Au lieu de cela, je vais vous donner ce que vous vouliez, dit Jochi. Exactement ce que vous cherchiez dans ces grottes. Il hocha la tête par-dessus l'épaule de Maena. Retournez dans votre cellule avec les autres maintenant. Allez-y, ou ils devront affronter ces épreuves sans vous, et ce ne serait pas très juste, n'est-ce pas ?

— La justice n'est pas un concept que tu connais, mangeur de cailloux.

— Voyez comme elle m'insulte et moi, dans ma humble retenue, je ne fais rien ? dit Jochi, son regard passant d'un garde à l'autre, leur arrachant des sourires à tous les deux. Pourquoi la mouche dérangerait-elle la bête ?

Cette fois, quand le garde poussa Maena en avant, il avait la pointe contre sa peau. Quand elle bougea, quand elle céda, la seule à en être heureuse fut la voix dans sa tête, affirmant que le sacrifice maintenant paierait de sinistres dividendes à l'avenir.

Svarde et Pennifer attendaient dans la cellule. Leurs compagnons, le groupe qui avait échoué à l'épreuve, avaient disparu dans un autre foyer, sans doute tout aussi délabré et crasseux. De la bouillie fraîche les attendait, attirant déjà les mouches, bien que son contenu semblât d'un gris verdâtre trop répugnant même pour les insectes.

Le Gardien Foti se leva quand Maena trébucha à l'intérieur. Il examina lentement ses vêtements maculés de sang, un corps qui commençait à sentir aussi rance qu'elle se sentait. Au lieu de l'interroger, Svarde se contenta de lui faire un lent signe de tête lorsque Maena passa devant lui et s'assit à l'autre bout de la cellule. L'homme trouva cependant de l'affection pour Kivi, une étreinte chaleureuse que le ferrite lui rendit en entrant derrière Rasslebeck.

Les deux raiders Rana se lancèrent dans leur propre conversation, laissant Maena s'asseoir seule, avec rien d'autre que son autre moitié toujours présente dans sa tête.

Suis-je si mauvaise ? Je suis toi, n'est-ce pas ?

Moi comme j'étais autrefois, peut-être. Prête avec une réplique et un mot tranchant. Un cœur vicieux.

Plus maintenant ?

Regarde où nous sommes. Quel esprit cela encourage-t-il ?

Tu as gagné. Tu devrais être heureuse.

Svarde s'approcha, tenant un bassin rempli d'eau. — J'ai demandé au garde avant qu'ils ne partent. Il a dit qu'on vomirait tous si on n'enlevait pas ces tripes de toi.

Maena cligna des yeux, s'examina. Un exercice dans les arts viscéraux, voilà ce qu'elle était. Sur un navire Rana, ils l'auraient jetée à la mer pendant une heure pour qu'elle se lave.

— Je suppose que c'est devenu un peu salissant. T'ont-ils donné un chiffon ?

— Ça, non, mais Jochi a promis que de nouveaux haillons étaient en route.

— Comme c'est gentil.

Svarde renifla, déchira une partie de sa chemise grise. La trempa dans l'eau. Maena tendit un bras. Le liquide frais vint presque comme un choc, coulant sur sa peau, débarrassant la saleté et pire encore. Svarde aurait pu avoir besoin d'un bain, mais l'homme n'épargna pas une goutte pour lui-même.

— Tu n'as jamais vu les Fosses, alors ? demanda Svarde, nettoyant entre ses doigts.

— Je n'avais jamais mis les pieds sur Whent avant notre expédition.

— Pas même avec tous tes raids ?

Maena secoua la tête. — Navigatrice, tu te souviens ? L'eau est ma maison. Seulement quand il n'y avait pas d'autre moyen.

Le chiffon déchiré, Svarde arracha une autre manche et passa au bras de Maena. Doux, mais minutieux. Une qualité étrange pour un rude combattant Foti. Svarde remarqua sa question muette.

— Ami, Catya et moi avons parcouru une longue route difficile. Plus d'une fois, nous avons dû nous entraider dans des moments difficiles. Plus d'une fois, je n'ai pas pu utiliser mes haches pour résoudre le problème.

— Même si tu le voulais.

Svarde s'arrêta un moment, la manche dégoulinante et sale dans ses mains. Ses yeux se perdirent dans le vague, puis il reprit le frottage.

— Non, il y a eu de nombreuses fois où les haches ont quitté mon esprit, dit Svarde, plus doucement maintenant.

— On ne fait pas un tel voyage sans devenir de proches amis ou des ennemis acharnés.

Svarde ne répondit pas. Il finit la manche et la jeta avec l'autre chiffon. Il tendit la main vers sa chemise, mais Maena arracha d'abord sa propre manche.

— Déjà ruinée, je sais, mais tu pourrais en tirer plus, dit Maena.

Svarde acquiesça, la trempa et passa à ses jambes. Maena aurait pu le faire elle-même, et il y a à peine quelques semaines, elle aurait embroché Svarde sur son sabre pour avoir supposé qu'elle ne pouvait pas se tenir propre. Mais peut-être, juste peut-être, qu'après tant de traumatismes, après tant de blessures, de morts et de saleté, un peu d'attention les aiderait tous les deux.

Le garde vint avec les vêtements promis peu après. Svarde et Maena n'avaient guère plus que des lambeaux, qu'ils échangèrent volontiers avec Rasslebeck et Pennifer. Le garde, après être revenu avec un autre bassin d'eau demandé, frappa le sol de sa lance pour attirer leur attention.

— Il y a une raison pour laquelle Jochi vous accorde toutes ces faveurs, dit le garde, pratiquement tremblant d'excitation en parlant. Quand le soleil sera à son zénith demain, vous partagerez l'arène avec un autre quintette. Ce sera un concours devant notre meilleur public, aussi digne de votre réputation que de ceux contre qui vous allez concourir. Le gagnant gagnera sa liberté. Soyez reconnaissants, nettoyez-vous et mangez bien. Le garde laissa échapper un petit rire. Ce pourrait être votre dernier dîner.

Rasslebeck lança une insulte Rana à l'homme et le garde se contenta de sourire en réponse, avant de partir à grands pas pour trouver une autre pauvre âme à harceler.

— Un autre concours ? dit Pennifer, s'attaquant au nouveau bassin pour se frotter elle-même. Quoi, encore des pierres à empiler ?

— Je parie qu'ils vont nous faire courir, dit Rasslebeck. Kivi gagnera pour nous.

Le ferrite renifla, alla vers le mur de pierre et en prit une bouchée.

— Tes jambes trapues ne nous rendront pas service si c'est la ligne, dit Maena. Le nettoyage, les incitations continuelles de son autre moitié à se détendre, à profiter de la vie violente qu'elle pouvait avoir, poussaient Maena hors des ténèbres. Peut-être que Svarde pourra te porter.

— Je ne porterai personne. Svarde fixait le sol, pétrissant ses mains ensemble, mais pas par nervosité. Un guerrier aiguisant ses armes. Le garde ne dit pas toute la vérité. Demain n'est pas un concours pour la liberté. Ce sera un combat pour nos vies. La seule question est de savoir comment.

15
MARCHE DANS LE MARAIS

Le marais lui donnait une impression de chez-soi. Bliss se répétait cette pensée alors qu'elle était allongée dans la boue, observant la petite créature qui se frayait un chemin à travers les roseaux et les mares.

Le marécage de Vis n'avait jamais été l'un de ses endroits préférés, avec sa chaleur étouffante et ses insectes en nombre infini. Mais il avait la même vie, les mêmes odeurs terreuses et les sons appartenant à un lieu naturel. Quelque chose que Foti n'avait certainement pas eu, et que Rana avait évité jusqu'à présent, jusqu'au moment où les cinq avaient été jetés du rouleau et forcés de se frayer un chemin vers le nord avec seulement leurs tripes, leur détermination et leur bonne étoile.

Du moins, c'est ainsi que Torny l'appelait. Tout semblait revenir à la chance avec la bandit. Comme si l'habileté et la ténacité n'étaient que des accidents, et la fortune le véritable arbitre du destin.

Eh bien, Torny devrait penser différemment après celle-ci.

La créature, à peu près aussi longue que les bras de Bliss

mis bout à bout et dominée par un museau poilu, fouillait à travers les plantes, s'arrêtant occasionnellement pour creuser dans la boue ici, un tas d'herbe là. À la recherche d'insectes.

Malheureusement pour la bête, elle ne semblait pas avoir le moindre soupçon qu'elle pourrait être le sujet d'une chasse. Si innocente que, pendant un instant, Bliss eut pitié de la chose.

Mais seulement un instant. Un chasseur, surtout un qui avait besoin d'un repas pour traverser la dure journée du lendemain — et une marche dans le marais avait le don de faire brûler les jambes et embrumer l'esprit par l'effort — ne pouvait pas laisser la compassion le condamner à un estomac vide.

Bliss se tendit. Elle ramena un pied près de sa taille et l'enfonça dans la boue peu profonde, sentant celle-ci monter entre ses orteils. Pas beaucoup d'adhérence, mais suffisamment, suffisamment pour un bond en avant.

La créature s'approcha à portée de son bâton et Bliss s'élança, donnant un coup avec l'extrémité métallique. Un coup à la tête devrait assommer la bête, donnant une simple réussite à la chasse.

Au lieu de cela, la boue la trahit. Le pied droit de Bliss glissa trop loin lors du coup, laissant le balancement de son bâton atterrir lamentablement court d'un coup fatal, s'essoufflant à la place dans l'herbe. La créature bondit, étendant ses pattes et flottant réellement dans les airs. Quatre pattes frappèrent, soutenues par des pieds palmés, et en retombant sur terre, le repas s'enfuit loin de Bliss.

Et directement dans les gantelets de Quik.

Une autre règle de la chasse : si possible, préparer une embuscade.

— Je crois qu'on est quittes maintenant, dit Quik alors

qu'ils retournaient au camp, sales mais heureux de leur prise, une sacoche chargée de plusieurs trophées.

Pas seulement des animaux d'ailleurs. Des champignons poussaient encore dans le marais, bien que l'hiver ait privé les roseaux de tous fruits et autres en-cas.

— Seulement parce que je t'ai laissé avoir le dernier.

— Laissé ? Tu l'as raté.

Bliss haussa les épaules. — Peut-être que oui, peut-être que non.

Quik rit. Un bon son. Un son que Bliss entendait plus souvent depuis le désastre du rouleau, il y a quelques jours. Comme si marcher à travers la nature sauvage restaurait le groupe, les blagues fusaient plus que sur le bateau, et certainement plus qu'à Riroca. Les sourires apparaissaient, même sur le visage d'Eujo, confirmant le soupçon de Bliss qu'elle n'avait aucun amour pour ses gardes disparus.

Le matin après le naufrage du rouleau, Quik avait mené une courte prière à Vis pour l'équipage et le capitaine apparemment noyés. Il y avait inclus le Kance aussi, seulement pour qu'Eujo les avertisse encore une fois qu'ils n'étaient probablement pas morts. Wax l'avait pressée sur ce point, mais Eujo n'avait pas voulu élaborer, disant seulement qu'il fallait beaucoup pour tuer un garde royal Kance.

Mais ces menaces mythiques ne s'étaient pas encore montrées. À la place, les journées grises, le vent froid et les randonnées vigoureuses avaient rempli les heures. Vers le nord, à travers un marais heureusement à son point le plus bas de la saison. Ils n'avaient personne de Rana avec eux pour en être sûrs, mais les pluies sur Vis avaient tendance à tomber au printemps, donc si Rana correspondait, alors les chemins boueux qu'ils empruntaient maintenant auraient été sous l'eau à tout autre moment.

Le terrain leur donnait aussi la chance de faire des feux

avec du silex. Les monticules offraient peu de place pour les sacs de couchage, mais l'équipe de Vis pouvait dormir sur un sol mou sans problème. Torny s'adaptait, bien que ses grognements s'élevaient chaque nuit alors qu'elle se recroquevillait pour dormir entre les herbes.

Eujo, de l'avis de Bliss, avait à peine dormi. Elle se portait toujours volontaire pour le premier tour de garde, et plus d'une fois, pendant son propre tour, Bliss l'avait surprise éveillée et fixant le ciel, l'horizon, comme si une réponse se trouvait dans l'obscurité brumeuse.

Pas que cela importait. La Reine était une rivale, et bien que Bliss ne verrait pas d'inconvénient à ce qu'elle se libère du harcèlement des gardes, abandonner Eujo pour qu'elle gère ses propres crises à la prochaine ville semblait être le meilleur plan.

C'est pourquoi Bliss fronça les sourcils quand, une fois de plus, elle et Quik revinrent au camp pour trouver Wax et Eujo, têtes rapprochées, en train de discuter de la façon de garder le feu allumé.

— Waouh, ça a l'air bon, dit Torny, se levant d'un bond après avoir aiguisé son long couteau. Je peux en manger maintenant ? Je meurs de faim.

— Mieux vaut le cuire d'abord, répondit Quik, posant la sacoche. On ne sait jamais ce que ces choses ont côtoyé.

— Bon travail, vous deux, ajouta Wax, levant les yeux alors qu'Eujo faisait jaillir de faibles étincelles dans le foyer. De vrais Gardiens.

— Je ne pensais pas qu'être un Gardien signifiait vous préparer le dîner, dit Quik.

— On dirait que tu t'es trompé.

Bliss laissa Quik préparer la viande pour la faire rôtir et se dirigea vers Wax et Eujo. La Reine semblait concentrée sur le perfectionnement de son travail du silex, alors Wax accorda son attention à Bliss lorsqu'elle le poussa du coude.

— Vous êtes meilleurs amis maintenant ? signa Bliss, faisant un signe de tête vers Eujo derrière Wax.

— Elle essaie de survivre, comme nous. Wax fronça les sourcils en signant. Quel est le problème ?

— C'est ta rivale, voilà le problème.

— C'est toi qui as fait remarquer ses problèmes avec les gardes.

— Je ne voulais pas qu'elle se joigne à nous.

Wax commença à répondre, mais Eujo toussa, attirant leur attention.

— Si vous parlez de moi, j'aimerais l'entendre, dit Eujo, mettant le silex de côté.

— Bien joué, signa rapidement Wax à Bliss, comme si tout cela était de sa faute. Désolé, Bliss essaie de me dire que nous devrions être des rivaux acharnés ou quelque chose comme ça.

— Les skars ? L'Aegis ? C'est ce qui vous préoccupe ? demanda Eujo.

Une fois de plus, Bliss se surprit à vouloir hausser les épaules, mais s'arrêta. Non. Ce n'était pas le moment, ici dans ce marécage merdique, de faire les choses à moitié. Au lieu de cela, elle hocha la tête et durcit son regard.

— Ce sera à moi, dit Eujo, aussi platement et certaine- ment que si elle décrivait la météo. J'ai l'avantage, selon mes informateurs...

— Des informateurs ? demanda Torny de l'autre côté du feu naissant. Tu as des informateurs ?

— De votre propre groupe, si je ne me trompe pas, répondit Eujo. Bien que la raison pour laquelle l'un d'entre vous se trouve ici avec ces trois-là mérite une réponse en soi.

Le questionnement désinvolte de Torny brûla aux mots d'Eujo, un froncement de sourcils aussi cinglant que Bliss n'en avait jamais vu apparaissant sur le visage de la bandit.

— De quoi parle-t-elle ? signa rapidement Bliss à Torny. Quik, à côté de la bandit, affichait son propre scepticisme, mais le chasseur se retourna vers le repas après avoir vu les signes de Bliss.

C'est ça, laisse la sœur parler. Elle pourrait obtenir des réponses de Torny sans se faire poignarder, ce que son frère ne pourrait pas faire.

— Nous avons tous un passé, répondit Torny, glissant un signe à trois doigts vers Bliss. Pas de réponse à cette question. Je parle du futur. Tu penses gagner sans aucun gardien ?

— Une fois que Kance apprendra leur perte, un autre groupe sera envoyé, dit Eujo, sans aucune tristesse dans ces mots. S'ils ont disparu.

— Et ensuite quoi, tu pourras continuer ton joyeux chemin, ramassant des skars sans aucun effort ? demanda Torny.

— Hé, intervint Wax. Elle essaie. Elle est ici avec nous.

— Par hasard, rétorqua Torny. Sans cette créature qui nous a attaqués, elle aurait simplement pris le rouleau jusqu'au skar, aurait fait ramasser par l'un de ses gardes, et serait partie en flânant vers le suivant.

— Tu parles comme si tu me connaissais, dit Eujo, cette glace se transformant en acier. Toi, voleuse, tu ne me connais pas. Crache encore plus de calomnies et je réglerai ça avec toi. Ici même.

— La royauté contre une canaille ? Torny sourit. J'aime ces chances.

— Mais pas moi, dit Wax.

Son frère était toujours le pacificateur. Il était souvent

aussi celui qui déclenchait les querelles, mais Wax semblait éviter la violence autant que possible. Le gars plaisantait toujours sur le fait d'être un chasseur, mais, seuls, Quik et Bliss pensaient que les cueilleurs seraient tout aussi susceptibles de le prendre.

Pas que de telles choses importent maintenant.

— Tu devrais être totalement pour, Wax, dit Torny. C'est une partie du jeu du Renouveau. Éliminer les autres de ton chemin. Je suis ta Gardienne, laisse-moi le faire pour toi.

Bliss bougea avant que Wax ne puisse réagir. Elle se leva, tira Torny avec elle et entraîna la bandit, qui protestait, loin du feu et dans les eaux peu profondes au-delà. Assez loin pour que les quelques insectes bourdonnants et le bruit du clapotis de l'eau apportent une mesure d'intimité.

— Qu'est-ce que tu fais ? signa Bliss, les deux se faisant face, l'eau froide leur montant jusqu'aux mollets.

— D'abord, j'étais en train de sécher, mais c'est fichu, dit Torny.

Bliss jeta un coup d'œil aux mains de Torny. La bandit connaissait suffisamment le langage des signes pour l'utiliser. Torny, cependant, ne semblait pas s'en soucier.

— Elle me cherche, continua Torny, croisant les bras et détournant le regard. Comme si elle pouvait faire tout ce que son altesse veut.

— Elle ne peut pas. Tu te comportes comme une enfant.

— Ouais, et alors si c'est le cas ? demanda Torny, refusant toujours de regarder Bliss dans les yeux. C'est moi. C'est qui je suis.

— C'est vrai ?

Torny hésita face à cette simple réponse. Bliss voulut soupirer. La bandit semblait si fragile, fine comme du papier, malgré ses idées, ses gadgets, son large éventail de compétences qui seraient presque toutes inutiles de retour sur Vis.

Attends.

— Écoute, dit Torny, laissant tomber ses mains sur ses hanches. Je vais aller m'excuser. Apaiser les choses. Laisser Eujo continuer à être elle-même. Plus de moi sarcastique, d'accord ?

— Je me fiche d'Eujo, signa Bliss. Je te demande si tu vas bien ?

Torny hésita, puis esquissa un sourire maladroit. — Bien sûr que je vais bien. Tu sens ce que Quik est en train de cuisiner ? Ça a l'air meilleur que ce tolket.

— Et l'autre chose, dont Eujo a parlé ?

Une autre hésitation, mais Torny retrouva son aplomb après celle-ci. Ces bras vinrent se poser sur les épaules de Bliss.

— Tu veux savoir qui j'étais, Bliss, je te le dirai. Mais pas maintenant, pas sans de la bière, de la vraie nourriture et des chaussures sèches.

— Promis ?

— Promis, dit Torny. Et hé, ça ne sera peut-être pas si long.

Devant le regard interrogateur de Bliss, Torny pointa vers le nord, où le ciel s'assombrissait mais pas autant le long d'une ligne en croissant.

— Ce n'est pas une lueur naturelle, si je ne me trompe pas, dit Torny. Je parie une nuit entière de tournées qu'il y a une ville et une taverne là-bas, prêtes à nous accueillir. Et si on convainquait les autres ? Je parie que ce n'est qu'à quelques heures de marche.

Dans le noir, à travers un marais connu pour avoir au moins une méchante créature. Bliss le dit à Torny, fit céder la voleuse, et ensemble, les deux retournèrent au feu de camp, au délicieux repas de Quik, et ne firent aucune mention de la ville.

Elles y arriveraient assez tôt, et jusque-là, Bliss écouterait les grenouilles, le vent bruissant dans les herbes, et respirerait l'odeur du feu de camp avec un sourire.

Elles étaient loin de chez elles, mais parfois, juste un petit morceau de Vis pouvait quand même apparaître.

16
VÉRITÉ TROMPEUSE

Oh, ce qu'un simple caillou pouvait faire.

La pierre, petite et rugueuse, heurta le démon alors qu'elle plongeait dans l'étang, un choc insignifiant pour une créature si imposante, mais certains animaux ne prenaient pas à la légère une telle insulte. Certains devenaient fous furieux, d'autres faisaient du bruit, d'autres encore chargeaient leur agresseur.

Ce démon fit les trois et plus encore.

Sa forme de mille-pattes jaillit de l'eau lorsque la pierre de Sawi le frappa, se déroulant vers elle, ses yeux en antennes la repérant en un éclair. Sawi fit un petit signe à la créature avant de pivoter sur ses talons et de s'élancer à travers l'herbe. Elle attendit d'entendre les clapotis, les éclaboussures et les grognements derrière elle avant de lancer un avertissement.

Des mots simples : démon en approche, criés haut et fort dans la soirée.

Avec un peu de chance, les Najahn écoutaient. Avec un peu de chance, Gladdring avait compris.

Le sprint dans la grotte lui revint en mémoire tandis

que Sawi se baissait sous les branches, glissait entre les troncs d'arbres, sautait par-dessus les troncs tombés et les ronces envahissantes. À l'époque, elle avait couru à la lueur des torches, dans une course désordonnée sur les rochers sans aucune idée de ce qui se trouvait derrière, la terreur lui serrant la gorge, les mains et les pieds engourdis par la certitude que sa mort était imminente.

Maintenant, Sawi courait avec détermination, avec la certitude absolue qu'elle avait choisi sa voie. Elle ne dévierait pas maintenant, quoi qu'il arrive. Même si elle espérait que les Najahn sauraient se comporter assez bien pour ne pas mourir.

Et s'ils n'y arrivaient pas ?

Sawi déboucha dans la clairière choisie, vit devant elle un mur de vouges alors que les gardes scrutaient sévèrement les bois. Derrière eux se tenaient les érudits, dont plusieurs tenaient de frêles couteaux. L'un d'eux portait une arbalète, tripotant le mécanisme de chargement. Derrière eux tous, la personne que Sawi cherchait, sans peur sur le visage, seulement de l'expectative.

Gladdring était prêt.

— Il est juste derrière moi ! cria Sawi, coupant vers la gauche en direction du bord extérieur de la protection. Un truc comme un serpent !

— Contentez-vous de passer derrière nous, grogna le capitaine Najahn.

Ça, elle pouvait le faire.

Sans attirer le moindre regard supplémentaire, Sawi se faufila derrière la formation Najahn, glissa devant les érudits pour rejoindre Gladdring. Alors qu'elle ralentissait, reprenant son souffle, le démon émergea dans la clairière, projetant feuilles et broussailles autour de lui.

— Maintenant, dit Gladdring, se détournant alors que le capitaine Najahn hurlait l'ordre de charger.

L'arbalète de l'érudit ponctua l'ordre d'un cliquetis. Le démon rugit. Gladdring poussa Sawi sur le côté, s'élançant après elle. Leurs sacoches, remarqua Sawi, se trouvaient juste sur leur chemin, faciles à saisir dans leur fuite.

Gladdring prouva à nouveau son agilité, égalant Sawi foulée pour foulée, ses robes claquant dans la fraîcheur du soir alors qu'ils atteignaient le sentier. Derrière eux, les rugissements gargouillants du démon continuaient, et bien que Sawi guettât des cris de douleur, aucun ne leur parvint.

— Vos soldats sont bons, dit Sawi après quelques respirations haletantes, la lumière commençant à décliner autour d'eux.

— Les meilleurs qui soient, répondit Gladdring, la sueur coulant le long des rides de son visage. Les Najahn méritent leur réputation.

— Vous êtes sûr qu'ils ne nous trouveront pas ?

— Ils se dirigeront vers l'avant-poste et supposeront que j'y suis allé.

— N'est-ce pas là que nous allons ?

— Plus maintenant.

La tromperie, selon Gladdring, se faisait par couches. Chacune destinée à tester la cible, à voir jusqu'où ils pouvaient aller. D'abord, Gladdring devait savoir si Sawi était le moins du monde compétente, si elle pouvait les guider, ou si elle voulait simplement s'accrocher et voir une patrouille Najahn en action.

Ensuite venait le test de réflexe, pour voir si Sawi pouvait s'en sortir dans la nature, ce qu'elle voulait vraiment. Sawi n'était pas tout à fait sûre de la façon dont Gladdring avait raisonné sur ce dernier point, mais quel que soit son raisonnement, elle avait réussi, ce qui l'avait poussée à l'étape suivante : l'évasion.

— À qui avez-vous fait confiance, dit Gladdring alors qu'ils s'asseyaient, sans feu, pour une courte pause hors du sentier. La vraie nuit tombait maintenant, des nuages épars et une épaisse canopée rendant tout gris et noir. Gladdring avait interdit toute torche, faisant confiance à la navigation nocturne de Sawi. Était-ce moi, ou mes gardes, l'un des érudits ?

— Si je m'étais adressée à eux, vous voulez dire ?

— J'aurais désavoué le plan, bien sûr. Vous aurais accusée d'avoir tenté de me kidnapper, ou quelque chose d'aussi stupide. Vous auriez été tuée sur-le-champ.

Le visage de Gladdring n'était guère plus qu'une tache alors qu'il prononçait ces mots, une ombre à portée de main de Sawi, mais la froideur du fait la glaça tout de même. Jamais, dut se rappeler Sawi, elle ne pourrait vraiment faire confiance à cet homme, quoi qu'il dise.

Des stratagèmes dans des stratagèmes, et la plupart semblaient avoir sa mort comme issue rapide.

Était-ce vraiment ça, l'aventure ? Wax s'était-il retrouvé de la même manière piégé, marchant sur le fil du rasoir à chaque instant depuis qu'il avait quitté la maison ?

— Mais encore une fois, vous vous êtes acquittée de votre tâche avec brio. Ce démon, quelle trouvaille brillante. Pas un seul ne doutera de la raison pour laquelle nous avons pu nous enfuir, une échappée sûre face au désastre. Gladdring gloussa, un son profond et roulant. Et quand nous n'arriverons pas à l'avant-poste avant eux, ils supposeront que nous sommes morts ou perdus.

— Ils vous chercheront.

— Bien sûr, et nous trouveront même, le moment venu. Gladdring s'étira, massa ses jambes. Je dois admettre que la fuite était une chose, mais la perspective d'une marche toute la nuit en est une autre que je n'attends pas avec impatience.

— Nous pourrions essayer de grimper à un arbre pour dormir.

— Non. Il y avait de la finalité là-dedans. Aucune négociation dans le ton de l'homme. Une découverte fortuite par mes anciens amis et tout ceci est ruiné. Si une nuit sans sommeil est ce qu'il faut pour que cela fonctionne, alors c'est ce que nous ferons.

— Pour que quoi fonctionne ?

— Ah, Sawi. Pour une fois, vous cherchez de meilleures réponses, et je regrette de ne pas pouvoir vous les donner. Pas encore. Des couches, vous vous souvenez ? Gladdring devait sourire, bien que Sawi ne puisse pas le voir. Je peux, cependant, vous donner notre prochain objectif. Mottilan. Votre ville à l'est. Menez-moi là-bas.

D'autres questions jaillirent, bien que Sawi les étouffa avant qu'elles ne quittent sa bouche. Gladdring aurait pu naviguer directement jusqu'à Mottilan. Passer par voie terrestre depuis Kitaye prendrait plusieurs jours de plus et mettrait leur équipement à rude épreuve dans les montagnes plus froides à l'approche de l'hiver. Un millier d'autres objections surgirent, tuées dans l'œuf par les paroles suivantes de Gladdring.

— Si vous vous y opposez, Sawi, il est trop tard, dit Gladdring. Je ne doute pas que vous pourriez m'abandonner ici dans l'obscurité, mais si je survivais, j'enverrais les Najahn vous retrouver et vous détruire. S'ils trouvent mon corps à la place, ils feront de même. Il n'y a pas d'échappatoire, sauf en faisant ce que je demande. Il reprit son souffle. Tout cela en vaudra la peine à la fin, je vous le promets. Un Tenet Najahn ne fait pas de requêtes à la légère, et ne le fait pas sans une compensation adéquate pour ceux qui l'aident. Vous serez récompensée, et généreusement.

— Avec quoi ? demanda Sawi. Que pourriez-vous me donner que je désire ? J'ai...

— Vous le savez déjà, ou du moins vous en avez une idée, sinon vous ne nous auriez pas rejoints. Gladdring se leva, au moins un genou craquant sous l'effort. Arriver jusqu'à Mottilan était une chose, mais que Gladdring survive jusque-là en était une autre. Venez, je suis prêt pour une autre étape.

Ils continuèrent pendant encore deux heures. Une marche rapide, en restant sur le chemin. À l'embranchement approprié, une clairière plus grande où la route de Kitaye en rencontrait une autre, Sawi demanda à Gladdring s'il était sûr de ce qu'il voulait.

— Nous allons à gauche ici, c'est un long chemin, dit Sawi. Je ne l'ai fait qu'une fois, quand j'étais beaucoup plus jeune. Un voyage commercial.

— Vous vous en souvenez assez bien ?

— C'est une route. Je n'ai pas besoin de m'en souvenir. Mettre un peu de venin dans ses paroles lui fit du bien. Les ordres de Gladdring, sa manipulation commençaient à devenir étouffants, comme si elle avait été mise dans une cage sans issue. Ce ne sera pas facile, et il n'y aura pas de voyageurs pour nous aider à cette période de l'année.

— Tant mieux. Le secret est notre allié, Sawi.

Elle le guida, allant vers l'ouest et se dirigeant vers la lisière de la jungle, une montée régulière vers les montagnes orientales de Vis. Plus domestiquées que l'ouest, mais toujours un endroit sauvage.

Sawi essaya de visualiser la carte de l'île dans son esprit, les points épars marquant les quelques villes au-delà des deux cités de l'île. La plupart se trouvaient à l'ouest et au sud de Kitaye, où la jungle devenait dense et regorgeait de fruits, de plantes médicinales et plus encore. Certaines étaient éparpillées le long de la côte nord, le poisson et les rares plaines cultivables de l'île offrant des foyers viables.

Mais le long de cette route ? Peu à offrir. Le ruissellement des montagnes rendait le sol mou, pas tout à fait un marais mais pas loin. Des ruisseaux coupaient souvent le chemin, secs maintenant ou la route aurait été presque impraticable à pied. Des traces de hanokos suivaient celles de plus petits gibiers, et Sawi sentait souvent des yeux posés sur eux, des créatures pariant sur leur survie ou leur mort.

— Qu'est-ce qui pourrait en valoir la peine ? demanda Sawi à haute voix alors que la nuit basculait vers le petit matin. Sichi avait maintenant plus d'emprise, dominant le ciel et projetant sa lueur rose le long de leur route. Tous ces efforts ?

— Le pouvoir, répondit Gladdring. Simplement le pouvoir, Sawi. À la fois l'acquérir et l'empêcher de tomber entre les mains de ceux qui l'utiliseraient mal.

— Le pouvoir de faire quoi ?

— Façonner l'avenir. Mettre fin au fléau des démons. Apporter une ère d'abondance, de bonheur, de joie et de paix.

— Vous n'avez pas l'air d'un homme qui veut la paix.

— Vous me jugez déjà, n'est-ce pas ? Gladdring rit, plus fort cette fois, bien que teinté de la même fatigue qui avait ralenti leur rythme ces derniers temps. Attendez la fin, Sawi, et puis décidez. Il y a beaucoup de gens plus sinistres que moi, soyez-en assurée.

— Je ne le suis pas.

— Alors vous êtes sage, dit Gladdring. Il s'arrêta, Sawi

se retournant. Pensez-vous que nous avons fait assez de chemin pour la nuit ?

— Cela dépend de la vigueur de vos soldats.

— Ils déposeront d'abord les érudits. Pas d'amour perdu entre un soldat et les gens qu'ils sont censés protéger.

Sawi plissa le visage. Gladdring avait l'habitude de ces déclarations, des décrets comme s'il connaissait ces choses avec certitude.

— Alors nous aurons un peu de temps, dit Sawi. Reposons-nous quelques heures sur le côté, puis recommençons.

— Quand la journée sera à son point le plus chaud, sans doute.

— Pas à cette période de l'année. Il fera assez frais.

— Pour votre sang chaud, peut-être. Certains d'entre nous préfèrent le vrai froid.

— Vous êtes venu sur la mauvaise île, Gladdring.

— Non, non, Sawi. Je suis exactement là où je veux être. Gladdring s'installa près de Sawi dans un enchevêtrement désordonné de fougères sur le côté de la route. Assez doux pour s'allonger, les frondes les cachant suffisamment des regards passants. Et, à moins que je ne me trompe, vous aussi.

Sawi passa des heures après cela allongée là, regardant le ciel, sachant que Gladdring avait raison.

17
RADEAUX FRACASSÉS

Reste à l'écart et souris. Ne pose pas de questions. Ne refuse rien. Respecte-les, mais surtout, reste à l'écart.

Les paroles d'une mère à Wax au sujet des Najahn. Répétées chaque fois qu'un de leurs navires accostait sur les rivages de Kitaye. Leur armure pourpre-noir en désaccord avec la vibrante verdure de Vis. Leurs mines renfrognées s'accordant mal avec le chant joyeux qui résonnait dans l'air de l'île.

Lui et Pan riaient souvent de ces avertissements, réduisant les Najahn à de l'arrogance armée et rien de plus. Et pourtant, on ne pouvait pas effacer le mystère. Tout ce raffinement, tout cet éclat. Un ordre si éloigné de la vie de Wax qu'il en devenait fascinant à sa manière.

Une version différente de la perfection.

Ainsi, Wax sentit ses jambes faiblir légèrement, sa bouche s'entrouvrir alors que le groupe s'approchait de l'avant-poste Najahn. Comme tous les autres, celui-ci était censé veiller sur les skars de Rana, offrant un refuge pour les Renouvellements, l'assurance que les skars seraient là quand un nouvel Aegis devrait être nommé.

Celui-ci, s'il veillait sur quoi que ce soit, manquerait beaucoup à l'appel.

Ils approchèrent de l'avant-poste en milieu de matinée, par une journée bleue et fraîche, un temps plutôt joyeux pour un marais. Wax détestait se réveiller et trouver le feu presque éteint, le froid s'installant dans ses os, mais de tels matins semblaient être la norme dans le Nord. Eujo, à proximité, affichait un air stoïque en se levant et en se préparant, alors Wax faisait de son mieux pour l'imiter.

Les Renouvellements devaient se tenir au même rythme.

Mais même la Reine ne put cacher sa confusion face à la collection de radeaux inclinés, brisés et carrément en train de couler qui constituait la base Najahn. D'énormes carrés attachés ensemble par d'épaisses cordes et chaînes se heurtaient les uns aux autres à la lisière nord du marais, des vagues régulières léchant leurs flancs. Plus petit que l'avant-poste de Vis, celui-ci avait plus d'éclat, les Najahn décorant leurs diverses cabanes avec l'art fluide et doré de Rana. Des drapeaux pourpre et noir flottaient, bien que certains aient des mâts brisés ou semblaient manquer complètement. Quelques cabanes sur radeaux dérivaient, ne tenant à la base principale que par une seule corde chétive.

Pire encore, peu de gens s'affairaient à s'occuper de l'évident désastre. Au lieu de cela, des cris et des jurons en différentes langues s'élevaient du centre du petit groupe, où plusieurs radeaux attachés ensemble fusionnaient leurs cabanes en ce qui ressemblait à une grange dépenaillée.

— Cet endroit est une insulte, dit Quik alors qu'ils atteignaient une passerelle peu profonde menant du monticule herbeux le plus proche aux radeaux. Celui qui dirige ça devrait être viré. Les Najahn devraient être meilleurs que ça.

— Je suis sûre qu'ils te laisseront prendre le relais si tu demandes, dit Torny. Tu as certainement l'attitude qu'il faut.

— Quik a raison, cependant, dit Eujo alors que le quintette, avec Bliss fermant la marche, gravissait la rampe. Aussi bonne éclaireuse qu'elle soit, la plupart des gens qu'ils rencontraient commenceraient par un salut, auquel Bliss ne pourrait pas répondre. Ce n'est pas comme ça que devrait être un avant-poste Najahn. Ils souffrent.

Personne n'avait besoin de demander ce qui pouvait causer ce genre de dégâts, alors personne ne le fit. Au lieu de cela, avec les cris continus qui attiraient maintenant toute une foule, ils marchèrent en silence, avançant sur des planches trempées aux boulons rouillés, passant devant des maisons délabrées et des forges de fortune, des remises à outils et des cabanes de culture. Tout ce dont on aurait besoin pour faire une ville animée, tout semblant à une bonne poussée de s'effondrer.

Si Wax voulait comparer ce qu'il voyait à quelque chose, le désastre flottant ressemblait à Kitaye après l'attaque du démon. Quand la ville semblait à une mauvaise tempête, à une volonté brisée de s'effondrer.

— Pas vraiment rassurant, dit Wax alors qu'ils s'approchaient du centre, toujours sans âme qui vive. Que se passe-t-il si un démon attaque pendant qu'ils sont tous en réunion ?

— Je suppose qu'ils ont décidé qu'ils avaient de plus gros problèmes, murmura Quik. De toute façon, que dirais-tu si toi et Eujo preniez la tête ? On va surveiller les alentours.

— Tu ne veux pas te salir les mains ?

— Il est intelligent, dit Eujo. L'objectif est le skar. Si ces gens ne peuvent pas nous aider, alors on prend ce qu'on peut et on continue vers le Tourbillon.

Wax rit.

— Bien sûr, parce qu'on sait tous ce qu'il faut faire là-bas. À moins que tu n'aies des connaissances secrètes que je n'ai pas, Eujo ?

— Peut-être bien.

Wax lança un regard interrogateur à la Reine, qui resta sans réponse alors qu'ils arrivaient à la porte de travers menant au bâtiment central. Une grande structure au toit arrondi, aux murs renforcés par de la boue sur des dalles flottantes, son toit fait de chaume et de corde tressée, l'endroit, comme le reste de l'avant-poste, aspirait au glamour scintillant de Rana et échouait lamentablement.

Un seul et faible drapeau Najahn flottait au sommet du toit, le pourpre et noir contrastant pauvrement avec le ciel bleu glacé.

La chaleur s'échappait de la porte ouverte, non pas en température mais en conversation, les voix reprenant leur dispute. Wax et Eujo, suivant les conseils de Quik, se placèrent en tête du groupe et menèrent les premiers pas à l'intérieur.

Ce qui avait clairement été la salle commune d'une auberge avait été réorganisé, tables et chaises regroupées vers le centre où les rares occupants de l'avant-poste — Wax n'en compta pas plus de vingt — étaient assis ou debout autour d'un cercle central. Là, au-dessus d'un four en métal surélevé où des charbons ardents rayonnaient d'une lueur orange, se disputaient un homme et une femme, tous deux vêtus de l'armure pourpre et noire des Najahn. Des armes étaient éparpillées le long des murs courbes du bâtiment, certaines empilées avec soin et d'autres jetées sans égard. À l'arrière du bâtiment, des étagères branlantes étaient pleines, garnies de bocaux et de sacs. Plusieurs lignes suspendues exposaient du poisson fumé.

— Apparemment, ils ne manquent pas de nourriture, murmura Eujo.

Wax ne pouvait être sûr si le duo au centre avait entendu Eujo ou simplement remarqué les nouveaux arrivants, mais leur dispute s'interrompit brusquement, leurs regards et, à leur suite, ceux de la foule se tournant d'abord avec crainte puis avec une suspicion soutenue vers le duo et les ombres derrière eux.

— Qui êtes-vous ? lança l'homme, laissant retomber ses mains à sa taille, où se cachait une simple dague ou quelque chose du genre.

— Des Renouvellements, répondit Eujo avant Wax, adoptant son ton royal qui ne tolérait ni insultes ni contra-dictions. Nous sommes venus faire ce que nous devons. Obtenir un passage vers le Tourbillon et des conseils pour y naviguer, afin d'obtenir nos skars et poursuivre notre route.

Les deux personnes au centre échangèrent un regard avant que l'homme ne se retourne vers eux.

— Et vous avez des Gardiens ? Combien ?

Sa voix trahissait un espoir désespéré, suffisant pour mettre Wax sur ses gardes. Il avait déjà entendu cet espoir auparavant, parmi les bandits sur Foti.

— Suffisamment pour nous garder en sécurité, répliqua Eujo en s'avançant dans l'espace.

— Suffisamment, peut-être, pour nous aider ? demanda la femme. Si vous ne l'avez pas remarqué, nous vivons des temps sombres.

— Les temps sont sombres partout, répondit Eujo. Ne

pouvez-vous pas envoyer un message à Noctia, si vous avez besoin d'aide ?

— Le temps qu'elle arrive, si elle arrive... la femme s'interrompit, pointant du doigt Wax, Eujo et leur groupe. Comment êtes-vous arrivés ? Nous aurions vu un rouleur entrer au port.

— Pas si vous étiez tous assis ici, marmonna Quik derrière Wax.

— Notre rouleur a coulé. Un démon a attaqué et l'a fait sombrer. Nous nous sommes échappés. Eujo, bien qu'elle ne fût pas grande, prit son air impérieux et le promena dans la pièce. Vous ne nous aiderez pas, alors ? Même si notre réussite vous sauverait de vos propres difficultés ?

— Pas une seule âme ici ne vivra assez longtemps pour que vous traversiez les autres îles, dit l'homme. Je m'appelle Castilan, et voici Reathe. Nous sommes tout ce qui reste des Najahn. Tous les autres que vous voyez sont des locaux de Rana, des fermiers et des pêcheurs qui vivaient ici ou sont venus chercher refuge. Maintenant, les regards se détournèrent vers le sol, les murs, les braises chaudes. Chacun dans ses propres souvenirs. Vous êtes arrivés à notre point le plus bas, c'est vrai. Mais Reathe et moi tiendrons nos serments si vous insistez. Nous pouvons vous guider, bien que cela signifie la mort de tous ceux qui sont ici.

— D'accord, interrompit Wax, alors que Castilan avait les bras levés comme s'il allait continuer à bavarder. Le temps presse, nous avons tous faim. Je suis aussi intéressé que n'importe qui d'entendre l'histoire, mais si on sortait le déjeuner et ensuite vous nous raconterez ce qui se passe ?

Derrière lui, Torny rit.

Le poisson salé s'avéra aussi savoureux qu'il en avait l'air, surtout mélangé avec du riz et de délicieux roseaux grillés. Le groupe rassemblé dans le bâtiment sembla quelque peu soulagé par la suggestion de Wax, la plupart saisissant l'occasion de s'éclipser, de prendre leurs affaires et de filtrer dehors. Une journée de travail restait à faire, dit Castilan, et la réunion du matin avait largement dépassé l'horaire prévu.

— Tout le monde veut avoir son mot à dire quand il s'agit de leur vie, dit Reathe, les sept étant assis sur des chaises autour des braises fumantes. Ils étaient assez contents de laisser nous, les Najahn, sacrifier nos vies pour les garder en sécurité, mais maintenant que nous leur demandons de faire de même, ils protestent.

— Vous leur demandez de sacrifier leur vie ? dit Quik. Je protesterais aussi.

— Elle parle durement. Castilan posa une main sur le bras de Reathe, une étreinte tendre qui lui arracha un soupir. Ce que nous disons, c'est que ce qui nous tourmente ne semble pas avoir de faiblesse. Le démon nous harcèle et brise notre moral, résiste à toutes nos tentatives de lui nuire, et quand plus de corps reviennent flottant face contre l'eau, vous pouvez imaginer la réaction.

— Depuis combien de temps ? demanda Eujo.

— Presque un mois, répondit Castilan. Le Renouvelle-ment de Rana est passé, a obtenu son skar sans problème. Celui de Foti a suivi peu après, a à peine réussi à s'en sortir vivant. S'il est encore en vie, je suppose qu'ils n'ont pas quitté notre île. Il lança un regard noir aux braises. Depuis, le démon est devenu plus agressif. Je pense que les Renou-vellements prenant les skars l'ont irrité, et à mesure que plus d'entre vous arrivent, il ne deviendra que plus dangereux.

— Vous semblez en savoir beaucoup sur ce démon, dit Wax.

— Bien sûr que oui, répliqua Reathe. Il vit dans le Tourbillon depuis le dernier Renouvellement, nous laissant largement tranquilles.

— Alors il est temps de s'en occuper, annonça Eujo. La question est, comment ?

Reathe cligna des yeux vers la Reine. — Vous pensez que nous n'avons pas eu la même réalisation ?

Eujo, pour une fois, n'avait pas de réponse toute prête. Rougissante, elle se retourna vers son poisson sans un mot.

— Quoi qu'il en soit, le démon se déplace entre ici et le Tourbillon. Si vous voulez le skar, vous devrez passer par lui, dit Castilan. Nous avons essayé toutes sortes d'attaques, des assauts frontaux aux approches en douceur. Tout ce que nous avons gagné, c'est la mort.

— Il n'attend plus, dit Wax en hochant la tête.

— Non. Castilan parlait quand une cloche commença à sonner, nette et claire. Et voilà. Quelqu'un a repéré le démon. Peut-être que cette fois, il nous mettra tous hors de notre misère. Castilan adressa un sourire blême à la ronde. Je suis désolé, Gardiens, Renouvellements, que vous soyez venus dans cet endroit maudit. Mais je ne nierai pas que vous me donnez un peu d'espoir. Peut-être y a-t-il parmi vous quelqu'un avec la capacité, le génie de voir comment nous libérer de cette horreur. Castilan se leva, imitant Reathe. Ou bien nous nous retrouverons au fond de l'eau, où aucune de ces inquiétudes n'aura plus d'importance.

La sonnerie de la cloche s'accéléra, et une fois de plus, Wax entendit des cris et des hurlements s'élever dans l'air.

18

ÉCRASEMENT D'INSECTES

Une journée froide. Un jour de blizzard. Maena et les autres, rassasiés par un petit-déjeuner composé de galettes d'avoine et de lait de chèvre chaud, ne s'en rendirent compte qu'en quittant la chaleur éclairée aux torches du tunnel pour le froid glacial de leur arène.

Comme celle aux pierres, le large cercle s'ouvrait à l'air libre, ses limites rehaussées par les gradins bondés qui en faisaient le tour. Une différence se jouait face à leur porte d'entrée, où une barrière noire scellée semblait relier deux sections de mur de terre lissé. Les gradins près de cette zone, eux aussi, arrêtaient leur construction incurvée pour s'étendre en ligne droite au-delà de leur champ de vision. Les spectateurs, aux yeux de Maena, regardaient d'un côté et de l'autre.

Plusieurs jeux à regarder, donc.

À leur gauche attendait une seconde porte, plus petite et grillagée comme celle qu'ils venaient de franchir. Devant elle se tenait un garde, cuirassé de plus de couches que Barten et arborant un sourire tout aussi lubrique. La joie de la soif de sang infectait tout le monde ici.

De la bière éclaboussa la tête de Maena tandis qu'elle et Svarde menaient leur groupe dans la fosse. La chaleur mielleuse collait à ses cheveux, dégageait de la vapeur là où elle touchait le sol couvert de neige. Au moins, ils avaient des chaussures maintenant, des sandales rapiécées en réalité, pour empêcher leurs orteils de s'engourdir.

Un peu tôt pour boire, non ?

L'hiver à Whent. Pas de cultures à entretenir. Seulement du divertissement du lever du soleil jusqu'au... eh bien, jusqu'au prochain lever de soleil.

Et tu as pillé cette île au lieu de la rejoindre ?

Si tu n'as pas encore compris pourquoi, la journée d'aujourd'hui pourrait te convaincre.

Le garde lubrique, à leur entrée, avec la porte de sortie se verrouillant derrière eux, se lança dans l'explication de l'événement du jour. Cela correspondait, au début, à la description de Jochi.

Le seigneur de guerre leur proposait un concours, un pour la liberté contre un autre groupe qui avait gagné sa place jusqu'à ce point. Le désaccord commença à cette mention, qui semblait sans fondement, car aucun autre groupe ne se tenait devant les cinq. Pourtant, le garde proclama qu'ils étaient là, et la foule rugit comme si un tel match était imminent.

Non que Maena et les autres n'étaient pas préparés.

Ils avaient passé la nuit autour de leur feu de camp à discuter de tactiques, Svarde et Rasslebeck menant d'abord le dialogue avant que Maena ne se trouve incapable de résister. La capitaine Rana en elle avait mordu à l'hameçon et s'était emballée, isolant les forces de leur groupe et assignant des rôles. Svarde et Rasslebeck en première ligne, gérant les premiers démons à passer tandis que Maena et Pennifer exploreraient, cherchant des opportunités pour tirer.

Kivi allait et venait, secourant quiconque serait en difficulté avant de reculer et de recommencer. Assez simple, mais sans plus de détails, c'était le mieux que le groupe pouvait concevoir. Après quelques ajustements - Svarde vraiment en première ligne, Rasslebeck restant en arrière pour guetter les surprises - Maena les avait tous exhortés à dormir autant que possible.

Elle avait, en fait, dormi profondément, sauf pour la rediffusion occasionnelle de la fin de Barten filtrant à travers les rêves de Maena.

Le vrai coût de la brutalité.

La fosse leur offrait peu d'armes. Des pierres au milieu, plusieurs bâtons grossiers depuis longtemps retirés d'un usage plus actif. Une fronde usée et un tas de pierres pour l'accompagner.

— La tienne, dit Maena à Pennifer tandis que le garde continuait, prêchant sur les probabilités, où les paris pouvaient être placés, et le prix assurément bas de plus de bière.

— Que prendras-tu, alors ? demanda Pennifer.

— Un bâton fera l'affaire pour commencer, répondit Maena. Ensuite, je prendrai la première dent que je ferai sauter.

— Capitaine, c'est bon de vous avoir de retour.

Es-tu vraiment de retour ?

Maena se contenta de sourire, forcé mais suffisamment réel pour que Pennifer traverse la fosse en bondissant et s'empare de sa fronde. Svarde et Rasslebeck prirent chacun une pierre, le grand Gardien Foti en prenant une pour chaque main. Les poignées du bâton étaient si glacées que

Maena faillit le lâcher au premier contact avant d'avaler sa douleur et de laisser l'engourdissement recouvrir ses paumes.

Un peu de froid n'était rien comparé au long frisson de la mort.

Il a fini de parler.

Le garde avait en effet terminé son discours, se retirant vers la porte par laquelle Maena et les autres étaient entrés. Le sourire de l'homme s'était maintenant transformé en un froncement de sourcils concentré, auquel répondit une cloche sonnant quelque part à proximité. À ce bruit, les deux portes s'ouvrirent.

Le garde se glissa par l'une d'elles, son départ remplacé par l'apparition de plusieurs autres sur le bord supérieur de la fosse, chacun armé d'arbalètes. La sécurité, donc, pour les prisonniers et les démons.

— Les voilà, prévint Svarde. Kivi renifla, la ferrite se dirigeant vers le côté gauche de la fosse. — Tenez-vous prêts.

La foule, ces gens en délire, ivres, éblouis, rugissait au-dessus d'eux. Quelqu'un jeta un gigot à moitié mâché dans leur fosse, maculant la neige de son premier rouge.

Les démons suivirent.

Quatre, et rapides. Comme des guêpes sans ailes qui trottinent. Six pattes squelettiques, d'un rouge rubis profond et reliées à des corps segmentés. Des dards jumeaux s'élevaient de l'arrière des monstres, s'élançant vers le ciel alors que les créatures quittaient leur tunnel, poussées par un feu poursuivant.

Chacun atteignait presque la taille de Svarde, et tous les quatre avaient repéré l'homme Foti, leurs mandibules empilées entourées d'yeux perlés claquant vers le Gardien.

La fronde de Pennifer tira en premier, une pierre

passant au-dessus de l'épaule de Maena et frappant le premier démon alors qu'il bondissait dans la fosse. Le rocher heurta la carapace de l'insecte, ne faisant pas une bosse, mais détournant l'attention de la créature de Svarde, l'homme Foti entonnant une sorte de chant à propos de fer et de pierre.

Premier coup de la journée.

Depuis quand es-tu si joyeuse ?

Après être morte une fois, le faire à nouveau ne vous déstabilise pas.

Maena serra le bâton à deux mains tandis que la victime de Pennifer projetait de la neige sur son passage autour de Svarde. Le démon ne semblait pas remarquer Maena, du moins pas jusqu'à ce que la capitaine Rana fasse tournoyer le bâton dans un large arc de marteau, frappant directement les mandibules de l'énorme insecte.

Si la carapace de ses pattes et de son corps pouvait encaisser un coup, les mandibules s'avérèrent moins fortifiées. Le coup de Maena, vibrant à travers le bâton jusque dans ses bras, ses épaules et ses jambes, arracha net le pic en croissant du visage de l'insecte, le projetant dans la neige où il frémit, noir et suintant.

Le démon roucoula, un bruit frémissant comme un oiseau en pleine crise cardiaque, et se dressa sur ses pattes arrière.

— Visez la bouche ! cria Maena, alors que la deuxième pierre de Pennifer volait et frappait le visage du démon, exactement là où le bâton de Maena avait frappé une seconde plus tôt.

Tir incroyable.

C'est ce qu'elle fait.

Le démon chancela, trébuchant sur ses pattes vers

l'autre côté de la fosse, un ichor inconnu jaillissant de l'impact de la pierre.

— Kivi, celui-là est pour toi, dit Maena, pivotant vers sa droite, observant la bataille à trois contre deux entre Svarde, Rasslebeck et les autres insectes.

Svarde lui-même avait connu de meilleurs combats. L'homme utilisait ses pierres pour bloquer, cogner et repousser deux démons tandis que Rasslebeck courait, glissait et trébuchait autour d'un troisième qui le poursuivait. Le succès de Svarde semblait fragile, car l'homme saignait déjà de plusieurs piqûres. Alors que Maena se dirigeait vers lui, Svarde, se jetant sur celui à sa gauche et lui assénant un coup violent, reçut une autre entaille tranchante du démon à sa droite.

Maena ignorait si ces piqûres contenaient du venin. Elle ne voulait pas le deviner.

Svarde trébucha, sa cible se remettant du coup de l'homme pour tenter une morsure guidée par ses mandibules vers le ventre de Svarde.

Heureusement, les bâtons avaient une longue portée.

Maena s'élança, glissant sa prise vers l'extrémité du bâton pour lui donner la plus grande poussée possible. La morsure de l'insecte frappa d'abord le bâton, le broyant dans son bois de tête et le brisant en deux, laissant Maena avec un pieu plus court, mais beaucoup plus tranchant.

L'insecte cracha, se débarrassa des morceaux de bois. Il fixa ses trop nombreux yeux sur Maena, et —

— Attention, capitaine ! L'appel de Pennifer, et Maena roula sur sa gauche, trempant sa tenue dans la neige.

Le démon de droite, celui qui avait transpercé Svarde un instant plus tôt, planta ses deux dards dans le sol où se trouvait Maena. Sa récompense, au lieu d'une capitaine transpercée, fut une autre pierre lancée par Pennifer dans ses yeux croustillants.

La foule rugit.

Maena planta ses mains au sol, ramena un genou vers elle alors que le démon retirait ses dards et se précipitait vers Pennifer. Trop vite pour que la frondeuse puisse recharger. Trop vite pour que quiconque puisse intervenir.

Maena lança son éclat. Elle se pencha dans son lancer en se relevant, l'extrémité éclatée volant droit vers le plus gros point qu'elle pouvait viser : les gros sacs à dards sur le dos de l'insecte. Les sacs tachetés et gras s'élevaient en forme de bulbe du derrière de l'insecte, offrant une cible attrayante et facile à atteindre qui accueillit la fléchette de Maena comme du fromage mou pourrait accueillir un cure-dent.

Le sac du dard droit éclata, explosant sous la pression et envoyant le démon tituber vers la gauche. Le dard éclaté pendait au sol, tandis que Pennifer reculait, glissant une autre pierre dans sa fronde.

Occupe-toi de toi pendant une seconde.

C'est vrai, Maena n'avait plus d'arme. Svarde passa en titubant à sa droite, saignant de nouvelles coupures, bien que ses mains tenaient toujours ses deux pierres, leurs extrémités brutes de coups gagnés. À sa gauche, Rasslebeck semblait jouer à un jeu de chat perdu avec son propre insecte, ce dernier le poussant dans un coin sans montrer beaucoup de dégâts.

Le seul vainqueur incontesté semblait être Kivi, dont le duel en un contre un paraissait tourner en faveur du ferrite : les deux pointes des dards de l'insecte gisaient tordues et brisées après des tentatives infructueuses de percer la carapace rocheuse du ferrite, et maintenant le démon reculait, piégé contre le mur de la fosse tandis que le ferrite utilisait ses griffes et ses mâchoires pour mener le combat vers une fin certaine.

— Va à gauche, grogna Svarde, retrouvant son équilibre et fonçant de nouveau vers Maena, vers l'insecte derrière elle.

Maena s'élança dans cette direction, se retournant dans son mouvement. Svarde percuta l'insecte, se rapprochant assez vite pour que les piqûres effleurent ses épaules, permettant au barbare Foti d'enfoncer les pierres dans une masse de mandibules déjà écrasée.

Encore ce son frémissant.

Le pied de Maena heurta un autre bâton, l'un des trois restants. Elle le ramassa d'un mouvement, partit à la poursuite de Rasslebeck et de son insecte gagnant.

Le grand démon, d'une laide couleur brune, rouge et vert mousse, acculait Rasslebeck. Il mordait et frappait avec ses pattes avant, faisant couler le sang le long des bras de Rasslebeck, de ses cuisses, tandis que le pillard Rana essayait de riposter avec la pierre. Rasslebeck n'avait ni la force de Svarde ni le courage aveugle de l'homme, rendant ses coups au mieux agaçants.

Mais ils gardaient l'attention de l'insecte, et c'était suffisant.

Maena leva le bâton au-dessus de son épaule en chargeant, avant de l'abattre de tout son élan sur le sac à dard gauche de l'insecte. La carapace s'écrasa, se pliant sous le coup.

Sans se briser.

L'insecte pivota, ses dards se projetant vers Maena alors qu'elle rebondissait après son coup. Elle fit une roulade, glissant un peu sur la neige et atterrissant sur le dos. L'insecte leva ses pattes avant, les plaqua sur celles de Maena, son poids l'enfonçant dans la neige. Les dards s'abattirent.

Une douleur brûlante éclata dans l'épaule droite de Maena. La gauche aurait dû être pareille, mais le dard ne frappa jamais. À la place, tout comme celui qui poursuivait Pennifer, le sac à dard se brisa, la raison devenant évidente lorsque l'insecte s'effondra.

Derrière lui, couvert d'un liquide verdâtre transparent, se tenait Rasslebeck, une pierre tranchante à la main.

— Ne le laisse pas récupérer, dit Maena, repoussant la douleur.

Son bras gauche ne voulait pas la laisser faire, une brûlure se répandant depuis le trou net où le dard avait trouvé sa cible.

Sommes-nous morts maintenant ? Suis-je morte à nouveau, si rapidement ?

Ne nous enterre pas trop vite.

La foule non plus, les acclamations devenant plus fortes. Plus de déchets volèrent dans l'arène, de la nourriture finie, des chopes en terre se brisant à l'impact. Au-dessus, les archers restaient stoïques, observant sans émotion.

Maena se releva, découvrant aussi que Kivi avait terminé son repas, le démon tressautant mollement dans le coin. Le ferrite se dirigea ensuite vers Svarde, bondissant sur l'insecte alors qu'il s'engageait avec Svarde dans un horrible combat rapproché. Mandibules et poings volaient rapidement, débris et sang ruinant la neige qui tombait.

Les sacs de venin semblaient cependant être la clé. Tremblante, essayant de chasser le poison de ses yeux, Maena vit Pennifer s'approcher de l'insecte blessé par son bâton. Le monstre ne pouvait plus se tenir droit et ne parvenait qu'à donner quelques coups de pattes. Pennifer les esquiva, fit tournoyer sa fronde et porta un coup fatal à bout portant.

Le cri de victoire de Rasslebeck retentit derrière elle. Celui de Svarde suivit quelques instants plus tard, alors que Maena trouvait sa respiration de plus en plus difficile, l'air ne passant plus dans sa gorge soudainement sujette à des spasmes.

Elle était maintenant à genoux, les mains plantées dans la neige. Son bras gauche faiblit, et Maena roula sur le côté, regardant à présent la grande fissure noire dans la terre.

Une cloche sonna, forte et éclatante. La foule rugit, encore plus fort, ou peut-être était-ce un gémissement dans l'esprit de Maena, son autre moi mourant une seconde fois.

Deux arbalétriers laissèrent pendre leurs armes, atteignirent cette grande fissure et tirèrent sur des liens invisibles. Le drap tomba, un grand rideau, révélant une seconde arène, et dans celle-ci, séparée d'eux par une autre grille, se déroulait une autre bataille.

Une bataille également terminée.

Maena sentit des mains se glisser sous sa tête, la soulever, détourner son regard des monstres et de leur repas, ces combattants si proches de la liberté.

19
BULLE

Bien que Bliss n'aurait jamais dit qu'elle préférait se battre la nuit plutôt que le jour, l'obscurité avait un avantage cruellement absent sous ce ciel clair de Rana : garder les choses dans le noir signifiait qu'elle n'avait pas à voir le monstre en entier d'un seul coup.

Bliss, suivie de tous les autres, quitta l'entrepôt, son bâton à la main. Il n'était pas difficile de savoir où aller car les cris venaient d'une seule direction : le nord. Pivotant dans cette direction, trébuchant sur le radeau qui tanguait, Bliss frappa son bâton dans ses deux paumes. Prête à frapper, à se défendre, à faire ce qui devait être fait.

Ce qui, d'après ce qu'elle voyait, consistait à trouver un moyen de faire venir environ un millier de personnes supplémentaires ici. De préférence armées et prêtes à tirer.

Le démon s'élevait devant l'avant-poste du radeau comme une vague, une forme gélatineuse dont la peau, pour autant que Bliss pouvait en juger, ressemblait à l'éclat d'une bulle flottante, radieuse dans la lumière et projetant ses prismes aveuglants partout. Détourner le regard devint rapidement une mauvaise solution, car le démon visqueux, avec le sifflement de mille serpents, lançait des jets d'eau sur les bâtiments avec l'enthousiasme d'un enfant de Vis jouant dans les vagues sur la plage. Les fontaines frappaient et éclaboussaient, le film captant la lumière du soleil et la renvoyant, semblait-il, directement dans les yeux de Bliss.

Les jurons colorés de Torny, criés alors que la bandit reculait dans l'entrepôt, décrivaient plutôt bien la situation. Torny pouvait courir si elle le voulait. Bliss était une Lira, et les Lira ne fuyaient pas, surtout pas devant les démons.

Au lieu de cela, glissant le bâton dans son étui dorsal, Bliss se dirigea vers le monstre. Elle utilisait les bâtiments comme couverture, se baissant derrière des murs fragiles et des caisses empilées chaque fois que le démon projetait quelque chose près d'elle. Les jets d'eau s'élevaient et jaillissaient simplement de la surface de l'eau, sans montrer de cibles.

Bien que cela ne signifiait pas que les gens ici n'essayaient pas. Des flèches et des fléchettes, des pierres et des débris aléatoires volaient vers le démon, lancés par les défenseurs et les désespérés. La plupart rebondissaient. Certaines flèches, suffisamment acérées, perçaient le film pour s'y loger, erreurs brunes frémissantes dans l'image autrement parfaite du démon.

— Comment peut-on le blesser ? demanda Quik, surprenant Bliss en restant sur ses talons.

Elle jeta un coup d'œil en arrière, vit qu'ils étaient seuls, ayant distancé les autres. Wax et Eujo, ainsi que Torny, semblaient être retournés à l'intérieur. Que les Renewals ne prennent pas de risques avait du sens, bien que Bliss ne fût pas sûre de l'utilité de se cacher : si ce démon voulait détruire la ville, il le pouvait certainement.

« Il faut qu'on s'approche », signa Bliss.

— D'accord, dit Quik alors qu'un autre jet crépitant

frappait la cabane derrière laquelle ils se cachaient, je vois ce que tu veux dire, mais ça ne va pas marcher.

« Sois créatif. »

Quik lui lança un regard mécontent. Bliss s'éloigna en roulant, se précipitant le long de la cabane, les fines planches se terminant dans l'eau à quelques pas sur sa gauche. Devant, ce radeau se terminait par une jetée en saillie, un bateau de pêche solitaire luttant pour rester attaché au quai agité. Au-delà, à plusieurs longueurs de bateau, s'étendait la masse ondulante du démon.

Pourrait-elle sauter aussi loin ?

Le calcul de Bliss prit fin lorsqu'un volet arrondi rouge boueux crêta l'eau devant elle, la chose ramenant l'eau vers le corps du démon. Ce faisant, le liquide s'écrasait contre le filament avant que, le volet se resserrant, il ne projette un jet arqué vers l'avant-poste.

Le film atterrit et Bliss entendit un cri à sa gauche, vit un archer recouvert de cette substance. Elle cloua l'homme au sol, le film se scellant autour de lui, pénétrant dans sa gorge, son nez.

La façon dont ce monstre tuait devint tout à fait claire.

— Je m'en occupe, cria Quik alors que Bliss commençait à retourner vers l'homme à terre. Toi, occupe-toi du monstre.

Oh, elle allait le faire. Elle le faisait déjà. Revenant à la tâche en cours, Bliss se remit à courir, zigzaguant à gauche et à droite avec le tangage du radeau.

Alors qu'elle sprintait sur la dernière portion, jonchée d'outils renversés, de cordes étalées et d'autres absurdités forçant des pas prudents, le démon pressa à nouveau l'eau en un jet, celui-ci un arc court visant droit sur elle.

Bliss fit passer son bâton dans sa main gauche et sauta, son bond la portant au-delà de l'extrémité du radeau et dans les eaux froides et tourbillonnantes bleu-vert. Elle frappa et plongea sous la surface alors que le jet du démon éclaboussait l'eau au-dessus d'elle. Bliss garda les yeux ouverts, vit le film du démon couler, les lourdes bulles descendant vers le fond du marais.

Un courant trouva Bliss et l'entraîna avec lui, l'attirant vers le démon, un vide auquel Bliss ne pouvait espérer résister. Elle serra la bouche, essaya de retenir son souffle, et regarda vers la chose qui l'aspirait.

Plus large que le bâtiment principal du radeau, l'énorme démon avait un corps qui s'étendait bien en dessous de la surface de l'eau. Les courbes au-dessus se prolongeaient en dessous, sauf les sections se séparant en ces nageoires poussant l'eau. Le dessous du monstre se recourbait sur lui-même, pulsant comme les méduses qui s'échouaient parfois dans l'inlet de Kitaye. Cette pulsation devait générer le courant, celui qui continuait à entraîner Bliss vers le bas, encore plus bas, jusqu'à ce que la journée ensoleillée au-dessus n'apparaisse plus que comme de faibles rayons de lumière projetés à travers une obscurité tourbillonnante misérable.

Ses poumons la faisaient souffrir alors que Bliss sentit le courant changer de direction, l'envoyant non plus vers le bas, mais vers le haut. Elle avait traversé sous le bulbe extérieur du démon, et maintenant le monstre l'amenait vers quelle que soit la fin qui l'attendait en son centre.

D'après ce que Bliss pouvait voir, sa vision brouillée par une eau maintenant boueuse alors que la pulsation du démon aspirait toute la saleté du fond, sa destination ressemblait beaucoup à un buisson de baies commençant à pourrir.

Mais étant donné que ses options semblaient être un choix entre ce buisson de baies pourrissantes et la noyade,

Bliss donna de vigoureux coups de pied vers la surface. Elle émergea dans une bulle étouffante, remplie de rouge flottant et dégoulinant. Des boules et des fils couleur pomme se regroupaient et se brisaient, dérivant ensemble sur de longs fils attachés à la coque en bulle du démon, les extrémités s'étalant contre la peau.

Autour d'elle, Bliss sentit l'eau se coaguler, aspirée dans ces masses attachées. Était-ce ainsi que le démon mangeait ? En quelque sorte en buvant—

La brûlure survint rapidement, soudainement et partout à la fois. Vis abritait plus que quelques insectes piqueurs, certains animaux qui pouvaient, si on les agaçait, cracher un acide désagréable sur la peau, et Bliss ressentait cela maintenant. Partout.

Elle repéra la masse rouge la plus proche, des boules semblables à des cerises regroupées en un organe palpitant, et nagea dans sa direction. Ses cheveux commencèrent à se désintégrer, son nez la fit souffrir lorsque l'eau y pénétra, épaisse et chaude. Bliss garda la bouche fermée, ignorant, ne voulant pas savoir ce qui pourrait arriver si cette substance descendait dans sa gorge.

Le bâton lui ouvrit un chemin. Elle tendit son extrémité métallique, le plongea dans la masse rouge et sentit la matière molle céder. Le bâton s'y logea, l'organe — si c'en était un — se pliant autour. D'une main, Bliss se hissa le long du bâton, tendant l'autre pour saisir une cerise. Chaude au toucher, molle et glissante, Bliss raffermit sa prise. Elle découvrit que la même substance qui dissolvait sa peau lui permettait de s'accrocher suffisamment bien à l'organe.

Après un autre effort, Bliss se retrouva accrochée à une longueur ou deux au-dessus de l'eau mortelle, dégouttant de sa propre mort.

Un frisson caustique suivit, Bliss s'agrippant à son salut et respirant, simplement respirant. Sa peau se couvrit de plaques furieuses et pire encore, des rubans veineux courant sur chaque partie exposée et, Bliss le devinait, partout en dessous aussi.

Ses yeux, sa bouche fonctionnaient. Ses bras et ses jambes pouvaient bouger, bien que chaque mouvement provoquât une douleur cuisante. Telle était la vie d'une Lira.

Pourtant, elle était en vie, et Bliss comptait bien en profiter.

À l'intérieur du monstre, les sons prenaient un écho. Les éclaboussures de l'eau, les cris occasionnels de l'extérieur, le gargouillis et le bouillonnement des entrailles de la créature rebondissaient en un brouillard sonore. La lumière extérieure baignait tout d'une lueur étrange.

Si la vie sur Vis avait été d'un calme agréable, ses journées depuis qu'elle avait quitté l'île rivalisaient entre elles pour être la plus absurde. Jusqu'à présent, celle-ci gagnait.

Bon. Pense comme une chasseuse. Devoir tuer une bête plus grande et plus forte qu'elle signifiait trouver sa faiblesse. Trouver ce point fatal pourrait éliminer Bliss dans le processus — la grande bulle s'effondrant sur elle lui arracha une grimace — mais cela signifierait sauver Wax, sauver Quik, sauver Torny.

La masse rouge tremblante à laquelle elle s'accrochait semblait se concentrer sur l'eau en dessous, y plongeant pour aspirer les éléments dissous par l'acide du monstre. Des tubes, des choses orange-jaune se ramifiant de l'organe sur lequel elle se trouvait vers plusieurs autres, s'étendaient dans diverses directions.

Comme son propre estomac, envoyant ses trésors partout dans le corps. Bliss suivit les veines, en trouva deux menant à des morceaux plus petits et palpitants, partageant forme, taille et couleur. Détruire l'un d'entre eux ne serait donc peut-être pas le coup fatal qu'elle souhaitait.

Au-dessus, cependant, attendait un organe beaucoup plus grand, presque cubique. Suspendu au centre de la bulle, maintenu par des veines tendues, recouvert d'excroissances étranges, comme un tronc envahi par des champignons et de la mousse, l'organe semblait être la pièce maîtresse du monstre. Monter là-haut, lui asséner un bon coup, et le monstre le sentirait.

Qui savait si la créature mourrait, mais si Bliss n'avait qu'une seule option — et c'était définitivement le cas — alors ce serait celle-là.

La chasseuse progressa avec sa main et son bâton, enfonçant ce dernier dans l'organe chaque fois qu'elle voulait un meilleur appui, une chance de reprendre son souffle. Atteindre la veine ascendante prit des minutes, ponctuées de pauses que Bliss devait passer les yeux fermés, respirant lentement, trouvant la force pour la prochaine escalade.

Elle passa le bâton dans son dos, manqua presque de le perdre lorsque l'arme glissa à travers un étui qui n'était plus là. Seuls de faibles brins de cuir avaient survécu, dissous par l'acide.

Nouvelle tactique, alors.

Bliss essaya d'enfoncer le bâton dans la veine. Contrairement à l'organe, la peau plus rigide ne céda pas, le bâton rebondissant. Frapper plus fort risquait de faire éclater le vaisseau, et Bliss ne voulait pas que son seul moyen de monter soit détruit, encore moins qu'une explosion la propulse dans l'eau mortelle.

Si elle ne pouvait pas utiliser ses deux mains, alors, ses pieds devraient suffire. Bliss se débarrassa de ses chaussures ruinées, agitant ses orteils brûlés, et fit le premier saut. La veine n'était pas lisse, mais, comme tout le reste dans le monstre, avait sa surface couverte de crêtes et d'excroissances étranges. Les prises aidaient, donnaient à ses orteils quelque chose à agripper. Avec sa main gauche, Bliss pressa le bâton contre la veine, utilisa le levier qu'elle pouvait trouver, et grimpa.

Un pied, une main après l'autre, se dirigeant vers l'organe géant au centre du monstre, se dirigeant vers l'espoir.

20
TRANSACTIONS EN FALAISE

Le col et le froid mordant disparurent ensemble alors que Mottilan entrait dans leur champ de vision. Des falaises hirsutes, boisées là où se tenait Sawi et dégelant en un fouillis de vignes, d'herbes et d'arbres, descendaient devant eux jusqu'au rivage de l'océan, une large plage rocheuse envahie de bateaux de pêche échoués sur les hauts-fonds, bien qu'ils s'apprêtaient bientôt à partir pour la pêche matinale.

Gladdring insistait pour se déplacer tôt, prétextant que sa propre endurance faiblissait à mesure que le soleil l'épuisait, et préférant les fins d'après-midi et les soirées pour converser. Ces paroles, échangées autour de feux de camp et de ce que Sawi pouvait glaner dans les forêts, les recoins et les rares villages qu'ils traversaient durant les jours qu'il leur fallut pour franchir les montagnes, portaient sur des choses que Sawi n'avait jamais connues, jamais questionnées, jamais imaginées.

Lorsqu'ils atteignirent le point de vue, Sawi estima qu'elle devait être aussi experte en politique de Noctia et de

Najahn que n'importe qui sur l'île. Plus que cela, elle savait que Gladdring la considérait comme liée à lui, d'une manière qu'elle n'avait pas encore découverte.

Cette dette, ce lien le maintenait proche d'elle, la silhouette imposante du Tenet se dessinant dans le paysage, scintillant sous le soleil levant.

— Je ne l'avais jamais vue sous cet angle auparavant, murmura Gladdring. Votre île est vraiment un régal pour les yeux.

— Ils ont ça, et peu d'autre chose, répliqua Sawi.

— Toujours ce mépris désinvolte pour votre cité sœur. Tout le monde à Kitaye est-il si dédaigneux envers ses frères ?

— Ils sont aussi dédaigneux que nous le sommes.

— Alors vous êtes des enfants gâtés, n'est-ce pas ? Pas disposés à trouver un terrain d'entente ?

Sawi retint une remarque plus cinglante. Wax et ses amis auraient compris sans rien dire. Gladdring le pourrait aussi, si elle évoquait la mort de Pan aux mains de ces brutes marines. Jusque-là, cependant, elle avait gardé cette partie secrète, laissant Gladdring dominer avec ses propres histoires. Mieux valait, selon les propres mots de l'homme, écouter plutôt que de donner des opportunités aux autres.

Comment la mort de Pan pourrait-elle être utilisée contre elle ? Sawi n'en était pas sûre, mais si elle avait appris quelque chose de ses promenades avec Gladdring, c'était que tout pouvait être utilisé, d'une manière ou d'une autre.

— C'est encore une longue descente jusqu'à la ville, dit Sawi. Nous devrions nous mettre en route.

— Ne serait-ce que pour être là où il fait plus chaud, répondit Gladdring. Les hivers sont toujours ma saison la moins préférée. C'est pourquoi, bien sûr, j'ai choisi de venir sur votre magnifique île maintenant...

Les paroles de l'homme coulaient tandis qu'ils marchaient, incessantes dans leur son, s'étendant d'un sujet à l'autre alors que Sawi regardait ses pieds, le chemin, et se demandait ce que Gladdring voulait à cette ville de pêcheurs.

Il était au moins facile de voir ce que la ville voulait de Gladdring. Alors que Sawi elle-même n'attirait guère plus que des regards noirs — son tissage et ses tatouages indiquaient clairement qu'elle venait de Kitaye — Gladdring suscitait des offres de commerce, d'histoires, d'opportunités. Le Tenet, tout comme il l'avait fait à Kitaye, écartait les demandes avec des réponses polies, mais attirait néanmoins une suite qui s'étendait et observait depuis les bâtiments de pierre et de bois alors que le duo atteignait le centre de Mottilan.

— Maintenant, dit Gladdring, je crois avoir attiré l'attention de tout le village.

— Probablement. Sawi hocha la tête vers l'homme. Vous n'êtes pas discret. Personne ne porte de robes comme ça, quelle que soit la saison.

— La mode est une chose que Noctia pourrait bien exporter, Gladdring tira sur ses larges ourlets violet-noir. Elles sont vraiment confortables, et faciles pour bouger rapidement si nécessaire.

— Vous pensez que nous allons devoir courir ?

— Sawi, disons que mes affaires ici sont d'une nature délicate. Je te conseille de garder les yeux ouverts.

Pourtant, malgré tout cela, la première chose que Gladdring voulut faire fut de trouver un repas frais et un endroit pour déposer leurs besaces. Prendre un bain. Ces courses occupèrent la matinée, après quoi Gladdring dit à Sawi de s'occuper jusqu'à plus tard dans la soirée pendant qu'il partait à la recherche de ces soi-disant affaires.

Avec des heures devant elle, Sawi considéra la perspective de rester à Motillan et frissonna. Les regards hostiles lui avaient déjà dit de partir, alors, au moins pour un moment, elle s'exécuta. Elle alla sur cette plage rocheuse et la longea en remontant la côte, sentant la caresse occasionnelle et chaude de l'eau.

Comme il était étrange de passer du froid là-haut à quelque chose de si agréable ici-bas.

Des mouettes marquaient sa progression dans les airs, tandis que des crabes et autres petites créatures s'enfuyaient à son approche, ses pieds nus chérissant les pierres douces et le sable. Plus grossier que l'anse de Kitaye, mais moins bondé.

Chez elle, il y aurait eu plein d'enfants ici par une belle journée comme celle-ci. Des adultes aussi, profitant de leur détente sur la plage. Motillan, cependant, résonnait du bruit de l'effort. Des pêcheurs s'interpellant ou revenant avec des prises à fileter, le port bourdonnant d'activité avec les navires de Kance allant et venant. Un seul navire de Tamas, avec sa large base et ses voiles teintes offrant une touche chromatique au trafic, se démarquait.

Sawi observait tout cela. Elle essayait de trouver cette étincelle, celle qui avait dû pousser Wax et Quik à s'embarquer. Gladdring éveillait quelque chose, avec tous ses discours, bien que Sawi n'ait pas encore trouvé une phrase, une description, une suggestion qui l'attire vraiment loin de Vis.

Tout cela semblait plus sinistre, plus gris, plus susceptible de finir face contre terre avec un couteau dans le dos ou dans la misère, à un mauvais jour du caniveau.

Ses yeux dérivèrent vers le col de la montagne. Un long

chemin à parcourir seule, mais elle pourrait partir maintenant. Être de retour à la dernière petite auberge peu après le
coucher du soleil, échanger ce qui lui restait de ses
cueillettes contre une nuit au coin du feu, et puis continuer.
Retourner chez elle.

— C'est étrange de voir quelqu'un de Kitaye ici qui ne
vend pas ses marchandises.

La femme mince comme un rail, les cheveux parsemés
de coquillages scintillants, s'approcha du côté du port. Elle
offrit à Sawi un sourire agréable, révélant des dents
encrées à la manière dont les Mottilans marquaient leurs
anciens.

— Je ne serais pas ici si ce n'était pour un travail,
répondit Sawi.

— L'homme de Noctia.

Sawi laissa toute surprise se dissiper dans l'écume qui
lui chatouillait les orteils. Mottilan était certes grande, mais
elle ne s'étendait pas comme Kitaye. Les nouvelles circule-
raient vite ici, et quiconque se souciait assez de venir
jusqu'ici pour lui parler voudrait quelque chose, saurait
presque tout ce qu'il y avait à savoir.

— Comprends-tu qui il est ? demanda la femme après
que Sawi n'eut pas répondu.

— Il me l'a dit.

La femme rit, d'un rire aussi fatigué et ancien que les
vagues qui s'écrasaient autour d'elles.

— Tu es si méfiante envers nous. Comme si Mottilan
t'avait fait quoi que ce soit.

— Votre peuple a tué mon ami.

Ah. Sawi savourait cette petite satisfaction alors que les
yeux de la femme s'écarquillaient.

— Il y a eu bien des morts avec les démons, dit la
femme, la prudence s'insinuant dans sa voix, pourtant je ne

me souviens d'aucun conflit entre les gens de Vis. Il ne devrait pas y en avoir non plus.

— J'aurais dit la même chose.

— Proche de ton cœur, alors.

Sawi hocha la tête, gardant les yeux fixés sur la mer. Le soleil était maintenant derrière elle, projetant des ombres dorées de la montagne sur l'eau.

— Que veux-tu ? demanda Sawi.

— A-t-il conclu un marché avec toi ? Avec Kitaye ?

— Je suis son guide, rien de plus.

— Guide jusqu'ici ? Pas plus loin ?

— C'est à lui d'en décider.

— Il te possède alors ?

Sawi pivota, posant sa main sur les rochers.

— Il ne me possède pas.

— On dirait bien que si, ma fille, d'après tes paroles, dit la femme, découvrant à nouveau ses dents. Ou bien as-tu ton mot à dire dans cette affaire ?

— Pourquoi t'en soucies-tu ?

Un reniflement. — Parce que ma cité a besoin de cet homme, aussi douloureux que ce soit à admettre.

Sawi hésita. Ce n'étaient pas les mots auxquels elle s'attendait.

— Les Najahn nous ont ignorés. Noctia ne se souciait pas de nous, continua la femme, jusqu'à ce qu'il arrive. Maintenant, on nous rend visite. Pas souvent, mais plus, beaucoup plus, et le commerce apporte une nouvelle vie à cette côte.

— Ça a l'air génial.

— C'est essentiel, poursuivit la femme. Mais tout le monde ne le voit pas ainsi. Il y en a qui considèrent une dette envers les Najahn comme un piège, qui se sentent obligés de s'en libérer quel qu'en soit le prix.

— N'importe quel prisonnier se sentirait ainsi. Moi aussi.

— Pourtant, Gladdring mérite d'être protégé.

— De qui, ces gens ?

Un léger sourire, — Personne ne surveille les vieilles dames, ma fille. Personne ne se soucie d'où nous allons. Je te le dis, Gladdring a fait une erreur en revenant ici. Si tu veux qu'il survive, fais-le sortir de la ville. Ce soir. Maintenant.

Sawi commença à hausser les épaules. La femme l'arrêta d'une main froide sur son épaule.

— Ce n'est pas ton affaire, n'est-ce pas, ce que l'homme choisit de faire de son temps, de ses accords ? demanda la femme. Tu n'es que son guide, et c'est tout ?

Quelle réponse Sawi pouvait-elle donner à cela ? De toute façon, la femme ne semblait pas intéressée par une réponse, inspirant à nouveau pour parler.

— Alors pense à ton île et à Kitaye. Pense à ce qu'il représente pour elles. Ne laisse pas les actions irréfléchies de quelques craintifs nous réduire en cendres. Les Najahn ne prendront pas la chute d'un Tenet à la légère.

— Alors pourquoi ne les arrêtes-tu pas ?

— Parce que je ne suis qu'une voix contre beaucoup. Trop nombreux sont ceux qui ne voient pas que notre seule issue se trouve aux pieds de Gladdring, aussi douloureux que ce soit d'y être.

Sawi rit. — Donc je suis ton seul espoir ?

— La seule en qui Gladdring aura confiance.

Gladdring, cependant, était introuvable. Mottilan éclairait ses rues de torches à l'huile quand la nuit tombait, pourtant Sawi ne parvint pas à trouver le Tenet Najahn dans les ombres autour de l'auberge qu'ils avaient choisie. Il n'était pas non plus à l'intérieur, en train de dîner et de divertir les clients, une activité que Gladdring semblait apprécier dans les petites villes qu'ils avaient traversées. Personne ne l'avait vu non plus, quand Sawi fit discrètement circuler le mot.

Ce qui l'amena, après quelques glissades et une escalade, sur le toit de l'auberge. Elle se percha sur le bois solide, une charpente couvrant des murs de pierre sculptée, et regarda.

La première surprise vint quand elle réalisa qu'elle n'était pas seule. Sur le toit de l'auberge, oui, mais autour d'elle, sur les toits répandus dans toute la ville, les habitants de Mottilan prenaient place sur leurs sommets pour regarder les étoiles apparaître. Beaucoup se reposaient sur des couvertures, prenaient des verres et des desserts aux fruits. Une brise fraîche emportait la chaleur de la journée, et ces étoiles capturaient effectivement la nuit d'une manière que Kitaye et sa jungle ne permettaient pas.

Difficile cependant d'apprécier quelque chose de beau quand on devait trouver quelqu'un.

L'indice de Sawi vint par le son. Se faufilant derrière le fracas du ressac, au-dessus de quelques instruments et sous la conversation bruissante de l'auberge en dessous d'elle, il y avait des éclats, vocaux. Une voix qui s'élevait et retombait, comme si elle prononçait un discours.

Sawi se retourna, regarda vers la falaise. Le gros de Mottilan s'étendait près du port, avant de céder la place à des habitations plus aisées plus haut sur le flanc de la falaise. L'une d'entre elles semblait plus éclairée que les autres, le chemin montant depuis le sentier principal de la falaise étant bordé de feux brillants. Attendant des invités, peut-être.

Sawi glissa du toit de l'auberge, se frayant un chemin à travers une ville qui s'apaisait et remonta la falaise. Elle sentait toujours des yeux sur elle tout le long du chemin, à la fois hostiles et curieux, mais essayer de les surprendre ne la faisait regarder que des ombres.

Elle devrait les traiter comme des hanoko. Toujours là, mais rarement un danger à moins qu'elle ne fasse quelque chose de stupide.

Arriver près de la grande maison prit du temps, et les voix changèrent, disparurent et revinrent avec des tons et des couleurs différents. Certaines échauffées, d'autres pas. Des arguments, donc. Des discussions. Et mêlée à elles, de temps en temps, mais plus claire à mesure que Sawi s'approchait et déchiffrait les paroles mielleuses, une certaine diction de Noctia.

Elle évita le chemin éclairé, se précipitant plutôt sur les rochers, laissant ses mains choisir chaque mouvement avec des extensions précautionneuses, testant chaque prise. Le parcours la mena sous la maison, et elle ne s'éleva à son niveau que lorsqu'aucune torche ne semblait assez proche pour percer le voile de la nuit.

Sichi, soit absente soit bloquée par la falaise, faisait tout pour l'aider.

Tout le monde sur Vis apprenait à se faufiler, pour surprendre un gibier insoupçonné ou échapper à un prédateur énergique. Ces instincts s'installèrent en Sawi alors qu'elle arrivait sur la parcelle d'herbe clairsemée, à peine plus de quelques enjambées avant la maison. Les fenêtres, ouvertes sur l'air, regardaient dans sa direction et pendant un moment Sawi crut qu'elle était repérée.

Un moment passa en silence tandis qu'elle réalisait que les voix, la lumière à l'intérieur, provenaient de l'autre bout de la maison. Le côté face au rocher, d'où personne ne pouvait voir à l'intérieur.

— Gladdring, grommela un homme, avec une voix qui

ressemblait à celle du père de Sawi, mais pas tout à fait de son âge, tu as passé des heures maintenant à essayer de te tirer d'affaire. Nous t'avons écouté, mais aucun d'entre nous n'est d'accord avec toi. Ta parole ne vaut rien. Ta mort, ou peut-être ta vie échangée, pourrait tout nous apporter.

21

LE DON DE FOTI

Quik et Bliss se précipitèrent hors de l'entrepôt, tournant à droite vers l'énorme démon-bulle. Torny les suivait, traînant des pieds, scrutant les alentours. Une voleuse à la recherche d'une attaque furtive, d'un moyen de rester en vie.

Du moins, c'est ainsi que Wax, quatrième de la file, le percevait. Il aurait avancé plus vite aussi, si Eujo ne l'avait pas retenu par ses vêtements. Elle le tira doucement en arrière, le ralentissant encore plus jusqu'à ce que Castilan et Reathe les dépassent en force.

— Tu es le Renouveau. Laisse tes Gardiens faire leur travail, dit Eujo.

— C'est ma famille, pas seulement mes Gardiens.

Wax se dégagea de son emprise et se dirigea vers la porte. Il réalisa qu'Eujo ne le suivait pas.

— Tu vas rester ici ? Vraiment ?

— Tu l'as dit toi-même, Wax. Qu'est-ce qui est le plus important ? Nous, ou un seul démon ?

Wax avait envie de lever les bras au ciel et de déclarer

qu'il était fort probable qu'aucun d'eux ne serait l'Égide de toute façon. Qu'il ne voulait pas s'asseoir sur un trône de pierre pendant des années en regrettant de n'avoir pas aidé à sauver une vie maintenant, aujourd'hui.

Au lieu de cela, il ne dit rien, car Eujo ne semblait pas être quelqu'un qu'on pouvait faire changer d'avis. Ses mains reposaient sur ses flancs, ses pieds fermement plantés dans les planches de bois, son visage arborant ce regard glacial qu'elle maîtrisait si bien. Même ses cheveux, en désordre et emmêlés comme ceux de tout le monde, semblaient l'encadrer comme un mur d'épines.

— Tu sais que j'ai raison, répéta Eujo.

— Je ne vais pas rester ici, répliqua Wax, essayant de trouver une idée. Que tu aies raison ou non. Je vais sortir pour aider. Au diable ta mission.

Avant qu'elle ne puisse ajouter quoi que ce soit, Wax fit volte-face et se précipita dehors. Il s'arrêta à peine un mètre plus loin alors qu'une projection visqueuse martelait le sol devant lui, atteignant Reathe qui avançait lentement. Le liquide gras traîna Reathe au sol, où il sembla se replier autour d'elle, piégeant la Najahn.

À en juger par son visage, la femme hurlait. Mais aucun son ne s'échappait de la bulle.

Wax dégaina la lame de Foti, traversa le radeau jusqu'à Reathe et passa le tranchant de la lame à travers la bulle. Comme un fruit qu'on épluche, la bulle s'ouvrit, se dégonfla en un tas collant accroché à Reathe.

— Ça me brûle, haleta Reathe, changeant ses cris pour quelque chose de plus utile. Enlevez-moi ça !

Wax regarda autour de lui et vit un tas de chiffons destinés aux viscères de poisson et pire encore. Il en prit un de ces horribles bouts de tissu et commença à le frotter sur

Reathe pendant qu'elle se frottait avec ses mains gantées. Les efforts de Reathe s'avérèrent inutiles, ses gants se désintégrant au fur et à mesure qu'elle frottait. Le chiffon de Wax, peut-être protégé par les mêmes viscères de poisson qu'il avait récupérés auparavant, s'en sortait mieux, absorbant la bulle.

— Tiens, dit Wax en tendant le chiffon à Reathe et en attrapant un deuxième.

Ensemble, ils continuèrent jusqu'à ce que Reathe soit suffisamment propre pour se lever. Elle secouait la tête, sa peau marquée de brûlures.

— Il aurait dû nous frapper à nouveau, dit Reathe, les amenant tous deux à regarder vers le démon.

La masse bouillonnante se tenait toujours là, ses nageoires bougeant pour projeter encore et encore, mais les jets poursuivaient maintenant quelqu'un d'autre, une forme plus grande se faufilant entre les abris, s'approchant toujours plus.

— Quik, murmura Wax. Bien que je ne sache pas ce qu'il va faire une fois qu'il sera proche...

Malgré ses recherches, Wax ne put apercevoir Bliss nulle part. Castilan s'était posté sur un toit avec une arbalète, lançant de temps à autre un carreau vers l'immense démon. Un geste aussi inutile que n'importe quoi d'autre.

— Qu'avez-vous d'autre ici ? demanda Wax à Reathe alors qu'ils se blottissaient derrière des caisses abîmées. Nous n'avons pas d'arme capable de blesser cette chose.

— Nous sommes un avant-poste de pêche, un point de passage pour les Renouvellements, pas une base militaire, rétorqua Reathe. Noctia se souvient à peine que nous existons entre les Renouvellements.

— Rien ? Vous avez eu ce démon qui vivait à proximité

pendant des années et vous n'avez jamais pensé à la façon de le tuer ?

Reathe soupira.

— D'accord, ce n'est pas vrai. Nous avons rassemblé de l'huile, fabriquée à partir de graisse, et tout est dans ce bâtiment. (Reathe pointa du doigt vers le sud, près de la limite de la ville.) Là où ça ne causera pas trop de dégâts si ça prend feu. L'idée était de répandre l'huile sur le démon, de le piéger dessous, puis de lancer une torche.

— Et vous n'avez pas essayé ça, pourquoi ?

— Parce que les gens qui voulaient le faire sont tous morts maintenant, voilà pourquoi.

Une nouvelle projection frappa tout près, grésillant en heurtant les caisses. Reathe jura.

— Ils en ont pris un peu et ont essayé, il y a quelques jours après que le Renouveau de Foti a été blessé. Maintenant le démon est venu se venger.

— Les démons sont stupides. Ils ne pensent pas comme ça, contesta Wax. Maintenant qu'il est là, cependant, et si on essayait votre huile ?

Reathe rit, se recroquevillant davantage contre les caisses.

— Mieux vaut attendre qu'il parte. Vivre un jour de plus.

— Wax, dit Eujo, debout dans l'embrasure de l'entrepôt. Je suis avec toi.

Le duo atteignit rapidement le bâtiment choisi par Reathe, poussa la porte non verrouillée pour découvrir une pièce spartiate, vide à l'exception de dix ou onze petits tonneaux. Quelqu'un avait peint une goutte noire, le contour d'un feu sur les côtés.

— Alors les voilà, dit Wax. Et maintenant ?

— Je croyais que tu avais une idée ?

— Eh bien, je suis plutôt du genre à improviser, répondit Wax en fronçant les sourcils. Ils sont lourds comment ?

Un seul essai de soulèvement, sous le regard sceptique d'Eujo, montra que Wax s'épuiserait à essayer d'en transporter un seul jusqu'au démon, sans parler de tous les autres.

— D'accord, nouveau plan, marmonna Wax en retournant à la porte, repérant sa solution qui flottait à proximité dans le canal. Un bateau de pêche, se balançant sur les vagues. Voilà.

— Tu vas quoi, le charger d'huile et le précipiter sur le démon ?

— Ce n'est pas si compliqué.

Wax souleva le premier tonneau, le porta hors de la maison et le déposa dans le bateau.

— On n'a même pas besoin de tous les prendre.

— Et comment vas-tu l'allumer ? En supposant que tu arrives même jusqu'au démon.

— Tu vas dire à Castilan de le faire avec son arbalète. Je sauterai dans l'eau et nagerai pour m'éloigner. Facile.

— Ta confiance est surréaliste.

— Ton manque d'aide avec les tonneaux ne l'est pas.

Eujo prit les devants, et ensemble, ils traînèrent cinq tonneaux dans le bateau, les nichant les uns à côté des autres. Pendant qu'ils travaillaient, Wax ne cessait de jeter des coups d'œil vers le démon, observant ses projections et les tirs continus de Castilan.

Quik et Bliss semblaient avoir disparu. Quelques villageois couraient çà et là, portant des chiffons et essuyant ceux qui avaient été touchés par les projections. Peut-être que Reathe avait fait passer le mot. Pourtant, le poste avancé sur les radeaux continuait de trembler à chaque jaillissement violent. Plus d'un bâtiment s'était déjà effondré sous l'effet corrosif de la bave acide, et le démon ne montrait aucun signe de départ.

Peut-être ne se fatiguerait-il pas avant que tout ici ne soit réduit en poussière.

— Tu sais ce que tu as à faire ? demanda Wax.

— Castilan. Tirer sur le bateau avec du feu, dit Eujo. Compris.

— Tu vois ? Wax poussa le bateau huilé hors de son amarrage, le long du canal vers le démon. N'est-ce pas plus amusant ?

— Ne meurs pas, c'est tout, Wax.

— Ça ne ferait qu'augmenter tes chances.

Eujo ne fit que froncer les sourcils à cette remarque, puis partit en courant. Wax souleva une seule rame, appuya sa pale contre le bord du canal et poussa. Il aurait besoin de vitesse, de chaque seconde qu'il pourrait gagner pour amener cette chose jusqu'au démon et survivre.

Le monstre, au moins, semblait préoccupé. Wax en comprit la raison lorsque son bateau chargé d'huile s'approcha du bord nord de la cité flottante. Quik dansait le long du quai, soulevant et lançant tout ce qu'il pouvait attraper sur le démon. Il soulevait des caisses et s'en servait pour dévier les projections du démon. Un jeu de diversion, mais avec un compte à rebours évident : le large quai sur lequel Quik courait était presque vide.

— Wax ! cria Quik. Qu'est-ce que tu fais ?

— Plan secret, répondit Wax. Garde son attention.

— Tu as vu Bliss ?

— Pas toi ?

Wax se retourna vers le démon. Il poussa le bateau au-delà du bout du quai. Maintenant en eau libre, des vagues tourbillonnantes et des algues éparses le séparaient du monstre géant en forme de bulle. Le démon était vraiment énorme, s'élevant plus haut qu'une maison dans les arbres de Kitaye. Et pourtant, Wax ne ressentait aucune de la peur qui l'avait envahi à Kitaye lors de cette attaque mémorable.

Était-il simplement devenu plus courageux maintenant ?

Ou était-ce le skar Foti sur son collier, bourdonnant d'une énergie avide, qui poussait Wax en avant avec ses mots insensés ?

L'eau léchait les côtés du petit bateau alors qu'il fonçait dans les eaux agitées par le démon. Wax, qui n'avait jamais de sa vie manié une rame — les nénuphars de Kitaye se déplaçaient à l'aide de longues perches pour les pousser autour de la crique — se débattait, essayant de garder le bateau sur sa trajectoire.

Pas si difficile quand la cible couvrait tout l'horizon.

Une nageoire massive passa sur la droite de Wax, faisant tanguer le bateau vers la gauche. Quand le membre frappa l'eau contre le côté du démon, le jet s'éleva haut et court. Droit sur lui.

— Alors tu m'as remarqué maintenant, marmonna Wax, puis il sauta.

Le contact avec l'eau froide provoqua une montée d'adrénaline, propulsant Wax à la surface. Les projections du démon s'écrasaient autour de lui, forçant Wax à plonger sous les vagues. La lumière filtrant par en dessous montrait où, dans sa courbure, le jet du démon s'accrochait à la surface. Wax s'en éloigna à coups de pied, suivant le bateau, et espéra, espéra que Castilan n'aurait pas la gâchette facile.

Un large mouvement ramena Wax à la surface, assez près pour poser sa main sur le bateau, qui dérivait maintenant vers le démon de son propre chef, les mouvements du monstre attirant le courant vers l'intérieur.

Wax risqua un coup d'œil vers le toit où Castilan était censé se trouver et ne vit personne. Pas une âme qui vive.

Que faisait Eujo ?

Le bateau tangua, entraînant Wax sous l'eau. Il donna des coups de pied, se poussa vers le côté bâbord du bateau, remontant à nouveau et accrochant son bras par-dessus un côté. Sa tête suivit, bien que Wax regretta aussitôt la vue.

La masse bouillonnante du démon dominait, si proche maintenant que derrière le chatoiement arc-en-ciel de sa peau, Wax pouvait distinguer une forêt rouge, des choses étranges s'enroulant et s'attachant les unes aux autres. Et, dans cette forêt, une forme plus sombre et floue en mouvement.

Un monstre à l'intérieur d'un autre ?

Peu importait. Le bateau allait percuter, et Castilan n'avait pas reçu le signal. Il était temps de, quoi, abandonner le plan ?

Alors que Wax se débattait, les murmures des skars dans sa tête devinrent un rugissement. Celui de Foti prit le dessus sur l'esprit de Wax, l'exhortant à y aller, à donner des coups de pied en avant, à pousser le bateau dans la créature. Ce qui se passerait ensuite se réduisait à des pulsions animales, un désir que Wax ne ressentait qu'au dîner après une journée à se balancer dans les arbres. Une faim folle, qui devait être assouvie.

Maintenant.

Le bateau heurta le côté du démon, s'enfonçant dans la bulle dans ce qui semblait être un rebond inefficace. Un rebond parfait, cependant, si le carreau enflammé de Castilan frappait maintenant, si le bateau pouvait prendre feu, si-

Le collier brûla, même lorsqu'il plongeait dans l'eau et en ressortait. La poitrine de Wax devint brûlante, si brûlante qu'il commença à jurer, mais s'arrêta net lorsque la chaleur se répandit, traversant son corps, ses bras, ses doigts, et pénétrant dans le bois.

Comme un lever de soleil, le bateau explosa en une flamme fantastique. La lumière était si vive, la force qui suivit lorsque ces flammes atteignirent les tonneaux d'huile, projeta Wax à travers l'eau, le faisant tournoyer à la surface.

Quelqu'un — Quik ? — cria, une voix perçant le rugissement du skar, la douleur aveuglante et la confusion de son corps. L'eau enveloppait Wax de tous côtés, le retournant encore et encore, le courant le tirant vers le bas.

Donner des coups de pied. C'est ce qu'il devait faire, donner des coups de pied. Pédaler avec ses bras. Respirer quand il trouvait de l'air. Wax répéta ce mantra, ces mouvements simples, les reliant à travers ses muscles brûlés en action, roulant alors qu'il trouvait la surface et fixait un ciel soudain.

Plus de démon. Plus de bulle. Seulement des cris.

Non, pas des cris. Des acclamations.

Quik le trouva, souleva Wax dans ses bras et commença à nager vers les radeaux. Castilan, dans un autre bateau de pêche, les récupéra à mi-chemin, aidant Wax à monter sur le bois dur. Le démon, apparemment mort, continuait de s'effondrer sur lui-même, le feu consumant le filament et tout ce qui se trouvait à l'intérieur, comme une lanterne perdant son verre.

Wax observait tout cela, s'interrogeant sur les murmures dans son esprit. Le skar Foti s'était tu maintenant, remplacé par les marmonnements actifs du Vis. Le skar de sa maison faisait son travail, lentement et régulièrement, réparant la peau brûlée de Wax, ses mains et ses cheveux carbonisés.

— Bliss ? demanda Wax lorsque le bateau heurta la cité flottante. Eujo ? Où sont-elles ?

Quik, le premier à descendre et se retournant pour offrir sa main, prit une profonde inspiration.

— Perdues, Wax. Ou mortes.

22

LA PAROLE DU SEIGNEUR DE GUERRE

L'agitation fut rapide. Les flèches volèrent, frappant les démons là où ils se tordaient, achevant les insectes. Jochi, accompagné d'une suite complète, entra dans l'arène, prit le bras ensanglanté de Svarde et le leva haut pour que la foule puisse acclamer une fois de plus.

Pendant tout ce temps, Maena gisait dans la poussière. Elle avait une armure pour cela, une défense prête à bloquer toutes les horreurs sous le couvert d'un travail nécessairement accompli. Une exigence pour être capitaine Rana, pour comprendre sa mission de capturer des richesses pour son île natale, pour maintenir la réputation des Rana face aux autres îles plus peuplées, avec plus de terres. Avec de mauvaises probabilités, il fallait être impitoyable, intransigeant, terrifiant.

Trois Rana étaient entrés dans l'arène, et avec l'aide d'un Foti et d'un ferrite, ils avaient gagné, bon sang. Ils avaient gagné.

Mais tu n'es pas heureuse.

Comment le pourrait-elle ? Les imbéciles de l'autre côté

de la porte, ces pauvres prisonniers à qui on avait dit qu'ils se battaient pour la liberté, avaient été massacrés. Jochi aurait-il fait la même chose si Maena avait assassiné Barten ?

Voilà un piège. Même moi, je sais qu'il ne faut pas creuser aussi profond.

Elle avait donc besoin de se tourner ailleurs. Si on ne voulait pas rester coincé dans les bas-fonds, il fallait garder sa vitesse. Hisser les voiles.

— Lève-toi, grogna un garde, brisant la concentration de Maena en passant un bras sous le sien pour la remettre sur pied. Tu as gagné, alors comporte-toi comme telle.

Maena aurait craché sur l'homme, mais sa bouche était sèche. Alors elle fit ce que le garde l'obligeait à faire, se tenant là et acceptant les acclamations. La foule resta, applaudissant et récupérant ses gains, jusqu'à ce qu'une cloche lointaine signale un autre combat. Les gradins se vidèrent rapidement, alors. Les vies perdues furent vite oubliées.

Mais pas pour Jochi.

Le seigneur de guerre rassembla les cinq, semblant cataloguer leurs diverses blessures du regard. La barbe de l'homme paraissait fraîchement huilée, la neige fondant parmi ses poils lissés.

— Félicitations pour votre victoire, dit Jochi. Je pense que vous aimeriez vous laver, soigner ces coupures et avoir un moment de paix. Vous les aurez, mais pas ici. Jochi croisa les bras, et pour la première fois, Maena aperçut une incertitude chez cet homme solide. Vous avez fait votre temps dans les Fosses, bon sang, et j'ai une offre pour vous.

— Qu'est-ce qu'une viande comme toi pourrait avoir à offrir ? gronda Svarde. Kivi renifla en signe de soutien.

— Une viande comme moi peut offrir beaucoup, répliqua Jochi, sans rire cette fois. Le bruit court qu'un ennemi est en route vers un endroit que nous ne pouvons pas nous permettre de perdre. Whent est faible. Vous êtes assez en forme pour aider.

— Pourquoi Whent est-elle en difficulté ? demanda Rasslebeck. Trop de gens qui se saoulent ici, regardant les autres mourir pour rire ?

— Des fermiers et des épaves sont ici, retrouvant leur santé mentale dans une ou deux chopines, répondit Jochi. La vraie raison n'est pas votre préoccupation, Rana. Ce qui l'est, c'est que si vous m'aidez ici, je vous laisserai partir libres.

Ce fut au tour de Maena de ricaner :

— Il n'y a que cinq d'entre nous ? Quelle différence allons-nous faire ?

— Mais vous n'êtes pas n'importe quels cinq, n'est-ce pas ? dit Jochi. Des champions, des tueurs de démons. Vous porterez mon étendard et d'autres se battront. Ils penseront avoir une sacrée chance. Peut-être qu'avec vous, ils l'auront.

— Et si nous refusons ? demanda Svarde.

— Vous mourrez ici un par un. Plus de concours équitables. Juste des sacrifices sanglants. La dernière chose que vous verrez sera les crachats et la vieille bière d'une foule trop heureuse de voir vos entrailles se répandre. Jochi parlait sans sourire, sans se vanter.

— L'homme est sérieux, dit Maena. Nous devrions accepter.

— Aider nos ravisseurs semble mal, Rasslebeck donna un coup de pied dans la poussière. Mais mourir pour rien l'est tout autant.

— Je suis personnellement pour vivre, intervint Pennifer.

Elle n'est pas la seule.

— Nous irons, alors, annonça Svarde après avoir obtenu l'assentiment du groupe. Sauvons votre ville. Quand Jochi acquiesça, Svarde poursuivit cependant. Vos éclaireurs disent qu'une attaque arrive. De quel genre ?

— Des démons. Quel autre mal vaut la peine d'être craint ?

Ils voyagèrent à nouveau en chariot, roulant sur la toundra. Cette fois, les mains de Maena n'étaient pas attachées et ils pouvaient se déplacer librement dans leur véhicule couvert de toile. Quiconque essaierait de s'échapper par l'arrière trouverait cependant des archers prêts à l'abattre.

Non que s'enfuir vous apporterait autre chose qu'une mort lente et glacée au milieu des plaines gelées de l'île.

D'autres chariots les rejoignirent en cours de route, croisant le convoi depuis les villes voisines, ou rattrapant d'autres convertis des Fosses. Jochi avait eu raison sur ce point : quelle que soit sa façon de le dire, leur légende attirait plus d'épées, de poings et de corps.

Quant à son propre corps, celui de Maena guérissait lentement, tout comme les autres. Les bandages furent changés, et les récits de la façon dont chacun s'en était sorti parmi les insectes, d'abord forts, cédèrent la place à d'autres horreurs, au désespoir, à la peur. Rasslebeck affirmait qu'il ne pouvait plus bouger aussi bien, que quoi qu'il y ait eu dans le sac à venin du démon, cela avait sapé la puissance de ses muscles. Les nouvelles cicatrices de Svarde s'illuminaient d'un blanc colérique le long de ses mains et de ses bras, l'homme passant plus de temps dans un silence stoïque.

Rien, donc, du Foti calme et attentionné qui avait aidé Maena à nettoyer ses propres blessures auparavant.

Seules Pennifer et Kivi semblaient inspirées pour, eh bien, inspirer. La tireuse d'élite Rana transformait ses paroles en chansons plus souvent qu'autrement, enchaînant une gamme de chants de marins et de chansons à boire, tandis que Kivi se faufilait parmi eux, libérant ses écailles pour les garder au chaud. Elle semblait être la plus en forme, avec des pierres en abondance sur la route.

Et toi ? Est-ce que je te rends folle, voleuse ?

De quelle partie de moi es-tu issue ?

Partie ? Je suis toi tout entière.

Alors tu saurais quand te taire.

Pour une fois, la voix obtempéra. Pour une fois, Maena put fermer les yeux et laisser passer les minutes, les heures en paix. Ou, du moins, autant que possible, avec ces yeux invisibles toujours fixés sur elle, observant, attendant, jugeant.

Le Foyer de Tallwren attendait sur la côte sud de Whent. Nichée parmi des collines ondulantes couvertes de moutons laineux, la ville grouillait d'une industrie dynamique. Non seulement les fourrures et les viandes des animaux, mais aussi, selon Jochi, la technologie.

Le seigneur de guerre se déplaçait entre les chariots pendant le voyage, prenant le temps dans chacun d'eux pour, disait-il, inspirer les prisonniers pour leur prochaine mission.

— Il ne s'agit pas seulement de sauver quelques fermiers, dit Jochi, bien que cela devrait suffire. Le Foyer de Tallwren est le meilleur de Whent, notre cœur, notre esprit, notre puissance. Prenez-en note.

Maena avait entendu parler de l'université, seconde seulement au palais secret du Najahn sur Noctia en matière de véritable érudition. Rana et les autres îles avaient bien sûr des écoles de métiers. Des endroits pour apprendre des talents vraiment utiles. Seules les îles avec trop de gens et trop peu d'opportunités pouvaient se permettre quelque chose comme ça, un endroit pour réfléchir à ce que n'importe qui avec un minimum de jugeote pouvait décider par lui-même.

Alors que Jochi continuait, vantant les innovations réalisées et les honneurs douteusement gagnés, les moutons cédèrent la place à des habitations en terrasses, des demeures en terre construites à flanc de colline et renforcées de roches. Celles-ci, à leur tour, se transformèrent en maisons de pierre, empilées et maçonnées avec une certaine habileté, à mesure que leur convoi atteignait la ville proprement dite. Pourtant, peu offraient un deuxième étage, et les rues, pour autant que Maena puisse en juger, restaient en terre battue.

Des odeurs modernes, au moins, se mêlaient dans la brise. Des feux brûlant plus que de la nourriture. L'odeur âcre et froide de la mer. Un relent nauséabond qui ne ferait que s'amplifier à mesure que le sol gelé offrirait moins d'endroits pour se débarrasser de ce que les humains laissaient derrière eux.

Des problèmes que Rana avait résolus avec une plomberie nettement meilleure, emportant vers les océans profonds ce qui ne pouvait être utilisé comme engrais.

Whent, apparemment, le gardait comme combustible au cas où des sources plus attrayantes viendraient à manquer pendant le long hiver.

Cette admission, au moins, fit froncer les sourcils de Jochi. Pas beaucoup d'« honneur » là-dedans.

— Nous résoudrons bientôt ce problème, dit Jochi. Vous pouvez le voir maintenant. À notre gauche. Le seigneur de guerre, debout sur la plate-forme arrière du chariot, pointa du doigt et tout le monde, y compris Maena, regarda.

Le fleuron du Foyer de Tallwren méritait à peine ce nom. Entourée d'un mur de pierre à peine plus haut que Maena elle-même, l'Université s'élevait sur une colline et, avec ses toits de chaume inclinés, montrait clairement que sa masse se trouvait à l'intérieur de la terre et non au-dessus. Comme si des souris avaient creusé de grands trous dans le sol.

— C'est mieux à l'intérieur, grommela Svarde devant ce spectacle peu impressionnant. Quoi que vous pensiez de Jochi, l'école vaut la peine d'être sauvée.

— Donc je ne suis pas entouré d'imbéciles. Pas entièrement.

— J'aimerais pouvoir en dire autant.

Jochi se contenta de rire.

Le convoi de prisonniers débarqua non pas à l'université, mais aux docks. Un port commercial, mais fortifié. Les quais étaient vides de la plupart des navires, à l'exception de quelques galions de Whent se préparant pour une dernière course de fin de saison vers Noctia. Trois tours de pierre surveillaient le chargement, leurs sommets couronnés de lourdes balistes. Ces arbalètes de Whent trouvant ici leurs géantes sœurs.

— Je me suis toujours demandé pourquoi nous n'avions jamais pillé cette ville, dit Rasslebeck tandis que leurs gardes de Whent alignaient les passagers des chariots en une longue file. Je crois que je sais maintenant.

— Des proies plus faciles en mer, acquiesça Maena. À sa gauche, Svarde et Kivi s'alignèrent, tandis que Pennifer et Rasslebeck attendaient à sa droite. Whent est toujours obsédé par le grand et le fort, ils ont tendance à négliger le rapide et le rusé.

— Ça me va très bien.

Le plan de défense de Jochi semblait assez simple. Les soldats de Whent encore en ville occuperaient les tours, utilisant l'artillerie pour ralentir ou détruire les démons arrivants. Ceux qui parviendraient à atteindre le rivage seraient abattus par les prisonniers.

— S'il en passe à travers vous, nous nous en occuperons, dit Jochi en parcourant la ligne. Si l'un d'entre vous a le ventre d'un lâche, nous nous occuperons de lui aussi. Ce n'est pas un choix. C'est votre liberté, ce pour quoi vous vivez. Sauvez la ville, et vous gagnerez un exil, libres de nos fouets, de nos épées. Échouez, Jochi sourit d'un air meurtrier, et vous serez trop morts pour vous en soucier.

Les prisonniers n'auraient aucun abri pendant qu'ils attendraient, bien que les dunes offrissent un rempart suffisant contre les tempêtes extérieures. Des broussailles et les débris de plusieurs navires détruits fournissaient du bois pour les feux, avec du mouton et des carottes fournis par Whent, des pommes de terre et du crabe. Un festin raffiné dévoré à mains nues et avec des dagues tandis que l'eau clapotait à proximité.

La ligne de Jochi se renforça au-delà des docks, traînant des sacs de sable destinés à endiguer les inondations dans les rues, bloquant le passage facile et s'assurant que son petit corps d'arbalétriers serait capable d'abattre tout fou qui avancerait ou fuirait.

Une fois que les fortifications bloquèrent les voies, Jochi rugit un signal et une pluie de métal commença, lancée depuis ces tours pour atterrir parmi le sable. Maena ne tressaillit pas comme Rasslebeck, comme tant d'autres. Elle avait aperçu l'éclat dans la lumière déclinante et compris.

— Des armes, cria Rasslebeck, le premier de leur groupe à atteindre le trésor qui dépassait des grains grossiers remplis de galets. On dirait qu'ils ne mentent pas après tout.

— Donc nous faisons leur travail, dit Svarde, restant près de Maena, finissant son mouton rôti. On gagne notre liberté. Un échange équitable ?

— C'est un mensonge, répliqua Maena. Ou ils le déformeront d'une manière ou d'une autre. Whent n'oublie pas. Ils ne nous laisseront pas partir.

— Quand je suis passé par ici avec Catya et Ami, nous avons été traités avec gentillesse.

Maena mordit dans une patte de crabe, suça la chair tendre et cracha la coquille dans le sable. Rasslebeck récupéra plusieurs lames tachetées, qui avaient besoin d'un bon nettoyage et d'un affûtage avant d'être vraiment utiles. Pas que Jochi fournirait une telle chose.

— Vous aviez Noctia derrière vous, et sans le commerce de Noctia, sans l'aide du Najahn, Whent mourrait, répondit Maena. Nous n'avons rien maintenant. Nous sommes les jouets de Jochi, et il ne nous laissera pas partir.

— Alors nous l'y forcerons, dit Svarde, acceptant une lame abîmée. Quand ce combat sera terminé, Maena, nous reviendrons à ce qui compte.

— Tu penses toujours qu'on peut le faire, Svarde ? Même après tout ça ?

— Il n'y a rien d'autre, Maena. Nous détruisons les démons, ou ce monde est condamné.

Et pourtant, tandis que Maena regardait la ligne dépenaillée se précipiter pour s'armer avec les restes de Whent, il n'était pas difficile de se demander s'il n'était pas condamné de toute façon.

Ramasse cette épée, lâche. Souviens-toi pour qui tu te bats.

Toi ?

Exact. Ne l'oublie pas.

Maena rit. Attirant les regards de son équipe qu'elle chassa d'un geste.

— Allez, dit Maena en se levant. Voyons si Jochi nous donnera quelques pierres à aiguiser avant que les monstres n'arrivent. Je n'ai pas l'intention de mourir ici.

23
LAMES FLOTTANTES

Bliss ne vit pas le feu avant qu'il ne l'atteigne. Un éclair soudain, un point lumineux s'illuminant sur la peau bombée du démon devant ses yeux, presque hors de vue alors qu'elle cherchait un point faible sur la chair rouge et massive devant elle. Elle avait grimpé avec le bâton, s'était hissée et avait fixé la masse, sentant sa vibration dans ses talons, essayant de repérer un indice évident, une vulnérabilité claire.

N'en trouvant aucune, elle frappa une fois. Elle enfonça le bâton avec force, le bord métallique émoussé s'enfonçant dans la chair, la pliant et la déformant sans pour autant la percer. Une tension trop forte pour qu'elle puisse la transpercer.

La lumière vive annonçait cependant quelque chose de nouveau, tout comme la soudaine vibration du démon, une bourrasque alors que l'air mort à l'intérieur du démon se mettait en mouvement. Le vent projeta Bliss hors de son perchoir, l'aspira en arrière et vers le bas tandis que les flammes jaillissaient derrière elle, au-dessus d'elle, le feu dévorant la peau en bulle du démon comme il l'aurait fait avec de l'herbe sèche.

Elle s'accrocha au bâton. Elle le tint fermement alors qu'elle tombait parce qu'il n'y avait rien d'autre à faire.

Pourquoi le démon avait-il explosé, qu'est-ce qui l'avait frappé, ces questions n'étaient que des éclairs momentanés sans plus. Lorsque Bliss heurta l'eau, avec suffisamment de force pour lui couper le souffle malgré la pellicule, les premières cendres et braises, alors que l'intérieur du démon prenait feu, flottèrent avec elle. L'eau s'illumina là où elles la touchaient, la pellicule graisseuse se révélant aussi inflammable qu'elle était collante, visqueuse et tout à fait horrible.

Essayant de haleter, d'aspirer quelque chose, Bliss se débattit, pataugea, tandis que les flammes grandissaient autour d'elle dans une version écœurante de ce qui aurait pu se passer si elle avait fait un faux pas dans la Grande Forge de Foti. Pas de lave ici, mais presque aussi terrible, épaisse et chaude et proche, oh si proche.

Le bâton, incapable de percer la peau du démon, trouva une cible qu'il pouvait briser. Bliss gesticula, balayant le liquide autour d'elle avec l'extrémité métallique. Le fer gris moucheté brisa la pellicule, révélant l'épaisse eau verte saumâtre du lac en dessous, et Bliss se roula vers elle, ces flammes la léchant alors qu'elle plongeait.

Submergée, les poumons de Bliss lui rappelèrent qu'elle ne s'était pas encore remise de la chute. Il lui restait peu d'air, ses jambes et ses bras en utilisant trop dans un mouvement paniqué vers la cité flottante. Ou nageait-elle plus loin ? Les directions semblaient impossibles, le courant entraîné par les gyrations du démon formait un tourbillon rapide et incessant alors que la créature ondulait dans ses derniers moments.

Bliss se sentit tirée d'un côté, ses orteils et ses doigts aspirés, pour être ensuite frappée à l'estomac par un retour violent dans l'autre sens. Au milieu de tout cela, le bâton fut emporté, arraché de sa prise alors que ses doigts perdaient leur force, ses yeux brûlaient et son corps commençait à se raidir.

En haut. Ça, cette direction, elle la connaissait, ne serait-ce que parce qu'elle s'épanouissait comme une glorieuse rose jaune au-dessus d'elle. L'œuvre du feu, et une direction vers laquelle elle donna ses derniers coups de pied.

Une percée, une clarté alors que l'eau ruisselait sur ses joues, ses yeux, sa bouche. Un souffle, enfin, bien que recouvert de fumée. Mais pas plus, pas beaucoup plus que de l'air au-delà. Autour d'elle, la pellicule brûlait, et à mesure qu'elle disparaissait, le feu suivait, mourant partout peu après que son emprise ait atteint le désir de l'incendie. Au-dessus, la peau en bulle se pelait vers le nord, une ligne flamboyante débarrassant le démon comme le soleil chassant le ciel nocturne. À mesure qu'elle progressait, le feu trouvait ces mêmes veines que Bliss avait escaladées, les consumant tout comme il le faisait avec tout le reste, les cendres noires voltigeant vers le bas.

Tout ce que Bliss faisait, cependant, c'était respirer. Respirer, battre des pieds et regarder le démon mourir.

Torny la trouva en premier. Elle arriva sur une simple embarcation, un canoë à deux places destiné à transporter des marchandises d'une partie de la ville à l'autre, propulsé uniquement par la force de ses bras tirant sur les rames.

La bandite criait le nom de Bliss encore et encore, là dans les ruines flottantes et fumantes, jusqu'à ce qu'elle entende les éclaboussures de Bliss. Ses cris rauques.

— Espèce d'idiote, dit Torny, en calant Bliss contre le canoë et l'aidant à monter à bord. À quoi pensais-tu ?

Bliss s'adossa contre le canoë, le bois rugueux sec et, pour une fois, libre de la vase du lac, de la pellicule du démon. Sa peau était presque luisante, d'un rouge si vif, ces lignes s'entrecroisant sur toute sa surface.

— Je te pose une question, dit Torny, la bandite se penchant sur Bliss, assez près pour que ses yeux perçants et ses cheveux sauvages et courts masquent le ciel. Pourquoi. Es-tu. Partie. Toute. Seule ?

Sentant que c'était l'un de ces moments qui exigeait une réponse, que Bliss ne pourrait pas s'en sortir en feignant de s'endormir furtivement, elle essaya de répondre. Elle tenta un signal tremblant avec sa main gauche et découvrit que son bras était mort. Pas disparu, non, mais trop fatigué, trop brisé pour faire quoi que ce soit.

Alors Bliss opta pour un sourire confus et douloureux.

Torny jura et se rassit, reprit les rames et commença à ramer. Bliss écoutait les oiseaux, les cris venant de la ville.

Pas de colère, pas de panique, pas de désespoir, ceux-là. Plus maintenant.

Le skar les a sauvés, alors Wax le dit, mais son frère ne pouvait pas garder sa concentration. Une joie criée au retour de Bliss, suivie d'une remise du skar Vis dans les paumes de Bliss.

— Écoute-le, dit Wax. Il t'aidera.

Quik recommanda la même chose, disant qu'il avait passé les nuits après la poignardée d'Eggrad à simplement laisser le skar lui murmurer pour s'endormir. — J'avais l'impression qu'il voulait me parler de chaque petite blessure que j'avais. Au fur et à mesure qu'il le faisait, les plaies cessaient de faire mal.

Au-delà de cela, tandis que Torny aidait Bliss à s'installer dans l'unique auberge du avant-poste, un endroit largement converti en abri à la lumière des attaques croissantes du démon, Wax et Quik ne se sont pas donné la peine de rester dans les parages.

— Eujo a disparu, expliqua Torny lorsque Bliss réussit enfin à poser la question. Elle a disparu pendant l'attaque du démon. Apparemment, elle était juste à côté de Wax, mais n'est pas venue avec lui sur le bateau pour faire exploser le monstre.

Bliss inclina la tête et essaya d'en demander plus avec ses yeux.

Torny, avec une chope de bière dans chaque main — Bliss en avait demandé une d'un geste et Torny avait refusé, déclarant qu'elle avait besoin des deux. Bliss pouvait avoir de l'eau, et de l'eau uniquement.

— Ce que je faisais ? dit Torny en réponse. La seule chose responsable à faire : te poursuivre, toi et ta folie. Je t'ai vue couler et je suis partie à la recherche d'un bateau. Le temps que j'en trouve un, que je comprenne comment utiliser les rames... Torny jeta un coup d'œil autour d'elle, confirma que même si l'auberge abritait quelques personnes déplacées, aucune ne semblait écouter, elle se pencha en avant. Bliss, je crois que j'ai fait tourner ce bateau en rond pendant une dizaine de minutes en essayant de comprendre comment fonctionnaient les rames.

"Tu ne savais pas ?" Les signes étaient maladroits, mais Bliss découvrit que sa main droite pouvait les faire, si elle forçait un peu. "Jamais avant ?"

— Allô ? Je suis une bandit, pas un batelier. À quoi ça me servirait d'apprendre à utiliser une rame ? Torny fronça les sourcils alors que Bliss esquissait un sourire. Si tu dis que c'est pour t'aider, je te renverse cette bière dessus tout de suite.

"Ai-je tort ?"

— Écoute, ce n'est pas la leçon à retenir. Que j'apprenne à piloter un bateau de pêche n'est pas ce qu'il faut retenir. Torny soupira, toutes deux allongées sur le lit de fortune qu'elles avaient réussi à s'approprier. Bliss était sous les couvertures, une chaude couverture de paille, tandis que Torny restait au-dessus avec ses bières. Non, non, la leçon ici est que tu m'emmènes avec toi quand tu pars.

"Pourquoi ?"

— Pour que je puisse te protéger, idiote. Un autre soupir dramatique, de longues gorgées des deux chopes. Tu es une Vis, Bliss. Tu n'as rien vu. Je dois t'empêcher de faire des erreurs stupides, comme affronter un démon géant avec rien d'autre que ton bâton.

Celui-ci avait été retrouvé aussi, flottant près de la ville. Repêché et remis à Castilan, il reposait maintenant, en train de sécher sous le lit de Bliss.

"Je n'ai pas besoin-"

Torny cogna la main de Bliss avec une chope de bière. — Arrête ça. Tu en as besoin. Clairement. Parce que ton propre frère a failli te transformer en beignet croustillant là-bas. Alors la prochaine fois que tu auras ce genre d'idées, tu me préviendras et on s'en occupera ensemble. Ou, mieux encore, je te dirai de t'asseoir et d'arrêter d'être stupide.

Bliss s'adossa à l'oreiller. Rugueux, mais sec. Autant que tout ce qu'elle pouvait désirer à ce moment-là. Torny passa à son bavardage, parlant des conséquences, de la façon dont ils allaient nettoyer, chercher comment se rendre au Tourbillon dans quelques jours. Remettre l'aventure sur les rails.

"Quand Wax sera revenu, tu veux dire ?" signa Bliss, les yeux mi-clos.

— Eh bien, oui. Il ne va nulle part, dit Torny. Eujo a

probablement glissé, s'est assommée et est tombée dans un tonneau. Elle va réapparaître. Torny renifla. Cela dit, ce serait peut-être bien si elle ne réapparaissait pas. Peut-être que le démon s'en est débarrassé. Ça nous fait une rivale de moins, tu vois ce que je veux dire ?

Bliss ouvrit les yeux, lança à Torny le regard qu'elle méritait pour un commentaire pareil.

— Oh, ne deviens pas sentimentale, dit Torny. Eujo est en train de nous battre en ce moment. Nous ne sommes pas ses Gardiens.

"Quand même. Elle était gentille."

— L'était-elle vraiment ?

La réponse de Torny fut ponctuée par un bruit venant de l'autre côté du bâtiment, un bang alors que la porte de l'auberge, une chose en bois branlante, s'ouvrait violemment. Castilan entra en titubant, Quik dans ses bras. Bliss se redressa tandis que Torny jurait, vit le corps meurtri et battu de Quik être transmis au Najahn qui faisait office de seul guérisseur de la ville. L'homme déposa doucement Quik sur un tas d'herbes séchées tandis que Bliss et Torny s'approchaient, Torny abandonnant une chope de bière pour permettre à Bliss de s'accrocher à son bras.

Les yeux de Quik papillonnaient, une joue enflée. Ses mains tenaient ses gantelets, les doigts pointus en bois humides de rouge. Du rouge que Quik portait lui-même, avec des coupures le long de ses bras, sa poitrine, ses jambes. Des coupures trop nettes et trop précises pour provenir de la griffe d'un démon.

— Ce n'est pas bon, marmonna Torny tandis que Bliss s'agenouillait à côté de son frère.

Pendant que le guérisseur réclamait à grands cris des onguents et des bandages, Bliss prit le skar Vis de sa propre main et le mit dans celle de son frère. Elle regarda sa respiration s'apaiser rapidement, la rougeur autour de ses traits se refroidir. Sa propre douleur revint, les lignes qui s'estompaient sur sa peau retrouvant leur brûlure.

Elle pouvait le supporter, cependant. Elle pouvait endurer.

"Donne-moi ça," signa Bliss à Torny, qui regardait en se mordillant la lèvre inférieure. "La bière."

Torny lui tendit la chope, s'attendant probablement à ce que Bliss boive. Au lieu de cela, la Vis posa la chope froide contre la tempe de son frère, sa fraîcheur rencontrant ce qui semblait autrement être l'apparition rapide d'une fièvre.

Les yeux de Quik s'ouvrirent brusquement, trouvant rapidement ceux de Bliss.

— Wax, dit Quik, ils l'ont emmené. À l'est, Bliss. Tu dois les trouver.

"Trouver qui ?"

— Les gardes de la Reine, dit Quik, les mots un râle. Ils sont de retour.

24

LA COURSE DES ROCHERS

Comme tous les enfants, Sawi, Wax et les autres jouaient parmi les arbres. Ils se faufilaient dans les buissons pour se surprendre, se balançaient sur des lianes pour tapoter l'épaule d'un camarade avant de s'enfuir, et ces jeux faisaient fondre les journées. Chacun avait sa spécialité : celle de Sawi était la vitesse. Elle se déplaçait entre les arbres et les lianes avec une agilité qu'aucun autre ne pouvait égaler. Parfois, Wax trouvait un chemin astucieux qui lui permettait de prendre les devants et de faire peur aux autres en les surprenant, mais si on mettait Sawi sur un parcours entre deux points, elle y arriverait avant tout le monde.

Mais la vitesse ne l'aidait pas alors qu'elle grimpait à l'intérieur de la grande maison Mottilan, nichée contre la falaise avec sa pelouse qui s'étendait vers une pente abrupte. La vitesse ne l'aidait pas, non, mais le silence, si. Elle posait ses pieds en commençant par les orteils, pour qu'ils ne fassent pas le moindre bruit en entrant en contact avec les sols en pierre. La pierre fraîche et brute, martelée avec les instruments rudimentaires pour lesquels Vis était connue, avait suffisamment de texture pour donner de la stabilité à Sawi. Ainsi, quand elle se penchait en avant, l'oreille aux aguets, elle gardait son équilibre. Elle planta ses deux pieds, ses bras, son corps à l'intérieur d'une petite pièce.

Un lit moussu vide se trouvait à sa droite, cousu sur des planches. Pas comme les hamacs de Kitaye. Peut-être trop venteux, trop difficile à faire ici. Des sacs en vrac et de petits objets artisanaux jonchaient l'espace, certains accrochés aux murs de bambou tressé. De la pierre pour la coquille extérieure, des matériaux plus légers pour l'intérieur. Trop de projets, trop peu achevés.

Typique des Mottilan d'abandonner l'effort à mi-chemin.

Les voix s'amplifiaient à nouveau. Celle de Gladdring parmi elles, protestant contre l'argument que Sawi avait entendu. Les répliques fusaient, suivies d'un bruit de raclement. Quelque chose de lourd qu'on traînait sur le sol. Sawi se dirigea vers l'unique sortie de la pièce, risquant un œil autour de l'encadrement. Un couloir central s'étendait à droite et à gauche, étroit et encombré de sacs, de caisses en vrac remplies de fruits, de légumes et de provisions diverses. À droite, la porte d'entrée de la maison était presque à portée de main de Sawi. Fermée, le bois s'ajustait de manière irrégulière au cadre carré en pierre. En face, une lueur attendait, la seule dans le bâtiment, d'où provenaient les bruits.

Que faisait-elle ?

Cette pensée figea Sawi sur place, alors même qu'un bruit différent éclata dans la pièce d'à côté. Un coup sourd, dur et rapide, suivi d'un juron craché par la bouche de Gladdring. Que faisait-elle ici dans ce manoir Mottilan ? Risquant ce qui serait sûrement une raclée, peut-être pire si une loi Mottilan interdisait son intrusion. Les coutumes de Vis n'étaient pas tendres avec les criminels : il était plus facile de les jeter d'une falaise ou de les donner en pâture à un hanoko que de s'embêter à les emprisonner. Et personne de Kitaye ne recevrait un traitement de faveur ici.

Un autre coup. Un autre juron de Gladdring. Celui-ci plus humide.

Elle n'était pas une combattante. Pas du genre à prendre une épée et à charger, comme Wax avec cette lame Foti. Il ne savait pas quoi faire de cette chose, mais Sawi voyait la confiance que ça lui donnait. La possibilité de se défendre. Ici, qu'avaient-ils, ses mains ? Sa corde ?

Sawi jeta un coup d'œil autour d'elle, ne trouvant rien parmi les détritus à ses pieds qui puisse servir. Mieux valait alors garder les mains libres, prêtes à réagir à tout ce qui pourrait surgir.

Surgir comme elle, maintenant. Courage, Sawi. C'était pour ça qu'elle était là. Parce qu'elle s'était défilée la dernière fois que Wax et Pan avaient eu besoin de son aide, et regardez ce qui s'était passé. Plus jamais, plus jamais. Pas maintenant.

Elle traversa rapidement le couloir. Personne là, pas une âme qui regardait. Tellement sûrs d'eux-mêmes et de leur sécurité, ou que personne n'oserait les interrompre.

Sawi atteignit la pièce suivante, se plaqua contre le mur le plus proche. Accroupie, elle risqua un coup d'œil autour du coin, suivant la lueur. La plus belle pièce qu'elle avait vue jusqu'à présent l'attendait, pour une fois arrangée comme si quelqu'un avec une âme y vivait. Des meubles en bois, plus beaux que tout ce que Sawi avait vu jusqu'à présent chez les Mottilan, plus beaux aussi que la plupart de ce qu'elle avait vu à Kitaye, s'étalaient dans la plus grande pièce de la maison. Plusieurs chaises, une table en teck, et une cheminée construite dans une alcôve de pierre. Des coussins rembourrés — probablement fabriqués à Kance — étaient éparpillés dans l'espace, offrant des plateformes où la foule présente pouvait s'installer.

Au moins six personnes, toutes les yeux rivés sur Gladdring. Un septième, un homme de grande taille à l'apparence usée, dominait le Tenet. L'homme tenait un crochet à la main, le métal courbé destiné à un poisson. Le feu allumé s'y reflétait comme une étoile dans un ciel sombre. En dessous, les jointures de l'homme avaient une teinte sanglante, qui correspondait aux taches sur le visage de Gladdring et ses robes emmêlées. Le Tenet semblait avoir connu de meilleurs jours, son corps recroquevillé de douleur, ses vêtements déchirés. Des perles rouges gouttaient des coupures le long de ses bras, et des ecchymoses se formaient autour de ses yeux. Des yeux qui auraient pu voir Sawi s'ils avaient regardé de l'autre côté de la pièce, mais qui restaient fixés, plissés de douleur, sur l'homme.

— ... dans votre mort, et rien d'autre, Korrus, disait Gladdring alors que Sawi tendait l'oreille. Mes amis de retour à Noctia ne demanderaient pas mieux que d'apprendre ma mort, mais comme Noctia ne peut pas paraître faible, ils enverront Najahn ici pour vous détruire, vous et votre cité.

— C'est ce que vous dites, répliqua Korrus. C'est ce que vous ne cessez de répéter, Gladdring. Des nœuds nous entourent. Tout ce que nous faisons nous lie à vous et à vos machinations. Vous en profitez, nous perdons. Korrus fit un geste en direction de la foule, le crochet fendant l'air. Plusieurs personnes se baissèrent ou se balancèrent sur leurs chaises pour éviter le coup. Nous étions censés obtenir le Renouveau, et nous nous sommes retrouvés avec rien. Nous étions censés obtenir le commerce de Noctia, mais il est allé à Kitaye à la place. Même Kance envoie maintenant des navires vers cette cité maudite.

— Ce n'est pas de mon fait, Korrus.

— Eh bien, c'est dommage, car cela aurait rendu tout ceci encore plus facile.

Korrus fit à nouveau tournoyer sa main. Sawi toussa.

Elle n'avait pas besoin de le faire. Le souffle ne lui mordait pas la gorge, pas plus que la suie de la cheminée. Non, Sawi le faisait parce qu'elle ne savait pas quoi faire d'autre et qu'elle hésitait entre le silence d'une lâche et le cri d'une martyre.

La toux attira l'attention qu'il ne fallait pas.

Les visages et les corps se tournèrent d'un seul mouvement pour la regarder, toujours accroupie à moitié derrière la porte. Les bouches s'ouvrirent, les têtes s'inclinèrent tandis que leurs esprits tentaient de trouver une explication, une raison pour que quelqu'un qu'ils ne connaissaient pas soit là. Jusqu'à ce que quelqu'un fournisse une réponse.

— C'est la fille Kitaye, dit une femme au teint basané près de la chaise de Gladdring. Elle est arrivée avec lui aujourd'hui !

— Donc tu n'es pas seul, annonça Korrus alors que Sawi se levait, gardant les jambes tendues. Gladdring, si tu voulais une meilleure preuve de ta trahison, une femme Kitaye est le choix parfait. Il hocha la tête vers elle. Prenez-la. Un autre animal de compagnie Noctia à rançonner.

Sawi pivota, prit appui sur le mur de pierre alors que les chaises grinçaient et que les bottes frappaient le sol. Elle se précipita dans la chambre, attrapant la porte au passage et la refermant derrière elle. La fenêtre devint un étroit passage à travers les arbres, dans lequel Sawi plongea, évitant les murs et heurtant l'herbe avec une roulade en avant comme elle l'aurait fait sur une fronde géante. Garder l'élan, continuer à bouger, car ralentir, tomber, c'était mourir.

Une loi de la jungle, une loi de Vis.

L'herbe fraîche donna de l'adhérence à Sawi et elle s'élança droit devant à travers la cour, jusqu'à la falaise. Derrière elle, les cris devinrent plus précis lorsque ses poursuivants virent sa sortie, son chemin.

Ce à quoi ils ne s'attendaient pas, à en juger par leurs exclamations, c'était que Sawi plonge du haut de la falaise.

La lumière des étoiles enveloppa sa chute, l'air se précipitant autour d'elle tandis que Sawi, les mains bougeant avant même d'atteindre le bord de la falaise, déroulait sa corde. Quand Sawi atteignit le vide, la corde traînait sous elle, attendant un claquement. Un claquement que Sawi donna en tombant, lançant la corde vers un arbre étroit qui s'étendait depuis une corniche inférieure, semblant essayer d'atteindre l'horizon plutôt que le ciel. Un chemin tracé à son arrivée et maintenant emprunté, la corde s'accrochant et entraînant Sawi brutalement vers la droite. Un balancement qui se serait terminé par un choc contre la paroi de la falaise sans sa deuxième secousse, une légère traction vers le haut sur la corde qui libéra les crochets à son extrémité.

Maintenant, elle volait vraiment, filant à la fois vers le bas et la droite, comme une flèche se dirigeant vers Mottilan proprement dit, ses bâtiments serrés et ses rares arbres peu propices à un sauvetage. Néanmoins, Sawi ne paniqua pas, ne pouvait pas se figer. Faire cela, c'était mourir, et pas de façon convenable. Au lieu de cela, Sawi fit claquer sa corde à nouveau, cette fois-ci en la lançant contre le mur à sa droite alors qu'elle culbutait. La corde mordit la roche, la racla, tirant si fort contre elle que Sawi sentit son épaule craquer, sa douleur se mêlant à la brûlure sur sa peau due au frottement brutal de la corde. La douleur trouva un partenaire lorsque la traction de la corde, qui la ralentissait, amena Sawi dans une course raclante le long de la paroi de la falaise. Sa peau devint feu, le bras droit de Sawi s'engourdit, mais elle heurta le toit suivant assez lentement pour éviter la mort.

Seulement un rebond sur le chaume, seulement un roulement à travers les bâtons et les feuilles, seulement une autre chute sur un étroit rebord au-delà. La corde de Sawi quitta ses mains meurtries alors qu'elle heurtait le sol, gisant dans la terre poussiéreuse, un jardin récolté. Le visage pressé contre le sol dur, Sawi chercha à respirer, à voir s'il y avait une partie d'elle-même qui n'était pas encore meurtrie.

Ses pieds. Ses jambes. Éraflés, oui, mais pas détruits. Son bras gauche, aussi, semblait assez viable pour pousser Sawi à se lever. Le mouvement s'accompagna d'une vague de vertige, la tête de Sawi ayant subi son propre choc dans la descente sauvage. Néanmoins, elle repéra sa corde, son extrémité pendant par-dessus le toit. Son lieu d'atterrissage n'était guère plus qu'une cabane, correspondant aux plus petites maisons dans les arbres Kitaye en taille, mais pas du tout en style. Une seule fenêtre. Aucune sortie pour un feu. Et sombre à l'intérieur.

Si le propriétaire était absent, c'était au moins une petite miséricorde.

Sawi tira sa corde vers le bas. Elle essaya de l'enrouler autour de sa taille avec sa main droite, mais son épaule explosa dans une douleur fulgurante qui lui coupa le souffle. Elle opta plutôt pour un enroulement grossier guidé par la main gauche. Elle prit une profonde inspiration à la fin, essayant de trouver une note d'espoir dans sa survie. Gladdring, capturé. Probablement un otage ou pire.

Que ferait-elle maintenant ?

La question de Sawi prit rapidement un tour plus immédiat, car des voix portaient depuis le flanc de la falaise, se rapprochant. La poursuite n'avait pas cessé, et ils étaient proches. Sawi jeta un regard derrière elle, vers le rebord. Une autre descente abrupte avec peu d'options pour se balancer. Ce n'était pas Kitaye. Mottilan n'était pas construit pour ses compétences. Mais elle avait deux pieds. Elle pouvait courir.

Et Sawi, même blessée, même épuisée et effrayée, avait de la vitesse.

25
PRIS

La piste n'était pas difficile à trouver. Un retour à l'endroit où Wax avait laissé Eujo en larguant le bateau à huile et là, s'enfonçant dans les marais au sud de la ville : des roseaux pliés et des traces dans la boue. Des empreintes de bottes menant de l'endroit de l'enlèvement vers les profondeurs brumeuses. Une question se posait alors, tandis que la lumière faiblissait rapidement.

— La poursuivre maintenant va être dangereux, dit Quik, enfilant déjà ses gantelets.

Wax remarqua le geste et hocha la tête vers les bras. — Mais tu as fait ton choix.

— Je sais juste ce que tu vas faire.

Wax esquissa un sourire reconnaissant. — Tu crois que je ne peux pas renoncer à me battre ?

— Pas si tu penses être responsable.

Ah, Quik. Comme sa sœur, bon et prêt à aller droit au cœur des choses quand il le voulait. Wax soupçonnait, non, savait que ses frères et sœurs le comprenaient mieux que lui-même. C'était une bonne chose, alors, qu'ils soient ses gardiens et non ses ennemis.

— Alors qu'est-ce qu'on attend ?

Quik pointa du doigt le marais, ses gants de bois mortels bien en place. — On y va lentement, en silence. Une chasse, Wax. Ces gardes ne sont pas stupides, ils ne seraient pas responsables de la Reine s'ils l'étaient. Ce qui signifie qu'ils ont laissé ces empreintes volontairement, ou qu'ils n'ont pas eu le temps de les effacer.

Que les gardes se déplacent rapidement ou préparent une embuscade, Quik et Wax avançaient à un rythme mesuré, se glissant dans les roseaux et restant bas. Wax avait sa lame Foti prête, souffrant encore un peu du feu autour du démon, mais suffisamment stable grâce au skar Vis. Cela et l'envie fulgurante de continuer à avancer, de continuer à frapper après Eujo. Parce que Quik avait raison : Wax l'avait laissée là toute seule, et bien qu'Eujo semblât tout sauf incapable, il n'aurait pas dû être aussi négligent.

Si c'était même à lui de prendre cette décision en premier lieu.

Bon sang, cela tournait exactement comme avec Pan. Son ami avait pris la décision d'attraper le skar après que Wax l'eut lancé, de s'enfuir avec lui le long du Grand Sana et de risquer la blessure dans la poursuite. Eujo avait fait son propre choix de ne pas partir avec Wax, de-

— Là, chuchota Quik, tapotant l'épaule de Wax. Tu peux voir l'armure.

Ces plaques Kance, si semblables à du verre et si belles lorsqu'elles bougeaient, avaient la fâcheuse habitude de capter la lumière, la faisant étinceler comme un diamant. Wax ne pouvait pas se prétendre expert en guerre, mais en tant que chasseur, tout ce qui vous trahissait ainsi n'avait aucun but. Eh bien, aucun but sauf un : avertir tout le reste de rester à l'écart.

— On les encercle ? murmura Wax.

— Il faut d'abord s'assurer qu'ils sont tous là.

La suggestion de Quik se révéla prémonitoire quelques instants plus tard, alors que le duo pataugeait dans l'eau jusqu'à la taille — des choses étranges frôlaient sans cesse les jambes et la taille de Wax, et il refusait de penser à ce qu'elles pouvaient être — et s'approchait suffisamment pour voir Blinth et Silvrin, le commandant de la garde, tirant entre eux une Eujo qui se débattait. La Reine, faisant naître un large sourire sauvage sur le visage de Wax, contrariait chacun de leurs pas. Elle glissait dans la boue, se débattait avec la paire de gardes à chaque occasion. Les deux soldats Kance lui aboyaient des ordres de coopérer, d'agir selon son rang, pour ne recevoir que des jurons d'Eujo en retour. La Reine elle-même était couverte de boue, de plantes et de terre dans ses vêtements, ses cheveux et partout ailleurs.

En bref, elle ressemblait à un chasseur Vis après une semaine dans la jungle.

— Elle a du cran, murmura Wax. Il faut l'admettre.

Quik ne répondit pas. Quand Wax regarda à sa droite, s'attendant à voir son frère là, il ne vit rien à la place. Juste l'eau du marais, toujours en mouvement, guidée par des créatures au-dessus et en dessous.

— Quik ?

Wax fit un tour complet. Toujours aucun signe. Il tira sa lame Foti. Regarda à nouveau vers l'endroit où Eujo et ses gardes se débattaient. Ne vit rien. Disparus ? Non. Même un Maître du Vent Kance ne pouvait pas disparaître dans les airs. Ce qui signifiait quelque chose de pire.

S'enfonçant jusqu'à la poitrine dans l'eau, Wax renifla, écouta. N'entendit que les gouttes à gouttes du marais, quelques grenouilles lointaines coassant dans une recherche futile d'insectes dans l'air froid. L'eau elle-même portait aussi un froid, bien que rien de comparable à la mer Foti glacée. Wax l'ignora, avança lentement sur la légère élévation où Eujo se trouvait un instant plus tôt. Poussa à travers plusieurs roseaux. De l'autre côté gisait Eujo, le dos dans la boue et semblant inconsciente, les yeux fermés et immobile. Une marque le long de son visage, près de sa tempe.

Les monstres.

— Je dirais que vous avez le choix, dit Blinth, Wax tournoyant pour trouver le troisième garde surgissant de l'eau du marais derrière lui. L'homme était-il resté submergé là tout du long ? Ou était-il simplement un fantôme ? Mais vous ne l'avez pas. Votre sort est le même, ainsi que celui de votre Gardien.

— Qu'avez-vous fait à Quik ?

Dans la pâleur déclinante du jour, l'épée saphir de Wax rivalisait largement avec l'armure Kance couverte de vase, bien que Blinth la portât avec aisance et hauteur. Des mains gantées reposaient près de deux rapières à la taille de l'homme, chacune glissée dans un mince fourreau et prête à être dégainée rapidement. Le Maître du Vent avait montré à Wax à quelle vitesse un Kance pouvait passer de rien à une menace mortelle, un timing que Wax ne pouvait pas battre même s'il courait droit sur Blinth maintenant, la pointe en avant.

— Il vivra, répondit Blinth. Un avertissement pour vos autres amis de ne pas nous suivre, ni vous. L'homme garda toute expression hors de son visage. Pas de vantardise, pas d'irritation. C'était un devoir accompli. Wax avait vu la même chose chez les Najahn chez lui. Lâchez la lame, Vis, ou je vous la prendrai.

— Vous savez quoi ? J'ai assez perdu cette lame, merci.

Blinth fit un léger signe de tête. — Courageux, comme

un Renouveau se doit d'être. Stupide, comme tout Vis doit l'être.

Un Wax plus jeune et plus bête aurait pu bondir à l'insulte. Aurait pu prendre sa lame Foti dans un grand coup de tout ou rien vers le visage de Blinth. Au lieu de cela, Wax visa la boue. Il donna un coup de pied, projetant la terre humide sur le Kance, suivi d'un coup de tout ou rien. Un Wax plus jeune aurait pu, aussi, penser qu'il avait une chance de gagner un duel franc.

Le Renouveau plus sage et plus âgé qui tentait son coup savait qu'il n'avait pas d'autre choix.

Blinth recula lorsque la boue le frappa, une manœuvre pour gagner du temps qui aurait mieux fonctionné sur un terrain plat. Le marais en pente ne lui fit aucune faveur, causant le glissement et le chancellement de Blinth. La lame Foti de Wax passa tout près, entaillant l'armure Kance de l'homme, faisant jaillir des étincelles et la transperçant, fendant le plastron de Blinth. Le garde jura tandis que Wax, tenant la lame Foti à deux mains, retourna son poignet et la ramena, continuant d'avancer.

Jusqu'à ce qu'il soit projeté sur sa gauche, frappé par quelque chose que Wax ne vit pas. Il roula, la lame Foti s'échappant de ses mains alors que des roseaux amortissaient sa chute. L'épaule droite de Wax lui faisait mal, de la terre écrasée contre sa joue gauche, et avant qu'il ne puisse remettre ses pieds sous lui, la pointe fine d'une épée se pressa contre son cou.

— Tue-le simplement et qu'on en finisse, grogna Blinth. Wax voulait se retourner pour voir qui le tenait, mais à chaque fois qu'il bougeait le cou, la pointe de l'épée s'enfonçait plus fort. Il a ruiné ma cotte de mailles.

— C'est toi qui l'as ruinée en le laissant te frapper,

répliqua Silvrin. Un garde royal Kance, touché par un Vis ? Tu devrais être destitué de ton rang à l'instant même.

Si Blinth avait une réplique toute prête, il ne la prononça pas.

— Quoi, vous n'allez pas tuer un Renouveau ? dit Wax, sa voix étouffée contre le sol. Trop méchant pour vous ?

— Noctia ne le permettrait pas, répondit simplement Silvrin. Mourir par un démon, mourir par un désastre, le monde pleure. Mourir par notre main, et c'est nos têtes qui en paient le prix. Wax sentit l'épée se soulever, commença à bouger seulement pour sentir une main sur son côté, le poussant à plat dans la boue. Bouge encore sans ma permission et tu passeras la nuit inconscient. Ce n'est pas ta mort que nous voulons. Ni la sienne.

— Alors quoi ?

La réponse vint avec une fouille. Blinth remplaça Silvrin comme principal geôlier de Wax, maintenant le Vis enfoncé dans le sol. Les mains de l'homme, libérées de ses gantelets, effectuèrent un rapide pickpocket, plongeant dans les vêtements en lambeaux de Wax et en ressortant avec le collier, le skar Foti qui y était attaché.

— Où est l'autre ? demanda Blinth, son souffle chaud sur l'oreille de Wax.

— Je ne l'ai pas, espèce d'imbécile.

La gifle vint rapidement, éclaboussant l'autre côté de Wax dans la boue. Froide, mais étrangement apaisante après les suites de son assaut brûlant contre le démon à bulles.

— Où ? demanda à nouveau Blinth.

— Mon autre Gardien l'a, répondit Wax. Vous ne savez pas ce que font les skars ?

Blinth jura, posa sa main sur l'arrière de la tête de Wax

et l'enfonça plus profondément dans la boue. — Il dit qu'il ne l'a pas. Dit qu'il est avec l'autre gardien.

— Celui qu'Akido a ?

— Réponds-lui, siffla Blinth à Wax.

— Il n'a rien que vous voulez, répondit Wax. Il gardait l'oreille ouverte pour une chance de mentir, de détourner l'attention, mais rien ne se présenta. Si les gardes voulaient le skar Vis assez pour retourner vers Bliss et Torny, eh bien, ce serait une excellente décision pour la survie de Wax. Bliss en avait besoin pour guérir.

Blinth répéta les mots.

— Alors lâche-le. Pas question de retourner à ce poste avancé. Nous avons les trois d'Eujo, son quatrième nous vaut notre récompense. Il fait presque assez sombre pour les faire partir. Akido sera bientôt de retour. Ensuite, nous partons.

— Où allez-vous ? demanda Wax tandis que Blinth le remettait brutalement sur ses pieds. À une fête ?

— En quelque sorte, répondit Blinth, découvrant des dents toujours d'un blanc parfait. Dommage que tu ne nous rejoignes pas.

Blinth tira Wax à travers le marais tandis que la femme ramassait Eujo inconsciente. Ensemble, le trio marcha à travers les roseaux vers l'Ouest, loin de la rivière principale et parallèlement à la cité flottante. Le crépuscule s'appro-fondit dans l'obscurité, la lumière des étoiles et Sichi servant de guide fortuit à la marche. Wax bombarda la paire de questions, mais Blinth et Silvrin devinrent silencieux dès que la marche commença, comme s'ils tombaient dans un plan longuement conçu.

— Tout ce que je veux savoir, dit finalement Wax, ayant épuisé son répertoire d'insultes, c'est comment vous avez réussi à quitter le rouleau ? Avec ce démon et ses lianes ?

— Notre armure est assez légère pour nous permettre de flotter, répondit Blinth. Le navire s'est brisé et nous sommes remontés à la surface. Dommage que tu n'auras pas le même luxe.

—Je suis un bon nageur.

Blinth se contenta de rire. La raison devint évidente assez rapidement, lorsqu'ils atteignirent un solide bateau oscillant sur l'eau. Les garnitures pourpres et noires indiquaient une allégeance najahn, bien qu'aucun soldat de Noctia n'attendait. Une petite cabine en toile couvrait le milieu, avec des places pour les rames à l'avant et à l'arrière. Silvrin jeta Eujo au centre. Blinth mit Wax avec elle. Planta la lame Foti de Wax à proximité.

Un geste audacieux, téméraire de laisser l'arme si proche de son porteur.

Les gardes Kance sortirent une grosse corde, du genre utilisé pour amarrer un bateau, et attachèrent les mains de Wax à celles d'Eujo, dos à dos. Blinth guida la paire vers la proue du bateau, étant assez doux avec la tête d'Eujo.

— C'est comme ça que vous traitez votre Reine ? demanda Wax. Guère honorable.

— Deux Reines, répondit Blinth, prenant sa place aux rames derrière Wax. Nous choisissons celle que nous servons.

L'homme retomba dans le silence alors qu'il se concentrait sur les rames, les plongeant dans l'eau et faisant avancer le bateau par à-coups. Les deux gardes Kance travaillaient à l'unisson, propulsant le bateau à travers des eaux peu profondes jusqu'à ce qu'il rejoigne une autre rivière, dont le courant était assez lent pour qu'ils puissent le remonter vers le nord. Wax ne pouvait deviner combien de temps s'était écoulé, sauf pour savoir que son estomac grondait, que sa gorge réclamait à boire, et qu'ils avaient tous pris leur tour pour se soulager par-dessus le bord du bateau. Eujo, revenue à la conscience, n'avait rien d'autre que des regards noirs pour les gardes.

À un moment donné, le bateau frôla une berge boueuse et le troisième Kance, Akido, monta à bord. Affirma qu'il n'avait pas obtenu le skar, mais que l'autre Gardien servirait suffisamment bien d'avertissement, de diversion. Les rames reprirent et le marais s'éloigna, le lac s'élargissant de plus en plus à mesure qu'ils poussaient vers le nord. Derrière chaque coup de rame, maintenant, grandissait un bruit de ruissellement, régulier et sans fin.

— Je sais où ils nous emmènent, dit doucement Eujo.

— Je crois que j'ai compris aussi, répondit Wax, jetant un coup d'œil à Blinth. Pas de meurtres, hein ? Seulement des désastres ?

— Le Renouveau est une entreprise dangereuse. Blinth sourit. Beaucoup meurent en chemin.

26

L'APPÂT SUR LA PLAGE

Rien ne vint la première nuit. Juste le calme des vagues et peu d'autre chose, hormis la ville derrière eux qui préparait ses défenses et s'endormait. Les prisonniers, laissés à eux-mêmes, se recroquevillaient pour dormir dans le sable ou restaient assis, les yeux fixés sur l'horizon, guettant sans se soucier de ce qui pourrait apparaître.

Ces prisonniers ne servent à rien. Tues-en quelques-uns et peut-être que Jochi te récompensera.

Maena ignora la voix. Elle y travaillait pendant les heures solitaires, Svarde ronflant à proximité. Les autres autour du feu qui couvait. Le vent froid, parfois parsemé de flocons de neige, faisait frissonner Maena. Pourtant, ces inconforts corporels devenaient une arme contre la voix, l'émoussant, la repoussant elle et sa folie grandissante.

Elle pouvait hypothéquer son sommeil. Une pratique qu'elle avait affinée pendant longtemps sur les navires Rana, fendant les eaux avec peu d'aide à attendre, sans seconde chance si une vague ou un récif égaré prenait votre vaisseau et le déchirait. Le sommeil pouvait venir avec des mers calmes, avec un quai et un lit sec.

Pour Maena, ce confort venait pendant la journée, avec un tissu tiré sur ses yeux pour la protéger du ciel gris. Svarde montait la garde. D'autres prisonniers jouaient à des jeux, trouvaient des moyens d'affûter leurs armes. Jochi leur lançait des provisions, des pelles pour creuser des latrines.

Il disait que les démons prenaient leur temps.

C'était le cas, du moins jusqu'à la deuxième nuit. Penchés à nouveau sur leur feu, cette fois avec du poisson et encore, toujours plus, de pommes de terre, le groupe était à mi-chemin quand un cor sonna de la tour la plus proche d'eux. Des sonneries suivirent des autres, se répercutant autour des contreforts dans une cascade sonore.

— On peut les voir, dit Svarde en hochant la tête au-delà du feu, vers l'océan.

Des crêtes blanches. Des ombres. Des formes se déplaçant contre l'horizon, les nuages d'hiver obscurcissant le peu de lumière qu'il y aurait.

Un fort claquement retentit de la tour proche et un trait enflammé s'élança dans l'obscurité. Une lueur dorée de plus en plus brillante à mesure qu'elle avançait, atteignant presque les crêtes blanches avant d'exploser en une pluie d'étincelles assez large pour couvrir toute la plage.

Et montrer que l'ennemi, les choses qui fonçaient vers eux, n'étaient pas du tout des démons.

Les prisonniers crièrent, se levèrent, Maena parmi eux. Les ombres qui se précipitaient n'étaient pas des monstres, mais des sloops, des cotres, des frégates appartenant à une flotte Rana. Dans cet éclair, il devint également clair que ces navires n'étaient pas en parfait état. Des voiles déchirées, des coques entaillées, certains avançant péniblement, profondément enfoncés dans l'eau, reliés par des cordages à des vaisseaux plus grands.

— S'il y a eu une attaque ici, c'est sur eux, dit Maena. C'est un piège.

— Et pas pour nous. Svarde ramassa une large lame de métal. Préparez-vous.

— On ne va pas combattre les nôtres, dit Rasslebeck. Pas question...

Les mots de Rasslebeck furent coupés alors qu'un autre prisonnier, les bras levés et hurlant, courait vers la ligne de Jochi, traitant le seigneur de guerre de lâche, exigeant qu'il aide les marins. Ces mots prirent fin avec un seul carreau d'arbalète, le trait s'enfonçant dans la poitrine de l'homme et le faisant tomber au sol.

— L'offre, tonna la voix de Jochi, couvrant le bruit des vagues et le tumulte par sa seule force, tient toujours. Détruisez l'ennemi, gagnez votre liberté. Ne le faites pas, et mourez.

Les balistes ouvrirent le feu dès qu'il eut fini, les premiers longs carreaux s'élançant vers les navires en approche. Deux manquèrent leur cible, deux firent mouche, s'enfonçant dans une paire de cotres et projetant du bois et des corps dans la mer. Les deux embarcations tanguèrent, gîtèrent. Il en restait encore quinze, toujours fonçant vers eux.

— Ils ne peuvent pas avoir l'intention de se battre, dit Rasslebeck, les mains ballantes. Il n'y a aucune victoire possible pour eux.

— Je ne pense pas que ce soit leur intention, répondit Pennifer. Je crois qu'ils fuient quelque chose de pire.

Maena acquiesça, la nausée dans son estomac s'intensifiant à mesure que les navires s'approchaient, les blessés sur ces ponts devenant visibles même dans la faible lumière. Les balistes tirèrent à nouveau, trois coups au but cette fois, le quatrième passant au-dessus de sa cible pour tomber dans l'eau. La frégate principale encaissa les dégâts, les énormes carreaux pendant sur sa coque comme une excroissance épineuse.

L'artillerie n'aurait pas d'autre tir : les Rana s'approchaient trop vite, naviguant avec habileté malgré les dommages et leur équipage blessé.

Le métal raclait autour d'eux, les prisonniers voyant leur choix et le faisant.

— Doit-on se battre, Maena ? demanda Svarde.

— Tu me le demandes à moi ?

Svarde ne répondit pas, mais lui lança un regard impassible qui en disait long. C'étaient ses gens, elle était leur commandante.

Un sacrifice facile pour ta vie. Svarde devrait les tuer comme il m'a tué.

Svarde lui demandait pour des raisons d'honneur, mais cela n'irait pas très loin. L'homme avait un objectif, et il ferait ce qu'il pourrait pour l'atteindre. Mourir sur cette plage ne servait à rien.

— Suivez-moi, dit Maena. Nous nous en sortirons, l'âme intacte.

— Belle promesse, marmonna Pennifer, mais les trois, plus Kivi, suivirent Maena alors qu'elle s'avançait hors de la ligne, puis vers la gauche près de la base d'une tour de baliste. La porte robuste avait été verrouillée, scellée, mais ce n'était pas son but.

Au lieu de cela, Maena les conduisit vers l'avant de la tour, les rapprochant des vagues, les navires n'étant plus qu'à quelques secondes d'atterrir, mais les cachant de la vue de Jochi.

— Gardez vos armes levées, dit Maena, mais n'attaquez

pas. Défendez-vous seulement, et peut-être que nous nous en sortirons.

— Et regarder nos amis mourir, jura Rasslebeck.

— Tu savais que cela arriverait dès que tu t'es engagé dans mon équipage. C'est le prix à payer pour une chance d'avoir quelque chose de mieux.

— Ce n'était pas dans le contrat que j'ai vu.

Maena leva son sabre rouillé et en planta la pointe dans le ventre de Rasslebeck. Le vieil homme se contenta de grogner sans bouger, le dos contre la tour de pierre.

— Fais ce que tu veux, Rasslebeck. Gâche ta vie, dit Maena en retirant son sabre. Les premiers navires rana s'échouèrent, glissant sur le sable. Ne m'oblige pas à le faire pour toi.

Ces mots n'apaisèrent pas le pillard — Maena se doutait que seul un bon verre et quelques mangeurs de roche morts y parviendraient — mais Rasslebeck n'essaya pas non plus de lui trancher la tête.

Il ne se joignit pas non plus à la charge lorsque les prisonniers désespérés dévalèrent la plage vers les navires rana qui accostaient.

De leur côté, les Rana gardèrent leur sang-froid autant que possible. Maena reconnut les vaisseaux et les gens à bord. Des pillards, certes, mais des professionnels manda-tés, écumant les mers à la recherche de cargaisons qu'ils pouvaient dérober à quiconque était en désaccord avec Rana.

Ce qui signifiait, principalement, Whent et Kance.

Les Najahn avaient une marine de pacotille, occupée à transporter des soldats et des fournitures depuis leurs avant-postes. Sans grande présence sur les mers, la petite île de Rana pouvait prendre ce dont elle avait besoin, dans la limite du raisonnable.

Mais le vol avait tendance à hanter le voleur, et les Rana payaient maintenant cette dette entre les mains rouillées et effrayées d'un peuple pris au piège.

Alors que les marins sautaient des péniches de débarquement, ils se retrouvèrent pressés par cette foule hétéroclite. La neige se teinta de rouge, les armes faisant mouche. Les arbalétriers rana tirèrent dans la foule qui chargeait, faisant couler leur propre sang. Des pillards bien armés taillèrent en pièces les prisonniers qui ne frappaient pas par surprise, écartant les armes inférieures et utilisant leurs sabres avec un effet dévastateur.

Le groupe de Maena resta ferme. Que ce soit parce qu'ils ne faisaient pas partie du chaos ou par pure chance, les combats se dispersèrent autour d'eux tandis que les professionnels rana reprenaient pied et repoussaient les prisonniers. La populace forcée se brisa ici et là, de pauvres âmes choisissant de s'élancer sur la plage dans l'espoir de... quoi, Maena n'en était pas sûre. La seule chose qu'ils trouvèrent furent les arbalètes de Whent prêtes à tirer, des carreaux noirs s'enfonçant profondément dans les haillons et la misère.

Maena n'avait même pas besoin de voir les tirs. Les clics et les cris suffisaient.

— Quel gâchis, dit Svarde, debout à côté d'elle. Toutes ces vies perdues alors que nous devrions combattre les démons et nous enfoncer dans les Ténèbres d'en Bas.

— Ou simplement vivre, répondit Maena. Nous ne savons pas ce qui a conduit ces gens dans les Fosses, mais il y a une meilleure façon.

— Que feraient-ils sur Rana ?

Le ton de Svarde indiquait qu'il savait parfaitement ce qu'ils feraient sur Rana. Les criminels seraient exilés si l'offense n'était pas trop terrible, déposés sur Foti ou Noctia.

Pour des crimes bien pires, les exécutions venaient vite, jetés d'un bateau avec un poids attaché aux chevilles.

Voler de la nourriture vous condamnerait aux travaux forcés dans les rizières, à nettoyer le poisson pour rien de plus qu'un repas. Terminez votre peine, cependant, et Rana vous verrait blanchi.

— Foti n'est pas mieux, rétorqua Maena.

Nous sommes tous des monstres.

— Foti est une île misérable et dévastée, répondit Svarde. Le truc, c'est que toutes le sont, sauf Vis. Là-bas, au moins, les gens semblent heureux.

— Parce qu'ils savent à peine que nous existons.

Les chances continuaient de tourner au désavantage des prisonniers. Les Rana affluaient sur la plage, et Maena dut cligner des yeux plus d'une fois pour confirmer ce qu'elle voyait : des marins blessés étaient débarqués, traînés en hâte le long des rampes d'embarquement et sur la plage pendant que d'autres Rana dégageaient la voie à grands coups de sabre et de carreaux d'arbalète sifflants.

De plus, les voix des Rana commençaient à couvrir les cris des prisonniers. Les marins ne composaient pas leurs propres chants de guerre, non, mais criaient plutôt, suppliant les prisonniers de reculer, appelant les archers de Whent dans la tour — qui, nota Maena, n'avaient pas encore tiré de coups à courte portée — de retenir leurs carreaux.

L'eau rouge coulait le long du sable, éclairée maintenant plus par les lanternes des bateaux et les torches sur le sable que par la lueur rose qui perçait à travers les nuages nocturnes.

— Ce n'est pas une attaque, alors, murmura Svarde.

— C'est un massacre, voilà ce que c'est, ajouta Rasslebeck.

— Pourquoi ont-ils choisi d'atterrir ici ? demanda Pennifer. C'est la chose la plus stupide. Il devait y avoir un autre choix.

Tu sais pourquoi, n'est-ce pas ?

— Ils ne seront pas loin derrière, dit doucement Maena, raffermissant sa prise.

Svarde hocha la tête et soupira. Maena aurait fait de même, mais il ne lui restait plus d'émotion. Juste un regard froid alors que les derniers prisonniers se brisaient, fuyaient, mouraient. Les Rana débarquaient, certains observant le groupe de Maena sans prendre la peine d'attaquer.

— Halte ! lança Jochi à nouveau. Plus proche cette fois. Aucun Rana n'est autorisé sur cette île sans permission, et je ne vous en ai accordé aucune.

Maena recula, regarda derrière la tour pour voir le seigneur de guerre, flanqué de quatre soldats en armure de pierre, debout devant les fortifications. Jochi tenait un cor ouvragé et doré à sa bouche, amplifiant sa voix.

— Vous allez retourner à vos bateaux, ou je vous ferai abattre là où vous vous tenez, blessés et tout.

Les Rana, cependant, ne s'arrêtèrent pas. Ils continuaient à débarquer, plus vite maintenant que les combats étaient terminés. Des corps étaient jetés des navires, heurtant la terre où d'autres marins les traînaient, du moins jusqu'à ce qu'un des Whent dans leur tour tire un carreau dans le sol.

— Franchissez cette marque, et vous connaîtrez le même sort que trop de nos criminels. Cette bande sans valeur. Jochi rit. Avez-vous reconnu vos propres amis en les abattant ? Les Fosses étaient pleines de Rana. Nous les avons tous rassemblés et amenés à vous. J'espère que vous avez apprécié les retrouvailles.

— Le salaud, marmonna Rasslebeck.

— Il les provoque, dit Maena. Ils sont fatigués, désespérés. Jochi veut que cela se transforme en colère, pour qu'ils puissent mourir sur cette plage.

— Pourquoi ? demanda Pennifer. Quel est l'intérêt, bon sang ?

— Parce qu'il ne veut pas les nourrir quand cela deviendra un siège, répondit Svarde.

— Les démons ne font pas de siège.

— Ils pourraient maintenant.

Maena avala les paroles de Svarde, tournant son regard vers la mer. Les Foti avaient raison. Aucun démon ordinaire, même en groupe, ne serait capable de vaincre une flotte rana comme celle-ci. Les animaux sauvages pouvaient causer des dégâts, semer le chaos, mais ils pouvaient être déjoués, détruits par ce trait uniquement humain.

Aucun Rana ne s'avança pour contrer l'exigence de Jochi. Ils n'en eurent pas besoin. La mer le fit pour eux.

Au loin dans le noir, une ligne silencieuse se dessinait à l'horizon. Lente et grandissante, se dirigeant régulièrement vers le rivage. Des cris commencèrent sur les navires rana, les tours de Whent, se propageant à travers la foule jusque dans la ville.

Un seul tir de baliste, la longue lance filant au-delà de la lumière pour frapper la vague avec un craquement et un claquement métallique. Un bruit contre nature, que Maena et Svarde ne connaissaient que trop bien.

Métal.

La vague, presque aussi haute que les tours maintenant, se fendit. Elle se brisa et s'écarta pour révéler une proue inclinée et incrustée, sans le moindre voile en vue. Sur sa coque trempée étaient gravées des lignes, des motifs dont les ondulations sinueuses devenaient visibles même à cette distance pour Maena, guidant toutes l'eau vers deux nageoires de chaque côté, qui se déplaçaient frénétiquement de haut en bas, propulsant le navire, deux fois plus grand que la frégate Rana, vers le rivage.

Kivi renifla. Svarde hocha la tête.

— Maintenant, la vraie bataille commence.

27
CAUSE PERDUE, CAUSE RETROUVÉE

Lorsque Bliss et Torny atteignirent enfin la lisière de l'avant-poste, prêtes à s'aventurer dans la boue, la nuit tombante et l'épuisement qui les guettait mirent un frein à leurs espoirs. Torny réagit la première, saisissant le bras de Bliss pour la retenir alors qu'elle s'apprêtait à s'enfoncer dans le marécage.

— Alors prenons une torche et suivons-les, dit Bliss lorsque Torny exprima ses objections.

— Tu veux vraiment prendre une petite flamme et aller chercher là-dedans ? demanda Torny. Toi qui trembles sur tes jambes ? Qui serais déjà profondément endormie à l'heure qu'il est ? Que se passera-t-il quand cette énergie s'épuisera et que nous serons embourbées jusqu'au cou ?

— Ça n'arrivera pas. Je tiendrai le coup.

Bliss y croyait vraiment. L'apparition effroyable de Quik et la disparition de Wax formaient un cocktail puissant, et elle aurait couru jusqu'au bout de cette île et de la suivante avant de s'accorder une sieste.

— Et si on essayait autre chose ? proposa Torny en reculant davantage, comme pour inviter Bliss à la raison. On sait que ce sont ces gardes de Kance qui les ont emmenés... au passage, une prière pour le capitaine du rouleur et son équipage.

Bliss faillit tressaillir. Elle n'avait pas pensé à ces quatre-là, ceux qui les avaient transportées sur le fleuve. Aucun signe d'eux depuis l'attaque du monstre. Était-elle devenue si insensible qu'elle passait simplement à autre chose ?

Ou était-ce devenu une nécessité dans un monde plus dangereux ?

— C'est bien ce que je pensais, poursuivit Torny en hochant la tête face à l'expression de Bliss. On court si vite qu'on en perd le fil.

— Notre fil ? Quel rapport avec l'équipage du rouleur ?

— Quelle était la raison principale de notre voyage vers le nord ?

— Le skar ?

Torny acquiesça.

— Exact. Si ces gardes détestaient la Reine, ce qui est mérité, mais là n'est pas la question. (Bliss fronça les sourcils, Torny haussa les épaules.) Bref, ce que je veux dire, c'est qu'ils auraient pu la poignarder à n'importe quel moment entre Foti et maintenant. Ils ont eu des nuits entières avec elle dans ce rouleur où ils auraient pu la tuer sans que personne ne s'en aperçoive.

Bliss jeta un coup d'œil en direction du marais. Torny avait tendance à s'étendre en longueur, et chaque minute passée à l'écouter exposer ses théories était une minute qu'elles auraient pu consacrer à patauger dans la vase à la recherche de Wax.

— Reste avec moi, Bliss, parce que je suis en train de

démêler tout ça au fur et à mesure qu'on parle, et je crois que je tiens quelque chose.

Bliss leva les yeux au ciel, mais reporta son attention sur Torny.

— Quoi, alors ?

— Je dis qu'ils veulent les skars, tout comme nous. Ce qui signifie que s'ils ont Eujo, il n'y a qu'un seul endroit où ils peuvent se diriger. Peut-être qu'ils emmènent Wax avec eux.

— Tu veux dire qu'ils vont au Tourbillon ?

— Je pense que c'est une meilleure hypothèse que de trébucher à l'aveugle dans tout ça.

Une meilleure hypothèse, un meilleur plan. Bliss agita les doigts en dépassant Torny, se dirigeant dans la direction opposée.

— Tu aurais pu dire tout ça dès le début.

— Tu as raté le moment où j'ai dit que j'étais en train de réfléchir ? répliqua Torny.

Elle courut tout de même après Bliss.

La nuit, l'avant-poste endommagé s'activait tandis que ceux qui avaient encore des membres et de la vie s'efforçaient de reconstruire leurs maisons, ou du moins de les rendre habitables. Les quelques foyers encore en état de marche brûlaient, cuisinant des soupes dont l'odeur rappela agréablement à Bliss qu'une fois de plus, elle allait renoncer à une nuit confortable pour une nuit dans la nature.

Cette pensée faillit l'arrêter net. Si les traîtres de Kance emmenaient la Reine et son frère au Tourbillon, et si Bliss et Torny voulaient les suivre et les rattraper, elles avaient besoin d'une chose : un guide.

— Pas question, dit Castilan, à moitié endormi sur une chaise dans l'entrepôt central, qui servait désormais, comme tous les bâtiments encore debout, d'infirmerie et d'auberge. Avec Reathe qui s'apprête à partir vers le sud avec les blessés les plus graves, je suis le seul Najahn restant. Je ne peux pas partir en pleine nuit, même pour votre Renouveau.

— N'est-ce pas votre travail ? demanda Torny, alors qu'elles se tenaient toutes les deux devant Castilan avec leurs regards les plus noirs. Le but des Najahn n'est-il pas d'aider les Renouvellements, ou êtes-vous un lâche ?

— Nous travaillons pour le Cercle, pas pour vos Renouvellements, répliqua sèchement Castilan, avant de s'adoucir. Non pas que je ne sois pas reconnaissant pour ce que vous avez fait. La destruction de ce monstre a sauvé notre avant-poste. Je ne vais pas le mettre en danger maintenant en partant.

— Oh, que va-t-il se passer, tous vos amis vont piller l'endroit ?

Castilan renifla.

Il leva un doigt avant que Torny ne puisse lancer une autre réplique sarcastique.

— Je pense que ce que vous faites est stupide, d'essayer d'aller sur le lac la nuit. Mais il y a plein de bateaux qui n'ont plus de propriétaires maintenant, et le ciel est dégagé, alors je dirais que vous avez une chance sur deux. (Castilan se redressa. Il se pencha en avant, comme un ancien conteur sur le point de révéler une histoire.) Vous voulez trouver le Tourbillon, prenez vos rames et allez vers le nord. Vous tomberez dessus.

— C'est tout ? demanda Torny.

— C'est tout.

— Pas de mot de passe secret ? De grotte cachée ? Un interrupteur à trouver et à actionner avant que des monstres ne nous déchirent membre par membre ?

Castilan jeta un coup d'œil à Bliss, qui haussa les épaules.

Avoir une direction claire ne fit que redoubler l'énergie de Bliss. Torny remplit leurs outres d'eau, subtilisa quelques bols de soupe qu'elles engloutirent sur le quai avant de sauter dans un bateau gris en assez bon état. Leur embarcation choisie avait quelques sièges qui s'étendaient sur sa largeur, une longueur d'environ trois fois celle de Bliss, et suffisamment d'espace pour en stocker quelques autres quand le sauvetage, inévitablement, serait couronné de succès.

— Merci de venir avec moi, signa Bliss alors qu'elles abandonnaient les bols et montaient dans le bateau sous la lumière rose de Sichi. Je sais que la journée a été longue.

— Ouais, je sais. Je l'ai vécue, répondit Torny en s'asseyant avec les rames. J'ai appris à utiliser ces trucs il y a seulement quelques heures, alors n'attends pas de miracles, capitaine.

— Capitaine ?

— Tu vois quelqu'un d'autre sur ce bateau ? Torny fit mine de regarder à gauche et à droite. Moi, je ne vois personne, et je suis absolument certaine de ne pas avoir l'étoffe d'un capitaine.

Bliss sourit. Torny avait parfois le don de rendre l'horrible supportable.

— N'oublie pas, en tant que capitaine, si quoi que ce soit se passe mal, c'est ta faute. Je suis irréprochable dans cette entreprise.

— D'accord. Maintenant, dégage et allons sauver mon frère.

Son énergie faiblit avant même que l'avant-poste et sa lueur orange chaleureuse ne disparaissent. Les muscles de Bliss commencèrent à lui faire mal presque immédiatement, chaque étirement et chaque effort tirant sur une peau qui ne demandait qu'à guérir. Sa tête pulsait, lui intimant de trouver un lit avant de s'évanouir.

Même Torny se tut rapidement, la bandite se concentrant sur le maniement des rames pour éviter que le bateau ne se mette à tourner. Bliss trouva vite le rythme, pas si différent de tout autre mouvement impliquant ses bras et ses jambes. Il suffisait de les synchroniser pour aller là où l'on voulait.

Le Tourbillon, lui non plus, ne cachait pas sa présence. Si la lumière de l'avant-poste s'estompait, un grand bruit au nord grandissait. Comme le rugissement d'une bête monstrueuse, tel un hanoko dans sa force de l'âge. Le son leur donnait une direction. Le lac ne leur résistait pas non plus, une nuit pour une fois sans vents violents, comme si la mort du démon avait incité la nature à observer une veillée solennelle.

— Tu sais, dit Torny, son ton ne correspondant pas à ses paroles, presque un cri pour couvrir le rugissement du Tourbillon, tout ça pourrait être plutôt sympa, s'il n'y avait pas la mort et tout le reste.

Bliss hocha la tête. Les mains occupées par les rames, elle n'avait aucun autre moyen de répondre, et avec leur objectif si proche, aucune raison de ralentir.

— Ça te fait réfléchir, peut-être, qu'après toute cette histoire de Renouveau, ce serait bien de faire un tour des Îles. Voir les sites sans les skars. Tu pourrais me montrer pourquoi Vis ne mérite pas sa mauvaise réputation.

Bliss aurait répliqué quelque chose à ce commentaire, aurait demandé quelle mauvaise réputation méritait sa patrie, mais la lueur de Sichi avait repéré quelque chose devant et à bâbord, une silhouette là où l'eau commençait à accélérer et à tourner en un grand cercle.

Lâchant une rame, Bliss pointa du doigt, et Torny comprit rapidement.

— Bien sûr qu'ils y vont, dit Torny. Si c'est eux, et qui d'autre serait aussi stupide que nous pour être ici, alors il faut qu'on se dépêche, Bliss.

Elles essayèrent. Les rames frappaient l'eau avec force, luttant contre le bord du Tourbillon et son attraction. Les coups étaient assez forts pour que le bateau les remarque forcément, pour qu'il voie ce qu'elles faisaient. Mais les deux femmes ne pouvaient pas se rapprocher. Elles ne pouvaient pas vaincre le Tourbillon, et les bras de Bliss étaient presque morts.

— Hé, dit Torny entre deux coups, je ne crois pas qu'on y arrivera. Bliss commença à faire tourner ses rames à nouveau, mais sentit celles de Torny frapper dans l'autre sens, ralentissant la rotation du bateau. Il faut qu'on garde des forces pour s'en sortir, Bliss, sinon ce truc nous entraînera. Ils doivent avoir une ancre pour rester aussi stables.

Leur cible n'avait pas bougé, bien qu'il y ait eu beaucoup de mouvement. Trop loin, trop sombre pour distinguer exactement quoi, et le vacarme du Tourbillon, forçant maintenant Torny à hurler juste pour atteindre Bliss à quelques longueurs de bras, rendait toute écoute impossible.

Mais Bliss put voir assez bien quand deux formes, deux formes qui se débattaient, se déplacèrent vers la proue du bateau.

— Oh, qu'est-ce que c'est maintenant ? C'est ton frère ? demanda Torny.

Bliss ne pouvait pas le dire, mais son cœur, soudainement serré, lui disait que c'était lui. Deux silhouettes, leur armure brillant dans la lumière rose, se levèrent et allèrent vers le couple, mais les deux personnes attachées se dégagèrent brusquement, tombant par-dessus bord dans l'eau.

Torny jura. Bliss voulut crier. Pas d'horreur, mais de colère, de frustration. Elles avaient eu raison, elles avaient su où aller, et pourtant, pourtant, elles n'étaient pas arrivées à temps.

C'était Wax. Et maintenant il était perdu quelque part là-haut, englouti dans l'eau sombre.

— Peut-être qu'il sera emporté par ici ? cria Torny, mais ses mots n'étaient empreints que de pitié.

Bliss ne prit pas la peine d'écouter la bandite, ni même de la regarder. Elle fixa son regard sur le bateau, un avec des rames jaillissant de sa coque plus longue. L'ancre fut remontée avec force, ces rames frappant l'eau dès que le poids fut dégagé, propulsant le bateau vers elles.

Jusqu'à présent, Bliss et Torny avaient continué à bouger leurs propres rames, reculant leur bateau jusqu'au bord même du Tourbillon, là où le courant tourbillonnant ne menaçait pas encore de les entraîner à l'intérieur. De là, elles observèrent l'approche, l'éclat de la lumière lunaire sur les armures de Kance, les lames de Kance.

Si Bliss et Torny inclinaient leur bateau au bon moment, tournaient leurs rames, elles pourraient peut-être obtenir une poussée suffisante pour-

— Non, dit Torny, plus doucement, mais les mots tranchèrent quand même. On ne va pas le faire, Bliss. Même si on pouvait, on mourrait ce soir, et je ne veux pas finir la journée sur la pointe d'une rapière. On retourne.

Bliss lança un regard noir à Torny, essayant de rassembler une quelconque objection, un plan ingénieux pour battre les gardes, voler leur bateau, leur force et se lancer à la poursuite de son frère.

Au lieu de cela, elle vit la vérité dans les yeux solennels de la bandite, dans ses propres membres douloureux.

— On tourne maintenant, dit Torny, on peut partir avant qu'ils ne sachent qui nous sommes, ce que nous avons vu. On rentre, on se repose, et demain, on fait ce que je fais de mieux.

— Qui est ?

— La vengeance.

28

UNE VILLE DE TRAÎTRES

Sawi longeait les bâtiments en descendant vers le cœur de Mottilan. Les falaises étaient désormais pourvues d'escaliers, des marches grossièrement taillées qui faisaient souffrir ses pieds à chaque pas, ses jambes brûlant encore du choc avec la paroi montagneuse là-haut. Au moins, ses poursuivants ralentissaient également en entrant dans la ville, leurs appels de chasse s'éteignant en murmures, comme pour respecter la nuit.

Non qu'ils en eussent besoin : Mottilan semblait défier le sommeil. Le port en contrebas s'activait avec les pêcheurs nocturnes qui partaient au large ou longeaient la côte. Des livraisons tardives arrivaient en trombe, leurs prises et cargaisons rapidement transférées dans des paniers, des caisses ou sur des feux de cuisine. Ces points orangés envoyaient leur douce fumée vers Sawi, apportant avec elle des conversations plus joyeuses, des flûtes et des tambours qui faisaient de la musique.

Pas si différent de Kitaye, finalement, dont les soirées se transformaient souvent en une douce fête. Une journée de vie sur Les Sept Îles valait bien d'être célébrée.

Une attitude que Sawi aurait adoptée si elle pensait avoir une chance de voir le prochain lever de soleil.

Autour d'elle, de confortables cabanes formaient un labyrinthe paisible, désorientant sans les canopées auxquelles Sawi était habituée. Comment ces gens pouvaient-ils apprécier de dormir à même le sol, loin des arbres, et se considérer encore comme des Vis ?

Cela dit, d'après ce qu'elle avait entendu, Mottilan ne semblait pas très intéressée à partager sa culture avec les autres villes de l'île.

Les trébuchements de Sawi la poussaient dans une direction générale, ses claudications précipitées à travers les ruelles étroites l'orientant vers un endroit particulier : l'auberge qu'elle et Gladdring avaient réservée.

Oui, Sawi se doutait bien que les gens qui avaient enlevé Gladdring sauraient probablement où ils logeaient, mais si elle voulait trouver de l'aide, l'auberge semblait un bon endroit pour commencer.

Il y aurait des voyageurs, des marins d'autres îles. Peut-être même un ou deux Najahns. Quelqu'un qui ne serait pas du côté de ces brutes, qui ne serait pas aussi enclin à livrer Sawi à la bande.

Sinon, eh bien... Sawi refusait d'y penser. Le fil de la panique ne permettait qu'une planification limitée.

La porte en bois clair de l'auberge s'ouvrit facilement, Sawi manquant presque de tomber à l'intérieur lorsqu'elle pivota. Le chaleureux crépitement d'un feu et des conversations désinvoltes l'accueillirent. Un coup d'œil lui permit de repérer environ huit personnes évoluant parmi les quelques tables, des gobelets en bois contenant du vin de fruits. Alors que Sawi laissait la porte se refermer derrière elle, plus d'un regard se tourna vers elle, remarquant ce qui devait être une apparence plutôt mal en point.

— Que vous est-il arrivé ? demanda la cuisinière, aubergiste et figure maternelle, sortant de l'arrière-salle avec plusieurs autres gobelets de vin. Elle en posa deux sur une table et garda le troisième dans ses mains, laissant son destinataire la regarder avec une question muette sur les lèvres. À la place, l'aubergiste tendit le verre à Sawi, qui le prit, ainsi que le bras de la femme. Venez par ici, il y a une chaise et nous allons nous occuper de vous.

Le vin coulait, collant et doux, orange et parfaitement frais pour correspondre à la nuit. Sawi s'effondra dans la chaise, suffisamment proche de la cheminée en pierre pour capter sa chaleur. Un frisson la parcourut, une larme ou deux menacèrent de couler, mais Sawi les refoula en clignant des yeux.

Souviens-toi, lui rappela la méfiance sans fin de Gladdring, la confiance est ton ennemie.

— Dites-moi ce qui s'est passé, dit l'aubergiste, revenant aux côtés de Sawi avec un chiffon humide qui sentait les années à éponger les taches de vin. Néanmoins, Sawi laissa le tissu rugueux essuyer le sang autour de ses coupures. Je fais préparer un bain pour vous pendant que nous parlons.

— Merci, répondit Sawi. Nous pouvons payer pour cela.

— J'en suis sûre. Maintenant, racontez-moi. Que s'est-il passé, et où est votre ami ?

Avant de parler, Sawi remarqua le silence. La foule de l'auberge était devenue presque muette, à l'exception de quelques mots murmurés. Elle allait raconter son histoire non seulement à l'aubergiste, mais à toute l'auberge.

Autant en faire une bonne alors, comme dirait Wax.

Alors Sawi tissa ce qu'elle pouvait, restant aussi proche de la vérité qu'elle osait. Un groupe hétéroclite à ses trousses et à celles du Najahn. Elle avait fui lorsque leurs vies avaient été menacées, glissé et tombé plusieurs fois en s'échappant dans l'obscurité, les chemins de Mottilan lui étant peu familiers.

Et où était le Najahn ? Quelque part dehors, encore. Elle était partie chercher de l'aide.

— Sur le chemin, vous dites ? demanda l'aubergiste quand Sawi eut terminé.

— Près du sommet, répondit Sawi. Assez proche de la maison où Gladdring était retenu.

— Un endroit étrange pour des bandits, marmonna l'aubergiste. Un moment étrange aussi. Les scélérats rangent leurs couteaux quand les démons arrivent. Ça devient trop dangereux d'être dehors dans la jungle. L'aubergiste tendit à Sawi un autre gobelet de vin. Vous êtes sûre que c'est ce qu'ils étaient ? Des voleurs ?

— Autant que je puisse en juger.

L'aubergiste jeta un regard et fit un signe à une table de trois personnes, celle qu'elle avait privée de vin plus tôt. Les trois hommes, tous semblant aussi fatigués que Sawi, se levèrent néanmoins d'un bond et se dirigèrent vers la sortie de l'auberge.

— Ils vont aller jeter un coup d'œil, voir s'ils peuvent trouver votre amie, dit l'aubergiste. Ils savent tous donner de sacrés coups de poing, et je sais que Tok porte un couteau d'écorcheur. Devant le regard vide de Sawi, l'aubergiste sourit. Maintenant, que diriez-vous de ce bain ?

L'eau tenait la promesse de l'aubergiste, sa chaleur adoucissant les blessures de Sawi, la saleté flottant au loin. La baignoire se trouvait dans une grande pièce à l'arrière de l'auberge avec plusieurs autres, des cloisons de chaume offrant aux baigneurs une petite intimité. Un autre gobelet de vin avait trouvé son chemin jusqu'à la petite table près du bain de Sawi, bien qu'elle ne l'ait pas encore touché.

Les boissons sucrées embrouillaient déjà son esprit.

L'aubergiste disait-elle la vérité ? Sa sympathie, ce bain, tout cela n'était-il qu'une mise en scène pour garder Sawi ici ? Ou les choses étaient-elles, comme la femme sur la plage l'avait suggéré, plus divisées à Mottilan ?

Ou Sawi allait-elle sentir une dague se glisser entre ses côtes cette nuit ?

Cette pensée priva le bain de son dernier agrément, la poussant à se lever rapidement, à enfiler sa tunique et à sortir. Sawi se rendit dans sa chambre — Gladdring avait eu la gentillesse de payer des chambres pour eux deux, échangeant d'autres babioles najahniennes — et rassembla sa corde, son outre et sa sacoche. Cette dernière avait encore un certain poids dû aux fruits, champignons et herbes qu'elle avait glanés en traversant les montagnes. Comme Pan le faisait souvent remarquer, le trésor se trouvait souvent sous nos pieds pour peu qu'on y prête attention.

Ses affaires rassemblées, Sawi regarda vers l'unique porte de la petite chambre carrée. L'aubergiste n'avait fait aucune vérification et personne n'était venu la chercher. Peut-être attendaient-ils le retour du groupe, ou peut-être que les ravisseurs de Gladdring avaient fait leur propre apparition, changeant quelques esprits quant à l'avenir de Mottilan.

La fenêtre, donc.

Sawi arracha le filet serré qui couvrait la sortie en forme de losange. Assez grande pour qu'elle s'y faufile, mais pas si Gladdring devait s'échapper en hâte. Bien. Peut-être que ses ennemis ne prendraient pas cette voie en considération.

Sawi passa la tête dehors et regarda en bas. Le toit de l'auberge s'étendait devant elle, les pièces arrière et le stockage de la structure se déployant en une place éclairée par les étoiles et les torches. Mottilan bourdonnait encore, mais personne ne la pointait du doigt.

D'abord partit la sacoche, puis l'outre. Sawi les laissa tomber, le bras pendant par la fenêtre, les laissant atterrir sur le chaume herbeux.

Que quelqu'un ait entendu ces bruits sourds et l'ait signalé, ou que le temps de Sawi soit écoulé, un coup à sa porte poussa la collectrice de Vis à se dépêcher. Du moins, aussi vite que son corps encore endolori le lui permettait.

— Mon amie, demanda l'aubergiste, êtes-vous là ? Je ne vous ai pas trouvée aux bains.

Sawi, une jambe déjà passée par la fenêtre, hésita. Gagner du temps, c'est ce dont elle avait besoin maintenant.

— Je suis juste en train de me rafraîchir, dit Sawi, projetant sa voix vers la porte. Je descendrai bientôt.

— Ne tardez pas trop. Nous avons de bonnes nouvelles !

— Comme quoi ? Vous l'avez trouvé ?

— Venez voir par vous-même ! Je ne voudrais pas gâcher la surprise.

Le ton brisa quelque chose en Sawi. L'aubergiste avait semblé si gentille, si amicale et prête à aider. Maintenant, cette même voix sincère avait une doublure toxique, chaque mot sonnant faux. L'aubergiste était-elle aussi mauvaise que ceux qui retenaient Gladdring, ou simplement sous leur coupe ?

Sawi s'en fichait, ne demanda pas. Elle répéta qu'elle serait là dans quelques minutes et sauta de la fenêtre.

La sacoche et l'outre atterrirent lourdement sur le chaume, Sawi tomba sur ses talons, basculant en arrière pour s'asseoir, les brindilles et les feuilles acérées ajoutant de nouvelles marques à sa peau meurtrie. Mieux, cependant, que les falaises rocheuses.

Sawi leva les yeux vers celles-ci, le chemin qui y menait étant bordé de torches malgré l'heure tardive, assurant aux plus puissants de Mottilan de pouvoir aller et venir sans risque.

La montée était la seule option de Sawi. Le toit confirmait qu'il n'y avait pas d'échauffourée dans la ville, pas de kidnappeurs protestataires amenés à la justice.

Son espoir résidait dans le retour au poste avancé najahn. Sawi devrait y arriver, convaincre les gardes de venir par ici, et prier pour que Gladdring vive assez longtemps pour être secouru.

Ou alors, Sawi pourrait simplement partir. Se mettre en route et continuer à marcher. Sawi prit une inspiration. Une décision, en tout cas, qui pourrait attendre qu'elle atteigne le poste avancé najahn. Là, elle verrait si Gladdring avait acheté sa loyauté.

Sawi glissa sur sa gauche, accroupie et marchant le long du toit jusqu'à son bord de la même manière qu'elle marcherait le long d'une fronde étroite. Pas de forte pression sur un seul point, son bras droit tenant la structure de l'auberge pour l'équilibre.

Une dernière descente dans une ruelle tranquille, que Sawi géra sans difficulté. Une fois de plus en fuite. À gauche menait au contournement de la place de la ville, plus de gens. À droite, des résidences plus calmes, moins de regards, et un escalier plus difficile pour rejoindre le chemin montant.

Mieux valait prendre l'ascension la plus ardue que de risquer une autre course.

Elle fit trois pas avant que la porte arrière de l'auberge ne s'ouvre. Poussée largement devant elle, l'aubergiste suivant son élan avec une marmite en métal kance dans les bras. Elle déversa la bouillie juste là sur le chemin de Sawi, laissant une fausse surprise jouer sur son visage en apercevant la collectrice : — Eh bien, comment êtes-vous arrivée ici ?

— Je me suis perdue. Sawi pivota sur un talon, s'élança dans l'autre direction, se dirigeant vers la place.

Au moins ses poumons fonctionnaient bien, et le bain devait avoir eu un bon effet, car Sawi démarra la course à une grande vitesse, ses pieds touchant à peine le sol avant de s'élancer dans la foulée suivante. Ses bras pompaient, elle évitait une personne surprise après l'autre, bondit par-dessus une charrette de poisson, et utilisa une torche solide comme point de pivot, sa main agrippant fermement alors qu'elle tournait autour du poteau pour commencer le chemin de la montée.

Des cris la suivaient, des appels à la fois curieux et prédateurs. Sawi les ignora. Continua à courir. Le chemin était droit, la voie dégagée. Des torches éclairaient de chaque côté.

Elle courait et les maisons défilaient, Mottilan tombait derrière elle. Sawi allait s'échapper, elle allait y arriver.

Jusqu'à ce qu'une forme traverse le chemin devant elle. Dépenaillée, laide, tenant à peine debout, mais ombragée dans la lumière des torches. Gladdring força Sawi à ralentir, les mains tendues.

— Arrête, dit Gladdring, d'un son larmoyant dépourvu de sa ruse habituelle. Arrête, ou tu nous tueras tous les deux.

— Cours, et nous pourrions survivre, répliqua Sawi, mais Gladdring secouait déjà la tête.

Sawi se remit à courir. Si Gladdring n'était pas intéressé à se sauver lui-même, cela rendait son choix d'autant plus facile.

— Sawi, s'il te plaît.

Gladdring tendit la main vers elle alors que Sawi passait, la Vis esquivant facilement la tentative du Najahn. Plus difficile, cependant, fut ce qui suivit : un dard, petit et rapide, frappant le cou de Sawi. Son tireur se tenait plus haut sur le chemin, un tir facile délivré.

Sawi s'arrêta, la brûlure se répandant déjà. Elle fit glisser la sacoche de son épaule, la laissant heurter la poussière.

—Je te l'avais dit, dit Gladdring dans son dos.

Il avait raison, aussi. Il n'y avait pas moyen de lutter contre un dard de Mottilan. Pas d'échappatoire à ses muscles qui s'effilochaient, à son esprit mourant.

Sawi s'assit, s'épargnant une autre chute quand l'obscurité viendrait, et elle vint.

29
TOURBILLON

Wax ne plongeait jamais sans pousser un cri, et cette fois ne fit pas exception. Le fait que l'eau en question soit glaciale, que les mains et les pieds de Wax soient liés non seulement entre eux mais aussi à Eujo, la Reine de Kance, ne fit que renforcer la vigueur de son hurlement.

Puis il aspira autant d'air qu'il le pouvait, car les eaux tumultueuses du lac s'abattirent sur sa tête. Eujo frappa la première, un mouvement dû à son refus catégorique d'interagir avec ses gardes pendant qu'ils ramaient vers le Tourbillon. Wax n'était pas aussi silencieux, lançant des piques verbales les unes après les autres jusqu'à ce que les soldats cessent de répondre.

Quand ce divertissement prit fin, quand il devint clair ce qui allait se passer, Wax essaya d'étirer ses membres, de les fléchir autant que les liens le permettaient, car maintenant, avec l'eau sombre et épaisse qui l'entourait, le courant poussant Wax et Eujo plus profondément, toute chance de s'en sortir reposait sur sa capacité à bouger.

Ils en avaient discuté dans les dernières secondes,

quand Blinth et Akido avaient rejeté l'idée d'honneur de Silvrin de dégainer leurs rapières. Faciliter le travail du Tourbillon avec un coup de poignard d'abord. Peut-être pensaient-ils que Wax n'entendrait pas, mais il avait passé sa vie à écouter les bruits les plus discrets de la jungle.

Un rapide chuchotement avec Eujo. Travailler ensemble. Bouger comme un seul homme. Une idée simple sacrément difficile à exécuter quand votre monde culbute, tourne et se retourne.

Mais il sentait Eujo. Ses jambes qui donnaient des coups, ses mains qui essayaient de bouger avec le peu d'espace qu'elles avaient. Wax réagit, gardant les yeux fermés, ses poumons commençant déjà à brûler. Il bougea ses jambes quand même, imitant les battements d'Eujo, les cordes maintenant leurs jambes ensemble pour qu'ils bougent moins comme une personne, plus comme un poisson, se frayant un chemin dans cette obscurité dans la direction du courant.

Il n'y aurait pas moyen d'échapper au Tourbillon. Seulement de l'embrasser. Le skar, selon Eujo, serait à l'intérieur. Il devait y avoir un moyen de survivre à son attraction.

Un espoir fou. Wax n'aurait pas pu l'atteindre, il n'avait même plus le collier, mais alors que sa tête commençait à s'embrumer, que son corps lui demandait d'ouvrir la bouche, de respirer cette eau fatale, il voulait le skar, la chance d'embrasser sa chaleur une dernière fois.

Qui sait, peut-être que Vis pouvait transformer l'eau en air si cela signifiait la vie.

Les gardes d'Eujo les avaient maintenant. Le skar Foti de Wax, le triple set d'Eujo. Ce qu'ils allaient faire avec les gemmes, Wax n'en savait rien. Les gardes n'avaient pas donné de détails, leur seule préoccupation étant de tuer Wax et leur Reine de manière propre.

Ces pensées tourbillonnaient dans une panique tordue entre les séries de coups de pied, coups de pied, coups de pied.

Ne bouge aucun autre muscle. Garde ces yeux fermés.

Le Tourbillon tirait plus fort à mesure qu'ils s'approchaient de son centre, l'eau déchaînée les aspirant à l'intérieur. Wax sentit sa tête, son cou s'étirer alors que son haut se rapprochait plus que ses orteils, une traction surréaliste menaçant de le casser en deux.

Et peut-être que cela serait arrivé, sauf que Wax tomba. Il jaillit hors de l'eau et plongea, Eujo à ses côtés, dans un entonnoir. Il ouvrit la bouche, avala de l'air tandis que lui et la Reine roulaient sur eux-mêmes. L'eau montait et descendait autour de lui, sombre et sauvage.

Une respiration, deux, la chute s'accélérant. Wax essaya de pousser contre Eujo, faisant ce qu'il avait appris il y a si longtemps enfant sur Vis : tomber avec ses pieds, pas sa tête.

Eujo se révéla être une élève rapide, culbutant avec Wax et pointant leurs orteils vers le bas. Ils heurtèrent la piscine, une éclaboussure chaude s'élevant autour d'eux, un choc engourdissant parcourant les jambes de Wax. Mais ils savaient quoi faire, ils savaient comment survivre, ils savaient comment donner des coups de pied.

Ensemble, Wax et Eujo brisèrent la surface. La plus faible lumière grise fendait les nuages, filtrait jusqu'au grand centre du Tourbillon. Un centre qui semblait se vider dans une vaste caverne sous un trou étroit. L'eau jaillissait maintenant à travers, pleuvant autour de Wax et Eujo comme un orage capricieux, la paire faisant du sur-place du mieux qu'ils pouvaient au milieu des gouttes.

— Là, toussa Eujo, bien qu'elle ne puisse pas pointer du doigt et que Wax ne puisse pas voir dans sa direction.

— Vas-y, je te suis, répondit Wax, ses mots gorgés d'eau.

Eujo commença, un coup de pied puissant qui l'envoya plonger dans l'eau tandis que Wax se retrouva à faire la planche. Regarder vers le haut du Tourbillon, le nexus terrifiant, lui apporta un étrange calme, un sentiment qu'il avait soit défié la mort et vivait maintenant un temps emprunté, soit qu'il était déjà mort et que l'au-delà de Noctia était une blague cruelle.

Ces pensées prirent fin lorsqu'Eujo le retourna, submergeant Wax alors qu'ils continuaient à faire du sur-place. Il tint bon jusqu'à ce qu'Eujo arrête de donner des coups de pied, donnant juste assez d'avertissement à Wax pour ralentir ses propres jambes. Dans l'eau sombre, sa tête frôla le rocher assez fort pour laisser une marque, assez doucement pour le laisser en vie, respirant alors qu'Eujo se redressait, donnant à Wax une chance de sortir la tête de l'eau.

— Merci pour ça, dit Wax en grimaçant.

— Difficile de voir. Je ne sais pas si tu as remarqué.

Eujo avait raison. Le fond du Tourbillon s'avérait être la seule lumière de l'endroit, ses plus faibles vestiges se frayant un chemin jusqu'à ce rivage. Là, la lumière captait une ligne argentée, une bande soit faite de main d'homme, soit une veine de minerai très pratique. La ligne s'élevait sur une surface plane, où s'éparpillaient les marqueurs du progrès humain, ou du moins du voyage humain.

— Des idées sur la façon dont on monte là-haut ? dit Wax, le couple continuant à donner des coups de pied. Ou allons-nous nager jusqu'à ce qu'on ne puisse plus ?

— Tu n'as jamais été attaché auparavant ?

Wax renifla, de l'eau coulant de son nez. — Euh, non ? C'est une chose courante à Kance ?

— Suis mon exemple.

Eujo donna un coup de pied vers la gauche, puis se pencha vers le rivage. Wax la sentit guider leurs poignets liés vers la pierre, où elle commença à frotter la corde sur la roche rugueuse.

— Je comprends maintenant, dit Wax en grimaçant un peu devant la banalité de ses propres mots. Effilocher la corde, nous libérer. Bien joué.

— Bien joué, en effet.

La corde n'était pas de mauvaise qualité, cependant, et ne se rompit pas rapidement, laissant le temps à Wax, alors que son esprit s'adaptait à sa présence continue parmi les vivants, de demander à Eujo ce qui se passait.

— Tu as été évasive tout ce temps, dit Wax. Depuis le rouleau. On savait que les gardes n'étaient pas tes amis.

— Concentre-toi sur notre libération. Tes sentiments peuvent attendre.

Soit. Wax pouvait faire exactement cela. Si Eujo ne voulait pas parler, alors il allait simplement se consacrer entièrement à bouger son poignet de haut en bas, sentant l'effilochage progressif correspondre à la fatigue croissante dans ses jambes, des muscles qui avaient déjà eu une longue journée. Mais, contrairement à ses jambes, la corde céda avec une soudaine déchirure, accompagnée d'un halètement d'Eujo. Wax tomba en avant dans l'eau, ses bras, les poignets endoloris, se projetant pour se rattraper sur le rocher. Leurs jambes étant toujours liées, Wax se retrouva plié dans un angle inconfortable.

— Grimpe, idiot, dit Eujo.

— J'y travaille.

Le rebord rocheux offrait amplement de prises, bien qu'il fût mouillé. Wax s'appuya sur ses doigts, trouva des crevasses. Eujo repoussa ses jambes contre Wax, balançant ses bras autour pour s'accrocher à la taille de Wax tandis que le Vis les tirait sur les pierres. Là, allongés sur la roche froide, le visage de Wax à nouveau écrasé contre la pierre, Eujo travailla leurs liens jusqu'à ce que la corde se libère. La Reine se déroula de Wax une dernière fois, se levant avec un soupir et un juron.

Wax décida qu'il allait prendre une minute ou deux pour rester simplement allongé là. Ce n'était pas un endroit confortable, mais c'était mieux que d'être debout ou en mouvement.

Eujo semblait avoir la même idée. Elle s'assit au bord de l'eau, laissant pendre ses jambes dans le lac frais de la grotte et massant ses mollets.

— Eh bien, c'était quelque chose, n'est-ce pas ? Wax se redressa aussi, s'asseyant à plat sur le rocher. Leurs vêtements étaient complètement trempés, à moitié déchirés par le tourbillon et les frottements contre les rochers coupants. Wax avait l'impression d'avoir mille petites coupures et contusions. Ce n'est pas tous les jours qu'on se fait jeter dans un lac et laisser pour mort.

— Pour toi, peut-être.

Wax grimaça. Peut-être avait-il mal interprété la Reine. Le ton d'Eujo ne contenait pas une once de pitié, envers elle-même ou autre, dedans. Cela sonnait, à sa manière, comme ses propres parents lorsque Wax était beaucoup plus petit, moins averti des façons du monde.

Qu'il soit sage du tout maintenant était sujet à débat.

— Tu ne vas pas élaborer là-dessus, alors ? demanda Wax après que le silence requis, ponctué par le bruit de l'eau qui coulait, se fut prolongé suffisamment longtemps.

— Je ne sais pas d'où tu tiens l'idée que j'ai besoin de te dire quoi que ce soit, répondit Eujo. J'ai déjà essayé une fois, de te prévenir, mais tu n'as pas écouté, et maintenant nous sommes ici en bas. Merci pour le rouleau, mais je pense que nous en avons fini.

— Oh, maintenant, alors que nous sommes tous seuls au fond du Tourbillon, c'est maintenant que tu veux qu'on se sépare ?

Eujo se leva. Wax sentit son regard perçant même si l'ombre cachait son visage, là où ils avaient atterri.

— Après, alors, répliqua Eujo, ne cédant pas le moins du monde. Nous survivons à ça, puis nous prenons des chemins séparés. Deux Renouvellements à nouveau.

Wax se mit debout à son tour. Il suivit son regard vers la fraîche distance, l'obscurité ruisselante où la grotte continuait.

— Deux Renouvellements sans espoir, tu veux dire. Tes gardes ont pris nos skars.

— Je les récupérerai.

— Comment ? Wax rit. Eujo, ils t'ont battue, ils nous ont battus, Quik et moi. Je ne dirais pas que tu as de bonnes chances ici.

— J'aurai l'effet de surprise. C'est tout ce dont j'aurai besoin. Le venin dégoulinait de sa langue. Ils se sépareront, que ce soit dans la rue ou aux toilettes d'une auberge. Quand ils dormiront, ou quand ils penseront être en sécurité, je serai là. Je suis une Reine Kance, Wax, et ils ne m'ont pas tuée quand ils auraient dû.

— Apparemment pas.

C'était au tour d'Eujo de rire sinistrement. Elle ponctua le son en avançant, sa voix résonnant sur les murs autour d'eux. Wax, n'ayant rien de mieux à faire, la suivit, s'éloignant de la lueur du Tourbillon et s'enfonçant dans l'obscurité.

Seulement pour s'arrêter, à peine trois pas plus loin,

alors qu'ils heurtaient un mur plat. La fin de la caverne, et un mur lissé par des mains humaines.

Des lignes s'enroulaient autour de la pierre, des rainures taillées en une spirale évidente.

— Le centre, alors, dit Eujo, ses mains repoussant celles de Wax. Elle poussa, rien ne se passa. Merde.

— On dirait qu'ils sont plus malins qu'une Reine Kance.

— Je ne vois pas d'idées venir de toi, Vis.

— C'est parce que je préfère réfléchir avant de parler.

Eujo ricana. — Wax, je ne te connais que depuis quelques jours, et je sais déjà que ce n'est pas vrai.

Pendant qu'elle parlait, cependant, Wax avait ses propres doigts qui couraient le long de la pierre, trouvant ses bords extérieurs. Là, la douceur disparaissait, remplacée par des lignes inégales. Des triangles saillants, des cercles et des ondulations. Wax suivit le motif jusqu'au sol, où la surface lisse se rétrécissait en une ligne nette avant de reprendre sur le côté droit. En haut - Wax pouvait atteindre et toucher le plafond bas de la caverne - la ligne redevenait lisse.

— Qu'est-ce que tu fais ? demanda Eujo, reculant d'un pas pour donner de l'espace à Wax. Tu perds du temps ?

— Ouais, c'est ça, Eujo. Me voilà, coincé dans une grotte sans nourriture, rien d'autre que des haillons sur le dos, et je perds mon temps. Ça me ressemble bien.

— En fait, oui.

— Tu as de la chance que je réfléchisse en ce moment, sinon je prendrais ces insultes personnellement.

Pendant qu'Eujo parlait, Wax avait continué à bouger ses doigts, creusant une idée grandissante. Les lignes circulaires couraient vers le centre, c'est vrai, mais la ligne la plus extérieure n'était pas un cercle solide. Elle avait une fin, un point vers le bas.

Le même endroit où quelqu'un venant au Tourbillon pourrait entrer. Wax déplaça un doigt à l'intérieur de la ligne, le laissant tomber dans l'espace entre la rainure la plus extérieure et la suivante. Ce faisant, Wax sentit la pierre s'enfoncer sous son bout de doigt. Pas loin, et pas plus que la largeur d'une empreinte de pouce.

Mais cette pression guida son pouce vers l'avant, et Wax le fit courir le long du tourbillon de pierre dans l'obscurité. Alors qu'il le faisait, les rainures sans vie prirent une teinte phosphorescente bleue, très semblable à certaines méduses que Wax avait vues. La lueur bleue suivait la main de Wax alors qu'il la faisait courir entre les rainures, la petite pression continuant jusqu'à ce qu'il atteigne le centre du tourbillon, baigné d'une lumière iridescente, comme un ciel liquide bleu.

— On dirait que je me suis trompée, dit Eujo alors que Wax appuyait sur le centre du tourbillon.

—Je ne t'en tiendrai pas rigueur.

À sa pression, la porte de pierre frémit. Un certain verrou de l'autre côté de la porte cliqua, et le portail glissa pour s'ouvrir.

À cette vue, Wax voulut pousser un cri de joie, mais la caverne semblait si étroite qu'il se contenta d'un sifflement à la place.

30
DÉMONS D'OBSIDIENNE

Le vaisseau brisa un sloop Rana sur son chemin vers le sable, éparpillant le bois avec des craquements déchirants. De nouvelles dunes se formèrent lorsque l'élan de l'engin entra en collision avec la terre. Les balistes s'étaient avérées inefficaces, du moins autant que Maena pouvait en juger, bien que le vaisseau, maintenant éclairé par les torches, portât de profondes entailles sur toute sa structure. Comme si quelqu'un l'avait attaqué avec une épée géante.

— L'Égide, répondit Svarde à la question muette. L'homme avait sorti ses armes tandis que les Rana en fuite et les quelques autres prisonniers passaient à côté d'eux en direction des lignes de Jochi. Ils sont peut-être différents, mais ce sont toujours des démons. Ne les considérez pas autrement.

— Je n'ai jamais vu de démon dans un bateau auparavant, dit Rasslebeck.

Maena les garda dans l'ombre de la tour, notamment parce qu'elle ne pouvait pas exclure que Jochi décide de tous les tuer. Les tirs d'arbalète sur les Rana et les prisonniers avaient cessé dès l'apparition du vaisseau démoniaque, mais un coup d'œil autour de leur défense de la tour montrait que la fuite s'arrêtait aux murs de sacs de sable de Jochi.

Les Rana imploraient la pitié, l'aide, le soulagement de ce qui devait être une terreur. Maena avait participé à sa part de poursuites de navires, chassant des proies plus lentes, les abordant et pillant leurs cales. Elle s'était retrouvée de l'autre côté une seule fois, lors de sa deuxième sortie, et la frégate najahn qui les poursuivait avait rempli chaque instant d'une tension à se ronger les dents. La mort n'était qu'à quelques vagues.

Une tempête l'avait sauvée alors. Le ciel nuageux maintenant, avec ses flocons de neige tombant nonchalamment, ne ferait rien de tel.

— Svarde a raison, dit Maena. On attend de voir ce qui sort de ce truc, et ensuite on essaie de l'utiliser.

Utiliser un démon ? Audacieux.

Audacieux, peut-être, mais mieux que de servir de cible à Jochi.

— Et s'il vient pour nous ? demanda Pennifer.

— Alors on fait ce pour quoi on est venus ici, répondit Svarde. Kivi renifla son accord. Ce n'est qu'un préambule, rien de plus.

Au-delà du fracas continu des vagues, un silence progressif tomba sur la plage. La barricade de Jochi arrêta la fuite, et les Rana retrouvèrent leur dignité lorsque leurs appels à l'aide restèrent sans réponse, se regroupant du mieux qu'ils pouvaient sur les rochers entre le sable et la civilisation. Tous les yeux qui ne surveillaient pas une blessure étaient fixés sur cette chose noircie et arrondie qui attendait, se demandant.

Y a-t-il un signal ? Quelque chose qu'ils attendent ?

La reddition, peut-être. Ou un assaut total laissant les attaquants vulnérables.

Alors pourquoi n'y vas-tu pas voir ?

Je croyais que tu ne voulais pas mourir à nouveau ?

Peut-être qu'il y en aura un autre qui t'aspirera et me rendra mon corps.

Ou peut-être y aurait-il un démon qui ferait taire cette voix, cette personne qui ne méritait pas de vivre.

Ne te mens pas à toi-même. Tu as besoin de moi maintenant.

Les démons interrompirent. Une série de claquements, mille serrures se déverrouillant l'une après l'autre, résonna dans la nuit. Le vaisseau trembla. De nouveaux cris pour laisser passer les blessés firent écho, leur peur laissant son goût dans l'air.

Quand les craquements cessèrent, la moitié supérieure du vaisseau frémit, un mouvement que Maena ne put voir que parce que la neige accumulée glissa en une poussière scintillante. Alors qu'il tremblait, le sommet même du vaisseau se fendit, un peu comme Maena aurait pu fendre un œuf. Une séparation soudaine, une mince ligne devenant un arc béant.

Du bleu se déversa, une couleur étrange et vacillante, de la teinte des fleurs, des eaux de Vis par une chaude journée tropicale. Les mains de Maena serrèrent fort son coutelas.

Aucun membre ne signala l'émergence, aucune échelle ni crochet ne s'éleva à la surface. Il n'y avait que la lueur bleue seule, et puis la lueur bougea. Vola. S'élança dans les airs, bien que sur une courte distance, avant de revenir en direction du sol.

— Un autre, dit Svarde.

Maena avait observé le premier, mais elle vit un deuxième éclair, puis un troisième. Chacun mesurait la moitié de la hauteur d'une tour de baliste, s'écrasant sur la plage avec suffisamment de poids pour projeter le sable en geysers sauvages.

Le trio se tenait debout, leur lueur bleue n'étant pas une simple lumière mais plutôt le scintillement intense d'un feu. Encore à quelques pas, bien au-delà de la portée des armes, Maena sentait la chaleur émanant des créatures, voyait le grésillement des flocons de neige qui s'évanouissaient avant de toucher leur peau.

Peau ? Tu penses que ces choses ont une peau ?

Pas, réalisa Maena, qu'elle puisse voir. La flamme encadrant leurs corps se terminait en jambes et en bras, quatre de ces derniers, avec une paire plus courte jaillissant des épaules du monstre. Leurs jambes se terminaient en larges moignons, ressemblant à la mèche brûlante d'une bougie. Leurs têtes fendaient l'obsidienne, sombres et étincelantes de la chaleur du feu.

— Ils sont armés aussi, murmura Rasslebeck. Ce ne sont pas des démons ordinaires.

— Mauvaise nouvelle pour les îles si c'est ce à quoi nous sommes confrontés maintenant, ajouta Pennifer.

Chacun semblait porter une sorte de fouet en fusion, une longue menace enchaînée s'enroulant autour de leurs corps, se terminant par un crochet pendant au bout d'un bras. Une arme inhabituelle, mais après tout, qui savait ce que ces démons considéraient comme normal.

Les trois démons jaugèrent leurs adversaires, brûlant dans le sable. De la fumée s'élevait autour de leurs pieds, les rares choses inflammables dans la terre s'enflammant en orange. Le bleu brûlant se reflétait sur leurs têtes de roche noire, dessinant des cercles et des entailles chaque fois que les têtes bougeaient avant de s'estomper.

Aucune flèche ne fut tirée, aucun cri d'attaque ne vint de Jochi. Deux côtés s'étudiant mutuellement.

— On s'y met alors ? demanda Svarde.

— Je suis enclin à laisser les mangeurs de cailloux se battre d'abord, dit Rasslebeck. Laissons-les prendre un coup, puis nous prendrons la gloire.

— Il n'y a pas de gloire à finir les restes.

— La gloire n'a pas d'importance, les interrompit Maena. C'est l'opportunité qui compte.

Qu'es-tu en train de mijoter ?

Toute sa vie, Maena avait considéré les démons comme une rare nuisance, quelque chose qui apparaissait près d'un Renouveau et signifiait qu'il fallait toujours porter un sabre. Des bêtes violentes qu'il fallait abattre, rien de plus. Ces trois-là, cependant...

— Ils ne se battent pas, ce qui signifie qu'ils attendent autre chose, dit Maena.

— Ouais, une ouverture, ajouta Pennifer.

— Alors donnons-leur-en une. Soit ils nous tuent, soit ils disent qu'ils viennent en paix. Je pense que ce sera la deuxième option.

— Alors tu n'es pas attentive. Nos pillards fuyaient. Ils sont blessés.

Maena acquiesça. — C'était en pleine mer. Maintenant, nous avons l'avantage. Je pense que ces démons le voient.

Maena s'avança, faisant un grand pas sur le sable. Comment elle allait communiquer avec ces monstres semblait une question impossible, mais l'idée était là. Elle devait essayer.

Pourquoi ?

Simple. Ces créatures venaient des Ténèbres d'En-Bas. Elles savaient ce qui attendait en son cœur. Elles pourraient donc savoir comment arrêter l'assaut et mettre fin à la terrible chaîne liant les îles.

Ou peut-être sont-elles juste là pour nous détruire tous.

Un risque qu'elle prendrait.

Le démon le plus proche, celui du milieu, tourna son immense regard sans yeux vers Maena alors qu'elle approchait. La capitaine Rana jeta son sabre sur le sable. Elle fit clairement comprendre qu'elle ne portait aucune arme, secrète ou non. Derrière elle, loin sur la plage et au sommet des tours, des cliquetis et des bruissements se firent entendre alors que les forces de Jochi manœuvraient vers une autre fin.

— Pouvez-vous me comprendre ? demanda Maena.

Le démon, ces contours vitreux clignotant sans cesse autour de sa tête, semblait la transpercer du regard. La chaleur, si proche, faisait grimacer Maena, la sueur perlant sur son front. Et elle était encore à plusieurs pas. Comment ces démons pouvaient-ils survivre ?

De plus, comment pourraient-ils même interagir ? Maena imagina que les monstres mettraient le feu à une maison s'ils y entraient, brûleraient un navire s'ils montaient à bord.

Pourtant, peut-être que la réponse se trouvait dans l'embarcation que les démons avaient pilotée jusqu'ici. Un changement de société, passant du bois et des toits de chaume au métal.

Tu t'emballes.

Une rêverie au bord de l'oubli.

— S'il vous plaît, dites-moi, répéta Maena. Comprenez-vous ?

Le visage du démon s'illumina plus intensément, sa constellation complète brillant. Deux colonnes de trois cercles de chaque côté, séparées par six petits diamants scintillants au milieu. L'éclair disparut aussi vite qu'il était venu, le démon se redressant de toute sa hauteur.

Un rugissement monta, le chœur grondant d'un feu atteignant son apogée. Presque à l'unisson, les démons levèrent leurs crochets griffus. Et se lancèrent.

Le démon du centre, le plus proche de Maena, bondit en avant. La chose l'aurait ensevelie si ce n'était pour Kivi, le ferrite se précipitant plus vite que le démon pour écarter Maena, la couvrant de sa carapace de pierre alors que le démon passait lourdement.

Bien que la lourdeur n'était pas leur but. Alors que des cris alarmés éclataient, les démons lancèrent leurs grappins vers les tours de baliste, chacun s'élevant haut et atterrissant sur leurs cibles avec une force écrasante. Les rochers explosèrent, les démons suivant leurs grappins avec des bonds pour atterrir sur les côtés des tours, utilisant la pierre pour se protéger tandis qu'ils escaladaient les murs.

Au pied de la tour centrale, Svarde, Rasslebeck et Pennifer gisaient dans le sable, essayant d'échapper à la chaleur terrible. Maena se releva, retrouva son sabre, bien qu'elle ne sache pas à quoi servirait cette petite arme contre ces monstres, et regarda les démons gravir les trois tours.

Lorsqu'ils atteignirent le sommet, les créneaux de bois, les balistes elles-mêmes s'embrasèrent, de grandes gerbes orange s'élevant comme des bûchers dans la nuit neigeuse.

Les premières ripostes vinrent des forces de Jochi, les arbalètes lançant leurs carreaux dans le brasier. Qu'ils touchent, qu'ils blessent, Maena ne pouvait le dire. Les corps brûlants des Whent plongeant du sommet racontaient une histoire suffisamment claire.

La quatrième tour de baliste trouva cependant sa volonté. Les gardes firent pivoter leur arme massive, un claquement sonore retentit lorsqu'un missile de fer fut lancé droit sur la tour la plus proche. Quand il ne réapparut pas de l'autre côté de la tour, quand, au lieu de cela, le feu bougea, un démon brûlant de bleu apparut, tombant du côté de la tour pour atterrir, le missile dressé comme une pierre tombale, sans vie dans le sable. Des acclamations retentirent.

Des acclamations qui moururent un instant plus tard lorsque la troisième tour envoya son propre missile brûlant, lancé par le démon à son sommet, pour s'écraser sur la baliste restante et la briser. Des cris, des bousculades et des flammes pleuvaient.

Le dernier démon en rajouta, lançant des carreaux de baliste enflammés sur les fortifications de Jochi. Chacun d'eux brillait orange en sifflant dans l'air, frappant ces sacs de sable et les enflammant. Impossible à contrer, impossible à combattre.

Maena leva les yeux vers leur tour, le démon à son sommet commençant son propre assaut brûlant. Elle jeta un coup d'œil vers les vagues, les chaloupes Rana reposant sur le sable. Une possible échappatoire là-bas, dans la nuit glaciale.

— On se bat, grogna Svarde en se relevant. Pas question de fuir, Maena. On ne laissera pas cette ville mourir.

Maena renifla, se frayant un chemin sur le sable jusqu'à la base de la tour. Kivi la suivit.

— Tu te soucies des autres, maintenant, Svarde ? demanda Maena. Ce n'est pas ton genre.

— Ce sont les démons dont je ne me soucie pas. Ce sont les démons qui me font peur, répliqua Svarde. Je ne les laisserai pas faire.

— Comment comptes-tu les arrêter, alors ? demanda Rasslebeck. À moins que tu ne veuilles te mesurer à l'un de ces trucs ?

— On trouvera un moyen. Svarde pointa une hache vers le sommet de la tour. D'abord, il faut monter là-haut.

— Kivi, dit Maena, ouvre la porte. Montre-nous le chemin.

Tu as l'air confiante.

Alors que les démons poursuivaient leur barrage, que les forces de Jochi entamaient une retraite désordonnée et que les premiers bâtiments prenaient feu, Maena esquissa un sourire. Elle avait une idée et, pour la première fois depuis longtemps, elle avait un véritable espoir.

31
SUIVRE LE TEMPS

Quand Bliss n'arrivait pas à dormir, elle se préparait. L'avant-poste autour d'elle faisait de même, les Najahn et les Rana profitant de leur soudaine sécurité pour reconstruire une ruine ravagée. Bliss se concentrait sur sa sacoche, sa gourde, son bâton. Torny aussi, bien que les regards constants que la bandit lançait à Bliss indiquaient qu'elle ne ressentait pas la même urgence.

Quik, inconscient et épuisé, continuait de dormir.

— Ce n'est pas que je pense qu'on ne devrait pas les poursuivre, dit Torny tandis que les deux fourraient des fruits et du poisson salé dans les sacs grossièrement tissés, c'est qu'on est en infériorité numérique et, soyons honnêtes, Bliss, moins compétentes qu'eux.

« Quelle est ton alternative, alors ? » signa Bliss en réponse.

— Voir si on peut entrer dans le Tourbillon et trouver ton frère ?

« Tu l'as vu disparaître. Il est parti. »

— Oui, mais peut-être pas le corps. Le skar.

Le skar Foti serait toujours avec Wax, certes. Mais quelle importance ? Qui s'en souciait, si sa chance de-

Bliss s'arrêta, lançant un regard noir à Torny. « Quoi, tu veux le skar pour le vendre ? »

Torny ne prit même pas la peine de paraître gênée. Au contraire, sa silhouette mince se redressa, faisant face à Bliss directement.

— Je dis qu'on est toujours en vie, Bliss. Si ton frère ne l'est plus, alors on n'est plus des Gardiens non plus. Ce qui fait de nous des personnes seules sur une île au hasard envahie par des démons. On n'a pas de rouleau, on n'a certainement pas les moyens de payer un bateau pour quitter Rana. Torny cracha sur le côté, à travers une fente étroite entre les lattes. Je ne retournerai pas travailler pour un autre aubergiste aux mains baladeuses.

« Donc ton choix est de piller le corps de mon frère ? »

— Que penses-tu qu'il voudrait, Bliss ?

« Il voudrait que ses meurtriers soient là-bas avec lui. Fais ton sac, Torny. On part à l'aube. »

La bandit, au moins, savait quand laisser mourir une dispute. Les deux retournèrent à leurs sacoches et, une fois celles-ci pleines, s'allongèrent sur des nattes de paille. Malgré le bruit autour d'elles, la bataille de la journée, les efforts de rame, la colère et la perte plongèrent Bliss dans un sommeil agité, rempli de cauchemars et de rage brûlante.

Ces rêves la menèrent à une sueur froide, un réveil brutal avec du poisson fraîchement cuit et des champignons rôtis, quelque chose dont Bliss avait l'habitude chez elle sur Vis, quelque chose qui réveillait toujours son appétit.

La gratitude pour avoir sauvé l'avant-poste offrit à Bliss, Torny et Quik un petit-déjeuner. Leur frère aîné, malgré le skar de Vis, boitait et semblait incapable de faire le voyage. Même le feu qui s'alluma dans ses yeux quand Bliss raconta l'histoire s'éteignit à l'idée de partir vers le sud à la poursuite d'un groupe déjà en train de ramer.

« Alors attends, signa Bliss entre deux bouchées. Cherche Wax. Vis devrait pouvoir lui dire au revoir. »

— Ça ne durera pas si longtemps, marmonna Torny, et face aux regards noirs de ses compagnons Gardiens, la bandit haussa les épaules. Quoi. On approche de l'hiver maintenant. Vous n'aurez pas de trajet facile jusqu'à Vis, et son corps ne se conservera pas, même si vous le trouvez là-bas. Mieux vaut l'enterrer ici et prendre un souvenir-

« Si tu dis le skar, je te laisse ici tout de suite. »

— J'allais dire ce que tu pourrais trouver. Torny détourna le regard. Vers l'est, où le marais se jetait dans la grande rivière qu'ils avaient empruntée il y a une éternité. Tu es trop sensible. C'est ça. C'est la vie maintenant. C'est sinistre, c'est dur. La sentimentalité ne fait que rendre les choses plus difficiles.

La journée semblait partager la perspective de Torny. Un vent mordant soufflait, et les nuages maintenaient leur couverture. Des flocons de neige flânaient dans l'air, comme incertains de vouloir atterrir. L'eau grise et froide léchait l'avant-poste.

— Pour une fois, je suis d'accord avec Torny, dit Quik. Le skar pourrait être utile, et il pourrait nous acheter un billet de retour. Il posa une main sur Bliss. Et ne compte pas ton frère pour mort. C'est un malin.

« Il était ligoté, et il est tombé par-dessus bord. »

— Mais s'ils voulaient Wax et Eujo morts, ils auraient pu les tuer, Bliss. Ils auraient pu leur attacher un bloc aux pieds, ou faire une douzaine d'autres choses pour s'assurer qu'ils se noient. Quik regarda vers le nord, en direction du

Tourbillon. Il y a quelque chose qui nous échappe ici, et je ne vais pas encore enterrer Wax.

« J'aimerais avoir ton espoir. »

— Alors gagne-le. Trouve ces salauds et fais-leur tout dire. Quik afficha un air sinistre. Et quand ils auront fini, fais ce qu'ils n'ont pas pu faire. Assure-toi qu'ils paient pour ça, Bliss.

Torny renifla. — Beaux discours. Deux jeunes filles contre trois Gardes de la Reine de Kance ?

Bliss, cependant, se leva sans aucune peur. Le calme, peut-être renforcé par la matinée sinistre et son but froid, la maintenait stable.

« Nous ne sommes pas sur Kance, Torny. Ils sont dans les terres sauvages, et c'est mon territoire. »

Enfin, pas tout à fait. Le marais ne correspondait pas à la jungle de Vis. Les arbres minces n'offraient pas d'opportunités de balancement. Les lianes et les grandes frondes n'étaient pas prêtes à accélérer sa progression. Néanmoins, Bliss refusa un bateau offert par les Najahn reconnaissants, laissant Torny confuse mais compréhensive alors qu'elles partaient vers le sud.

Les gardes de Kance avaient pris la rivière occidentale, un affluent, d'après les Najahn, à la fois brouillon et lent, surtout à l'approche de l'hiver, avec moins de pluie et un niveau d'eau bas forçant un parcours plus sinueux.

En coupant droit vers le sud à grande vitesse, les deux pourraient gagner du terrain. Le marais semblait comprendre leur objectif, aussi, avec le temps froid durcissant la boue, rendant leur marche facile. Leurs vêtements étaient, d'une certaine façon, le plus grand obstacle : les épais tissus de lin, améliorés par rapport aux versions légères Foti de Riroca, s'avéraient capables de s'accrocher à n'importe quelle épine ou buisson. Si la terre gardait leurs empreintes, le vent attaquait leur marche avec vigueur, faisant trébucher Bliss et Torny dans des mares non gelées. Bientôt, leurs pieds furent trempés, et les ampoules suivirent.

Torny exprimait ses plaintes avec son habituelle grossièreté, lançant des jurons contre le temps, contre les Rana pour ne pas avoir construit une route à travers le marais, et finalement contre les traîtres Kance pour leur avoir imposé cette horreur.

Une cadence réconfortante, en quelque sorte.

La première nuit passa sur un rocher moussu penché au sommet d'un petit monticule. Tandis que la rivière occidentale coulait doucement, Bliss et Torny s'installèrent dans leurs fourrures, se pressant l'une contre l'autre pour profiter de la chaleur corporelle, car Bliss ne voulait pas de feu.

Qui sait si les Kance surveillaient de près, ou ce que la lumière d'un feu pourrait attirer. Des fruits et du poisson séché suffirent, Torny mâchant quelques herbes particulières après le repas.

— Ça ? dit Torny quand Bliss pointa les feuilles dentelées. Essaie-en une.

L'explosion de saveur survint dès la première bouchée. Vive et fraîche, suffisamment pour faire écarquiller les yeux de Bliss. Elle mâcha la feuille, essayant d'identifier sa saveur sans trouver de comparaison.

— Tu n'as jamais goûté de menthe avant ? demanda Torny. On en trouve partout sur Rana. Dans quelques autres endroits aussi.

— Il n'y en a pas sur Vis.

— Ouais, je commence à comprendre. Torny rit, s'appuya contre le rocher et agita les feuilles de menthe en l'air. Tu vois, Bliss ? Il y a tellement de choses sympas que tu n'as pas encore vues.

— Je pourrais te montrer quelque chose d'aussi cool chez moi.

Torny hocha la tête. — J'aimerais bien. Si, tu sais, on survit à ta quête meurtrière.

— On y arrivera.

Un léger sourire. — J'aimerais avoir ta confiance.

Le lendemain renforça encore cette confiance. La rivière occidentale continuait de refuser un tracé droit vers le sud, serpentant entre les îles et autour des arbres regroupés. Bliss et Torny coupèrent tout droit, le marais s'amenuisant à mesure qu'il se mêlait à un terrain plus ferme et fertile. Les premières rizières, depuis longtemps récoltées pour l'hiver, apparurent, avec des fermes solitaires au toit de chaume éparpillées entre elles.

De vrais sentiers accélérèrent encore leur progression, bien que Bliss s'interrogeât sur l'absence totale de personnes. Une question à laquelle Torny tenta de répondre en faisant remarquer que la récolte était terminée et que des créatures rôdaient.

— Resterais-tu ici toute seule tout l'hiver, sans savoir quand un monstre pourrait défoncer ta porte ? demanda Torny alors qu'elles passaient devant une grange délabrée. Moi, je ne le ferais pas.

Sur Vis, les villes extérieures s'étaient en effet vidées — ou avaient été massacrées, comme celle que Bliss avait trouvée avec Deshiva. Se diriger vers les cités fortifiées avait un certain sens, bien que Torny y trouvât son propre avantage.

— Regarde, dit la bandit en s'attaquant à la serrure simple d'une maison trapue près de la fin de la journée. Je suis sûre que les propriétaires de cette maison ne verront pas d'inconvénient à ce que deux Gardiennes l'utilisent pour la nuit.

— Alors on est redevenues des Gardiennes ?

— Quand on en a besoin. Torny leva un doigt quand Bliss commença à signer. N'ose même pas renoncer à un avantage quand tu n'en as pas besoin. L'honneur n'existe pas, Bliss. C'est la survie, c'est tout. C'est tout ce qui compte.

Bliss ne pouvait pas dire qu'elle était d'accord avec ça, mais elle devait admettre que le plan de Torny avait ses mérites : la maison avait de vrais lits, des réserves de nourriture bien au-delà de ce que les deux pouvaient manger, composées de riz, de légumes-racines et de l'omniprésent poisson mariné dans d'épais tonneaux. Un poêle permit de manger chaud et de passer une nuit au chaud, que Bliss occupa en racontant des légendes de Vis à Torny jusqu'à ce que la fatigue de la marche les assomme.

L'après-midi du troisième jour apporta la vue que Bliss recherchait. Après le marais, Rana devenait vallonné, avec des rizières grimpant et descendant les pentes. La rivière occidentale coulait autour des élévations, un marécage inefficace vers le sud. Du haut de l'une d'elles, Bliss aperçut le bateau, les Kance progressant lentement vers le sud.

— Pas de rames sorties, nota Torny, debout à côté de Bliss. Une journée qui se dégage, pour une fois, bien que le soleil semble à peine effleurer leur peau. Ils se laissent vraiment porter par le courant.

— Pourquoi ?

— Tu demandes à la mauvaise bandit. Torny claqua des doigts. Attends, j'ai trouvé. Ils veulent nous faciliter la tâche.

— Ça n'a aucun sens.

— Certes, mais si on n'a pas d'autres idées, pourquoi ne pas s'en tenir à celle-là ?

La logique de Torny semblait bancale, mais pour une

fois, la bandit n'agissait pas comme si elles allaient être embrochées, alors Bliss la laissa faire.

Elles accélérèrent, leur vigueur renouvelée par cette vue. Une petite ville de Rana se profilait aussi, les bâtiments émergeant au-dessus et entre les arbres. Un endroit, peut-être, où les Kance s'arrêteraient pour la nuit. Ils auraient besoin de nourriture, d'eau. Des vulnérabilités que Bliss espérait pouvoir exploiter.

Cette pensée la fit sourire. Regardez-la, pensant comme une chasseuse, cherchant les faiblesses, élaborant des plans pour attraper sa proie. Deshiva serait fière.

Elles poursuivirent leur traque près de la rivière, surgissant de temps en temps pour apercevoir le bateau, s'assurant que les Kance se dirigeaient bien vers un quai dans la petite ville. Leurs cibles étaient prévisibles, le trio amarrant leur radeau et se dirigeant à l'intérieur, tandis que Bliss et Torny les observaient depuis un bosquet voisin.

— On leur tranche la gorge dans la nuit, alors ? demanda Torny tandis qu'elles s'attardaient sous les feuilles.

— Il nous en faut un vivant pour nous dire ce qu'ils ont fait de Wax. Et pourquoi.

Torny hocha la tête, l'évaluant du regard. — Tu es froide, Bliss. Tu le sais ?

— Comme tu l'as dit, Torny. Il s'agit de survie. Je ne pense pas que les Îles te laisseront vivre autrement.

— Essaie juste, tu sais, de ne pas te perdre complètement. Ne deviens pas comme Sledge. Ou Eggrad.

Bliss fixa Torny du regard. — Quand tout cela sera terminé, alors peut-être que je réfléchirai à qui je suis. En attendant, découvrons ce qui est arrivé à mon frère, et faisons souffrir ceux qui lui ont fait ça.

32
LE REVIREMENT DE TAMAS

Le froid réveilla Sawi plus que la lumière, et quel réveil réticent et lent ce fut. Comme si chacun de ses os et muscles avait besoin d'attention pour revenir à la vie. Non que ce lever lui apportât grand-chose : des cordes liaient ses mains et ses jambes, la laissant sentir l'herbe sous ses cuisses et la pierre rugueuse contre son dos.

La vue avait plus à offrir. Un panorama à couper le souffle, la hauteur presque vertigineuse pour Sawi, qui préférait ses greniers avec des auvents tout autour plutôt que la chute claire et abrupte vers les vagues et la sauvagerie. Mais la plus haute falaise de Mottilan ne se prêtait pas aux fantaisies de la jungle, n'offrant guère plus que de maigres arbustes et un groupe affairé à construire quelque chose à proximité.

— Elle se réveille, dit Gladdring, assis à côté d'elle, tout aussi ligoté. Cela me réchauffe le cœur de vous voir en vie, Sawi.

— Étrange, car le mien est toujours glacé.

Gladdring portait ses ecchymoses, égratignures et son allure générale malmenée comme quelqu'un qui y était, d'une certaine manière, habitué. Aucune larme ne coulait de ses yeux gonflés, il ne s'affaissait ni ne grimaçait, et sa lèvre ensanglantée restait ferme. Ses robes, de même, gardaient une certaine dignité malgré leurs déchirures et accrocs.

Moins dignes, marmonnant entre eux, avec des grimaces en abondance, étaient les cinq hommes et femmes de Mottilan qui érigeaient ce qui semblait être une grue. Une grande cage en bambou se trouvait à proximité, son but n'étant pas si difficile à deviner.

Certaines histoires, certaines légendes que Sawi n'avait pas entendues depuis ses tout premiers jours, suggéraient que les guerres entre Kitaye et Mottilan exigeaient des punitions, et celles de Mottilan étaient d'une variété particulièrement terrifiante.

— Que leur avez-vous fait ? demanda Sawi, gardant sa voix basse. Gladdring ne savait peut-être pas ce qu'elle avait entendu, et Sawi voulait connaître sa version, voulait savoir à quel point il l'avait mise en danger. Pourquoi vous détestent-ils autant ?

— Des malentendus et des erreurs, de mon côté comme du leur. Gladdring soupira, un soupir lourd qui traversa tout son corps. La patience est toujours la première à s'envoler quand les démons reviennent.

Pourtant, la patience garda Sawi silencieuse pendant que le travail des Mottilans continuait. Gladdring se tut aussi, refusant d'élaborer sur sa seule phrase. Ils observèrent, Sawi essayant d'ignorer sa faim, sa soif, ses besoins physiques. C'était facile à faire quand la tâche des Mottilans s'acheva, bien avant que le soleil n'atteigne son zénith.

Ils dressèrent leur construction, environ deux fois la taille de Sawi, faite d'une base en bois épais, suivie d'une planche s'étendant au-dessus du bord de la falaise. À son extrémité, passée dans un anneau métallique volé à quelque bateau de pêche, se trouvait la grosse corde reliée à la cage.

Le chef des Mottilans, Korrus, tourna son regard mauvais vers ses prisonniers.

— Je ne vois aucune surprise, donc vous devez savoir ce que c'est, dit Korrus, leur laissant un moment pour l'interrompre.

— C'est la guerre, voilà ce que c'est, dit Sawi. Je ne suis qu'un guide. Quand Kitaye apprendra...

— Apprendra que vous avez aidé un traître Najahn ? Aucune cité Vis ne risquera l'aide de Noctia maintenant, pas pour vous. Korrus s'adoucit. Pas que nous voulions que cela arrive. Si vous vous étiez mêlée de vos affaires, vous ne seriez pas ici. J'en ai assez des fouineurs de Kitaye qui apparaissent là où ils n'ont rien à faire.

— Je suis tellement désolée pour vous.

Le sarcasme de Sawi ne lui valut rien. Au lieu de cela, Korrus s'avança, saisit Sawi par les épaules et la souleva. Avec ses jambes liées, la femme Vis ne put rien faire tandis que Korrus la portait jusqu'à la cage en bambou et la déposait à l'intérieur par la porte ouverte.

— Je peux marcher tout seul, dit Gladdring quand Korrus se retourna vers lui.

Le Najahn se leva, révélant que ses propres jambes et bras n'étaient pas attachés comme ceux de Sawi, et marcha de lui-même vers la cage. D'une taille à peu près équivalente à celle d'un grand lit, les deux pouvaient s'asseoir, ne pouvaient pas tout à fait se tenir debout sans heurter le dessus en bambou, mais c'était assez spacieux.

Sawi voulait demander pourquoi Gladdring n'était pas ligoté, mais la question n'eut pas la chance d'être posée, car

Korrus fit signe à l'équipe de Mottilan de mettre la cage en mouvement.

— Vous resterez suspendus ici jusqu'à ce que nos exigences soient satisfaites, dit Korrus tandis que les Mottilans resserraient la corde, soulevant la cage du sol. Elle oscilla dès la première secousse. Deux fois par jour, nous vous passerons de la nourriture et de l'eau. Le froid vous privera de votre confort, le soleil brûlera vos épaules, et si une tempête survient, vos morts sont presque assurées. J'espère que vos Najahn le prendront au sérieux.

— Et j'espère que vous réaliserez l'erreur que vous commettez, répliqua Gladdring, ne cédant rien à ses ravisseurs.

Sawi repoussa sa propre peur, son propre désarroi. D'une manière ou d'une autre, elle était passée de la cueillette de fruits sous bonne garde à, alors que la cage s'élançait au-dessus de la falaise, se balancer dans les airs au-dessus d'une cité rivale sans aide, sans défense.

— J'en suis certain, répondit Korrus alors que la cage passait au-dessus de la falaise, dans les airs. Mais vous, traître, ne serez plus en vie d'ici là.

La cage s'agita dans la brise tandis que Korrus et son équipe finissaient d'enfoncer de lourds piquets, fixant la corde dans sa position, un point tendu à portée de bras de la paroi rocheuse.

Puis, sans un mot de plus, les Mottilans partirent, laissant Sawi et Gladdring seuls avec les oiseaux, le vent et la morsure de l'hiver.

Le plan, tel que Gladdring le décrivit durant ces premières heures, était simple. Persuader le Mottilan venant leur apporter nourriture et eau de mettre fin à la torture et de les libérer. De là, une course le long de la montagne et une disparition dans la jungle.

— Aussi facile que ça, hein ? demanda Sawi, blottie dans le coin, ses bras et jambes repliés contre elle. Son tissage n'était pas conçu pour ce temps, et elle frissonnait depuis le matin. Il suffit de dire quelques mots et nous sommes libres ?

— Ce sera comme je le dis.

— Alors pourquoi passer par toute cette mise en scène, si votre langue de miel peut nous obtenir ce dont nous avons besoin ?

— Parce qu'ils avaient l'avantage du nombre. Je peux en influencer un, peut-être deux, mais pas plus.

— Influencer ?

Gladdring, les mains dans ses robes et les yeux fixés sur la mer, secoua la tête. — Tu en apprendras davantage le moment venu. Ce qui importe, c'est ce qui va se passer ensuite.

— Et qu'est-ce que ce sera ?

— Quand ils ouvriront la cage, tu les maîtriseras.

— Avec quoi ?

Gladdring fit un signe de tête vers ses mains. — Utilise ce que ton dieu t'a donné, Sawi. Tu sais comment faire.

— Je suis une cueilleuse, pas une chasseuse.

— Faux. Tu es ce dont j'ai besoin que tu sois.

Le déni de Sawi mourut avant même qu'elle ne puisse trouver les mots pour l'exprimer. À la place, la confiance jaillit en elle. Gladdring n'avait pas tort : elle avait fait bien plus que de la simple cueillette lors de ce voyage, sans parler de toutes les expéditions avec Wax et Pan. Elle pouvait gérer le fait d'assommer une tête ou deux de Mottilan.

— Tu n'as pas vraiment répondu à ma question de tout à l'heure, demanda Sawi. Pourquoi sont-ils si en colère ? En mots simples, s'il te plaît.

— Parce que nous avons conclu un marché. Un marché qui ne s'est pas déroulé comme ils l'espéraient, bien que je n'aie jamais promis qu'il le ferait.

— Ça ressemble à un mauvais marché.

— Je leur ai offert une opportunité. Ils n'en ont pas profité. Maintenant, ils me blâment. Gladdring ferma les yeux. — Comme il est facile de rejeter sa propre faute sur les autres.

— Mais les Najahn ne te vengeront-ils pas ?

— Comme je te l'ai dit en venant ici, Sawi, les Najahn ne forment pas un tout. Nous sommes des individus, assoiffés de pouvoir ou luttant pour le conserver. Si venger ma mort pouvait aider quelqu'un, alors des troupes pourraient bien balayer Mottilan. Plus probablement, un autre marché sera conclu, très similaire au mien, en échange de faire passer ma mort pour un malheureux accident.

— Noctia a l'air d'être un endroit horrible où vivre.

Gladdring renifla. — Chaque endroit a ses règles, Sawi. Soit tu joues selon ces règles, soit tu apprends à les enfreindre, soit tu échoues à cause d'elles. Noctia n'est pas différente, ni meilleure ni pire, que n'importe quel autre endroit.

Sawi rit. Gladdring pouvait dire ce qu'il voulait, mais Kitaye n'avait encore rien fait d'aussi brutal.

Peut-être était-ce cela l'aventure : découvrir que l'endroit d'où l'on vient était finalement le meilleur.

Le plan de Gladdring fut mis à l'épreuve dans l'après-midi, lorsqu'une paire de Mottilans, Korrus parmi eux, escalada la falaise avec quelques mangues moisies et une petite outre d'eau. Le partenaire de Korrus ramena la grue au-dessus de la terre, posant sa masse sur l'herbe. À travers les lattes, Sawi, libérée par Gladdring, pouvait sentir ces petites tiges, pouvait imaginer les briser.

Korrus tendit la main par-dessus le haut de la caisse, ouvrit une petite section découpée à cet effet et y laissa tomber la nourriture. L'outre d'eau suivit. Gladdring but une gorgée, la tendit à Sawi. Il ne toucha pas à la mangue.

— Ne te laisse pas mourir de faim, Gladdring, dit Korrus. Il va faire froid cette nuit. Tu auras besoin de toute la nourriture possible.

— Certains d'entre nous savent se débrouiller, Korrus.

— Comme tu le démontres si bien.

Korrus fit un signe, la grue revint au-dessus du vide, et les Mottilans partirent.

Sawi ne suivit pas l'exemple de Gladdring, se jetant sur la mangue sans plaisir, par nécessité. Après, les mains collantes, elle lança un regard noir à Gladdring.

— Tu voulais nous garder ici un peu plus longtemps, n'est-ce pas ? demanda Sawi.

— Korrus n'est pas notre cible. Il est trop investi dans la réussite. Nous avons besoin d'une paire plus faible.

— Et s'il vient à chaque fois ?

Gladdring fronça les sourcils. — Alors j'aurai vraiment été surpassé, mais c'est une longue marche jusqu'ici. Korrus doit faire ses menaces aux Najahn, à Kitaye maintenant s'il veut obtenir sa récompense. Cela prendra du temps. Nous aurons notre chance.

— J'aimerais avoir ta foi.

— Tu l'auras.

La patience de Gladdring finit par payer alors que le soleil descendait à l'horizon, plongeant leur monde dans un crépuscule violacé et orangé. Une nouvelle fois, une paire de Mottilans apparut en haut de la falaise, portant du poisson et plus d'eau.

Korrus n'était pas parmi eux.

— Tiens-toi prête, dit Gladdring. L'ouverture sera petite.

Sawi, dont le corps entier semblait sur le point de s'engourdir, se rapprocha néanmoins de la porte de la cage. La grue bougea, ramenant la paire au-dessus de la terre. Ce faisant, le second Mottilan, portant la nourriture et l'eau, s'avança vers la caisse et tendit la main vers l'ouverture supérieure.

— Tu ne veux pas mourir, n'est-ce pas ? dit Gladdring à l'homme, qui stoppa son geste et jeta un regard suspicieux vers le Tenet. Korrus joue avec une force qui le dépasse. Les Najahn ravageront Mottilan, ils détruiront ta famille. Ta maison. Ta ville. Tout cela, parce que Korrus se sent offensé.

— Tout va bien ? demanda l'autre Mottilan, resté près de la base de la grue.

— Très bien, répondit la cible de Gladdring, sans jamais quitter le Tenet des yeux.

— La solution est simple. Ouvre la porte. J'assurerai ta survie. Ta récompense. Mottilan vivra. Ta famille prospérera.

La main de l'homme hésita. Son partenaire demanda à nouveau ce qui se passait.

— Fais-le, ordonna Gladdring. Sauve-toi et ceux que tu aimes.

Comme par réflexe, la main de l'homme se porta sur la porte de la cage. Il ouvrit le verrou sur le montant extérieur, libérant la large porte. Sawi, les jambes et les bras à peine fonctionnels, trébucha à cette opportunité, mais se rattrapa sur ses paumes et ses orteils, et bondit en avant.

La peur, l'espoir et la colère firent le reste. L'homme Mottilan semblait abasourdi par ce qu'il venait de faire, il ne leva même pas une main avant que Sawi ne le plaque, le projetant en arrière dans un choc brutal contre la pierre.

Hurlant, le second Mottilan accourut, un gourdin à la main. L'homme n'atteignit pas Sawi : Gladdring, sortant de la cage, tendit une longue jambe et fit trébucher l'ennemi qui chargeait, l'envoyant s'étaler. Sawi arracha le gourdin des mains du Mottilan et, sur un signe de tête de Gladdring, asséna ce qu'elle espérait ne pas être un coup fatal.

Leurs deux captifs gémirent. Sawi et Gladdring ramassèrent les outres d'eau et la nourriture. Sawi était sur le point de s'enfuir en courant, mais Gladdring l'arrêta.

— Mets-les dedans, dit Gladdring. Nous les suspendrons au-dessus de la falaise. De loin, ils nous ressembleront assez pour nous faire gagner du temps.

Déplacer des corps aurait dû être plus difficile, mais la liberté donna à Sawi de l'énergie, une poussée d'adrénaline qui était loin d'être épuisée au moment où la grue balança à nouveau sa cage au-dessus du vide, et qui ne s'était pas tarie lorsque Sawi et Gladdring dévalèrent la falaise, au-delà de l'herbe et de retour dans l'obscurité plus chaude et accueillante de la jungle.

33
LA RIVIÈRE SKAR

Comme si l'on anticipait que la plupart des voyageurs n'auraient pas de torches au-delà du pouvoir d'aspiration du Tourbillon, la salle au-delà de la porte en spirale offrait la même mousse luisante que Wax avait vue dans les grottes de Vis. La flore bleu-violette longeait un chemin étroit qui s'élargissait, après plusieurs pas faits dans un silence admiratif, pour devenir un escalier taillé. Le long de ces marches, dans des lignes creusées, coulait de l'eau, un liquide scintillant qui, au début, laissa Wax perplexe.

— Des veines d'argent, dit Eujo, s'agenouillant près de la douce flaque à la base de l'escalier pour inspecter les dépôts, un cercle miroitant dont les débordements s'écoulaient sur les côtés et disparaissaient dans des trous invisibles. Wax, regarde.

En suivant le regard d'Eujo, Wax fit le tour de la chambre, plus haute que sa cabane dans les arbres chez lui, et remarqua les murs scintillants. Entre la mousse et la roche, des lignes d'argent errantes se tortillaient. Une fortune pour les mineurs de Foti ou les commerçants de Rana, mais personne n'en avait profité.

— Parce que les Najahn ne les laisseront pas faire, marmonna Wax.

— C'est pareil sur Kance. Nos skars sont près d'un nid entier de diamants célestes, mais on n'a pas le droit d'approcher. Eujo n'avait pas l'air très heureuse à ce sujet. Si on pouvait, tant de nos traînards pourraient être aidés.

— Je ne pensais pas que la royauté se souciait des gens ordinaires. Wax grimaça en parlant. Désolé, c'est sorti plus durement que je ne le voulais. Nous n'avons pas de gens comme vous sur Vis.

Eujo, si elle avait pris offense, ne le montra pas. — Tu sais comment Kance choisit ses reines, Wax ?

— Tu sais comment Vis choisit ses anciens ?

Eujo rit, le son se répercutant sur l'eau bouillonnante et le grondement lointain du Tourbillon.

— Je ne sais pas, dit la Reine. Mais, avant que nous ne nous laissions emporter par la tragédie de nos vies séparées, laisse-moi te dire ceci. Sur Kance, une reine vient de l'héritage. La fille, s'il en existe une, de l'une des reines actuelles, est choisie quand l'une meurt ou abandonne son trône. L'autre, toujours, est choisie dans la rue.

— Et tu étais celle-là ?

Un hochement de tête. — C'est aussi pourquoi Kance a une histoire de reines assassinées. Nous ne sommes pas d'accord, l'autre Reine et moi, et elle pense apparemment que sa chance pourrait être meilleure avec quelqu'un de nouveau.

Eujo prononça ces mots avec une apathie défiante, comme si c'était ainsi que les choses étaient, alors pas la peine de lutter contre elles. Wax, cependant, percevait une raideur, une colère et une déception dans sa posture. Quelque chose qu'il avait appris en devant mesurer l'humeur de Bliss uniquement sur la base de gestes pendant si longtemps.

— Tu ferais la même chose à elle, dit Wax, si tu en avais l'occasion.

Un regard glacial, un retour vers l'escalier d'eau. Eujo pointa vers le haut. — Continuons à avancer.

Les marches ne recelaient aucun secret. Une simple montée jusqu'en haut, leurs pieds attrapant l'argent coulant de temps en temps. Alors que la poussière s'infiltrait autour de ses orteils, Wax sentit le léger gravier, froid et pur. Qui sait, peut-être que s'il en attrapait assez, il pourrait vendre les chaussures aux Rana pour un bon repas. Le cuir lui-même serait sans valeur, tellement trempé, détruit et boueux par la rivière, le marais et le tourbillon, mais l'argent ?

Peut-être plus qu'un repas. Peut-être un passage en bateau vers Whent.

Ces délires de grandeur occupèrent Wax jusqu'à ce qu'ils atteignent le sommet de l'escalier, un palier plat encombré par eux deux seulement. Le rétrécissement progressif de la pièce s'achevait non loin au-dessus de leurs têtes, en un point imprégné d'argent et presque aveuglant à regarder. La direction, au lieu de cela, semblait être un tunnel devant eux, descendant en forte pente. L'eau s'y déversait, avec suffisamment d'éclaboussures pour couler le long de l'escalier à leurs pieds.

— Qui a conçu ces choses ? demanda Wax, fixant le trou. Chaque skar, c'est comme, pourquoi ?

— Noctia prétend que ce sont les cœurs des dieux, répondit Eujo. Que nous voyageons vers l'endroit le plus sacré de chaque île, où demeure la dernière essence du dieu.

— Ça sonne comme des conneries mystiques pour moi.

Un autre rire. — De toute façon, nous n'avons qu'une seule option.

— Quoi, tu ne penses pas qu'on peut nager pour ressortir par le Tourbillon ?

Eujo sourit. — C'est bien que tu plaisantes à nouveau. Je te préfère comme ça.

— Ravi d'être à la hauteur, ma Reine.

Un soupir, puis un soudain élan. Eujo leva les mains, agrippa le plafond du tunnel et se lança dans l'obscurité. Wax resta bouche bée, se maudit d'être lent, et la suivit.

L'eau froide lui coupa le souffle. Le sol lisse du tunnel ne pouvait rivaliser avec ses côtés rugueux, assurant à Wax de nouvelles égratignures à chaque rebond, chaque virage serré. Les chutes se succédaient à une vitesse qu'il ne pouvait concevoir, son estomac bondissant et retombant plus de fois en quelques secondes que Wax ne l'avait jamais ressenti auparavant.

Le tout dans l'obscurité totale.

Qu'il ait dévalé ces tournants et ces virages pendant quelques secondes ou quelques minutes, Wax ne le savait pas, ne pouvait le deviner. Il retrouva enfin son souffle, laissa échapper un cri dans la grotte, ses bras et ses jambes repliés près de lui. Son dernier cri ?

Non. Le Renouveau de Vis se lança dans l'espace ouvert, une large chute dans une chambre sombre suivie d'un plongeon dans une piscine profonde. Ses pieds heurtèrent quelque chose de mou et Wax s'éloigna en éclaboussant, seulement pour entendre une Eujo jurant et crachotant dans son sillage.

— Tu aurais pu attendre une minute, dit Eujo dans le noir.

— Comment j'étais censé savoir ce que c'était ? Et s'il y avait eu un démon à la fin et que tu avais eu besoin d'aide ?

Les deux nageaient à nouveau sur place, ne pouvaient à nouveau que suivre leurs voix pour se retrouver. Wax, toujours fatigué, fonctionnant encore avec peu plus que de l'excitation, sentit la brûlure revenir rapidement. Ils devraient trouver la terre ferme, ou une sortie avant longtemps.

— Je suppose qu'attendre de toi que tu sois patient est déraisonnable, dit Eujo. Des idées ?

— Une. Regarde en bas.

Sous ses pieds, profondément dans l'obscurité, un autre reflet argenté. La seule lumière de l'endroit, et Wax ne pouvait en juger la profondeur. Eujo suggéra qu'ils explorent d'abord la chambre, qui, hormis l'eau du tunnel, s'avéra silencieuse. Elle semblait aussi n'avoir aucune sortie, juste des parois rocheuses tout autour, recouvertes d'une épaisse couche de limon. Pas de plantes luminescentes ici.

— Alors nous plongeons, dit Eujo une fois leur recherche terminée, après que Wax se soit plaint, pas pour la première fois, qu'il ne pouvait nager que pendant un certain temps. Nous allons vers l'argent. Aussi profondément que tu peux.

— On l'attrape, puis on remonte.

— À moins que tu ne voies une issue.

— Non. Wax secoua la tête. — Ce n'est pas comme ça qu'on fait, Eujo. Ensemble. On prend l'argent, on remonte. Si tu vois une sortie, tu la partages. Ensuite, on y va ensemble.

— Tu es têtu.

— C'est une règle. On n'abandonne pas ses amis dans la jungle, et on ne les abandonne pas non plus dans un endroit comme celui-ci.

— Charmant, Wax.

— Pas charmant. Nécessaire.

— Tu es sérieux à ce sujet. Le ton moqueur d'Eujo disparut. — Pourquoi ?

— Parce que c'est ce qui fait que mes Gardiens n'ont pas envie de m'attacher et de me jeter à l'eau.

— Un point valable, Vis.

Ils comptèrent, prenant une grande inspiration à quatre et plongeant à cinq. Wax garda les yeux ouverts, battant des jambes dans les profondeurs. En dessous, l'argent scintillait. Eujo était invisible, sauf pour le mouvement créé par ses mouvements, tous deux poussant vers le bas, plus profondément vers les pierres précieuses.

Les oreilles de Wax se tendirent, l'eau le pressant de toutes parts. Ses coups de pied semblaient se perdre dans l'infini, sans direction alors que le monde se brouillait. Seul l'argent, tout le reste était sombre. Mais il continuait à bouger, à pousser.

Vis n'exigeait pas moins, et Wax ne laisserait pas son île perdre face à Kance. Pas maintenant, pas ici.

L'argent se divisa à leur approche, passant d'une seule masse grise et blanche à des pierres distinctes, toutes nichées dans une fosse festonnée.

Les skars. Ça devait être eux.

Cette vue donna de l'énergie à Wax, la poussée dont il avait besoin pour descendre le reste du chemin, pour atteindre et saisir une pierre d'argent. La chaleur, les murmures l'envahirent, exigeant que Wax retourne à la surface. Il fit pivoter son corps, essayant de déterminer quelle direction était le haut.

Son souffle s'épuisa. Il n'avait plus rien. Ces jambes qui l'avaient amené jusqu'ici se trouvaient à présent en difficulté, leurs coups manquant de vigueur. Wax avait entendu parler de personnes qui se noyaient, généralement des nageurs qui étaient allés trop loin, pris dans le mauvais courant. Entraînés au large jusqu'à ce qu'aucune force ne puisse les ramener.

Ce n'était peut-être pas l'océan, mais la mort viendrait de la même manière.

Le skar, cependant, en décida autrement. Ses murmures montèrent en un cri, que Wax ne comprenait pas, mais qui le propulsa néanmoins vers l'avant. Ses jambes arrêtèrent de battre d'elles-mêmes, s'alignant plutôt avec ses bras, son dos, sa tête pour se déplacer d'un seul mouvement vers la surface. L'eau s'accumula sous lui, poussant Wax vers le haut comme une main géante.

Wax perça la surface et s'envola, retombant dans la piscine avec un grand splash. Les murmures du skar s'atténuèrent en un murmure silencieux, la main de Wax serrant fermement la pierre. Il reprit son souffle, flotta, fixa l'obscurité. Essaya de reconstituer ce qui venait de se passer.

Les skars étaient bien plus que ce qu'on lui avait dit, que ce dont quiconque sur Vis semblait parler. Ils semblaient tous avoir un certain pouvoir, une certaine force donnée par les dieux. Comment extraire cette force, l'utiliser d'une manière moins aléatoire que ce que Wax avait vu, cela semblait être la question.

Une question que personne n'avait posée, ou une à laquelle on avait répondu et gardée secrète ?

Si quelqu'un le savait, ce serait le Najahn. Le Cercle. Ces maîtres assis à Noctia avec le monde au bout de leur ficelle.

Wax sursauta à cette pensée. Maîtres. Dirigeants. Reines. Où était Eujo ?

Il tourbillonna, incapable de voir quoi que ce soit dans l'obscurité. La Reine n'avait pas percé la surface. La panique le traversa. Le skar s'agita dans sa main à cette pensée, au besoin de retourner en dessous et de la trouver. Wax se recroquevilla, plongea à nouveau dans les profondeurs noires.

L'obscurité mourut quand il tendit le skar de Rana, sa lumière argentée brillant et repoussant les ténèbres. Les lueurs répondantes venaient des profondeurs, oui, mais aussi de sa gauche, une lumière solitaire flottant au milieu des profondeurs.

Wax nagea dans cette direction, le skar l'exhortant à nouveau à des vitesses de plus en plus rapides. Cette fois, Wax résista, gardant ses bras et ses jambes sous son propre contrôle. Quelque chose qu'il aurait pu trouver plus difficile sans le Foti, les propres murmures insistants des skars de Vis dans le passé. Il devait garder cela à l'esprit : les skars n'étaient pas intelligents, ils étaient instinctifs, prêts à jaillir de leur propre volonté.

Eujo flottait, regardant le skar dans ses mains. Ses yeux ouverts, sa bouche fermée. Aucune panique en elle, aucune lutte. Wax nagea vers elle, vit ses yeux se tourner vers le skar. Elle pointa un doigt vers sa bouche et sourit.

Puis, elle ouvrit les lèvres. Une lueur translucide recouvrit la bouche d'Eujo lorsqu'elle l'ouvrit, et Wax vit ses poumons se gonfler sans qu'une seule goutte ne s'infiltre à l'intérieur de sa bouche.

Respirer, respirer sous l'eau.

Comme jaloux de la capacité d'Eujo, le propre skar de Wax grinça et piqua. Son but semblait évident, alors Wax ouvrit sa propre bouche. Au début, l'eau entra, mais avant qu'il ne puisse avaler de panique, le flot s'arrêta. Seul l'air suivit. Wax toussa une fois, deux fois, l'eau remontant et sortant de sa gorge mais sans être remplacée.

La première respiration avait un goût désagréable, métallique. Impur. Mais quand même, de l'air. Eujo l'observait, sourit lorsque Wax trouva son confort. Après plusieurs minutes à nager sous l'eau, respirant à travers les skars, Wax regarda vers le haut et Eujo hocha la tête.

Ensemble, ils percèrent la surface. Ensemble, ils se regardèrent et éclatèrent en exclamations sur ce qu'ils venaient de faire, à quel point ils étaient passés près d'une mort certaine. La magie des skars, les possibilités qui les attendaient. Tandis qu'ils parlaient, Wax et Eujo tenaient leurs pierres scintillantes, et avec leur lumière, la caverne ne cachait plus ses secrets.

— La sortie, dit Wax, la voyant en premier.

Sculptée, au-dessus de la portée d'un bras décontracté, se trouvait la première de nombreuses rainures. Une échelle menant vers le haut, vers une ouverture dans le plafond de la chambre.

La Reine acquiesça. — Montre le chemin, Renouveau.

34
LA CHUTE DE LA TOUR

Whent connaissait bien la pierre. Les mangeurs de roche méritaient leur nom pour plus que leur crâne épais, et autant Maena détestait l'admettre, la tour était une construction ingénieuse. Svarde utilisait ses larges épaules, avec la masse rocheuse de Kivi fournissant un impact à hauteur de genou. Le bois robuste résista au premier choc, se fissura au deuxième, et avec Rasslebeck qui lançait une raillerie, Svarde grogna en donnant un troisième coup de bélier pour le briser complètement.

Tout cela se passait avec Maena et Pennifer qui restaient à proximité, la cendre et les braises se mêlant à la neige tombante tandis que le duo de démons de feu poursuivait son barrage. La retraite de Jochi s'intensifia, Rana et les quelques prisonniers se joignant à la bousculade. Ils grimpaient et sautaient par-dessus des sacs de sable empilés, dont beaucoup s'enflammaient alors que les démons lançaient des flèches et des pierres enflammées depuis leurs perchoirs.

Si les démons allaient se fatiguer bientôt, Maena n'en voyait aucun signe.

À l'intérieur, le savoir-faire de la tour se révélait dans des encoches sinueuses taillées sur les côtés, une spirale ascendante allant jusqu'au sommet. Des chaînes s'entremêlaient avec le mécanisme, des poulies qui permettraient de faire glisser la plateforme de la baliste du haut de la tour jusqu'à sa base. Un moyen facile de réapprovisionner en munitions, de réparer une baliste endommagée ou de changer les équipes.

— Attends, dit Pennifer alors que Svarde s'approchait d'un grand levier intégré dans le sol en pierre de la tour, près de la porte et à l'intérieur de son alcôve, au-delà du milieu de la tour. Tu vas faire descendre ce truc ?

— La chaleur va nous griller vivants, ajouta Rasslebeck. Tu ne peux pas.

Fais-le. Détruis le démon.

— Il le fera, répliqua Maena. Fais-le, Svarde.

Le Foti, souriant, tira le levier. Un grincement fit tourner les engrenages dans toute la tour, leurs trop nombreuses chaînes se mettant en mouvement par à-coups. Le bâtiment trembla. Les pieds de Maena vacillèrent. Au-dessus, le disque sombre marquant le sommet de la tour commença sa descente.

— Maintenant, on change la donne, dit Maena. Kivi, retourne dehors. Grimpe aux murs, monte aussi haut que tu peux. Emmène ces deux-là avec toi.

— Emmener ? demanda Pennifer. Kivi n'est pas si...

— Vous grimperez, dit Svarde. Allez-y.

Toujours l'air confus dans la faible lumière filtrant par la porte ouverte de la tour, Rasslebeck et Pennifer suivirent néanmoins le lézard.

Au-dessus, une lueur bleu-orange ombrageait le disque descendant.

— Tu crois que ça va marcher ? demanda Svarde.

— Tu lis dans mes pensées, Foti ?

— J'espère que oui. Sinon Rasslebeck avait raison.

Maena et Svarde restèrent dans l'alcôve d'entrée, leurs armes prêtes. La plage et sa brise fraîche derrière eux. La plateforme se rapprochait. Des coups sourds, un claquement furieux se joignirent aux chaînes et à leurs engrenages grinçants.

— Reste près de la porte, murmura Maena. On le garde à l'intérieur.

— Il n'aimera pas ça du tout.

— Je compte là-dessus.

Malgré toute l'anticipation, la plateforme tomba plus vite que Maena ne s'y attendait. L'air devint une coupe transversale, une bataille entre le froid et le feu, chaque respiration mélangeant les deux en un mélange brûlant et glacial. Les yeux de Maena se plissèrent lorsque la forme complète du démon s'enfonça dans son champ de vision, la plateforme sur laquelle il se tenait s'immolant lentement sous la chaleur du corps du démon. Cette forme se dressait, grande et silencieuse sur la plateforme, la chaîne griffue pendait de sa main inférieure gauche tandis que les autres tenaient des munitions de baliste en fusion.

La tête triangulaire en obsidienne fit face au duo, ces éclats dorés s'embrasant alors qu'il les examinait, réalisant que leur alcôve serait trop petite pour une sortie facile.

Svarde croisa ses haches devant lui. Maena leva son coutelas rouillé, un bouclier pitoyable face au démon, mais on faisait avec ce qu'on avait.

Avec un peu de chance, le démon ne réaliserait pas ce

qui se passait avant qu'il ne soit trop tard. Avec un peu de chance, Kivi et les autres auraient le temps nécessaire.

Le démon, cependant, ne semblait pas intéressé par les jeux. Dans sa main droite, il souleva un autre carreau de baliste, la flèche massive assurant une mort certaine si elle touchait Svarde ou Maena d'aussi près. Une flèche massive que le démon essaya de lancer, ramenant sa main en arrière seulement pour que la queue du projectile heurte la tour, se brise au milieu de la chaleur intense.

Le démon lança quand même les débris, l'étroitesse de la tour lui donnant un mauvais angle et peu de puissance. Maena et Svarde reculèrent alors que la flèche éraflait le côté de l'alcôve, brisant la roche et les arrosant de braises et de morceaux brûlants. Maena les épousseta, sentant la chaleur du démon augmenter.

Le visage d'obsidiane clignotait plus vite, plus brillamment.

Oui, mets-le en colère. Bon mouvement.

Son seul mouvement, plutôt. Mieux encore : cela prouvait que ces démons n'étaient pas des tacticiens de glace. Ils avaient des émotions, de la fierté, pouvaient être manipulés. Le démon, silencieux, commença à leur lancer plus de débris, du bois brûlant, des morceaux de pierre, des pièces de la chaîne de la tour se brisant sous la pression. Maena et Svarde reculèrent davantage, se pressant dans l'alcôve derrière les restes de la porte détruite. Une piètre protection, mais Maena ne gardait les éraflures et les brûlures que sur ses membres et ses cheveux.

— D'un moment à l'autre maintenant, beugla Svarde. Sors d'ici, satané truc.

Le démon obtempéra. Avec un cliquetis squelettique, la griffe en chaîne s'éleva, un long lancer envoyant l'arme vers le sommet de la tour. Le bras du démon s'allongea.

— Maintenant ! cria Maena.

Pouvaient-ils l'entendre ? Sauraient-ils quoi faire ?

Apparemment, le démon ne voyait pas de problème. La chaîne s'enfonça, faisant tomber des pierres autour d'eux, et le démon commença à grimper le long de son propre grappin. Maena et Svarde sortirent furtivement à mesure que la chaleur reculait, observant le démon s'étaler sur la largeur de la tour pour l'enjamber, poussant vers le haut avec ses jambes tandis que ses bras tiraient sur la chaîne.

— C'est à notre tour maintenant, dit Svarde, et le duo se mit rapidement en action.

Il n'y avait pas beaucoup de science, pas vraiment de méthode dans leurs actions. Ils ne disposaient que de quelques secondes, et ils les utilisèrent de la façon la plus simple possible : si c'était pointu, ils le plantaient dans la plateforme carbonisée, la base endommagée, avec l'extrémité pointue vers le haut.

Le coutelas de Maena, l'extrémité métallique de la flèche de la baliste, des pointes brisées provenant des engrenages de la plateforme en ruine. Tous trouvèrent l'occasion de se dresser dans le bourbier bouillonnant que le démon avait laissé derrière lui. Maena enfonça son épée dans un tas de cendres et l'y laissa. Résisterait-elle à beaucoup de pression avant de basculer ?

Non, mais en aurait-elle besoin ?

— Le temps est écoulé ! cria Svarde, et Maena ne le remit pas en question, se précipitant vers l'alcôve et sortant par la porte.

En haut, depuis l'extérieur, Kivi, Rasslebeck et Pennifer se détachaient nettement sur le fond de la ville en flammes. L'autre démon, pour sa part, ne semblait pas remarquer la situation délicate de son partenaire, heureux de continuer à lancer des bombes sur la ville.

— Coupez-la maintenant ! cria Maena.

L'appel s'éleva au-dessus du vacarme, net et vibrant avec l'autorité d'un commandant. Le trio bondit, se dispersa, Pennifer et Rasslebeck jetant leurs armes sur le démon, n'importe quoi pour le ralentir. Kivi s'occupa du grappin, quelque chose que Maena ne pouvait pas voir depuis le sol. Les mâchoires du ferrite avaient besoin d'une morsure, peut-être deux.

S'il leur en fallait trois, le démon les aurait.

Une seule main bleue et brûlante apparut sur le rebord de la tour. Un bruit métallique retentit, Kivi reculant brusquement — Maena et Svarde tournèrent autour de la base de la tour, gardant le ferrite en vue. La tour trembla alors que le démon frappait ses murs de l'intérieur. Pourtant, la main s'accrochait toujours. Rasslebeck et Pennifer, à court de munitions, reculèrent, leurs regards descendant le long de la tour jusqu'au sable.

Une chute trop haute pour survivre.

Kivi n'avait pas une telle crainte. Le ferrite se précipita vers la main accrochée, ouvrit à nouveau ses mâchoires et mordit les doigts bleus. Un seul claquement, avec Svarde hurlant des encouragements, maudissant le démon et louant le ferrite en rugissements foti, fit l'affaire. La main disparut, la tour trembla, et la plage frémit lorsque le démon heurta le sol.

— Lâchez la griffe ! cria Maena vers le haut, Rasslebeck et Pennifer se dirigeant déjà vers la fin évidente.

Le grand grappin, mordant toujours le rebord de la tour là où Kivi l'avait laissé après avoir brisé la chaîne, s'avéra difficile à arracher. Pas que Maena et Svarde regardaient : ils coururent vers l'alcôve, la porte en ruine, suffocants.

Face à eux, une main et une tête essayant de se frayer un chemin à travers la porte, se trouvait le démon.

Là où le feu bleu avait été parfait auparavant, des taches mortes apparaissaient maintenant, répandant des flocons blancs sur le corps du démon, ou du moins le peu qu'ils pouvaient en voir.

— Un humain a des bleus, ces démons se transforment en cendres, marmonna Maena tandis que Svarde lui lançait une hache de fortune.

Pas que l'arme serait très utile. Même blessé, même en tentant de se frayer un chemin hors de la tour, le démon restait trop chaud pour s'en approcher.

À la place, le duo fit ce que Rasslebeck et Pennifer avaient fait auparavant : ils jetèrent leurs armes sur le monstre. Laissant le fer rouillé voler dans les airs pour rebondir sur la main, pour entailler la tête. Le démon s'arrêtait à chaque impact, ce regard d'obsidienne les considérant avec ce que Maena ne pouvait ressentir que comme une haine absolue.

— C'est une sacrée chose difficile à tuer, dit Svarde, le duo reculant à nouveau, mettant de la distance entre eux et le démon.

Le chemin choisi par le monstre pour se libérer semblait passer par le sable, à travers les flammes. Poussant la pierre. L'alcôve se plia, la tour trembla à nouveau. Pas un simple grondement cette fois, mais les fondations remettant en question leur emprise. Le sable se déplaça alors que les bras et les jambes du démon creusaient la terre en dessous.

— Dépêchez-vous ! cria Maena vers le sommet de la tour.

Pennifer et Rasslebeck, avec Kivi mordant les prises du grappin, soulevèrent la griffe, l'arme presque aussi large que leurs deux corps réunis. Pendant un moment saisissant, les deux la soulevèrent comme si c'était un trophée, avant de la jeter, ces dents acérées visant le démon, dans l'abîme brûlant de la tour.

Si le démon n'avait pas fait beaucoup de bruit auparavant, le coup de la griffe provoqua chez Maena un sifflement-pop étouffant, comme un feu de camp rencontrant de la vapeur sifflante dans une bûche humide. Le visage du démon, le bras tendu creusant vers eux, frissonna. Les doigts tressaillirent une fois. La tête s'inclina en avant, enfouissant son visage dans les débris de l'alcôve. Le blanc cendré suivit.

Pennifer poussa un cri de joie. Rasslebeck et Svarde laissèrent échapper des jurons. Maena s'autorisa un sourire. Un hochement de tête indiquant que le plan avait, pour une fois, fonctionné comme elle l'espérait.

Kivi, entre Pennifer et Rasslebeck au sommet de la tour, ouvrit ses évents. La lueur orange s'échappa dans la nuit, une lumière de victoire.

— On les a eus, dit Svarde. Un de moins, il en reste un.

Ils se tournèrent vers le dernier démon, au sommet de sa tour, s'attendant à voir le monstre absorbé par son bombardement. Au lieu de cela, le démon aux flammes bleues semblait avoir terminé. Il semblait, au contraire, les fixer du regard.

De sa main gauche, le démon attrapa et arracha une pierre solide du sommet de sa propre tour. Se préparant, le monstre se pencha en arrière.

Et Maena sut ce qui allait se passer, ses pieds commençant à l'éloigner même alors qu'elle criait aux autres de se baisser, de s'éloigner.

Le démon lança la pierre, sa masse tourbillonnante formant une ombre dans la nuit. Le rocher frappa leur tour endommagée avec un bruit sourd, faisant onduler la structure, envoyant toutes ces lignes magnifiquement moulées s'effondrer.

Rasslebeck, Pennifer et Kivi s'enfoncèrent avec leur tour, s'écroulant vers la plage alors que le sable et la neige volaient.

Derrière tout cela, une lumière couverte par un rideau de poussière montant, le démon bondit, frappa le sable et commença à marcher lourdement vers eux.

Eh bien, capitaine. Ton premier plan a fonctionné. Tu en as un autre ?

35
CRIMINELS ORDINAIRES

Ils traquaient. Ils observaient. Ils attendaient. La ville de Rana se pliait à leur jeu. Quelques gardes clairsemés, manifestement recrutés parmi les villageois à en juger par leur façon maladroite de tenir leurs sabres et leurs cuirs épais et mal ajustés, arpentaient l'unique rue principale tandis que la nuit s'étirait. Bliss et Torny n'attiraient pas leur attention et ne la cherchaient pas non plus, préférant se tapir dans une ruelle crasseuse près de l'auberge.

Torny avait choisi cet endroit dans le but de retenir Bliss, empêchant la Vis d'opter pour une approche plus évidente. La crasse provenait de vieux restes de soupe, d'eaux de bain et de pluie n'ayant nulle part où s'écouler. Des pavés irréguliers et envahis par la végétation marquaient le centre de la ruelle, tandis que des caisses et des tonneaux usés attendaient d'être utilisés.

Bliss avait posé son menton sur l'un d'eux, une construction robuste cerclée de métal à peu près à sa hauteur. De là, elle pouvait voir l'entrée de l'auberge et les quelques personnes qui flânaient aux alentours. Quelqu'un pinçait les cordes d'un luth, un instrument que Bliss n'avait jamais entendu avant de venir sur cette île, mais qu'elle avait rapidement appris à apprécier après les nuits et les jours passés à travailler dans les tavernes plus au sud.

Le Kance était entré et n'était pas ressorti. Il semblait évident maintenant qu'ils passaient la nuit ici, tout comme l'impossibilité de les suivre à l'intérieur. Bliss aurait pu ressentir la démangeaison étouffante de la vengeance, l'incapacité de considérer autre chose que l'anéantissement des meurtriers de son frère, mais la chasseuse restait suffisamment saine d'esprit pour contenir sa rage.

Il y aurait le temps, comme l'avait dit Torny, d'en attraper un, puis deux, puis trois.

Mais l'attente du premier s'avérait plus longue que prévu.

Un bruissement fit se retourner Bliss, la main cherchant son bâton. Ce n'était que Torny, se faufilant de retour dans la ruelle en secouant la tête.

— Ils n'étaient pas stupides, alors, dit Bliss.

— Rien sur le bateau à part ce dont on a besoin pour le déplacer, répondit Torny. La garde ici est un ramassis d'imbéciles, mais je pense que même eux nous attraperaient si on essayait de s'enfuir avec.

— Je n'allais pas m'enfuir.

— Pas s'enfuir, Bliss. Les attirer dans un piège. Tu es censée être une chasseuse. Pense comme telle.

— Je suis en train de préparer une embuscade, non ?

— À contrecœur. Torny tapota l'épaule de Bliss alors que la Vis se retournait vers l'auberge. Tiens, j'ai ramené ça en revenant.

Un gâteau de riz croûté reposait dans la main de Torny, que Bliss prit avec un hochement de tête reconnaissant. Son estomac rivalisait presque avec le luth en volume. Traquer une proie pouvait satisfaire certains besoins, certes, mais en laissait d'autres cruellement ignorés.

— Laisse-moi deviner, poursuivit Torny pendant que Bliss mangeait, alternant les bouchées avec sa gourde d'eau, car le gâteau de riz était plutôt sec. Tu penses qu'on va rester toute la nuit ici, à surveiller la porte et à attendre ?

— Tu as une meilleure idée ?

— Écoute. Je sais une chose : en tant que voleuse, il est beaucoup plus facile de prendre ce qu'on veut quand la cible est distraite.

— Par ?

— Toute la ville est sur le qui-vive. Ils doivent penser qu'un démon va attaquer à tout moment. Pourquoi ne pas faire en sorte que ça arrive ?

— Comment ça va faire bouger le Kance ?

Les yeux de Torny brillèrent à la lueur des torches de la ville tandis qu'elle souriait. — Ils ne peuvent pas perdre leur bateau. Faisons-les le sauver.

Le plan de Torny s'avéra être plus qu'un simple bavardage. Bliss écouta attentivement la voleuse exposer les étapes, l'une après l'autre dans une séquence stricte, un chef-d'œuvre qui amena Bliss à réévaluer son amie. Torny avait du sarcasme, un charme étrange auquel Bliss ne semblait pas pouvoir résister, mais maintenant aussi de l'intelligence ?

Où Torny avait-elle caché ça ?

Cette pensée bourdonnait dans l'esprit de Bliss alors qu'elle s'installait près des quais, dissimulée dans les roseaux. Un décompte silencieux résonnait dans sa tête, marquant les nombres au rythme des battements de son cœur. La douce montée d'adrénaline qu'elle avait ressentie juste avant d'affronter les démons sur Vis l'envahissait à nouveau, l'anticipation resserrant sa prise sur le bâton.

Wax. C'est pour toi.

Le cri de Torny déchira l'air. La voleuse hurlait sur la gauche de Bliss qu'il y avait un démon, un monstre dans les eaux.

Bliss bondit en avant à ces mots, pataugeant et faisant de grands moulinets avec son bâton. Elle éclaboussa et frappa plusieurs petites caisses sur les planches de bois à sa gauche tout en gardant la tête baissée, se dirigeant vers le bateau du Kance. À sa taille, sa longueur cachée sous l'eau, se trouvait l'un des couteaux de Torny.

La voleuse hurlait et courait, ne prêtant aucune attention aux cris qui la suivaient, venant de la garde affolée. Quelqu'un commença à sonner une cloche d'alarme. Bientôt, des pieds, des yeux seraient sur les quais, bientôt ils ne trouveraient rien là.

Rien, sauf une seule embarcation dérivant au loin dans le courant.

En restant bas, battant des jambes sous la surface, Bliss pagaya jusqu'au bateau du Kance. Avec le bâton flottant dans sa main gauche, Bliss sortit le couteau et s'attaqua à la corde attachant le bateau du Kance au quai. Ses fibres s'effilochaient, bien que l'eau rendît les coupures glissantes, le couteau ne mordant pas comme il aurait dû.

Et Torny, toujours aussi nonchalante, n'avait pas gardé la lame aussi affûtée qu'elle aurait dû l'être.

Bliss imagina des jurons tandis que les cris de Torny s'estompaient. La voleuse allait disparaître, s'évanouir dans les arbres pour éviter tout interrogatoire serré. Des pas précipités s'approchaient, les premiers frappant les planches.

Son temps était-

La corde céda. Bliss poussa le bateau, lui donna un coup de pied pour l'éloigner des quais avant de plonger elle-même sous la surface. Retenant son souffle, elle s'orienta vers sa droite, remontant la côte vers ces roseaux protecteurs. L'obscurité l'aiderait à se cacher, bien que la plus grande aide viendrait de la lâcheté de ses poursuivants.

Torny avait jugé que les habitants de la ville étaient des combattants réticents, des gens poussés par le désespoir à prendre de petites armes contre des horreurs. Ils ne chercheraient pas bien loin.

Cette supposition se confirma lorsque Bliss refit surface quelques secondes plus tard, à plusieurs brasses de l'endroit où elle avait plongé. Seule sa tête dépassait de la surface de la rivière, des nénuphars et d'autres herbes s'accrochant à ses cheveux — bien que les deux femmes aient laissé la plupart de leur équipement dans la ruelle, l'eau glacée de la rivière épuisait rapidement les forces de Bliss. Elle se hissa sur la berge, les herbes et les roseaux froids ne faisant pas grand-chose pour la réchauffer. Des frissons la parcoururent, contractant ses muscles.

Malgré tout, Bliss observa la foule au bout du quai, agitant leurs torches au-dessus de la rivière. Certains remarquèrent les caisses qu'elle avait renversées, et d'autres encore pointaient du doigt le bateau du Kance, dérivant de plus en plus loin.

Personne n'osait sauter à l'eau pour le rattraper.

Si elle ne grelottait pas, si elle n'était pas plus préoccupée par sa propre survie après cette baignade glacée, Bliss aurait peut-être soupiré à cette vue. Sur Vis, le courage se serait manifesté. Quelqu'un aurait sauvé le bateau.

Au lieu de cela, Torny devait jouer son second rôle.

La voleuse, le visage déjà barbouillé de boue avant sa course effrénée, devait maintenant faire irruption dans l'auberge, criant que le bateau de quelqu'un avait été coupé par le démon et dérivait au loin.

La vraie question n'était pas de savoir si le Kance irait chercher leur bateau, mais combien d'entre eux y iraient, et si Torny et Bliss pourraient en tirer parti.

Bliss, se frottant les bras et les jambes, l'eau dans ses cheveux commençant à geler, sentit ses dents claquer alors que Silvrin, pour une fois sans son armure mais vêtue d'une simple tunique de lin et d'un pantalon épais, traversa la foule jusqu'au bout du quai. Elle examina longuement le bateau, puis demanda à la foule d'emprunter l'un des leurs.

Quelqu'un au moins se montra prêt à risquer sa propre barque, indiquant au Kance une autre embarcation amarrée. Silvrin, bientôt rejointe par un second Kance — Bliss ne pouvait pas distinguer lequel à cette distance, dans la lumière floue des torches — poussa le bateau et rama vers la rivière à la poursuite de leur navire à la dérive.

Ce qui en laissait un seul à l'auberge.

Bliss se força à se lever, ses pieds glissant un peu sur le sol dur. Le bâton l'aida à se mettre en route, s'enfonçant dans les herbes plus épaisses et les arbres le long de la rivière, un chemin sinueux de retour vers la ville.

— Hé, chuchota Torny, surgissant de l'obscurité plusieurs minutes plus tard alors que Bliss approchait de l'arrière de l'auberge. Viens par ici.

La bandite avait récupéré leur équipement, sauvé de la ruelle et prêt. Bliss enfila la toile, essuya l'humidité sur ses vêtements en lambeaux. En lambeaux, certes, mais toujours mieux que la peau nue dans le froid. Elles laissèrent les sacoches derrière elles, avançant armées et prêtes vers l'arrière faiblement éclairé de l'auberge.

Le solide bâtiment de deux étages, reposant sur des briques et de la boue, cédait la place au toit de bois et de chaume omniprésent de Rana. D'étroites fenêtres, garnies de vitres tachées, révélaient les sept ou huit chambres que l'endroit offrait à ses hôtes.

Torny et Bliss n'avaient pas le temps de toutes les inspecter — déjà, les deux Kance devaient être en train de ramer vers le quai — alors elles commencèrent par l'arrière, et des quatre fenêtres, seules deux avaient des lanternes allumées à l'intérieur, comme des yeux écarquillés dans la nuit.

La porte arrière de l'auberge avait aussi sa propre lanterne, suspendue au-dessus de la porte par un fil métallique.

Torny, faisant tournoyer son grappin et le lançant sur le toit de l'auberge, utilisa ce fil comme un marchepied rapide, guidant Bliss vers le haut de l'arrière de l'auberge, les pieds sur la pierre tandis que ses mains agrippaient la longue corde du grappin.

Pour Bliss, retrouver la force de préhension de ses doigts nécessita un véritable pétrissage, ce qui lui valut un froncement de sourcils si prononcé de la part de Torny que la chasseuse força ses muscles à fonctionner, ses nerfs à sentir à nouveau.

Au moins son bâton, glissé dans sa sangle le long du dos de Bliss, suivit assez facilement.

Torny remonta le grappin après qu'elles eurent toutes deux grimpé, restant baissées alors que les habitants retournaient chez eux. Certains insistaient avoir vu un démon, d'autres affirmaient que c'était un mensonge, et d'autres encore déclaraient que leur action rapide avait fait fuir le monstre.

Bliss renifla de dédain à cette dernière remarque.

— Tiens la corde, chuchota Torny. Je vais jeter un coup d'œil.

La voleuse était aussi légère qu'elle en avait l'air, bien

que Bliss dût enfoncer ses talons dans le rebord légèrement relevé du toit pour maintenir Torny de niveau tandis que la bandite se laissait descendre, utilisant le grappin pour se suspendre juste à l'extérieur des fenêtres. La première ne prit qu'une seconde à Torny pour secouer la tête et chuchoter que la chambre appartenait à un couple âgé. De là, Bliss glissa le long du chaume, déplaçant ses pieds l'un après l'autre, tandis que Torny se balançait le long de l'extérieur de l'auberge.

Assez facile à l'arrière de l'auberge, dans la quasi-obscurité. Sacrément impossible sur le devant.

Mais Vis était avec elles. À la deuxième fenêtre, Torny fit signe.

— C'est celle-là, dit Torny. Des affaires du Kance partout. Et c'est vide !

Avant que Bliss ne puisse demander ce qu'elles allaient faire maintenant, Torny porta sa manche à sa bouche, laissant sa main libre et ses pieds la maintenir en équilibre contre l'auberge. Avec ses dents, la voleuse déchira sa manche au niveau du coude. Gardant le tissu dans sa bouche, Torny enroula le chiffon autour de sa main, le serra avec ses dents, puis donna un coup sec avec sa main couverte sur la fenêtre.

Elle trembla. Resta en place.

— Merde, jura Torny, laissant tomber le tissu. Elle sortit son couteau. Tant pis pour l'approche discrète.

Cette fois, la voleuse frappa le manche du poignard contre la fenêtre, brisant le verre. Se repoussant du côté du bâtiment, Torny se balança en arrière, leva les jambes et se tordit pour passer par la petite fenêtre.

Bliss sentit la corde se relâcher. Elle la fixa du regard. Cela ne faisait pas partie du plan. Torny était censée identifier la chambre du garde, puis Bliss devait ouvrir la voie à l'intérieur. Maintenant, eh bien, maintenant Torny était seule.

Non, pas tout à fait.

Bliss se retourna, trouva l'extrémité du grappin et l'enfonça dans le toit. Elle tira sur la corde. Elle pouvait la descendre, grimper le long et entrer dans la-

— Hé ! Que faites-vous là-haut ?

Bliss regarda en direction du cri, vit plusieurs personnes, l'aubergiste et un membre de la garde de la ville debout en bas. L'aubergiste avait les yeux rivés sur le verre brisé, le garde avait la main sur son sabre alors qu'il répétait la question.

Et Bliss n'avait pas de réponse. Elle n'avait aucune idée de ce qu'il fallait faire quand Torny jura en bas, les mots enflammés de la voleuse s'échappant par la fenêtre, suivis par le bruit de lames s'entrechoquant.

Un plan, un chef-d'œuvre, une erreur.

36
SOMBRE PROMESSE

Minuit dans les montagnes de la jungle aurait été magique dans de meilleures circonstances, si Sawi avait pu se faufiler sous les fougères et frôler les lianes avec Wax à ses côtés au lieu d'un Gladdring grommelant et trébuchant. Aussi intelligent que l'homme puisse être sur le terrain politique de Noctia, il peinait dans cet environnement naturel, et Sawi passait autant de temps à se retourner pour l'aider à franchir quelque racine ou tas de feuilles qu'à les maintenir dans la bonne direction.

— Il faut toujours avoir un point vers lequel marcher, dit Sawi lorsque Gladdring lui demanda comment elle pouvait naviguer dans cette forêt dense. Choisis un arbre, une montagne, n'importe quoi qui ne bouge pas et marche vers ça. C'est la première chose qu'on apprend.

—Pourquoi ?

— Si tu ne le fais pas, tu te retrouveras à marcher en rond pendant des heures.

Sawi escalada un tronc d'arbre tombé, se retourna pour guider Gladdring entre ses branches noueuses. Ils transpiraient tous les deux malgré l'air frais, bien qu'au moins les insectes ne fussent pas trop gênants. Une petite bénédiction.

— Chaque jeune Vis apprend ça.

— Une leçon difficile pour ceux qui vivent sur une île plus petite.

— Peut-être que tu devrais sortir plus souvent.

Gladdring rit, s'assit sur le tronc, les mains sur les genoux.

— Mon amie, j'ai visité chacune de nos sept îles. Simplement, peut-être pas aussi loin des sentiers battus.

Ce choix, cependant, avait été stratégique. Korrus et ses gangsters mottilans seraient sans doute à la recherche des fugitifs, et le moyen le plus simple serait de suivre l'unique route qui traverse les montagnes depuis la ville accrochée à la falaise jusqu'au poste avancé de Najahn et Kitaye. Au lieu de cela, Gladdring voulait rester caché, au moins aussi longtemps que possible.

Cette limite semblait approcher rapidement. Sawi évaluait son propre corps, ravagé après la nuit précédente passée à dévaler les falaises, une journée suspendue dans une cage avec peu de nourriture, et maintenant une soirée alimentée par l'énergie de la fuite. Les heures les rattrapaient, et Sawi le sentait chaque fois que son pied glissait, que ses yeux confondaient une ombre avec un arbre, que ses oreilles prenaient le bruissement du vent pour les pattes d'un hanoko en chasse. Gladdring supportait le poids pire qu'elle, s'arrêtant plus fréquemment, se plaignant d'ampoules et de contusions, non pas en mots clairs mais par des soupirs, des jurons marmonnés et des questions de plus en plus fréquentes sur leur position et ce qui les attendait.

— Nous ne les distancerons pas, dit Sawi pendant que Gladdring faisait une pause. Elle se soulagea en s'appuyant contre un arbre plus petit, son tronc froid recouvert de mousse duveteuse. Si Korrus veut nous attraper, ils le feront. Notre seule chance était de les distancer sur la route.

— Les distancer n'a jamais été le plan, Sawi.

C'est ce qu'il avait dit, encore et encore, quand Sawi avait insisté pour retourner sur la route. Au lieu de cela, temporiser. User les heures en progressant lentement pour laisser Korrus et son équipe prendre de l'avance, craindre qu'ils aient fait une erreur et abandonner la poursuite.

— Ils te détestent. Ils n'arrêteront pas. Sawi se frotta les épaules. Son fin tissage n'était pas fait pour ça. Ils finiront par entrer dans la jungle.

— Alors dis-moi, à quelle distance sommes-nous de la première auberge ?

Sawi leva les yeux vers le ciel. Nuageux. Aucune aide de ce côté, pas qu'elle connaisse assez bien cette route pour estimer leur position. Elle ne pouvait se fier qu'au temps qu'ils avaient passé à voyager, à la distance qu'ils avaient parcourue depuis la falaise mottilane.

— Une heure. Peut-être deux si la jungle reste aussi dense.

Gladdring hocha la tête.

— Alors je pense qu'il est temps. Indique-moi le chemin.

— Indiquer ?

— Je veux que tu ailles à l'auberge aussi vite que possible, dit Gladdring, retrouvant une étincelle, une vivacité. Le genre que Sawi remarquait chaque fois que Gladdring trouvait quelque chose de savoureux à se mettre sous la dent. Si mes amis sont ce que je pense, tu les trouveras là-bas. Assez de temps s'est écoulé. Ils me chercheront.

— Des amis ? Sawi pencha la tête. Je croyais que tu avais dit que les autres Najahn étaient tes ennemis ?

— Selon la situation, ils peuvent être l'un ou l'autre.

Mais ce n'est pas ton problème. Va à l'auberge. Trouve-les. Ramène-les sur la route vers moi. Gladdring se leva, épousseta la terre de sa robe irrémédiablement déchirée. Si j'évite Korrus, alors nous sommes sauvés. Sinon, mes amis effectueront le sauvetage.

— Pourquoi ?

Gladdring la congédia d'un geste de la main.

— Quand j'aurai plus de souffle, une chope de bière et un feu crépitant, je t'expliquerai tout. J'ai trop de terre sur les mains et trop d'insectes dans mes vêtements. Va-t'en.

Alors que Sawi s'éloignait de l'arbre, Gladdring prononça son nom.

— Souviens-toi, m'aider dans cette situation t'aide aussi. Nous sommes tous les deux embarqués dans cette aventure maintenant.

Que Gladdring ait raison ou non sur ce dernier point était une question que Sawi médita en traversant la jungle à toute vitesse. Malgré la fatigue de son corps, le fait de se lancer à pleine vitesse lui redonna un peu de vie. Les lianes et les fougères s'ouvraient sur son passage, permettant à Sawi de bondir à travers les ombres rose-gris, s'agrippant aux plantes épaisses et glissant le long des feuilles géantes. Elle voulait pousser un cri — Wax l'aurait fait — mais garda sa voix silencieuse, embrassant la nuit de la jungle et ne donnant rien aux oreilles à l'écoute.

Elle atteignit l'auberge assez vite pour, selon Sawi, établir un record si quelqu'un avait chronométré. Comme si tout le stress des derniers jours l'avait tendue, et que le vol l'avait libérée, amenant Sawi à trottiner jusqu'à la porte d'entrée de l'auberge. Le bâtiment, en réalité un réseau de ponts de corde et d'échelles menant à un arbre massif juste à côté du chemin, offrait une maison chaleureuse à peine plus grande qu'un foyer Kitaye. Derrière, ces cordes et passerelles s'étendaient vers des cabanes individuelles dans les arbres. Toutes étaient sombres, bien que cela ne signifie pas inoccupées.

Des couvertures et des fourrures suffisaient pour les hivers de Vis, et allumer une flamme dans une cabane était un risque accepté dans un foyer Kitaye, en famille, mais pas avec des étrangers. À la place, les aubergistes conduiraient les invités à leurs maisons, les installeraient et les laisseraient jusqu'à ce que l'aube éclaire le chemin du retour.

En attendant, cependant, des flûtes et des tambours feraient de la musique. Des fruits frais et des soupes serviraient de repas, et, à la base, un feu rugissant alimenté par les rebuts de la jungle apporterait de la chaleur. Sawi en profita maintenant, se laissant entrer et fermant les yeux un court instant, se délectant de la vague de chaleur qui l'attendait.

— Sawi ?

L'avertissement de Gladdring avait bien préparé Sawi. Elle ne sursauta pas à l'appel de son nom, ne recula pas devant la personne qui le prononçait : le capitaine de la garde Najahn. L'homme, accompagné de deux autres Najahn, était assis à une petite table ronde. Leurs chakrams et leurs voulges reposaient à proximité, bien que le trio semblât trop épuisé pour les soulever. Des gobelets en bois qui avaient dû contenir du vin de fruits étaient empilés à l'extrémité de la table, attendant une autre tournée.

Un état prometteur pour les potentiels sauveteurs de Gladdring.

Sawi débita l'histoire rapidement, la réduisant à une simple trahison suivie d'une fuite. Les Skars et les accords prévus restèrent bien cachés, et lorsque Sawi en arriva au danger imminent de Gladdring, le trio se leva en chancelant.

— Vous n'avez pas l'air prêts pour un sauvetage, dit Sawi, les regardant lutter pour mettre leurs chakrams sur le dos.

— Les Najahn sont toujours prêts, répondit le capitaine de la garde, affichant un demi-sourire. Rien sur Vis ne peut nous arrêter, même après quelques verres.

Sawi cligna des yeux. Elle songea à remettre en question cette remarque. Au lieu de cela, elle garda sa langue. Elle apprenait déjà les leçons de Gladdring.

Les Najahn laissèrent derrière eux de la viande séchée pour payer leurs boissons, un mets que l'aubergiste accepta sans se plaindre, et le quatuor s'aventura de nouveau sur le chemin. Les paupières de Sawi étaient lourdes, ses jambes encore plus, mais le feu lui donna assez d'énergie pour continuer. Encore un peu, et une fois que la bande de Mottilan aurait été effrayée par les Najahn, elle pourrait s'effondrer dans l'une de ces cabanes et trouver le sommeil.

Et Sawi ne doutait guère que Korrus et ses plaisantins seraient effrayés. Même un peu chancelants, les Najahn dégageaient toujours une menace majestueuse dans leur armure, avec leurs armes étincelantes. Ils tintaient en marchant, leurs lourdes bottes foulant la terre dure du chemin. Le capitaine harcela Sawi pour plus de détails, et Sawi les lui donna, suggérant que les Mottilans n'étaient pas des guerriers, juste des pêcheurs et des menuisiers frustrés de ne pas avoir obtenu le Renouveau. Voulant se venger sur Gladdring.

— Comme tant d'autres, rit le capitaine. Gladdring a le don de se faire des ennemis.

— Je commence à le voir.

— Ne te laisse pas avoir par sa langue dorée, Sawi. Cet homme est toujours en train de manigancer. Il t'utilisera aussi longtemps qu'il le pourra, puis t'abandonnera.

Comme si ces mots pouvaient encore la surprendre maintenant.

— Il me l'a dit lui-même.

— L'araignée qui te parle de sa toile pendant qu'elle t'y tisse, répondit le capitaine. Reste sur tes gardes, c'est tout. Assure-toi d'avoir une porte de sortie.

— Alors pourquoi essayez-vous de le sauver, s'il est si terrible ?

— Le devoir. Rien de plus, rien de moins. Les deux autres gardes murmurèrent leur accord. Nous sommes Najahn, il est un Tenet. Nos emplois, nos familles dépendent de sa protection et de sa sécurité. De plus, les jeux de Gladdring sont au-dessus de nous. Nous ne sommes pas les mouches qu'il essaie d'attraper.

Devrait-elle mentionner les soupçons de Gladdring ? La question flottait dans son esprit tandis qu'ils continuaient à marcher, le chemin serpentant dans un passage rocheux. Les nuages se dissipèrent, les rayons roses de Sichi dansant entre les ombres, traçant des lignes rosées sur le sol. Mettant en lumière, à mi-chemin du passage, la silhouette de Gladdring et Korrus debout au-dessus de lui. Flanqué d'un autre Mottilan. Le duo se retourna lorsque Sawi et les Najahn s'approchèrent.

Le capitaine de la garde siffla, les chakrams volant des dos du trio pour atterrir dans leurs mains. Il poussa Sawi sur la droite, dégageant leur vue.

— Mottilan, annonça le capitaine de la garde, toute trace d'ivresse du vin depuis longtemps disparue. Éloignez-vous du Tenet. Partez, et nous oublierons vous avoir vus ici.

Korrus croisa les bras. Sawi resta bouche bée face à ce geste. L'homme ne fuyait pas ? Lui, debout là, vêtu à peine plus que d'une tenue de pêcheur, avec un court gourdin à la taille destiné à assommer une prise vivace ? Le Mottilan avait-il perdu l'esprit ? Et le partenaire de Korrus aussi, se tenant droit et montrant les dents.

Demandaient-ils un massacre ?

Cette défiance déstabilisa aussi le garde Najahn. La bouche de l'homme travailla un instant avant qu'il ne retrouve son devoir. Il amena le chakram à son côté, prêt à le lancer. Les deux autres Najahn se placèrent sur les bords du chemin, forçant Sawi à monter sur les côtés. Dégageant leurs lignes de tir.

— Ça ne finira pas bien pour vous, dit le capitaine de la garde. Dernière chance. Laissez le Tenet tranquille.

Gladdring, pour sa part, leva les yeux. Son visage, baigné de rose, portait de nouvelles contusions. Des flaques de sang éclaboussaient la pierre autour de lui.

— Aidez-moi, dit Gladdring, sa voix n'étant qu'un effort rauque.

— Venez le chercher, si vous le pouvez, aboya Korrus.

Mis au défi, les Najahn firent ce pour quoi ils étaient entraînés. Les trois avancèrent, leurs bras ramenant leurs chakrams en arrière. Quelque chose siffla près de Sawi, puis une autre, et une troisième. Des pierres volant de derrière, frappant les Najahn assez fort pour faire résonner leur armure, les faire se retourner. Des projectiles plus mous suivirent. De petites fléchettes que Sawi connaissait bien, tirées par un quatuor de Mottilans qui avait quitté les arbres derrière eux pour une embuscade.

Les fléchettes firent mouche, frappant cous et joues. Les Najahn chancelèrent, trébuchèrent, tombèrent. Leurs muscles tremblaient, l'écume et la salive coulaient de leurs lèvres tandis que les Mottilans se précipitaient pour délester leurs ennemis de leurs armes. Sawi regardait, figée à la fois par l'épuisement et le choc.

Même si elle pouvait ramasser une voulge, que pourrait-elle en faire à part mourir ?

— Le prix est vôtre, dit Gladdring, sa voix s'élevant dans l'air silencieux. Assurez-vous que personne ne trouve les corps, et je garderai votre secret.

— Et votre part du marché ? demanda Korrus en amenant le Tenet pendant que les Mottilans déshabillaient les Najahn. Chaque pièce d'armure, chaque couteau et sacoche fut enlevé. Vous obtiendrez le commerce ?

— Votre cité sera plus riche que jamais, répondit Gladdring. Sawi, assise sur les pierres, ne pouvait que les regarder parler, comme si ce qui venait de se passer n'avait été qu'un simple jeu. Noctia et Tamas vous offriront toutes deux leurs bateaux.

— Pas de mensonges ?

Gladdring pointa du doigt le trio de Najahn, laissés presque nus. Les Mottilans chargeaient leur butin dans plusieurs grandes sacoches, l'armure s'y ajustant maladroitement mais attachée malgré tout. Un long voyage de retour les attendait, mais aucun ne semblait fatigué à cette perspective.

— Il y a certaines dettes que je paierai toujours, celle-ci en fait partie. Gladdring tendit la main et Korrus détacha une petite sacoche de sa ceinture pour la lui remettre. Le temps de Mottilan approche, Korrus. Soyez patient encore un peu. Gladdring donna un coup de pied à la tête du capitaine des gardes, la faisant basculer sur le côté. Et assurez-vous que ces trois-là ne soient jamais retrouvés.

Les yeux de Korrus brillèrent. — Hanoko s'en occupera. Il regarda Sawi. Et elle ?

— Elle est avec moi. Cela fait partie de notre accord.

Korrus hocha la tête. — Affaire conclue, alors. Ne me décevez pas, Gladdring.

Le Tenet n'offrit rien de plus à Korrus, mais vint s'asseoir à côté de Sawi. Les Mottilans continuaient d'arranger leur butin, trois d'entre eux s'éloignant pour traîner les Najahn drogués dans la jungle.

— Cela te perturbe ? demanda Gladdring.

Sawi, déglutissant, essaya de retrouver sa voix. Ce qui sortit ressemblait moins à des mots qu'à un râle, un souffle fiévreux.

— Vous les avez tués.

— Ces trois-là m'auraient tué dès qu'ils en auraient fini avec Korrus, répondit Gladdring. Fassle l'avait ordonné avant notre départ de Noctia. Korrus a offert une opportunité. Pas tout à fait ce que j'avais prévu, mais l'homme s'est montré suffisamment raisonnable.

— Korrus ? Il voulait nous tuer ?

— Non, il veut que sa cité prospère, Gladdring prit une profonde inspiration. Quelques gardes Najahn ne peuvent pas lui offrir ce que je pouvais. Il avait juste besoin de le voir.

— Alors vous m'avez utilisée ? Vous m'avez dit d'amener ces gardes ici ?

— Une chance. S'ils n'avaient pas été à l'auberge, ma position aurait été affaiblie. J'aurais dû offrir beaucoup plus à Korrus que je ne l'ai fait. Gladdring esquissa un demi-sourire. Peut-être que l'homme aurait laissé sa rage prendre le dessus et m'aurait tué. Mais tu as trouvé mes potentiels meurtriers. Je me serais contenté d'un massacre mutuel, mais c'est vraiment le meilleur des dénouements.

— Trois Najahn morts, c'est le meilleur dénouement ?

— Pour moi, oui. Gladdring posa une main sur l'épaule de Sawi. Pour toi aussi. Maintenant, Sawi, levons-nous. Une dernière marche avant un repos bien mérité. Dis-moi que ce n'est pas loin.

Ce ne l'était pas. Bien que pendant qu'elle marchait, Sawi se concentra moins sur ses muscles endoloris, ses os fatigués, et plus sur sa place dans la toile d'araignée. Était-elle une mouche, attendant que Gladdring la dévore vivante ?

Un regard en biais vers le Tenet, les yeux fixés sur le vide pendant qu'ils marchaient, lui donna la réponse.

37
SAUVETAGE MOUILLÉ

Dormir sur une roche humide et moussue s'avéra à la fois nécessaire et désastreux. Wax et Eujo grimpèrent l'échelle rugueuse depuis la caverne skar, montant encore et encore, leurs mains s'ornant d'écorchures et d'ampoules en abondance avant qu'ils n'émergent du petit trou sur un îlot plat. Eujo estima qu'ils se trouvaient au nord du Tourbillon et que plusieurs heures s'étaient écoulées depuis que le Kance les avait jetés par-dessus bord.

Aucun secours ne les attendait. Au sud — une direction facile à estimer grâce au courant qui les entourait — la masse imposante du Tourbillon bouillonnait. Leur île s'étendait sur quelques enjambées dans toutes les direc-tions, descendant en pente douce vers les eaux léchant ses bords. La mousse et quelques maigres herbes mourantes dans le froid hivernal étaient leurs seules compagnes.

Eh bien, ça et l'épuisement.

Wax s'assit le premier, quand aucune autre option ne se présenta. Eujo suivit. La caverne les avait protégés du vent extérieur, leur avait offert un abri, et maintenant ils n'avaient ni l'un ni l'autre. Leurs vêtements trempés n'offraient aucune protection, et l'eau de la rivière était encore plus froide.

— On va mourir de froid, dit Eujo, ses dents commençant à claquer. Il n'y a aucune issue.

Retourner en bas n'était pas une option. Seule la piscine les attendait, ce n'était pas un endroit où ils pouvaient se reposer. La nage n'offrait pas non plus de choix faciles : vers le sud, en direction de l'avant-poste, signifiait dépasser le Tourbillon, une perspective si impossible que Wax avait envie d'en rire. Les berges étaient hors de vue dans l'obscurité de la nuit, et des muscles fatigués rendaient une tentative désespérée de traversée dans les courants glacés véritablement risquée.

Ce qui ne laissait qu'un seul choix.

— On reste près l'un de l'autre, dit Wax. Les chasseurs le font sur Vis, quand on se fait surprendre dans les montagnes par une nuit froide. La chaleur corporelle.

— Comme si ça allait suffire.

— Ça suffira.

Eujo le regarda.

— Tellement sûr de toi.

— Je ne manque jamais de confiance. De toute façon, si ça ne marche pas, on ne le saura pas et on s'en fichera.

Ils trouvèrent l'endroit le plus sec de l'île. Utilisèrent leurs mains pour gratter suffisamment de mousse et laisser la pierre à nu, puis, en s'allongeant, remirent cette même mousse par-dessus eux. La terre, les insectes morts et des racines aléatoires formaient une couverture naturelle, bien que froide. Presque sans un mot, le froid gardant leurs bouches fermées et leurs esprits engourdis, les deux se blottirent dans leur lit de fortune.

— On est loin de ton palais du Kance, n'est-ce pas ?

marmonna Wax, sa joue contre la pierre, le visage tourné vers le grondement constant de la rivière.

— Et de tes jungles aussi, je parie.

— Il n'y a rien de comparable, Eujo. Je ne pensais pas que ça me manquerait, mais ici, maintenant, c'est difficile de ne pas y penser.

— Elles sont magnifiques. Le Grand Sana rivalise presque avec nos pics.

Wax laissa échapper un rire sec.

— Presque ?

— Nos flèches vertigineuses dépassent tout ce que tu as jamais vu, Wax. Elles s'élèvent presque jusqu'aux nuages, les diamants célestes captant la lumière du soleil et la transformant en arcs-en-ciel sur toute notre île. La nuit, Sichi couvre les sommets de rubis scintillants. Où que tu te tiennes sur Kance, tu peux contempler une merveille.

— On dirait que tu n'as jamais voulu partir.

— Je suis partie *pour* Kance, pour la protéger. N'as-tu pas fait la même chose pour Vis ?

— Vis peut se protéger toute seule. Je fais ça pour tenir une promesse.

— À qui ?

— Un ami, commença Wax, et quand Eujo en demanda plus, il se lança, parlant de Pan, de leurs aventures parmi les fougères et les lianes jusqu'à ce que sa voix devienne rauque, jusqu'à ce que la respiration douce et régulière contre son cou lui indique qu'Eujo s'était endormie.

Il ne tarda pas à la suivre.

Le matin arriva avec un dos douloureux, des muscles endoloris et un estomac criant famine, mais au moins le matin arriva. Wax ouvrit les yeux, découvrit le soleil haut dans un ciel vif. Eujo se tenait à proximité, regardant l'eau. Leurs vêtements restaient humides, mais n'étaient plus aussi froids. La lumière du soleil aidait aussi, bien que faible. Tout comme le skar Rana, serré dans les mains de Wax et chaud au toucher.

Secouant la mousse, Wax rejoignit Eujo au bord de l'île. Son regard se portait vers le sud en direction du Tourbillon et, au-delà, vers des formes se déplaçant sur l'eau.

— Des bateaux ? demanda Wax, puis il se pencha pour boire un peu d'eau de la rivière.

C'était un peu risqué de boire directement de la rivière, mais mieux valait ça que mourir de soif. Wax se dit aussi qu'il en avait suffisamment avalé lors de sa nage forcée de la veille pour être sûr d'attraper toute maladie qui traînait dans ces eaux. En l'occurrence, le liquide froid passa facilement, massant sa gorge et la ramenant à la vie.

— Ça ou un démon, dit Eujo, les yeux plissés, la main ombrageant son regard. Même si c'était un monstre, je préférerais ça à une journée de plus ici.

— Je suis si mauvaise compagnie ?

— Non, mais je pourrais bien te manger dans quelques minutes si on ne trouve rien d'autre.

— Si prompte au cannibalisme ? demanda Wax, son regard se portant sur l'eau qui coulait.

Assez claire à la surface, mais le froid à venir et la proximité du Tourbillon signifiaient que tous les poissons avaient disparu. Rien ne s'attardait assez près pour être attrapé, les profondeurs trop boueuses pour voir en profondeur. Pas de chasse improvisée possible.

— Je suis en avance sur toi dans la course au Renouveau, dit Eujo en haussant les épaules. Je pense que ça veut dire que tu dois me donner une jambe. Un bras, si nécessaire.

— Les règles officielles de Noctia, c'est ça ?

— Tout à fait.

— Eh bien, avant que tu ne me mordes, pourquoi n'essayons-nous pas de faire des signes, de crier ? Peut-être qu'ils ne nous voient pas ?

— Vous, les Vis, n'êtes-vous pas réputés pour vos cris ?

Wax se leva et s'étira.

— Écoute donc.

Le cri vint facilement, fort et joyeux. Ce qui rendit Wax encore plus heureux fut la réponse, qui fit écho depuis l'autre côté du Tourbillon.

— Je connais cette voix, dit Wax quand Eujo demanda. Parfois, avoir un frère peut être une bonne chose.

Quik, Castilan et plusieurs Najahns longèrent le bord du Tourbillon, se relayant aux rames jusqu'à ce qu'ils atteignent l'île. Eujo et Wax se délectèrent de l'outre d'eau et de la sacoche remplie de nourriture à bord, racontant leur histoire sous des couvertures pendant que les sauveteurs les ramenaient à l'avant-poste animé. En ce premier jour complet sans démons, la ville bourdonnait de réparations, les moyens de subsistance reprenant vie. La fumée s'élevait vers le ciel, l'air passant de l'humidité fraîche de la rivière au goût chaud et industriel de l'avant-poste. Du poisson frais et des plantes de marais récoltées grillaient sur des feux de barils, rendant le retour succulent.

Du moins pour Wax, dont l'appétit était insatiable. Toute cette nage avait épuisé son corps, et il essayait de compenser en quelques heures, une pulsion qui ne s'estompa que lorsqu'il demanda des nouvelles de Bliss et de Torny, et qu'il vit le regard abîmé de son frère. Quik dit que les deux étaient parties il n'y a pas longtemps, aux premières lueurs du matin.

— Elles vous croyaient mort et voulaient se venger.

— Je suis touché, répondit Wax, commençant à se lever de leur place autour du feu au même endroit central où le groupe s'était d'abord rendu en arrivant dans la cité flottante. Déjà, le désordre de bric-à-brac avait été dégagé, retourné dans ses foyers légitimes. Un centre plus propre maintenant, orné de bannières pourpres de Najahn déployées. — Nous devons les poursuivre.

— Pas encore. Quik fit un signe de tête vers Eujo. La reine Kance, enveloppée dans ces couvertures, s'était endormie à nouveau après son propre repas. — Nous avons tous besoin de repos, Wax. Je suis blessé. Tu es épuisé. Elle aussi.

— Tu me dis de laisser Bliss, notre Bliss, celle à la tête la plus chaude, partir seule contre trois Gardes de la Reine Kance ? Ces affreux crétins qui nous ont tabassés hier ?

Quik fronça davantage les sourcils, tournant son regard vers le feu. — Qu'est-ce qui te fait penser que ce sera différent la prochaine fois, Wax ?

— Donc on n'essaie pas ?

— Essayer quoi ? Bliss et Torny vont échouer. Elles abandonneront, ou se feront battre comme nous, et nous les retrouverons dans le sud. Ensuite, nous pourrons tous rentrer chez nous.

Wax se rassit, clignant des yeux. — Quik, tu ne ressembles pas au frère que je connais.

— Je suis pragmatique, Wax. Comme je l'ai toujours été. Elles ont pris les skars, tu l'as dit. Nous ne pouvons pas gagner le Renouveau sans eux, alors pourquoi nous infliger ça ? Pourquoi risquer nos vies encore et encore alors que nous pouvons rentrer chez nous ? Quik toucha une entaille en train de cicatriser le long de son épaule où une rapière Kance avait laissé sa marque. — Les arbres ne te manquent-ils pas ? Les chansons ? Sawi ?

— Bien sûr. Maman et papa me manquent aussi. Les mangues, le chant des oiseaux chaque matin. Wax écarta les mains, haussant un sourcil. — Nous savions que nous n'allions pas les voir pendant longtemps quand nous sommes partis, mon frère. Ça ne fait pas si longtemps, si ?

— Des semaines.

— Et si je deviens l'Aegis, alors quoi, Quik ? Je ne reverrai jamais la maison. Je ne quitterai jamais Noctia. Ça ne m'a pas arrêté. Quand j'ai pris ce skar de la main de Pan, j'ai fait une promesse, et je la tiens. Au moins jusqu'à ce que je ne puisse plus. Wax pointa Quik du doigt. — Tu as fait la même promesse quand tu as demandé à être mon Gardien. Tu abandonnes ?

Un geste cruel, peut-être, de pousser Quik comme ça. De le confronter. Wax aurait pu épargner son frère sauf que, bon sang, il venait d'être poussé dans le Tourbillon, venait de survivre à une nuit glacée sur un rocher de rivière. Passer par tout ça pour ensuite lever les mains et abandonner n'était pas, eh bien, n'était pas quelque chose que Wax pouvait faire.

Pas encore.

— Alors quoi, Wax ? Que faisons-nous ? demanda Quik. — Ils ont les skars.

Une couverture tomba au sol. Eujo se leva, les yeux brûlants. — Nous les reprenons.

— Facile à dire, difficile à faire.

— Ils se dirigent vers le sud. Ils auront besoin d'un bateau, et mon capitaine ne leur donnera pas le mien, dit Eujo. — Pas si nous les devançons. Elle jeta un regard de Quik à Wax et retour. — Quand ils seront piégés, nous reprendrons ce qui nous appartient.

— Comment ? Quik baissa les yeux sur lui-même, sur ses blessures. — Ils nous tueront.

— Ils se battent comme des soldats, dit Eujo. — À ce

que je vois, il n'y a pas de soldats ici. Nous ne jouons pas selon leurs règles.

Wax hocha la tête, et même Quik n'avait plus l'air aussi maussade. — Nous devons aussi retrouver Bliss et Torny.

— Nous ferons ça dans la ville. Si nous bougeons vite, nous battrons mes gardes là-bas. Ils n'ont qu'un petit bateau et ne connaissent pas les eaux. Ta sœur et la bandit arriveront plus tard. Nos renforts.

— Si elles ne sont pas capturées d'abord, dit Quik.

— Si elles sont capturées, alors nous ferons ce que vous avez fait pour moi et nous les sauverons. La Reine prit une longue et profonde inspiration. — Allez. Il reste encore quelques heures de jour. Trouvons-nous un radeau et mettons-nous en route.

38
FABRIQUER DU VERRE

Svarde lança une hache rouillée sur le démon, le métal fragile se désintégrant dans une explosion verte sans même faire tressaillir le monstre. Sous ses pieds, le sable fondait en verre, le miroitement amplifiant le reflet des flammes, élargissant leur lueur, jusqu'à ce que Maena ne semble plus voir qu'une immense bougie se traînant vers elle.

— On court ? demanda Svarde, tous deux reculant sur les dunes, le sable devenant de plus en plus meuble à mesure que les vagues s'aplatissaient au loin.

— Pour aller où ? répondit Maena.

Un mur de feu faisait rage derrière eux, les fortifications de Jochi se transformant en amadou. Un brasier susceptible de brûler la moitié de la ville derrière. Devant, hormis la mer, se trouvait la tour en ruine et, à l'intérieur, Rasslebeck, Pennifer et Kivi.

Aucun secours ne s'offrait à eux.

Le démon rendit leur sort évident, libérant sa chaîne à griffes et la faisant tournoyer paresseusement au-dessus de sa tête. Dans un instant, peut-être deux, l'arme serait à portée.

Maena n'aimait pas ses chances de survivre à un coup.

— Alors on tient bon, répondit Svarde, le Gardien stoïque aplatissant sa posture, raffermissant sa prise sur la hache restante, comme si cela allait aider.

Ça lui donne du courage. Quelque chose dont tu pourrais avoir besoin.

Peut-être, mais Maena n'avait rien à saisir. Rien à tenir. Ses mains n'attrapaient que des flocons de neige et rien de plus.

Le démon écrasa son pied dans la dune la plus proche, plongeant sa boule de feu dans le monticule et dispersant le verre en fusion. Avec ce pas, le démon projeta son épaule gauche en avant, fouettant la chaîne vers Maena. Rapide pour certains, peut-être, mais le coup avait de la distance, de la masse.

Rien à voir avec le coup rapide d'un sabre.

Maena sauta sur sa droite, le crochet griffu s'enfonçant dans le sable et la manquant avec de la marge. Alors que Maena roulait avec la chute, mains et pieds essayant d'avoir assez d'appui pour se relever, le démon tira son arme en arrière, creusant un profond sillon.

— Tu es vivante ? appela Svarde.

— Et en pleine forme, répondit Maena.

Elle trouva un appui, se leva et se mit à courir, fonçant en avant tandis que le démon, satisfait de sa position, faisait à nouveau tournoyer son arme. Maena plongea, le fléau passant au-dessus de sa tête. Une piètre démonstration.

Eh bien, ils n'ont jamais essayé de te frapper auparavant.

Cette fois, Maena avait compris comment utiliser le

sable. Elle se replia sur le côté d'une petite dune après son plongeon, utilisant sa pente ascendante pour arrêter son élan et rebondir sur ses pieds.

Et elle eut une idée.

L'éclat lui entailla le poignet, une petite coupure, mais utile. Fraîche et chaude, issue de la présence même du démon.

— À droite ! cria Svarde, sur sa gauche, et Maena obéit avec la vitesse d'un soldat.

La tête à griffes du fléau balaya l'endroit où elle s'était trouvée, reculant sa destruction le long du sable.

Maena ramassa une poignée de sable d'un geste vif, empoignant un tas meuble. Elle courut jusqu'au sommet de la dune, Svarde lui criant de rester à terre, et sentit la chaleur du démon la frapper. À plusieurs longues enjambées de là, l'obsidienne sans yeux la regardait avec ses implacables feux dorés.

— Mange de la terre, marmonna Maena, à la fois agacée par le manque d'inspiration de sa réplique et exaltée par l'idée.

Elle lança, le sable perdant sa cohésion en vol pour frapper le démon davantage comme un nuage que comme une boule. La terre crépita, grésilla et fondit, le verre noir collant au démon au milieu de ses flammes. Le monstre s'arrêta, le tournoiement de son fléau retombant au sol tandis qu'il semblait s'examiner, ou du moins paraissait pointer ce visage de roche sombre vers le bas.

— Qu'as-tu fait ? demanda Svarde, se précipitant à proximité, mais pas assez près pour qu'un seul coup chanceux puisse les atteindre tous les deux.

Toujours pragmatique, le guerrier Foti.

— Le sable. Maena en ramassa un autre et le lança.

Le second nuage suivit le premier, s'éparpillant sur la peau du démon et y adhérant. Assez, maintenant, pour percer la carapace brûlante du démon, des taches noires sur son corps beau et terrifiant.

— En verre, murmura Svarde. Ça pourrait marcher...

— Séparons-nous ! cria Maena, se déplaçant vers la droite. Se dirigeant vers l'océan.

Et loin de tout renfort, je pourrais ajouter.

Si Jochi avait voulu aider, il l'aurait déjà fait. Le seigneur de guerre espérerait que les quelques survivants restant à l'extérieur de son mur en flammes affaibliraient les démons, les distrairaient, lui achèteraient du temps.

Maena le détruirait à la place, et achèterait son salut.

Le démon crépita, ramassant à nouveau son fléau et suivant Maena. Elle jeta un coup d'œil en arrière tout en courant, essayant de chronométrer son esquive, et trébucha sur un trou de crabe. Elle bascula en avant, coincée dans le sable. Du sable humide et épais.

Le démon avança, le fléau tournoya. Maena roula, vit un autre nuage frapper le démon sur son côté droit. Vit un jet vert émerger alors que le démon balayait la terre, le verre. Le fléau retombant à nouveau tandis que Svarde lançait sa deuxième hache dans le bras armé du monstre.

Des distractions. Vitales.

Cette fois, quand Maena plongea sa main dans le sable, il s'aggloméra. Une boule épaisse, qui vola quand elle la lança. Le projectile percuta la poitrine du démon, se brisant et noircissant, une fissure sombre dans son armure enflam-mée. Svarde frappa avec un autre nuage, puis un second, les deux mains lançant de la terre, et pas sur la poitrine du monstre, mais sur ses pieds.

La jambe bleue s'assombrit à la cheville, autour du

haut, le verre trouvant une matière similaire là où le pied touchait la plage. Un piège, mais le démon n'était pas simple. De sa main droite, il se pencha et frappa, brisant le sceau de sable.

Et reçut une autre boule de terre s'écrasant sur la main qui frappait, collant les doigts ensemble. Svarde enchaîna avec plus de nuages, Maena voyant son ami moins comme un corps et plus comme une ombre fuyante.

Le verre noua plus de liens, attacha le poing au pied. Le démon essaya de les libérer, un mouvement difficile avec plus de terre martelant ses jambes, sa poitrine, ses bras. Maena continuait de pomper ses bras, ramassant et lançant aussi vite qu'elle le pouvait.

La précision importait, mais moins que le simple fait de toucher la chose. Chaque morceau de verre alourdissait le monstre, déséquilibrait sa balance, et semblait lui causer de la douleur. Suffisamment pour que, lorsqu'il força sur son poing prisonnier, le verre se brisa et le démon perdit l'équilibre, tombant en arrière pour atterrir profondément dans le sable.

Des grains volèrent, se mêlant aux flocons de neige, et retombèrent sur le démon, le recouvrant soudainement de verre. Svarde arrêta complètement de lancer, se contentant de ramasser tout le sable qu'il pouvait trouver et de le jeter sur le démon.

Maena le rejoignit, courant vers le côté droit, donnant des coups de pied et lançant du sable en chemin. C'était ridicule, insensé, sauvage et absurde.

Bienvenue dans ma vie.

Le démon crépitait, son propre corps se retournant contre lui, faisant fondre le sable et fusionnant ses membres au sol. En quelques secondes, seule la tête de la bête pouvait bouger, le regard mauvais de l'obsidienne suivant Svarde et Maena alors qu'ils enterraient le monstre dans un tombeau brillant et vitreux.

Même avec le verre faisant obstacle, s'approcher suffisamment du démon pour le recouvrir de sable exposait Maena à une chaleur plus intense qu'elle n'en avait jamais ressentie, l'air lui-même semblant fouetter sa peau, lui voler son souffle, et la forcer à fermer les yeux pour éviter qu'ils ne bouillent. Le seul endroit offrant un peu de répit était la tête de la chose, l'obsidienne bloquant la flamme, unique barricade lorsque le démon la regardait.

— Arrête, dit Maena après un dernier lancer, fusionnant le cou du monstre dans le verre brun profond et scintillant. Pas entièrement.

— Non ? demanda Svarde, de l'autre côté du monstre, le corps luisant de sueur. Tous deux avaient les pointes de leurs cheveux calcinées là où elles s'étaient trop approchées, attrapant une étincelle. Leurs vêtements, le peu qu'ils en avaient, grésillaient sur les bords. La peau de Maena elle-même la démangeait d'une douleur rouge, mais ils étaient vivants.

— Cette chose vient des Ténèbres d'en Bas, Svarde. Nous l'avons piégée. Maena recula en titubant, ses jambes fléchissant alors que l'excitation du combat s'estompait. Nous pourrions peut-être apprendre quelque chose de lui.

Ou, comme les Rana pourraient le dire autrement, l'utiliser. Un commandement clé de l'île était justement celui-ci : un pillard doit saisir tout ce qui a de la valeur, ne manquer aucune opportunité de s'approprier une ressource.

Svarde accepta sa logique, contourna largement le démon pour venir de son côté. Le démon les observait, des étincelles faisant se tordre l'obsidienne dans une danse éblouissante et colérique. La prison de verre craquait, fondant et durcissant encore et encore. Au moins, pour l'instant, le monstre semblait coincé.

Un regard vers le nord en direction de la ville montrait que ses habitants contre-attaquaient. Des brigades d'eau, ou les soldats de Jochi réquisitionnés pour le service civil s'attaquaient aux sacs de sable et aux bâtiments en feu, repoussant les flammes éparses. La neige hivernale poursuivait aussi sa douce offensive, les flocons filtrant autour du couple et des dunes.

— Nous devrions chercher nos amis, grommela Svarde en se relevant péniblement.

— Va, répondit Maena. Je vais surveiller celui-ci.

— Crie s'il se libère.

— Tu l'entendras, Svarde.

— Tu dis ça comme si mes oreilles n'avaient pas été brûlées.

Néanmoins, posant une main sur l'épaule de Maena, le guerrier Foti s'éloigna en direction de la tour en ruine et des corps qui s'y trouvaient probablement.

Maena garda son regard fixé sur le démon, observant ces étincelles. Fascinantes dans la nuit.

Que penses-tu qu'il dit ? Libère-moi ?

Des armes, un vaisseau. Ces démons étaient loin d'être sans cervelle. Svarde avait combattu des créatures de fumée lors de leur première venue à Whent, des démons organisés et, comme l'homme l'avait dit, capables de parler sous une forme vague. Le voleur de mémoires en bas agissait également avec plus qu'un simple instinct de prédateur.

Et ne me lance pas sur ces horribles yeux.

Qu'est-ce qui était si différent cette fois ? Pourquoi y avait-il tant de démons dépassant la sauvagerie grondante qui avait été leur état pendant si longtemps ?

— Qu'es-tu ? demanda Maena au monstre.

Les étincelles s'arrêtèrent. La roche noire pure la regarda.

Elle répéta la question.

Une seule ligne brûlante, blanc-or, se grava au centre de l'obsidienne. L'étincelle alla au milieu absolu de la pierre, brilla pendant une longue seconde, puis éclata en sept points lumineux. Ces sept tournèrent autour du centre incandescent dans un arc paresseux. Alors qu'ils bougeaient, les points commencèrent à s'estomper, tandis que le centre, à nouveau, devenait plus brillant.

Jusqu'à ce que, dans un éclair orange, seul le centre reste, chaud et vivant, avant de disparaître à son tour dans la pierre.

Eh bien, qui l'eût cru, Maena. Tu as peut-être été la première à parler avec un démon.

— Tu me comprends ? demanda Maena, essayant en même temps de graver ce qu'elle venait de voir dans sa mémoire. Tu connais nos mots ?

Cette fois, cependant, le démon n'offrit rien. Seulement son regard sombre. Maena répéta encore la question. Le démon ne répondit pas. Le verre craquela, fondit, refroidit dans son cycle sans fin.

Maena essaya une question après l'autre, un barrage de tout ce qui lui venait à l'esprit tandis que la neige commençait à s'amonceler autour d'elle. Les feux dans la ville diminuaient, les gens prenant le dessus. Derrière elle, Svarde annonçait chaque extraction réussie. Kivi, Pennifer, Rasslebeck, blessés mais vivants.

Le démon ne répondait pas.

Jusqu'à ce que l'aube menace, sa gorge depuis longtemps desséchée, les questions n'étant plus que des râles, Maena posa des questions, et toujours le monstre ne répondit pas. Ce n'est que lorsque Svarde, revenant à ses côtés, fit remarquer que le verre ne se brisait plus et ne craquait plus, que Maena se leva pour voir la raison, ou du moins une des raisons, pour laquelle l'obsidienne restait sombre : le feu du démon s'était éteint, et il ne restait que ses os massifs et carbonisés.

39
PRISONNIERS

À Kitaye, la justice fonctionnait de deux manières. Si les anciens vous jugeaient coupable d'un crime, on vous offrait la possibilité de travailler pour rembourser votre dette. Récolter, pêcher, chasser ou mettre vos compétences au service de la communauté jusqu'à ce que la ville estime que vous aviez remboursé votre dette. Tout ce qui était trop grave pour de tels remèdes se soldait par l'exil. Le bannissement dans la jungle ou au-delà des mers.

Les Najahn étaient toujours prêts à accueillir les égarés, à les réformer ou, d'après ce qu'avait entendu Bliss, à les envoyer rapidement de cette vie à la suivante.

La ville Rana adoptait une approche plus dure. Bliss et Torny, une fois que la bandit eut été désarmée par Blinth, furent traînées au centre de la ville et soumises à un procès immédiat, en pleine nuit. Bliss, qui n'avait vu que quelques phrases, qui n'avait aucun moyen de répondre aux questions posées par la garde de la ville, laissa Torny assurer leur défense.

— Les seuls voleurs ici sont ces trois-là, commença

Torny, une déclaration ferme adressée à la demi-douzaine de civils qui se donnaient la peine d'assister au procès, ainsi qu'aux trois Kance.

Torny raconta l'histoire à toute vitesse, ajoutant des invectives bien choisies lorsqu'elle évoquait des moments qui le méritaient, comme le jet des Renewals à la mer. La bandit remit en question leur caractère, conclut le récit avec les conséquences désastreuses du meurtre d'un aspirant Aegis, et termina sur une note plaintive, demandant à la ville de comprendre qu'elles essayaient simplement de restaurer l'honneur, en tant que Gardiennes, de leur protégé assassiné.

Cette dernière partie ébranla Bliss, un bourdonnement creux résonnant dans sa tête alors que sa propre fatigue se mêlait au choc d'entendre son frère être déclaré mort. C'était déjà assez surréaliste avec Pan, avec tous les corps dans la ville ravagée par les démons, mais entendre le même sort attribué à Wax... sa tête s'inclina, elle refoula ses larmes. Une émotion qui se transforma rapidement en colère rouge, et si ses mains n'avaient pas été liées, Bliss aurait pu charger les gardes Kance sur-le-champ.

— Si votre histoire est vraie, pourquoi ne pas être venues nous voir ? demanda le chef de la garde, un homme robuste avec plus de gris que de noir dans ses cheveux et sa barbe. Si ces trois-là sont d'horribles criminels, pourquoi les suivre furtivement dans l'obscurité ? Nous aurions pu vous aider, ou au moins offrir une audience équitable aux deux parties.

— C'est ce que je suis en train de... La tirade de Torny s'éteignit lorsque l'homme dégaina son sabre et en pointa la pointe courbée vers elle.

— Nous ne sommes pas une cour royale, équipée de policiers et de juges, de prisons et de jurys, dit l'homme. Ici, nous prenons nos décisions rapidement, car il y a d'autres tâches plus urgentes à accomplir. Vous avez brisé une fenêtre, vous avez agressé un client payant, et certains soupçonnent que le démon que nous avons vu ce soir pourrait avoir un lien avec vous. L'homme attendit un instant, ses yeux scrutant le duo. Torny lui rendit son regard avec la même intensité. Bliss garda un visage impassible, son attention toujours fixée sur Wax. Quoi qu'il en soit, ce n'est pas le moment de délibérer. L'aubergiste a pris ce qui lui était dû dans vos sacoches. Je vous chasserais bien de cette ville, mais ces trois-là ont accepté de vous prendre sous leur garde. L'homme fit un geste en direction des gardes Kance.

— Vous voulez dire ceux que je viens d'accuser d'avoir tué notre Renewal ? Nos amis ? demanda Torny, et même la bouche de Bliss s'ouvrit devant cette idée.

— Ce ne sont que des accusations, soupira l'homme. Et ils ont offert de payer pour vous, un échange que nous pouvons difficilement refuser. Il promit de vous emmener au sud jusqu'à la Riroca, où vous pourrez faire valoir vos revendications dans un endroit où elles auront de l'importance.

— Ils nous égorgeront dès que vous serez hors de vue, rétorqua Torny.

Le trio Kance, tout au long de cet échange, garda un visage sévère et resta silencieux. Même lorsque le chef de la ville les regarda, espérant peut-être une réfutation des remarques de Torny, ils ne bronchèrent pas d'un pouce. Inflexibles et forts.

— Ils ne le feront pas, dit le chef en se redressant. Nous avons un dernier commerçant qui aurait attendu le printemps pour faire le voyage, mais qui peut partir avec vous demain matin. Son bateau suivra le vôtre, et si vos corps venaient à être jetés à l'eau, la justice rattrapera au moins ces trois-là.

À ces mots, enfin, la détermination des Kance se fissura. Tous les trois lancèrent des regards acérés en direction du chef. Blinth porta même la main à sa rapière, mais Silvrin fit un geste de la main et arrêta son mouvement.

— Entendu, dit Silvrin, bien que nous n'oublierons pas ces derniers ajouts.

La lassitude envahit le chef. — Je vous assure que je m'en moque. Entre les démons, l'hiver et les gens comme vous, Les Sept Îles deviennent rapidement un endroit où je ne souhaite plus être.

Akido et Blinth entassèrent Bliss et Torny, les mains liées, à la proue de leur bateau. Ni l'une ni l'autre, pressées dos à dos, ne pouvaient trouver de confort sur le bois dur. L'air froid s'infiltrait autour et entre elles, leurs frissons leur apportant au moins un peu de chaleur. Leurs ravisseurs, l'un d'entre eux restant à bord pour monter la garde, retournèrent à l'auberge pour grappiller le peu de sommeil qu'ils pourraient.

Torny ne se donna pas cette peine. Comme Bliss, elle s'acharna sur ses liens. Contrairement à Bliss, elle aban-donna rapidement.

— Ils sont trop bien faits, dit Torny, sa tête reposant, comme celle de Bliss, contre le bastingage avant du navire. Le bateau tanguait dans la minuscule baie réservée aux quais de la ville. Ce ne sont pas des liens dont on peut s'échapper.

Bliss voulait dire à la bandit de continuer d'essayer. Que faire autre chose revenait à se condamner à une mort rapide. Peu importe ce que le chef avait dit, les gardes Kance pourraient les tuer toutes les deux, ainsi que tous les imbé-ciles qui les suivraient, sans trop d'effort. Alors elle essaya, frotta les cordes les unes contre les autres, contre le bois. Les nœuds devaient s'effilocher, devaient céder, devaient...

Le coup réveilla Bliss, sa tête cognant contre la rambarde en bois tandis que les deux autres gardes Kance chargeaient le bateau de provisions fraîches et de leurs propres besaces. Les jurons de Torny s'élevèrent avec le chant des oiseaux, la bandit invectivant les gardes.

— La ferme, dit finalement Silvrin. Tu avais raison, vermine, quand tu as dit qu'on allait vous égorger une fois la ville passée. Continue à parler et on le fera quand même.

— Comme si vous n'alliez pas le faire de toute façon, espèces de meurtriers cracheurs de vent.

Silvrin fit un grand pas vers elles, pendant que les deux autres détachaient le bateau du quai. Elle se pencha, revêtue de son armure Kance étincelante. Une main gantée se tendit et agrippa la chemise en lambeaux de Torny. Elle la souleva de leur étroit perchoir.

— Redis encore une fois cette insulte, et je t'étripe sur-le-champ. L'autre main de Silvrin se posa sur la gorge de Torny. — Si nous n'avons pas tué votre Renouveau sur le coup, c'est parce que nous ne sommes pas les démons que vous pensez. Toi et ton amie, vous n'avez pas cette protection. Si je te brisais le cou et te jetais par-dessus bord ici même, il ne se passerait rien. Cette commerçante ne dira pas un mot. Vos corps seraient dévorés par les tristes poissons qui nagent dans ces eaux. Au coucher du soleil, il ne resterait que vos os. Alors choisis, vermine, si tu veux vivre un jour de plus.

Torny commença à bouger la bouche, se préparant à cracher. Bliss lui enfonça le coude dans le côté, un geste maladroit, mais n'importe quoi pour que Torny reconsidère, juste une fois, l'idée de mettre leurs ravisseurs en colère.

Une mort rapide ici ne vengerait pas Wax.

— Pourquoi ? croassa Torny. Pourquoi prendre la peine de nous laisser en vie ?

La femme jeta un regard agacé vers la ville, — Parce que je pense que cet homme était sincère. Parce que nous sommes Kance, de part en part, et que la nouvelle se répandra. La réputation compte, vermine, même si ce n'est pas ton cas. Reste tranquille, et peut-être qu'on te laissera même vivre. Continue à parler, et je ne te donnerai pas d'autre avertissement.

Peut-être était-ce la perspective de la vie, peut-être était-ce le coup de coude de Bliss, mais Torny tint sa langue. Elle garda la bouche fermée tandis que la journée avançait, que les gardes Kance se relayaient aux rames, filant sur la rivière. Le commerçant qui les suivait prit du retard, disparut presque.

Pourtant, les Kance ne tuèrent pas leurs deux otages. Ils les nourrirent, portèrent des outres d'eau à leurs lèvres, et tout ce temps, Torny garda ses insultes pour elle.

Du moins jusqu'à la tombée de la nuit, quand la plupart des bateaux auraient cherché refuge et un campement sur la rivière. Au lieu de cela, les Kance maintinrent leur rotation, le navire glissant sur l'eau mince et sinueuse, toujours en direction du sud.

Bliss avait passé le temps à nourrir sa propre colère, à jouer avec l'idée de vengeance, la mêlant à des rêveries fugaces de son foyer, d'une vie passée sans épées ni serments solennels.

— C'est facile d'être brave quand on n'a rien à perdre, chuchota Torny, les étoiles scintillant au-dessus, l'eau clapotant contre les flancs du bateau. J'y suis restée si longtemps que c'est devenu une habitude, tu sais ?

Bliss haussa les épaules. Un geste qui passa à travers leurs omoplates qui se touchaient.

— Quand Wax est mort, et que tu as commencé cette petite croisade, je suis retombée dans cette habitude. Tuer ou être tué. Mais ce n'est pas comme ça que ça marche, hein ?

Un autre haussement d'épaules.

— Je veux dire, il y a encore une vie là-bas. Peut-être pas en tant que Gardiennes, mais ce que tu m'as dit. Retourner à Vis, me montrer Kitaye. Ça peut encore arriver. Quand elle m'a attrapée à la gorge, c'est à ça que j'ai pensé, Bliss. C'est ce que j'ai vu disparaître quand tu m'as enfoncé ton fichu coude pointu dans les côtes.

Un hochement de tête cette fois, cheveux frôlant cheveux. Torny avait raison. La vengeance était nécessaire, mais si Bliss pouvait rester en vie dans le processus, eh bien, ce serait bien. Ce serait idéal.

— Donc voilà ce que je dis. Toi et moi, on voit comment ça se passe. Peut-être qu'on descend de ce bateau vivantes, qu'on monte sur un autre. On rentre chez nous.

Bliss hésita. Attendit que Torny en vienne à ce qui importait vraiment. Quand la bandit ne le fit pas, Bliss secoua la tête. Elle entendit le petit rire de Torny.

— D'accord, d'accord. On tue ces salauds d'abord, puis on rentre. C'est ça ?

Un hochement de tête. Une promesse.

Elle recommença à travailler sur ses liens.

40
VERS LA MER

Riroca, la métropole du sud de Rana, dorée et débordante de pillards de retour pour un répit hivernal, accueillit le bateau najahn sans plus qu'un murmure. Les quais fluviaux, largement vidés alors que les navires se glissaient dans les cales sèches, semblaient stupéfaits de voir une autre embarcation arriver du Nord, et encore plus une venant d'un avant-poste peu connu, peu entendu.

Reathe guidait l'embarcation élancée, plusieurs autres à bord rassemblant des sacoches remplies de marchandises échangeables, quelques-uns avec leurs sacs prêts à déménager pour la saison froide. Le séjour serait court, le chemin de retour vers le nord devenant plus périlleux chaque jour.

Pas que Wax, Eujo et Quik n'emprunteraient jamais plus cette voie.

— Une fois dans le Tourbillon était suffisant, merci, dit Wax alors que Reathe leur faisait ses adieux.

Le trio obtint cependant un indice lors de leur amarrage : deux arrivées plus récentes, un commerçant déjà prêt à repartir, et un autre groupe qui avait vendu son navire dès son arrivée, une vente que Reathe invalida en revendiquant le bateau comme le leur. Volé aux Najahn, une tache qu'aucun commerçant de Rana n'accepterait, et que Reathe apaisa par un remboursement.

Les voleurs ne ressemblaient pas à des voleurs, disparaissant dans la ville avec leurs armures étincelantes et deux servantes, du moins selon les dires du maître du port. Quand on le pressa, il n'eut rien à ajouter, affirmant qu'il n'était pas un espion.

— Avec leur équipement, proposa l'homme, et leur attitude, je dirais qu'ils se dirigeaient vers le port maritime, bien que bonne chance pour obtenir un vrai navire si tard dans la saison.

— Évident, dit Eujo alors qu'ils partaient, descendant dans la ville avec un objectif bien défini. Mon capitaine ne les laissera pas prendre mon navire sans moi, ils doivent donc avoir un autre plan.

— Où iraient-ils même ? demanda Quik, le frère de Wax s'étant bien remis du skar de Vis et du long voyage. Les gantelets de l'homme pendaient à sa taille, prêts à faire couler du vrai sang. Tout le chemin de retour jusqu'à Kance ?

— Avec les skars volés ? ajouta Wax.

— Je ne sais pas, répondit Eujo. Silvrin doit avoir un acheteur, ou un autre plan.

— Elle ne te dit pas tout, n'est-ce pas ?

Eujo sourit, d'un air méchant et froid. — Si nous parlons, c'est une guerre de mots, Wax.

Ils atteignirent le port vers midi, l'agitation aussi constante que jamais, bien que, comme sur les quais fluviaux, moins d'efforts fussent consacrés au déchargement et plus à l'enroulement des voiles, à l'huilage du bois et au calage des navires pour les turbulentes tempêtes hivernales. Les marins, certains déjà plusieurs chopes dans leur intersaison, chantaient et riaient. Une scène bruyante, une scène joyeuse.

— Ils célèbrent ce qu'ils ont volé, marmonna Eujo alors que le trio passait devant une taverne bondée après l'autre. Rana n'a pas que des pillards, mais Noctia devrait les réprimer. Bloquer cette ville jusqu'à ce qu'ils rangent leurs armes.

— Pourquoi le permettre du tout ? demanda Wax.

— Pour autant que je sache, c'est la tradition. Des rumeurs, cependant, suggèrent que Fassle et le Cercle perçoivent un tribut sous forme de pots-de-vin pour laisser cela continuer. Eujo fit un signe de tête vers une galère de guerre, svelte et portant encore ses grappins, une balliste sur le pont. Foti fabrique les armes, Rana et Whent les utilisent.

— Kance fait les voiles, et Tamas brasse les bières, ajouta Quik. C'est une industrie.

— Et Vis obtient quoi ? demanda Wax.

— D'être laissé tranquille, répondit Eujo, les dirigeant vers le quai menant à leur propre navire, le plus beau restant dans le port. Personne ne se soucie de ce que vous faites, parce que vous n'êtes ni une menace, ni un acteur.

— Merci, je suppose ?

Le capitaine d'Eujo, un homme robuste en uniforme argent et bleu se présentant comme Deux, affirma que ses gardes avaient essayé de l'acheter la veille. Ils étaient venus avec des sacoches, avec deux femmes qu'ils appelaient servantes mais qui ressemblaient, avec leurs regards furieux et leurs vêtements sales, plus à des otages. Ou pire.

— Alors vous avez fait quoi ? demanda Eujo, les quatre assis dans le carré du *Storm's Edge*, autour d'une table raffinée en hêtre. Vous les avez laissés partir ?

Le *Storm's Edge* était beau de loin, mais de près, son artisanat forçait à réévaluer tout ce que Wax avait vu auparavant. Les maisons dans les arbres de Kitaye lui semblaient autrefois incroyables, nichées comme elles l'étaient entre chaque branche sinueuse et tronc enveloppant. Mais à côté des lignes épurées du navire, de son corps luisant peint en argent, la plus belle construction de Vis semblait une folie bâclée.

Le pont principal gratifiait leur embarquement de sols lisses, chaque planche s'ajustant parfaitement à la suivante, les boulons les fixant ensemble peints pour ressembler à des étoiles noires sur le bois presque blanc. Les voiles repliées s'emboîtaient contre les trois mâts comme s'ils ne faisaient qu'un, un papillon attendant d'ouvrir ses ailes. Les cabines, aussi, offraient des fenêtres propres, des lits complets. De l'espace de rangement pour l'équipement.

Les navires najahn et foti sur lesquels ils avaient voyagé, en revanche, entassaient les marins dans de minuscules couchettes, tout ce qui n'était pas essentiel étant fourré dans de grands casiers dans la cale. Même le cotre de Kance que Wax avait pris de Vis à Foti semblait terne comparé au *Storm's Edge*.

Deux, avec l'aide d'un matelot, leur servit même leur premier repas sur des assiettes en céramique, avec de vrais verres en cristal.

— Je me doutais, dit Deux, mais je ne pouvais rien faire. Je ne suis pas un combattant, et le peu de personnel à bord non plus. Eux, en revanche, ne sont pas non plus des marins. Nous étions dans une impasse, et plutôt que de pousser le problème, ils sont partis.

— Partis où ? demanda Quik.

— Sur un autre navire, répondit Deux. Un vaisseau de Noctia. Probablement un commerçant récupérant les dernières valeurs des raids, je suppose. Il les a fait monter à bord. Deux devança la question suivante d'un doigt levé. Ils ont mis les voiles rapidement dans l'après-midi. Plus vite, je pense, que les Noctia ne le voulaient. Ils seront en mouvement.

— Ils seront imprudents. Wax lut l'expression sur le visage de Deux.

— Aussi imprudents qu'on peut l'être dans les mers du nord à cette période de l'année, répondit Deux. Les premiers blocs de glace sont déjà dans l'océan. Tout voyage maintenant comporte des risques, et un voyage rapide deux fois plus.

— Mais nous vous le demanderons quand même, déclara Eujo.

Deux hocha la tête. — Whent est assez proche, leurs ports occidentaux seront encore ouverts pour quelques semaines. Nous pouvons partir demain, bien approvisionnés, et...

— Nous partons aujourd'hui. Nous allons chercher mes hommes, Deux.

— Les traîtres ? Laissez-les partir. Nous pourrons nous en occuper à votre retour à Kance.

Devant le regard furieux d'Eujo, Deux demanda plus de détails et la Reine les lui donna. Avec les skars volés, il n'y aurait pas de victoire, pas besoin d'aller à Whent.

— Et si vous ne voulez pas naviguer, ajouta Wax, nous trouverons quelqu'un qui le fera.

— Aucun Noctia ne peut vous surpasser à la voile, n'est-ce pas ? dit Eujo, des mots que tout le monde comprit comme un défi.

Deux soutint le regard de la Reine avec le sien, un regard qui se prolongea au-delà d'Eujo et par la fenêtre arrière du mess, fixant au-delà du port de Rana vers la mer grise.

— Une poursuite maintenant risque non seulement ma vie, mais celle de tout l'équipage, dit Deux. Il y a de fortes chances que le navire Noctia ait déjà connu une fin désagréable, que nous ne verrons jamais. Deux jeta un coup d'œil à Wax et Quik. — Je suis désolé pour vos Gardiens et les skars, mais ajouter plus de tragédie ne les ramènera pas.

— Me refusez-vous ? demanda Eujo.

— Je...

— Parce que si c'est le cas, alors je vous ordonne de quitter ce navire. J'irai dans l'une de ces tavernes et je trouverai un marin assez bon, assez ivre ou assez bête pour faire ce que vous ne voulez pas faire, et nous essaierons.

Deux renifla. — Alors vous mourriez.

— Un problème que vous semblez assez capable d'empêcher, dit Wax. De toute façon, la journée avance. C'est votre décision, capitaine.

Un juron mit fin au repas et le *Storm's Edge* prit la mer.

Les dernières heures du jour leur donnèrent un bon départ pour la poursuite, les vents d'hiver attrapant les voiles de Kance et envoyant le *Storm's Edge* voler sur les vagues, souvent littéralement, avec le fond du navire effleurant à peine ces crêtes blanches alors qu'il filait.

Quik, prétextant l'épuisement, se retira dans sa cabine et s'effondra. Eujo resta avec Deux, discutant de stratégie ou racontant l'histoire du Nord, ce qui laissa Wax se promener seul sur le navire, admirant la construction et regardant les vagues, essayant de ne pas trop se concentrer sur Bliss.

Elle et Quik s'étaient déjà tant sacrifiés pour Wax, depuis le tout début de ce voyage jusqu'à maintenant. Ils avaient été blessés, pris en otage, et si près de pire encore. Tout ça pour que Wax puisse poursuivre un rêve probablement hors de portée. Avec ce retard, et Eujo prouvant que les premiers skars de Wax avaient mis du temps à venir, quelles étaient les chances qu'ils réussissent même ? Et qui voulait vraiment être l'Aegis de toute façon, coincé sur ce trône de pierre à se faire agresser par des démons ?

Wax se retrouva à la proue, penché en avant, un manteau offrant une certaine protection contre le froid, sinon contre les embruns occasionnels. L'eau fouettait son visage, se nichait dans ses cheveux, le soleil caché par les nuages se couchant derrière lui. Un mélange revitalisant, qui enterrait ses doutes un par un.

Des questions, oui, Wax pouvait en avoir. Il en avait besoin, sinon il frapperait à l'aveugle, si confiant dans sa prochaine liane qu'il tomberait au sol. Mais des doutes ? De l'hésitation ? Cela vous tuerait tout aussi vite.

Alors non. Wax pouvait remercier son frère et sa sœur, pouvait les aimer pour ce qu'ils avaient fait, mais il ne pouvait pas douter de leur décision. Ne pouvait pas douter de la sienne.

Il continuerait d'essayer d'être l'Aegis, continuerait de se battre contre tout ce qui se dresserait sur son chemin, parce que c'est ce que le voyage exigeait, c'est ce qu'il devait à Pan, et, bon sang, c'est ce que Wax voulait.

Il ne rentra pas à l'intérieur avant que le navire ne ralentisse, s'installant dans une partie plus calme de la mer. Deux déclara la nuit trop nuageuse pour continuer à naviguer, pas avec la possibilité de glace aux alentours. Ils rattraperaient plus de terrain le matin.

Le trajet de Rana à Noctia prendrait au moins cinq jours dans de bonnes conditions, d'après Deux. Cela, avec un navire de Kance. Le vaisseau Noctia prendrait au moins une semaine.

— Quand les rattraperons-nous ? demanda Wax alors que tout le groupe, y compris les plusieurs matelots de

Deux, le second et le cuisinier, se rassemblait autour de la table du mess pour un dîner de poisson frais — toujours du poisson frais par ici.

Deux découvrit ses dents. — Avec une bonne météo et une navigation simple de leur part, nous les aurons d'ici demain après-midi. À cette heure-ci demain, nous serons tous morts ou en train de dîner avec votre sœur.

41
DEUX ÂMES, RECOUSUES

Maena se tenait à nouveau sur le sable mouillé, les vagues glacées léchant ses bottes de temps à autre. L'épuisement pesait sur ses tempes, malgré le copieux petit-déjeuner et le café terreux offerts par la ville en guise de remerciement. Ses yeux scrutaient l'horizon enneigé, observant des milliers de flocons tomber sur l'eau ou sur les navires Rana, maintenant tirés hors de l'écume vers un inévitable bassin de radoub.

Trop endommagés pour reprendre la mer cet hiver, les navires et leurs équipages étaient désormais prisonniers de Whent. Ou plutôt, leur fourrage.

Jochi avait fait l'offre autour de ses défenses en ruine. Alors que la nourriture apparaissait avec l'aube, les premières réparations commençant dans une ville brûlée qui se retrouvait encore debout, le seigneur de guerre de Whent avait prononcé une sorte de sermon aux survivants, principalement Svarde, Maena et leur trio de blessés.

Pennifer et Rasslebeck n'avaient pas entendu les mots, ayant été chargés sur des chariots en attente, transportés à l'hôpital de la ville, une vénérable annexe de l'université. Là-bas, Jochi l'avait promis, ils recevraient les meilleurs soins, couplés aux expériences les plus prometteuses que les scientifiques de Whent pourraient concevoir.

Toute autre question sur le sujet avait été balayée par la foule grandissante, la confusion, et le besoin de Jochi de réaffirmer sa position de leader.

Et il l'avait fait, en faisant ce que Maena avait fait, ce que les chercheurs de gloire faisaient toujours : il avait fait une promesse.

— Nous suivrons la piste laissée par ces aberrations brûlantes, avait déclaré Jochi dans la froide lumière grise, debout sur des sacs de sable à moitié brûlés, sa barbe emmêlée de cendres. Nous trouverons leurs demeures et les anéantirons, nous fermerons la porte par laquelle ils sont venus et scellerons leur mal à jamais.

Les détails avaient suivi, bien que Maena ait eu du mal à y prêter attention. Quelque chose à propos d'un assaut sur les Ténèbres d'en Bas, mené par les forces de Whent et de Rana. Svarde, appuyé contre ses propres sacs de sable, dormait ouvertement, ronflant.

Cette alliance inhabituelle aurait dû susciter l'intérêt de Maena, mais sa création était née de la force, pas de la compassion. La capitaine Rana — Maena se souviendrait de son nom plus tard — avait dû accepter les conditions de Jochi, des conditions qui laissaient ses restes en vie. Des conditions faites pour les envoyer vers une mort plus profonde et plus sinistre.

Et tu vas avec eux ?

Cette prise de conscience avait ramené Maena sur la plage après le repas. Jochi avait annoncé une heure et un lieu de rendez-vous, près de l'Université, ce soir-là pour planifier. C'est là que le travail sérieux recommencerait, une autre plongée dans les profondeurs, celle-ci avec le soutien d'une Île entière.

Pas seulement des vétérans qui n'ont plus rien à perdre, tu veux dire ?

Et avec des provisions à la hauteur. Maena presserait Jochi d'établir des lignes d'approvisionnement, d'installer des avant-postes tout le long de la descente.

Pas une expédition, alors, mais une invasion ? Quelle cruauté.

Toutes les îles s'étaient contentées de vivre au-dessus d'une bombe pendant toutes ces années, acceptant et ignorant la détonation qui se cachait sous la surface. L'élan était là, enfin, pour s'attaquer sérieusement à ce qui importait le plus.

Assassiner les démons ?

Une Maena plus jeune et plus naïve aurait peut-être essayé de trouver un meilleur mot pour le dire. Quelque chose avec plus de verve diplomatique, quelque chose de plus approprié pour la légende.

Mais oui, assassiner ces fichus démons. C'est ce qu'ils devaient faire, et le faire assez bien pour que les monstres ne reviennent pas.

Voilà ma capitaine. Tu m'as manqué.

Maena acquiesça face aux vagues. Elle s'était manqué aussi. Quelque chose là-bas l'avait brisée, avait divisé Maena et l'avait laissée chancelante. Elle avait vécu avec cette fissure trop longtemps maintenant.

Plus maintenant.

Tu essaies déjà de te débarrasser de moi ?

Maena s'agenouilla dans le sable froid, sentit le froid s'infiltrer à travers son nouveau pantalon en tissu. Elle baissa les yeux vers une flaque de marée à ses pieds, l'eau stagnante offrant un reflet trouble. Le visage de sa capitaine avait depuis longtemps disparu, il ne restait que de la saleté et une énergie déchiquetée. De nouvelles cicatrices se mêlaient aux anciennes, toutes dans une lueur rouge maintenant grâce au feu du démon.

Tu es ruinée, tout comme moi. Ça ne partira jamais.

Maena retira le gant de sa main gauche. Elle la plongea dans la flaque. Le froid lui transperça la peau, et avec lui un réconfort, une pression s'éleva sur son visage, contre la même joue que sa main tenait en dessous.

Je pourrais dire que je suis toi, mais tu le sais déjà.

Il y avait des choses magiques qui se produisaient à travers Les Sept Îles. Les Najahn les expliquaient comme les restes des dieux, tandis que les scientifiques s'efforçaient de prouver leurs fondements dans les lois naturelles. Tout ce que Maena savait, c'était que maintenant, ici même, elle avait besoin de se redresser.

Alors arrête de me combattre, de te combattre toi-même.

Le reflet fronça les sourcils. Peut-être que Maena aussi. Pas que cela importait. Elle retira le gant de sa main droite, le laissa tomber dans la terre et plongea ses doigts dans la flaque pour rejoindre sa main gauche, encadrant son reflet. Encore ce froid, cette chaleur sous pression.

Laisse-moi entrer.

Une vie, un corps, une âme. Une seule. Divisée, peut-être, mais comme toute blessure, une telle division pouvait être guérie. Devait l'être, si Maena retournait dans cet endroit sombre.

Une vague s'écrasa, courut sur la flaque, ensevelit le reflet dans l'écume. Maena ferma les yeux contre elle, s'accrocha à cette pression chaude, juste là où ses doigts touchaient, jusqu'à ce que, avec la vague, la pression disparaisse. La flaque de marée s'écoula avec elle, le sable qui la retenait s'effritant. Il ne restait que de la terre humide et vide.

Mais Maena n'entendait rien, ne ressentait aucun murmure dans son esprit.

Les portes s'ouvrirent à son approche, les gardes de Jochi les poussant pour révéler l'étalage du dîner. Svarde, rafraîchi par une longue sieste de la journée, lui fit signe de prendre un siège vide près de lui, le seul restant à la table. Un arrangement attendait Maena, allant des capes et couleurs académiques, aux bleus Rana, jusqu'aux fourrures et au large sourire de Jochi.

— Enfin, notre dernier membre, tonna Jochi.

La pièce correspondait à sa voix, un haut plafond au sommet de l'université, de larges fenêtres séparées par des feux crépitants. En contrebas, la ville s'affairait à réparer les dégâts. Un repas copieux laissait son odeur épaisse imprégner l'air. Des chopes de bière attendaient, remplies.

Pourtant, malgré tout cela, Maena ne voyait que peu de sourires. Les épaules étaient raides, les mains tendues, comme à la recherche d'armes à saisir.

Un conseil de guerre.

— Maintenant, dit Jochi, nous mangeons, nous buvons, et nous discutons de la façon dont nous allons faire à ces monstres ce qu'ils ont essayé de nous faire. Il planta ses coudes et se pencha en avant sur la table. — Noctia ne nous aidera pas. Les autres îles ont leurs propres problèmes. Nous devons nous suffire à nous-mêmes.

Svarde désigna à nouveau le siège libre d'un signe de tête, mais Maena l'ignora. Elle se dirigea plutôt vers le pied de la table, en face de Jochi, et posa ses mains à plat sur l'épaisse dalle de pierre. Elle balaya le groupe d'un regard enflammé.

— Svarde et moi avons déjà essayé une fois, et nous

avons échoué une fois. Nous ne faillirons pas à nouveau. Elle tendit la main. Svarde vit le geste et lui passa une chope de bière. Maena la prit et la leva. — Massacrons ces monstres.

Des acclamations, des huées et des gestes suivirent, mais aucun sourire n'était aussi sauvage, aussi affamé que celui de Maena.

42
COMBAT EN CAGE

Les liens ne se défaisaient pas. Chaque fois que les cordes s'effilochaient, le Kance de garde les remplaçait. Aucun ne reconnaissait les efforts de Bliss, se contentant de pointer une rapière sur son flanc pendant qu'un autre ajustait la corde, plaçant de nouveaux brins aux bons endroits.

Après la troisième fois, Bliss arrêta d'essayer. Elle profita de l'occasion pour dormir, aussi inconfortable que ce fût. Au moins, la rivière offrait un bruit agréable, au moins leurs ravisseurs étaient silencieux. Pas de coups, pas de menaces gratuites. Comparés à Sledge et aux bandits Foti, ces trois-là étaient de véritables saints.

Torny et Bliss leur rendirent cette gentillesse dans la ville. Le trio Kance empila leurs sacoches dans les mains des deux femmes, cachant leurs liens — déplacés vers l'avant — et les gardant suffisamment encombrées pour empêcher toute fuite. Le poids, les cordes, ces rapières étincelantes indiquaient ce qui arriverait si les deux tentaient de s'enfuir, alors elles restèrent en place.

Et les Rana, tellement absorbés par leurs propres préparatifs pour l'hiver, ne semblaient de toute façon pas intéressés. Torny, à un moment donné, après que leur groupe de cinq eut vendu le bateau et semé le marchand qui les suivait, semblait sur le point de crier à l'aide, quand Silvrin s'arrêta et fit face à Torny directement.

— Fais le moindre bruit, cause le moindre problème, et tu seras morte avant de toucher le sol, dit Silvrin. Si quelqu'un demande pourquoi, nous dirons la vérité. Vous êtes des criminelles. Des voleuses et des tueuses en puissance. Personne ne s'en souciera.

C'était suffisant pour garder la bouche de Torny fermée, suffisant pour que Bliss concentre ses efforts sur ce qui comptait vraiment : le timing.

Si Foti lui avait appris quelque chose, c'était que les occasions allaient et venaient. Un moment viendrait où les Kance relâcheraient leur vigilance, une opportunité se présenterait, et si elle était prête, si elle prenait le repos qu'elle pouvait trouver et volait la nourriture qu'elle pouvait, alors Bliss pourrait en profiter.

Ce moment arriva le deuxième jour en mer, à bord d'une caravelle Noctia élancée en route vers son port d'attache.

Le navire n'avait pas la masse brute du galion Foti, ni la puissance de la frégate Najahn, mais la caravelle traçait néanmoins une ligne impressionnante à travers les vagues hivernales. Le mal de mer qui s'emparait normalement de Bliss comme un étau était maîtrisé, ne laissant qu'un vague ballottement dans son estomac. Loin des vomissements incessants auxquels elle s'était habituée.

Cette santé relative, couplée aux yeux vifs et à l'attitude collante de Torny, permit aux deux femmes d'observer le bouillonnement de l'eau depuis une cage trapue située plusieurs niveaux sous le pont du navire marchand. Les

Kance les avaient mises là, enfermées dans un enclos destiné au bétail. De la paille moisie était éparpillée dans les coins, et l'odeur de fumier mal nettoyé imprégnait l'air. Malgré tout, Bliss était au sec, au chaud, et ses muscles endoloris avaient retrouvé leur force après le dur voyage et le combat brûlant contre le démon.

— Donc tu es prête maintenant, c'est ce que tu veux dire, soupira Torny, son dos collé à celui de Bliss contre la coque du navire. Tout ce qui s'est passé jusqu'ici n'était qu'une balade amusante ?

« Je prenais mon temps. »

— Tu aurais pu me le dire.

« Tu semblais occupée. »

Contrairement à Bliss, Torny avait passé le voyage à tester les limites, et elle avait récolté quelques bleus pour ses tentatives d'évasion. Une fois, lors du dernier changement de leurs liens, Torny s'était jetée par-dessus bord, donnant des coups de pied pour essayer de rester à flot. Elle avait appelé le marchand fluvial qui les suivait, espérant de l'aide et n'en obtenant aucune.

Les Kance l'avaient d'abord tirée par les cheveux, le morceau manquant étant visible près de l'oreille droite de la bandit. Après cela, son entrain s'était estompé, ne trouvant de combativité que dans des jurons marmonnés et pas grand-chose d'autre.

— Pas que ça va nous servir à grand-chose. Torny cogna sa tête, lentement et fermement contre le bois sombre derrière elles. Si on s'en sort, tout ce qu'on va gagner, c'est un coup de poing rapide dans le ventre et un retour là d'où on vient.

« Tu ne veux pas nager dans la mer ? »

— Essaie de prendre un bain dans cet océan et tu gèleras en une minute. Ce n'est pas ton paradis de Vis.

« Alors on les jette dedans. »

Torny esquissa un sourire, — Autant j'aime cette idée, je ne suis pas sûre de croire en ta confiance.

« Tout ce dont on a besoin, c'est d'une ouverture. »

— Et comment on va l'obtenir, cette ouverture, Bliss ? En leur demandant gentiment ?

Bliss haussa les épaules. L'idée était là. Maintenant, elle n'avait plus qu'à attendre.

De la pâtée pour le déjeuner. Un bol fin rempli d'une bouillie de riz. Une petite pomme Rana. Blinth entra dans leur cage, posa les bols et les cuillères fragiles à leurs pieds. Il dégaina sa rapière et, de l'autre main, passa derrière elles pour défaire le nœud qui les attachait au poteau. Un pas en arrière, gardant la rapière pointée, et Blinth fit un signe de tête vers la pâtée.

— Mangez.

Bliss se dégagea de ses liens, se pencha en avant. Elle prit le bol, la cuillère, porta la nourriture à ses lèvres. La caravelle entama une lente ascension sur une autre vague. Blinth compensa, se penchant vers le duo, sa rapière parfaitement à niveau, les yeux sérieux.

La caravelle bougea, tournant légèrement en atteignant le sommet de la vague. Bliss en profita. Elle tomba en avant, jetant le bol devant elle. La pâtée s'éclaboussa, une partie roulant sur la botte de Blinth. La cuillère rebondit sur les barreaux de fer droit de la cage. Bliss sentit instantanément la pointe de la rapière dans son dos.

— N'essaie rien, siffla le garde.

Et jura, une demi-seconde plus tard, lorsque le bol de Torny frappa son visage. Bliss sentit la pâtée pleuvoir autour d'elle, la rapière relâchant légèrement sa pression, suffisamment pour que Bliss puisse atteindre, saisir et faire glisser la botte gauche de Blinth, aidée par la descente douce de la caravelle de l'autre côté de la vague.

Blinth tomba en arrière, sa tunique et son pantalon en toile — l'armure, apparemment, pouvait être laissée de côté dans l'enceinte sécurisée du navire — faisant un bruit sourd en rencontrant des obstacles.

Torny ricana en passant devant Bliss, se jetant sur le garde et plaquant la rapière contre son ventre. Bliss se releva en position accroupie alors que Blinth balançait son poing gauche, frappant Torny sur le côté et la repoussant, juste à temps pour recevoir le coup de pied de Bliss en plein visage. Le coup fit rebondir le crâne de l'homme contre les barreaux de fer, lui faisant loucher.

La rapière vacilla. Torny revint à la charge, et alors que Bliss assenait un deuxième coup de pied sec, la prise de Blinth se relâcha.

« Tu vois ? » signa Bliss tandis que Torny prenait les clés de la cage au garde. « Facile. »

— Tu n'as pas encaissé un coup, grimaça Torny alors qu'elles quittaient la cage, fermaient la porte et la verrouillaient derrière elles. Tu aurais pu l'esquiver.

— Si je l'avais fait, tu serais embrochée à l'heure qu'il est.

Les paroles de Torny s'estompèrent tandis qu'elles regardaient autour d'elles, l'environnement prenant une nouvelle dimension avec la liberté. Plusieurs autres cages identiques à la leur étaient remplies de caisses. Aucun autre animal pour ce court voyage. Du riz rana et des tissus filés, des butins des marais et des choses que Bliss ne pouvait nommer les entouraient, un étroit passage marquant la seule voie possible.

— Combien de temps avant que quelqu'un vienne nous

chercher ? marmonna Torny alors que le duo avançait, Torny en tête avec la rapière. Une minute ? Cinq ?

Bliss aurait signé une réponse, mais les yeux de Torny étaient fixés devant elle. À la place, elle regarda au-delà de la bandit, mesurant ses pas, les craquements de la caravelle. Au-delà des leurs, le bateau frémissait sous d'autres bottes qui frappaient durement, se précipitant partout. Le calme ordonné d'hier semblait s'être dissipé.

Elle tapota l'épaule de Torny, leva les yeux vers le haut.

— Ouais, je l'entends aussi, répondit Torny. Je parie que c'est pour ça qu'on avait Blinth en solo aujourd'hui. Il se passe quelque chose.

— Près de Noctia ?

— Pas à moins que ce soit le navire le plus rapide jamais construit. Les Rana n'attaqueraient pas non plus un navire de Noctia. Je parierais sur des démons.

— Ce serait peut-être la seule fois où je serais heureuse de les voir.

— Jusqu'à ce qu'ils te mangent, je parie.

Les deux s'arrêtèrent devant l'échelle inclinée menant à l'étage supérieur, avec des marches rainurées pour faciliter la marche. La porte ouverte au-dessus n'offrait que peu de protection. Des conversations, urgentes et saccadées, filtraient. Des préparatifs étaient en cours pour un combat.

— Pas des démons alors, signa Torny, son langage des signes s'améliorant chaque jour. Ils ne te laissent pas le temps de planifier.

— Alors quoi ?

— Peu importe. Ce qui compte, c'est comment on va attendre que ça passe. Torny fit un signe de tête vers l'arrière du navire. Allez, retournons voir notre pote.

Le raisonnement de Torny devint clair pendant le retour.

Même si le duo parvenait à se frayer un chemin par surprise à travers tous les gardes, l'équipage du navire et le capitaine, elles se retrouveraient seules en mer avec un navire qu'aucune des deux ne savait manœuvrer. Tout canot de sauvetage, si le navire de Noctia en avait même un, les mettrait dans un océan glacial. Mieux valait donc utiliser la carte qu'elles avaient.

— On garde Blinth en otage, dit Torny, pointant la rapière vers le corps inconscient dans la cage. On tient la position ici jusqu'à ce qu'on accoste. On échange sa vie contre notre liberté.

— Tu penses qu'ils le feront ? Nous laisser partir ?

Torny hocha la tête. — On n'est que des monnaies d'échange, Bliss. On ne signifie rien pour eux. Je parie qu'on est plus embêtantes qu'autre chose. Ils se débarrasseront de nous à la première excuse.

— Donc tout ce que mon geste brillant nous a rapporté, c'est d'attendre hors de la cage au lieu d'être dedans ?

Torny leva un doigt. — Ce que tu nous as donné, Bliss, c'est le choix. Elle fronça les sourcils devant la bouillie renversée. Bien que tu aurais pu attendre après le déjeuner. Je meurs de faim.

43
APPEL ET RÉPONSE

Wax fit tournoyer la rapière dans le vent glacial. La lame avait une allure agile, comme si elle pouvait bondir et filer d'un simple coup de poignet. Deux, le capitaine, avait passé quelques heures au cours de la dernière journée à donner quelques conseils à Wax, corrigeant sa posture et ses mouvements, tous deux différents de ceux de la lame Foti plus lourde.

Cette arme, Wax la présumait perdue, disparue dans les marais du nord de Rana après que les gardes de Kance lui soient tombés dessus. Avec un peu de chance, si la Garde Royale l'avait conservée, peut-être que Wax la retrouverait à bord du navire marchand de Najahn.

Avec de la chance, Wax terminerait la journée vivant, indemne et victorieux.

Deux s'attendait à croiser le navire de Noctia cet après-midi-là, et le capitaine tint parole : d'abord une ombre bleu foncé à l'horizon, le navire marchand se détacha progressivement contre les vagues et le ciel gris au fil des minutes. Wax et Quik enfilèrent leurs vêtements de lin, ce dernier gardant ses gantelets, et se tinrent à la proue. Eujo resta avec Deux sur la passerelle du navire, discutant stratégie.

— Ou décidant de nous livrer, dit Quik.

— Parce que ça a du sens, répliqua Wax, réprimant un frisson. Malgré les vêtements de lin, l'hiver s'installait durement dans le Nord. Elle aurait fait tout ça juste pour, quoi, demander à ses gardes de nous éventrer ?

— Je ne sais pas, Wax. Après Foti, et maintenant ça, je ne sais pas comment tu peux faire confiance à quelqu'un qui ne fait pas partie de notre famille.

— Je choisis de le faire, Quik. C'est comme ça.

Son frère aîné lui lança un regard classique, celui avec un sourcil levé qui disait que Wax devait se ressaisir et arrêter d'être naïf. Un Wax plus jeune aurait pu être furieux, enclin à riposter.

Celui-ci, le Renouveau sur le point de récupérer ses skars, se contenta de sourire.

— Heureusement que tu n'as pas à t'en inquiéter, dit Wax, glissant de la bravade dans ses mots, comme il l'aurait fait s'ils étaient de retour à Kitaye et que Wax proposait une expédition. Suis juste mon exemple, mon frère, et tout ira bien.

Quik, au moins, put en rire.

Le reste de l'équipage de Deux se rassembla du mieux qu'il put alors que le navire marchand de Noctia approchait. Trois membres d'équipage, rapières et grappins prêts, rejoignirent Wax et Quik. Ils les informèrent également qu'Eujo et Deux resteraient sur le navire de Kance.

— Trop effrayés ? demanda Quik.

— Trop importants, fut la réponse des membres d'équipage.

Eujo, cependant, présenta un plan. Wax et Quik

n'avaient absolument aucune expérience en matière de combat naval, encore moins d'abordage. Eujo semblait comprendre cela, et semblait comprendre aussi que le nombre ne serait pas en leur faveur. Un membre d'équipage de Kance ne pouvait pas tenir tête à un garde royal dans un combat, encore moins à un équipage de Noctia.

Alors Eujo opta pour un pot-de-vin, lancé au navire marchand de Noctia alors que les deux navires se rapprochaient. Le pont supérieur du navire de Noctia était bondé de travailleurs, facilement le double du nombre de l'équipage de Kance, la plupart regardant l'équipage armé de Kance avec une sorte de stupéfaction.

Après tout, le pillage n'était pas dans les habitudes de Kance, surtout pendant la période de paix d'un Renouveau.

— Un échange, cria Eujo depuis le pont supérieur du navire, Deux se tenant à ses côtés avec un air impérieux. Les trois traîtres et leurs captifs sur votre navire, et en échange, vous obtenez leurs armures et leurs armes.

Quand Wax, debout avec les membres d'équipage et regardant à travers l'étroit abîme entre les navires, entendit cette offre, il plissa le nez et jeta un coup d'œil à la reine. Quelques armures de Kance ne semblaient guère en valoir la peine.

Cette impression, cependant, s'évanouit rapidement quand il entendit les sifflements et les chuchotements des membres d'équipage autour de lui.

— On dirait que c'est une grosse affaire, marmonna Quik.

Assez importante, en tout cas, pour que le marchand de Noctia accepte en quelques secondes, seulement pour déclarer qu'il ne pouvait pas forcer les gardes de Kance à quitter son navire. Le capitaine de Noctia, un homme agité dont les mains entraient et sortaient sans cesse de ses épaisses robes et de leurs poches, déclara simplement que lui et son équipage ne s'interposeraient pas.

— Tellement généreux, dit Wax.

— La voie du marchand, ajouta Quik. Il n'y a aucun profit à rejoindre le combat, seulement à ramasser les restes.

Ces restes, pensa Wax, pourraient bien gagner quelques bosses et entailles supplémentaires avant la fin de la bataille.

Le capitaine de Noctia permit qu'une passerelle d'abordage s'abatte entre les navires, la passerelle oscillant avec les vagues, mais suffisamment stable pour que Wax et Quik puissent marcher. Les membres d'équipage suivirent, rapières dégainées.

— Où sont-ils ? demanda Wax au capitaine de Noctia en posant le pied sur le bois noir. Les voiles claquaient au-dessus d'eux, mais sinon, autant de silence que la mer le permettait régnait.

— Nous avons trois ponts, dit le capitaine de Noctia, son visage bronzé et sec. Votre prise sera sur le deuxième, leurs captifs sur le troisième.

Wax commença à se diriger dans cette direction, puis s'arrêta. — Pourquoi leur avez-vous accordé le passage ? Vous deviez savoir qu'ils transportaient des prisonniers contre leur gré.

— Ils ont payé un bon prix, dit le capitaine de Noctia. Vous en offrez un meilleur.

— Plus je vois du monde, moins je l'apprécie, dit Quik derrière lui. Combien de moyens d'y descendre ?

Le capitaine de Noctia pointa du doigt une seule échelle ouverte, descendante. Assez grande pour hisser une cage massive, avec des cordes et des poulies à côté. — C'est la seule. Je m'attendrais à ce qu'ils sachent que vous arrivez.

— Alors nous devons trouver une meilleure idée, dit Wax.

La bravoure était une chose, mais se précipiter tête baissée vers des épéistes plus que capables de le mettre en pièces en était une autre. Wax, regardant le portail vers le bas, acquiesça. — Quik, nous avons acculé notre proie dans son trou. Comment les en faire sortir ?

Quik sourit. Il regarda par-dessus le pont vers les vagues au loin, les yeux prenant un air lointain. Un chasseur rappelé dans le jeu. — Quelques options, mais ici, je dirais un petit craquement, un petit tremblement.

— Vous n'allez pas couler... commença le capitaine Noctia, mais Quik tendit le bras et plaça ses griffes de bois acérées sur la gorge de l'homme.

Les rapières jaillirent de leurs fourreaux, et l'équipage Noctia, ceux suffisamment loyaux envers le marchand pour faire plus que reculer de quelques pas, sortirent leurs propres dagues, gourdins et sabres. Une bataille hétéroclite sur le point d'éclater sur les mers agitées.

— Du calme, du calme, dit Wax, en tournant lentement — plus difficile que prévu sur le pont d'un navire — pour lever les paumes en signe d'apaisement vers tout l'équipage. C'est un stratagème. S'ils pensent qu'ils vont couler, ils remontent, personne n'est blessé. Vous voyez ?

Maintenant, Wax devait juste espérer que les Kance n'écoutaient pas, mais au moins les armes s'abaissèrent, les grimaces se transformèrent en regards soupçonneux. Pas de coups de poignard, pas de lances, pas de crânes fracassés.

— Alors faites ce que vous voulez, lança le marchand Noctia, en s'éloignant de Quik. Mais si vous endommagez mon navire, je ferai en sorte que les Najahn viennent vous rendre visite. J'ai des amis parmi eux, vous savez.

— J'en suis certain, répondit Quik. Wax, tu veux faire les honneurs ?

— Avec plaisir.

L'idée venait de chez lui, en nageant dans la crique. Plongez sous l'eau quand quelqu'un saute du quai et vous entendrez un grondement traverser l'eau. Avec un saut assez grand, les marins Kitaye sur les feuilles de nénuphar sentiraient leurs pieds trembler. Le bois du navire Noctia devrait transmettre les mêmes secousses, et pourrait même produire de bons craquements. La question maintenant, avec les matelots et l'équipage Noctia se regardant en chiens de faïence, était de savoir comment produire ce tonnerre grondant.

Deux avait la réponse, et elle se trouvait dans la grande ancre lestée à la proue du *Storm's Edge*. La profondeur de l'océan signifiait qu'elle ne toucherait pas le fond marin, mais quelques remontées et chutes rapides produiraient le bruit que Wax voulait. Avec un peu de chance, elle ne heurterait pas trop le navire Noctia...

Le plan fut mis au point en un temps record, les deux navires restant étroitement attachés l'un à l'autre, dérivant sur les vagues par cette journée grise et neigeuse. Le marchand Noctia persistait dans ses complaintes murmurées, ignoré de tous. Quik et Wax avaient les yeux rivés sur l'échelle menant au pont inférieur, écoutant maintenant une dispute frustrée entre Akido et Silvrin en dessous.

— Ils sont méfiants, dit Quik alors que Wax le rejoignait, le *Storm's Edge* effectuant sa première chute.

L'ancre plongea dans l'océan, éclaboussant l'eau dans un fracas assourdissant. Silvrin et Akido cessèrent leur bavardage pendant une longue seconde tandis que les matelots de Deux commençaient à remonter l'ancre.

— Ils devraient l'être, dit Wax. Il faut qu'ils aient peur.

L'ancre tomba à nouveau. Un autre claquement. Le courant tira cette fois sur la grande chaîne de l'ancre, frottant contre le navire Noctia dans un grincement que Wax entendit et ressentit sous ses pieds. Le marchand Noctia poussa un cri, ses matelots jurèrent. Personne, cependant, ne fit un geste. Wax fit signe à Deux, debout près de son équipage et toujours impeccable, de laisser tomber l'ancre à nouveau.

Le capitaine s'exécuta, l'ancre tomba, un grand plouf, une autre secousse. Silvrin et Akido reprirent un bavardage violent, leurs mots juste trop faibles pour être compris. Quik se pencha plus près de l'échelle, essayant d'écouter, quand les mots s'arrêtèrent. Un piétinement commença, mais dans la mauvaise direction, s'enfonçant plus profondément dans le navire. Wax rencontra le froncement de sourcils de Quik avec le sien, commençant à formuler un nouveau plan : prendre Silvrin, seul, et s'occuper des autres après.

Ce plan mourut avec le cri d'un matelot, avec la chaîne de l'ancre tirant dans la mauvaise direction. Avec un cliquetis sonore, la chaîne échappa à ses manipulateurs. Le *Storm's Edge* se précipita vers le navire Noctia, les planches les reliant se fissurant. La raison se révéla l'instant suivant, un membre violacé et ondulant surgissant de la surface et frappant le *Storm's Edge*.

Le navire Noctia bondit, s'élevant de l'eau et s'inclinant. Quik tomba, disparaissant par l'ouverture vers le pont inférieur tandis que Wax roulait au-delà pendant un moment avant que l'embarcation ne se stabilise, quelque chose de nouveau, quelque chose d'affreux s'élevant dans le soudain espace entre les deux navires.

Un démon ?

Wax essaya de concilier cette terrible malchance, ces faibles probabilités, jusqu'à ce qu'un bruit de grincement continu attire son regard vers le *Storm's Edge*, vers l'ancre qui continuait de se dérouler, et il eut sa réponse. Maintenant, alors que l'air se remplissait de jurons, d'ordres et de cris, ils devaient survivre.

44
SOUS LE PONT

Blinth n'aimait pas être enfermé dans la cage. Quand le garde se réveilla, il se mit à crier, et le navire ne fit pas grand-chose pour étouffer ces sons.

— Laisse-moi prendre les devants, signa Bliss, sa rapière volée à la main, alors qu'elle occupait l'étroit couloir entre les caisses empilées.

Il y avait eu une énorme secousse quelques instants auparavant, mais le tangage du navire semblait s'être stabilisé pour des raisons sur lesquelles ni Torny ni Bliss ne se souciaient de spéculer. Les jurons, menaces et appels constants de Blinth à Akido et Silvrin couvraient les bruits étouffés venant d'ailleurs, les laissant dans une étrange bulle.

L'espoir d'un sauvetage n'était pas quelque chose avec lequel Bliss osait flirter, pas à ce stade. Mieux valait ne faire confiance qu'à sa prise sur la lame et à sa chance de surprise.

Cette chance se présenta lorsque la première jambe

armurée atteignit un barreau visible, Akido lançant une question à son ami qui criait. Où était Blinth, où étaient les deux prisonniers, était-ce sûr ?

Pas du tout sûr.

Bliss, dont l'habileté à l'épée se situait quelque part entre nulle et marginale, pressa son seul avantage et fonça droit sur Akido, la rapière tendue comme une lance.

Le mouvement aurait pu fonctionner sur quelqu'un de moins habile, sur quelqu'un émoussé par l'ale ou le temps, mais Akido, dos à Bliss, entendit ou prédit la charge et se retourna, balayant sa propre rapière de sa main droite pour dévier le mouvement de Bliss et l'envoyer trébucher vers la poupe du navire.

Akido acheva sa descente tandis que Bliss prenait appui sur une caisse molle, se retournant pour voir la rapière de l'ennemi arriver dans une estocade à vous glacer le sang. Elle tomba en arrière, sa petite taille combinée à la distance ne lui valant qu'une égratignure sans plus.

Pas qu'Akido lui laisserait la moindre opportunité. La rapière recula d'une longueur de main, puis se projeta à nouveau, cette fois visant Bliss alors qu'elle reculait à coups de pied sur le sol. La lame lui perça le flanc, accompagnée d'une douleur cuisante. Elle essaya de crier, sa voix mutilée ne produisant qu'un jappement déformé.

Bliss agita sa propre rapière, envoyant la lame vers Akido avec suffisamment de rage sauvage pour qu'il recule d'un pas et dévie le coup. De sa main gauche, l'homme dégaina le poignard à sa ceinture, nivelant à nouveau la rapière.

— Lâche la lame, et tu vivras peut-être, dit Akido.

Bliss ne répondit qu'en crachant. Elle pressa sa main gauche sur son côté, sentit l'humidité chaude et collante, la douleur constante maintenant, mais pas assez, pas assez pour la faire se rendre.

Elle recula d'un coup de pied, s'acheta l'espace d'une enjambée et jeta son épaule contre la caisse à sa gauche, s'y appuyant pour rester debout.

Akido soupira simplement. Il revint à la charge avec cette estocade de tête.

Silvrin cria au-dessus, un avertissement sur quelque chose qui avait mal tourné. De se dépêcher. Les yeux d'Akido brillèrent, un regard lucide. Final.

Bliss leva la rapière, la projeta en avant. Une estocade dure, que le garde dévia avec son poignard, faisant glisser le coup loin de son côté gauche. La riposte mortelle aurait dû suivre, mais Akido se raidit à la place, sa bouche s'ouvrant à la fois de choc et de surprise.

Pas la mort.

— Si tu l'as tuée, ça va être très mauvais pour toi, siffla Torny, sa tête apparaissant par-dessus l'épaule du garde. Ces yeux de bandit trouvèrent Bliss, suivirent jusqu'à la main posée, et s'assombrirent. — Oh, espèce de...

Le juron de Torny mourut dans un cri alors que le navire frémit une fois, puis vira brusquement à bâbord, des craquements résonnant à travers les planches de bois qui se soulevaient soudainement, se brisant autour d'eux. La grande caisse près de Bliss, ses attaches de corde cédant, surgit en avant alors que le couloir s'inclinait. Lâchant sa rapière, Bliss essaya un instant de repousser la caisse.

Elle n'en avait cure.

Le navire non plus, continuant son roulis et projetant Bliss à travers le couloir dans les caisses qui tombaient de l'autre côté. Son ennemi poursuivit, brisant ses cordes et glissant vers elle, sur le point d'écraser Bliss en bouillie.

Mais les Vis vivent et meurent par réaction, par instinct, et Bliss roula sur sa droite, plus loin de Torny, Akido, et la caisse qui tombait. La boîte en bois et métal s'écrasa derrière elle, traversant sa cible. Des céramiques Rana se brisèrent, leur son se mêlant à un crépitement furieux, un bruit que Bliss n'aurait pas reconnu si ce n'était pour une terrible nuit :

Le rouleau Rana, coulant sous les lianes du démon.

Grimaçant, écartant sa main gauche de sa blessure, Bliss se hissa en position semi-debout, le navire trouvant un certain équilibre maintenant en biais. L'eau grondait quelque part sous ses pieds, glaciale.

La dévastation de la caisse laissait, au moins, un chemin endommagé vers l'échelle, vers l'endroit où Torny se battait avec le garde. La paire ne se battait pas tant qu'elle ne se débattait, frappant l'un et l'autre et les débris qui tombaient à chaque coup de poing et coup de pied à bout portant. Bliss se serait attendue à ce que Torny perde un combat comme celui-là, si ce n'était pour le couteau planté dans le dos d'Akido, juste dans le creux entre ses armures. Le même rouge qui tachait le côté de Bliss suintait là, et alors que Bliss boitait vers le duo emmêlé, le travail du couteau ralentissait les coups, les laissait faibles. Akido le savait aussi, saisissant toute occasion de chercher une autre arme, d'atteindre une rapière.

Pratique, alors, que la caisse tombée, le navire penché, ait laissé la lame de Bliss plantée dans la cargaison mainte-nant à ses pieds. Elle tira dessus une fois, trouva la pointe profondément enfoncée. Une autre traction, toujours rien sauf un gémissement.

Torny jura, attirant le regard de Bliss juste à temps pour voir la bandit encaisser un coup de pied, tombant en arrière le long du couloir jusqu'au bord de l'échelle. Là, à mi-chemin, brillait plus d'armure, se déplaçant avec précaution.

La vue et sa fin certaine rendirent la décision de Bliss facile : charger blessée sans arme, même alors qu'Akido récupérait la sienne, serait la pire forme de suicide.

Torny devrait tenir bon.

Agrippant la poignée à deux mains, Bliss ne tira pas, mais poussa. Elle s'appuya sur la garde de la rapière, poussant avec ses jambes. Le navire trembla, quelque chose au loin se brisa. Blinth hurla, un cri de pure terreur qui résonna.

Et la pointe de la rapière se brisa.

Bliss trébucha en avant, dégageant la lame brisée. À sa droite, le couloir incliné offrait des prises éclatées, les caisses et la cargaison formant une ligne cabossée et traîtresse. À son extrémité, cependant, se trouvait Torny, piégée et regardant les gardes de chaque côté.

Le chemin vers sa cible aurait pu être délicat, mais Bliss géra le sol instable comme elle l'avait fait avec chaque fronde épineuse, chaque liane susceptible de céder sous son poids : avec rapidité et des pas assurés.

Un pas en avant, son pied gauche atterrissant sur le bord du trou créé par la caisse qui s'était écrasée. Une poussée, s'inclinant à gauche et vers le haut, donnant à son pied droit une chance de s'agripper au sol incliné du couloir. La rapière passant dans sa main gauche pour que Bliss puisse saisir les liens en corde ruinés, toujours attachés au plafond du bateau et offrant juste assez pour la maintenir en mouvement.

Juste assez pour lancer la rapière en avant, plus vite qu'Akido ne put esquiver.

Le coup rebondit sur le dos d'Akido, la pointe dentelée de la rapière glissant sur l'armure Kance lisse et se coinçant sous son casque. Un coup inutile, sauf qu'il amena Bliss à charger, pousser, voler sur le garde, et ensemble, le duo s'écrasa sur Torny.

Ou du moins, c'est ce que Bliss pensait qu'il se passerait. Elle réalisa au moment où la rapière glissait sur le métal Kance qu'elle avait tout gâché. Qu'elle avait enfin coûté la vie au duo. Pourtant, dans cet enchevêtrement, adossée au mur qui soutenait l'échelle entre les ponts, Bliss leva les yeux et vit la bandit toujours agile se faufiler contre le couloir et rester sur ses pieds.

— Timing parfait, dit Torny, arrachant la rapière brisée de Bliss des mains d'un Akido gémissant. Elle fit tournoyer la lame vers le haut et la droite, parant le coup de Silvrin. — D'autres tours dans ton sac, peut-être ?

Un seul. Alors que Silvrin s'avançait pour presser Torny, Bliss tendit le bras à travers son propre visage pour saisir la dague qui dépassait de l'épaule d'Akido. Elle l'arracha, Akido hurlant dans le processus, et la planta contre la cheville de Silvrin alors qu'elle piétinait près de leur lutte. La dague glissa sur l'armure dure, mais comme le font les attaques surprises, le coup attira l'attention de Silvrin.

Juste assez longtemps pour que Torny contre-attaque, poignardant Silvrin au cœur. L'extrémité dentelée de la rapière ricocha à nouveau sur l'armure dure, mais le coup força Silvrin à reculer, une manœuvre qui se transforma en erreur lorsqu'Akido, apparemment sous le coup de la douleur et sans réfléchir, tenta de se relever. Ses épaules heurtèrent le genou de Silvrin qui battait en retraite, la faisant tomber au sol avec un lourd fracas.

En un éclair, Torny se plaça au-dessus des deux, la rapière brisée prête pour un coup mortel.

— Rendez-vous, annonça Torny, sa voix beaucoup plus grave qu'auparavant, ou, vous savez, subissez-en les conséquences.

Bliss se dégagea d'Akido, se leva pour voir un visage blême, les yeux presque fermés, et un autre regard furieux.

— Vous n'avez pas encore gagné, répliqua Silvrin.

— Ça m'a l'air plutôt bien de mon point de vue, rétorqua Torny.

— Seulement parce que vous n'écoutez pas.

Comme si elle avait levé un voile, les paroles de Silvrin firent entrer le bruit extérieur. Les craquements et claquements continus autour du navire alors que ce qui l'avait percuté poursuivait son avancée destructrice. Les marins s'appelaient les uns les autres, leurs mots parsemés de peur pure. Des éclaboussures se faisaient entendre aussi, des bruits sourds lointains alors que des choses lourdes et vivantes heurtaient les eaux glacées.

— Je suppose qu'on ferait mieux de vous tuer rapidement et de filer d'ici, dit Torny.

Bliss tapota l'épaule de la bandit, 'Nous avons besoin de ces skars.'

— Ah oui, dit Torny, poussant le tranchant de la rapière plus près de la bouche non protégée de Silvrin. — Où les gardez-vous ?

— Dans notre cabine, où voulez-vous que ce soit ? Silvrin secoua la tête avant que Torny ne puisse poser la question suivante. — Je ne vous aiderai pas...

— Torny ! Bliss ! La voix de Quik suivit sa tête alors que le Gardien sautait de l'échelle, ses grands gantelets prêts à verser le sang. — Vous êtes vivantes !

— Pas grâce à toi, dit Torny alors que Silvrin jetait des coups d'œil entre eux deux. — Essaie de mettre plus de temps la prochaine fois. Ça aide vraiment.

— Nous sommes attaqués par un énorme monstre, au cas où vous ne l'auriez pas remarqué. Quik baissa les yeux vers les gardes. — On dirait que vous maîtrisez ces deux-là ?

Quand Quik reporta son regard sur le duo, les examinant pour voir s'ils étaient blessés, Bliss signa l'histoire, Torny intervenant. Un résumé succinct, se terminant lorsque le bateau trembla à nouveau, l'eau faisant connaître sa présence dans un bruit de ruissellement pas loin sous leurs pieds.

— À la cabine alors, dit Quik, commençant à se retourner. — Ce navire ne va pas tenir longtemps.

— Attends, dit Torny alors que Bliss s'apprêtait à suivre. — On a laissé ces trois-là se noyer dans un rouleau et ils s'en sont sortis. On ne fera pas cette erreur deux fois.

Torny n'attendit pas de discussion, mais Silvrin non plus, qui balaya son bras, tout son corps en travers. Le mouvement écarta la rapière de Torny, Silvrin ne s'arrêtant pas là. Elle lança son bras gauche en arrière, sa main gantée saisissant la lame de la rapière de Torny. Une secousse arracha l'arme de la main de Torny et—

Bliss donna un coup de pied. Fort, droit, et en plein dans le menton de la chef Kance. Sa tête partit en arrière, ses yeux devinrent troubles. La rapière cliqueta sur les caisses au sol. Bliss leva la dague, s'arrêta. Elle ne l'avait jamais fait auparavant, tuer quelqu'un de sang-froid. Un animal, une proie, un monstre, c'était une chose. Mais une personne ?

— Fais-le, dit Torny. — Ou donne-la-moi et je le ferai.

Le navire craqua. Commença à pencher à nouveau vers tribord. Bliss et Torny se calèrent l'une contre l'autre, leurs bras s'étendant à travers ce qui avait été le couloir. Quik écarta les siens, les gantelets s'enfonçant dans le côté de l'échelle et les caisses toujours solidement fixées de l'autre côté. Les deux gardes roulèrent l'un sur l'autre, un tas aux pieds de Bliss.

Tous deux encore en vie, tous deux des ennemis mortels.

— Bliss, il faut qu'on parte ! cria Quik.

Et elle tenait toujours la dague, essayant de se décider.

LES DIEUX ET LEURS DONS

Tel un cauchemar devenu réalité, le monstre surgit des vagues tumultueuses. Le tourbillon écumant de l'océan annonça son arrivée avant même que son corps ne brise la surface près des deux navires, la passerelle d'abordage et les grappins luttant pour maintenir les deux bateaux ensemble. Tandis que Quik dévalait l'échelle à la suite des gardes Kance, à la recherche de Torny et Bliss, Wax titubait sur le pont, entendant les marins jurer et tomber autour de lui. La rapière lui échappa des mains, perdue alors qu'il se stabilisait sur la rambarde, contemplant le monstre qu'il reconnut aussitôt.

La créature gigantesque qui avait terrorisé Kitaye était de retour. Non, pas la même : bien que celle-ci portât des cicatrices et des dégâts similaires à l'autre, ses couleurs différaient. Plus de violets et de noirs alors que les tentacules s'élevaient des vagues et frappaient les flancs du navire. Un matelot — Wax ne pouvait dire s'il appartenait au navire marchand Noctia ou à l'équipage d'Eujo — bascula par-dessus bord, plongeant dans l'eau avant de disparaître. Quelqu'un tira un carreau d'arbalète sur le monstre, le misérable projectile se fichant dans le flanc de la créature sans provoquer la moindre réaction, pas même un clignement de ses hideux yeux jaunes.

— Wax !

Il leva les yeux, les mains agrippées à la rambarde comme des étaux. Il vit Eujo sur son propre pont supérieur, son visage arborant le masque stoïque d'une reine.

— Il n'y a aucune chance de gagner ! Prends tes Gardiens et partons !

Wax eut envie de rire. Comment, comment était-il censé sortir son frère et sa sœur de ce pétrin ? Il arrivait à peine à se tenir debout. Néanmoins, il fit volte-face vers l'échelle, fit un pas, et sentit le navire se soulever sous lui. L'inclinaison fit basculer le bateau à bâbord, plaquant le dos de Wax contre la rambarde. D'autres marins passèrent en vol, certains assez rapides pour s'accrocher, d'autres ratant leur prise et tombant. Le bois sous ses pieds trembla, un violent séisme accompagné de craquements et de grincements. Les planches se brisaient.

L'eau allait suivre. Wax n'avait pas besoin d'être un expert en navigation pour savoir que ce navire n'allait pas rester longtemps à la surface.

Le choix entre fuir ou rester ne lui fut pas laissé : l'approche du monstre s'accompagna d'une rage déferlante, s'abattant d'abord sur la passerelle entre les deux vaisseaux, déjà fissurée après le soulèvement brutal du navire marchand Noctia. Le monstre traversa simplement ce qu'il en restait, Wax ayant une vue parfaite depuis sa prise sur la rambarde. Plus grand que les deux navires, le monstre semblait se frayer un chemin, écrasant tout ce qui avait le malheur de se trouver sur son passage. Sa progression repoussa les deux embarcations, Wax basculant maintenant vers l'avant alors que les tentacules qui avaient fait pencher le bateau à bâbord se retiraient, laissant la masse du monstre déplacer le navire dans la direction opposée.

Une fois de plus, marins égarés et malheureux matelots culbutèrent. Cette fois, Wax les suivit. Sa prise, mal placée pour une chute en avant, glissa sur la rambarde humide. Il bougea ses pieds par instinct, les projetant devant lui pour glisser les yeux vers le haut, exactement comme il l'aurait fait sur une énorme fronde de fougère dans la jungle de Vis.

Contrairement à ces fougères, le chemin de Wax avait une ouverture juste devant lui. Au-delà, le navire qui se fissurait laissait une voie directe vers la mer tumultueuse.

Après avoir expérimenté le froid des lacs hivernaux de Rana, un océan avec de véritables morceaux de glace flottant à sa surface promettait une baignade peu confortable.

Wax se recroquevilla en glissant, visant à plonger directement dans l'échelle menant aux ponts inférieurs. Où il irait ensuite était un problème pour plus tard, un problème que Wax n'eut pas le temps de résoudre car le navire tangua à nouveau, s'éloignant davantage du monstre et propulsant Wax dans un saut soudain. Il agita les bras, battit des jambes, mais ne trouva ni liane, ni arbre solide à saisir. Son estomac se noua, ses yeux rivés sur l'eau bouillonnante, jusqu'à ce que son monde bascule et que Wax s'écrase directement contre les planches qui cédaient.

Le choc lui coupa le souffle, laissant Wax les yeux hagards. Du sang coulait d'une lèvre mordue, et Wax sentit une douzaine d'échardes trouver de nouveaux foyers dans ses jambes, mais pendant un instant il resta suspendu là, juste en dessous de l'ouverture.

— Je te tiens, haleta Quik en tirant Wax vers le haut. Il le hissa par-dessus le rebord. Mais j'imagine qu'on ne va pas par là ?

Wax se déplaça, se poussant presque entièrement à l'intérieur avant que Quik ne l'arrête. Un regard vers le pont inférieur révéla Bliss et Torny qui attendaient derrière, toutes deux aux prises avec des cordes, des planches brisées et du fret éventré pour progresser vers l'échelle. La sœur de Wax tenait un couteau dans une main, regardant en arrière vers une chute sombre. Comme si elle prenait une décision, Bliss jeta le couteau, libérant ses deux mains pour l'aider à garder l'équilibre. S'il restait des gardes Kance, Wax ne les voyait pas. En bas, ce qui aurait dû être la coque sombre du bateau était à la place la mer bleu-blanc, éclairée par des rayons argentés perçant à travers les fissures du navire qui coulait.

— Les navires sont séparés, haleta Wax alors que le quatuor se regardait, cherchant des réponses autour d'eux. Le navire d'Eujo a disparu.

— Eh bien, c'est un problème, répliqua Torny. Surtout parce que je n'aime pas être mouillée. Elle fit un signe de tête vers la mer, dont les eaux agitées approchaient à une vitesse alarmante. J'ai déjà été trempée une fois pendant ce voyage, je préférerais ne pas recommencer.

Wax pouvait être d'accord avec ce sentiment, mais il n'aimait pas leurs chances. Tout canot de sauvetage, si le marchand Noctia en avait même un, serait déjà parti ou détruit. Survivre en flottant sur des débris pourrait être possible, mais Wax n'avait jamais vu de naufrage auparavant, encore moins en avait-il fait partie. Serait-il facile de sortir d'ici et de dériver sur une planche ?

Un murmure, cependant, suggéra une idée différente.

— Avez-vous récupéré les skars ? demanda Wax, lançant la question aux trois autres.

Quik jeta un regard curieux aux deux autres. Bliss dévisagea Torny, qui secoua la tête.

— Silvrin a laissé entendre que les pierres étaient dans

leur cabine, mais c'est là-bas, dit Torny en pointant vers la poupe, loin de leur ouverture et à travers un enchevêtrement désastreux.

— Alors n'attendez pas, allons-y. Tous ensemble.

Les trois autres ne bougèrent pas, regardant Wax avec une sorte de pitié, comme si l'engagement de l'homme envers le Renouveau signifiait maintenant qu'il allait se condamner. Il n'avait pas le temps pour ça.

— Suivez-moi, bande d'idiots, lança Wax, ignorant son corps meurtri pour s'éloigner de Quik.

L'intérieur du navire n'avait que peu en commun avec sa jungle préférée, mais ce peu était le plus important : des prises pour les mains et les pieds s'offraient à chaque mouvement, que ce soit un bout de corde qui pendait, une planche fissurée ou un hamac qui avait perdu la moitié de ses attaches. Bliss et Torny laissèrent passer Wax, et celui-ci ne prit pas la peine de vérifier s'ils le suivaient.

Il dit seulement ces mots :

— On récupère ces skars, on sort d'ici vivants.

Une promesse peut-être insensée, faite alors que Wax se baissait pour éviter un tentacule qui brisait le navire au-dessus de lui, mais les seuls mots auxquels Wax pouvait penser pour faire bouger ses amis. Avec des jurons mutuels de Torny et Quik, Wax entendit bientôt les craquements et le désordre alors que le trio le suivait, le rejoignant à l'arrière du navire, où deux cabines attendaient. L'une, en dessous de Wax, avait déjà perdu sa porte au profit de la mer. Entre celle-ci et l'autre cabine se trouvait l'ouverture vers le pont inférieur, d'où Wax entendait plus de jurons et des bruits métalliques.

Apparemment, Torny, Bliss et Quik avaient laissé quelqu'un en vie.

La porte devant Wax avait perdu un gond et pendait de

travers, révélant des couchettes et des effets personnels. Suffisant pour estimer que c'était une bonne chance, car ils n'en auraient qu'une. En équilibre sur une planche brisée, Wax essaya d'arracher la porte, mais le gond restant tenait bon. Essayer d'ouvrir la porte ne fonctionnerait pas non plus, la poignée étant difficile à atteindre sous cet angle sans levier.

— Bouge, ordonna Quik, et Wax se plaqua contre ce qui était autrefois le plancher du pont.

Son frère aîné passa devant lui et balança son bras droit, le lourd gantelet s'écrasant contre le cadre de la porte. Des éclats de bois volèrent, la porte se brisa, et la moitié sans gond tomba à l'eau. Wax poussa un cri de joie, et Quik continua sur sa lancée, frappant à nouveau la porte pour dégager la partie inférieure, à l'exception d'un petit carré s'accrochant encore à ce gond têtu.

Suivant Quik à l'intérieur, Wax se tint sur une couchette alors que l'eau commençait à s'infiltrer en dessous. Tous deux, rejoints rapidement par Bliss et Torny, déchirèrent des sacoches et forcèrent l'unique coffre verrouillé. Les froncements de sourcils se multiplièrent alors que les mains ressortaient vides.

— Ce ne sont pas des affaires de Kance, dit Torny au bout de quelques secondes. Tout ça appartient aux Noctia.

La mauvaise cabine.

Tout le monde eut la même pensée, les yeux se tournant vers la sortie. Wax fut le premier à l'atteindre, se faufilant dehors et retournant sur la planche en équilibre. En dessous, leur cible disparaissait sous la mer. L'eau s'engouffrait dans le pont inférieur par l'ouverture, et le naufrage semblait s'accélérer maintenant.

— Il n'y a plus le temps, dit Quik, la voix morte et vaincue.

— Il y a toujours du temps pour quelque chose, répliqua Wax, et il plongea de la planche.

En sautant, Wax plongea la main dans sa poche, attrapa le skar Rana alors qu'il commençait à s'en échapper. Ses murmures s'étaient intensifiés à mesure que la mer s'approchait, attirant Wax vers l'eau, et maintenant ces mêmes murmures se transformaient en une cacophonie bouillonnante, plus rude que le Vis, continue, contrairement aux explosions agressives du skar Foti. Que ces bruits signifient quelque chose ou non, Wax allait le découvrir.

Il heurta l'eau, la tête, les épaules, la poitrine et toute la longueur de Wax s'engourdirent presque instantanément. Le froid lui coupa le souffle tandis que le tourbillon bouillonnant forçait ses yeux à se fermer. Wax tenta un coup de pied, se poussa vers la droite en direction de la cabine et de sa porte brisée, ou du moins là où il espérait qu'elle se trouvait. Il sentit le premier mouvement, le grondement dans l'eau tumultueuse, mais pas le second, la glace ayant volé toute sensation.

Heurter la cabine se fit moins ressentir comme un choc brutal que comme un arrêt obstiné de la progression de Wax. Il força ses yeux à s'ouvrir, acceptant le gris flou et la piqûre du sel qui l'accompagnait : la douleur serait préférable à la mort.

Pourtant, aussi vite que cette piqûre était venue, elle disparut. La pression sur sa respiration s'estompa, et Wax se tira à l'intérieur de la cabine, suivant le chemin de la porte enfoncée vers un espace submergé rempli de couchettes flottantes, de babioles et de sacs à la dérive. L'un d'eux en particulier attira son regard, une bourse grise attachée dépassant d'une sacoche.

Wax avait vu le Kance mettre les skars dans cette bourse bien avant sur la rivière Rana, et il tendit maintenant la main vers elle. Il ne sentait pas ses doigts se refermer sur le sac, mais il vit sa prise alors que des bulles et de l'écume tourbillonnaient. Wax le tira vers lui, fit un mouvement pour retourner vers la porte, le skar Rana martelant dans son crâne.

Ces petites pierres étaient des miracles.

Des miracles avec des limites.

Alors que Wax essayait de donner un coup de pied vers la porte, il ne bougea pas. L'eau bougeait à peine. Au lieu de cela, il coula vers le fond de la pièce. Le skar Rana empêchait Wax d'avoir besoin de respirer, maintenait son cœur tonnant dans sa poitrine, mais Wax ne savait pas comment, ne pouvait pas appeler la pierre pour le pousser vers le haut et le faire sortir. Il essaya de se concentrer sur ses jambes alors qu'il s'installait au fond de la pièce et se retrouva vide, ses commandes n'allant nulle part, comme si Wax flottait détaché de son propre corps.

La seule partie qui avait encore une sensation venait maintenant de sa main gauche, celle qui tenait la bourse de skars. Wax essaya de regarder dans cette direction, trouvant même ce simple mouvement lent. Néanmoins, ses doigts sur cette main répondirent quand il les trouva, quand il ordonna à ces bouts de creuser pour trouver la chaleur, ouvrant juste assez la bourse pour atteindre l'intérieur, pour trouver ce que Wax espérait y attendre.

Deux skars Vis, deux skars Foti, et ils bondirent tous au toucher de Wax, leurs voix se mêlant au rugissement de Rana. Ils inondèrent la panique croissante de Wax, les skars Vis chassant le froid engourdissant, comme si Wax avait fait un pas dans un bain chaud. Les skars Foti rendirent ce bain chaud une réalité, imprégnant Wax d'une chaleur désespérée. Des bulles s'échappèrent de tous côtés, la température mettant la pièce en ébullition.

Un murmure de plus se fit entendre, une voix sournoise et sinueuse répétant le même mot encore et encore. Elle semblait jouer avec les autres skars, et ce faisant, Wax sentit son corps s'alléger. La descente s'inversa, Wax utilisant sa main gauche pour saisir autant de skars dans cette bourse qu'il le pouvait, mais tenant surtout ce dernier, étrange. Il s'éleva dans la pièce, donnant des coups de pieds avec des jambes qui, à nouveau, avaient des sensations. Avec le skar Rana dans sa main droite fermée, Wax nagea dans une gloire maladroite à travers la porte brisée.

Et s'éleva.

Comme s'il était lui-même l'une des nombreuses bulles autour de lui, Wax remonta à travers les débris du bateau. Il jaillit à la surface sombre, les éclats de la coque du navire marchand au-dessus de lui. Autour de lui, presque inconscients du retour de Wax, se trouvaient son frère, sa sœur et Torny, tous avec la bouche au-dessus de l'eau, haletant pour respirer. Leur peau semblait bleue, leurs mouvements lents.

Torny n'avait même plus de jurons en réserve.

Elle n'en aurait pas besoin. Les skars Foti communiquaient à Wax ce qu'ils voulaient, non pas avec des mots qu'il pouvait comprendre, mais avec des tonalités qu'il connaissait bien. Plaquant son poing gauche, la bourse et les skars, contre la coque, Wax sentit les pierres s'animer, une soudaine flambée brûla son corps et le bois sombre explosa.

46
LE GRAND MARCHÉ

Sawi et Gladdring récupérèrent les érudits à l'avant-poste Najahn, sous la splendeur perçante du Grand Sana. Gladdring raconta leur histoire, aidé par de la saleté, quelques égratignures et une bonne dose de fatigue réelle plaquée sur leur peau et leurs vêtements. Le capitaine de la garde Najahn et ses deux amis étaient tombés sur Sawi et Gladdring alors qu'ils étaient attaqués par un démon dans les montagnes, le duo revenant de Mottilan après des négociations fructueuses. Sans peur, les gardes s'étaient jetés sur le démon, gagnant du temps par un sacrifice fatal.

Une véritable tragédie.

Si les dirigeants Najahn à l'avant-poste crurent l'histoire ou la remirent en question, ils n'en dirent rien. Au lieu de cela, ils organisèrent une cérémonie commémorative improvisée pour les disparus, levèrent leurs chopes et envoyèrent Sawi et Gladdring se nettoyer.

La marche vers Kitaye se passa en discussions tout au long de la journée et jusque tard dans la soirée. Gladdring gardait Sawi près de lui, la bombardant d'histoires sur ses voyages, sur Noctia et les Najahn. Ses motivations n'étaient pas difficiles à deviner, et le Tenet les exposa clairement alors que les maisons dans les arbres de Sawi apparaissaient à l'horizon.

— Je veux que tu reviennes avec moi, dit Gladdring. À Noctia.

Il y a à peine deux mois, Sawi avait dit non à Wax pour une proposition similaire. Huit semaines à cueillir des fruits et à se demander si elle avait pris la bonne décision. À l'époque, c'était une réflexion sans conséquence, car elle n'avait pas d'autre choix.

Maintenant, une fois de plus, on lui tendait la perche. Une échappatoire à une vie qu'elle avait voulue, puis réalisé qu'il lui manquait le grondement qu'elle désirait davantage.

— Parce que tu veux quelqu'un de loyal ? demanda Sawi.

— Parce que je veux quelqu'un qui peut voir avec des yeux différents, répondit Gladdring.

L'embuscade et le meurtre des gardes s'étaient installés comme un choc subtil, commençant rapidement cette même nuit sur le col de la montagne. Les excuses de Gladdring faisaient des incursions dans ses opinions, les grignotant jusqu'à ce que la colère, la confusion et le doute se transforment en acceptation, en compréhension. Si le Tenet voyait son monde comme un monde de couteaux et de traîtres, ses actions étaient-elles vraiment si surprenantes ?

Étaient-elles excusées ?

Vis fonctionnait sur la confiance, l'honneur et une gentillesse efficace. Toutes choses que Gladdring ne cessait de dire être des denrées rares sur Noctia. Sawi devrait avoir l'impression que d'accepter son invitation serait un poison, une marche vers une prison dangereuse et étrangère.

Mais elle avait vu l'alternative. Elle avait grimpé le sana, attendu que ses observateurs disent que Sawi et sa sacoche pouvaient descendre. Des nuits seule, ou avec de nouveaux amis improvisés, se demandant si un autre démon pourrait émerger pour terroriser la ville. Se demandant ce que ses vrais amis faisaient, là-bas parmi les îles.

— Cette chance ne se présente qu'une fois, poursuivit Gladdring, les premiers commerçants de Kitaye criant leurs offres alors que le groupe Najahn atteignait la ville. Si tu dis non, je comprendrai, mais tu n'auras jamais l'occasion de reconsidérer.

— Si je dis oui, que ferons-nous ?

Gladdring secoua la sacoche attachée à sa hanche, cachée sous sa robe. À l'intérieur, des skars de Vis cliquetaient.

— Nous sauverons nos Sept Îles, Sawi.

47
APRÈS LE CHOC

Revenir de la mort nécessitait un choc, du désespoir, et la vision du bois sombre tout autour d'elle se brisant en un rideau de feu, dispersant planches, boulons et tout ce qui allait avec dans la mer glacée qui l'engloutissait entièrement. Le corps engourdi, le souffle coupé, les yeux fixés vers le haut, Bliss n'était pas en mesure de faire quoi que ce soit, à part paniquer.

La lumière du jour, à la fois propre et claire, transperça son esprit gelé. Non seulement parce que le gris contrastait durement avec le bois sombre, mais aussi parce que devant elle se tenait le monstre visqueux et penché. Sa partie arrière, émergeant de la mer comme une pierre trempée, tressaillit sous la pluie de débris, l'énorme créature glissant au loin, ses tentacules balayant l'eau avec elle. Le courant suivit, entraînant Bliss, Torny, Wax et Quik dans son sillage.

Un grand œil jaune-vert, bien plus grand que Bliss, se tourna vers eux, et Bliss eut l'impression de se voir un nombre infini de fois dans son iris scintillant. Elle pouvait aussi voir son regard se durcir.

Les tentacules du monstre se refermèrent de tous côtés.

Bliss ne pouvait rien faire d'autre que donner des coups de pied et patauger, même cela faiblissant dans l'eau froide, alors quand un tentacule la saisit, la tirant hors de la mer dans un large arc, Bliss se retrouva immobile. Le vent remplaça l'eau, tout aussi efficace pour lui couper le souffle et geler ses muscles. Le tentacule lui-même exerçait une pression, les côtes de Bliss lui faisant mal alors qu'il s'enroulait autour d'elle.

Si la mort semblait prête à la réclamer, Bliss avait au moins une belle vue avant de partir. En dessous de ses pieds, les tentacules attrapaient les autres, portant non seulement Torny, Quik et Wax, mais aussi d'autres formes qui se débattaient ou étaient déjà mortes. Les frappant les uns contre les autres ou les projetant dans les airs. Il ne restait rien qu'un tourbillon bouillonnant là où le navire Noctia flottait autrefois, des débris épars dérivant sans but.

Tout semblait perdu, sauf pour un cor retentissant sur la droite de Bliss.

Elle se tourna, ses cheveux emmêlés formant une cape gelée le long de ses joues, et vit le navire d'Eujo, voiles déployées, se dirigeant non pas vers la fuite, non pas dans une échappée sensée, mais changeant plutôt de direction. Une charge, la proue Kance pointée droit sur le monstre, une créature dont les yeux, dont l'attention, étaient fixés sur Wax. Pourquoi?

L'explosion. Au début, Bliss l'attribua à un coup de tentacule chanceux, mais cela n'expliquerait pas la chaleur qui l'avait caressée à cet instant, à la fois trop chaude et pourtant si bienvenue contre le froid engourdissant. Cela n'expliquerait pas non plus la soudaine rage du monstre.

Wax, toujours à faire des tours.

Non que celui-ci importerait.

Le tentacule de Bliss sembla retrouver son but, réalisant

que la suspendre au-dessus des vagues n'en valait plus la peine. Avec un déroulement sec, que Bliss vit onduler depuis la base moisissante du monstre, le tentacule la ramena vers, encore une fois, l'eau glacée. Elle ne pouvait rien faire, ne pouvait pas bouger ses bras, ne pouvait pas-

Non. Une chasseuse, comme sa proie, devait utiliser tout ce qu'elle pouvait. Chaque arme possible.

Bliss mordit. Elle se pencha en avant et mordit de sa bouche claquante, enfonçant ses dents dans le ruban sombre qui la tenait fermement. La peau céda, caoutchouteuse, avec peu de résistance. Quelque chose de chaud jaillit dans sa bouche. Bliss toussa, eut un haut-le-cœur, mais le tentacule tressaillit, arrêtant sa descente et se recroquevillant, comme par réflexe, vers le corps du monstre. Les pieds de Bliss effleurèrent les vagues, ses bottes depuis longtemps tombées.

Ce qui avait marché une fois pourrait marcher à nouveau.

Bliss attaqua une seconde fois, mordant aussi fort qu'elle le pouvait. Une fois de plus, le tentacule se convulsa, mais cette fois-ci, il se libéra d'un coup, reculant et projetant Bliss à travers les vagues. Elle rebondit une fois, heurtant durement l'eau, roulant, pour finalement s'écraser contre le corps du monstre. Une couche de mucus recouvrit Bliss en un instant, gommant ses mains, ses jambes, ses cheveux. Et pourtant, le mucus apportait avec lui une certaine chaleur morte, une cape instantanée.

Comment, peut-être, le monstre pouvait survivre dans des eaux si froides. Comment, maintenant, Bliss pouvait reprendre son souffle pendant une seconde, plaquée là contre le corps de l'énorme monstre alors qu'il se débattait. Ses yeux suivirent Wax, son frère, le Renouveau, s'envolant alors que le tentacule qui le tenait le lançait dans les airs.

Une vitesse et une distance qui auraient dû signifier une mort certaine.

Il plongea dans la mer avec un grand splash, disparaissant sous les vagues.

Le désespoir, cependant, devrait attendre. Avant que Bliss ne puisse réagir, ne puisse traiter le chaos, le monstre tressaillit, s'élevant hors de l'eau et se tordant, amenant le côté de Bliss vers le haut et l'inclinant vers son dos, de sorte que la chasseuse Vis roula dans un désordre gluant sur le corps du monstre, le long d'un de ces grands yeux, et dans la masse visqueuse sur sa tête.

Là, Bliss vit la raison de la détresse du monstre.

Le navire d'Eujo, ce grand vaisseau Kance au profil tranchant le vent, était planté dans le monstre comme un gigantesque pieu. Eujo elle-même, avec les membres d'équipage encore à bord, se tenait à la proue, rapières en main, poignardant le monstre. Ils payaient leur bravoure en ichor, en coups de tentacules confus qui les fouettaient. D'autres corps tombèrent à l'eau alors que le monstre abandonnait son attention, les tentacules repoussant le navire d'Eujo, faisant glisser le monstre loin de la lance. Une fuite maladroite, réussie plus en poussant le navire d'Eujo hors de sa trajectoire que par une nage rapide.

Prisonnière sur l'île monstrueuse, Bliss essaya de bouger. Son corps fourmillait partout, le mucus ramenant la sensation dans ses bras et ses jambes. Suffisamment pour essayer de se lever, le mucus collant à elle comme une couverture vivante. Le monstre fuyait, laissant un sillage et, derrière lui, des gens flottant qui appelaient à l'aide. Alors que Bliss se levait, elle vit le vaisseau d'Eujo mettre à l'eau ses deux canots de sauvetage, ces membres d'équipage tendant leurs rames vers les désespérés et les mourants.

Pas qu'ils l'atteindraient. Pas, du moins, si Bliss restait au sommet du monstre.

Elle fit un pas, glissa, tomba et s'écrasa sur la peau répugnante du monstre. Elle essaya de plaquer ses deux mains pour se relever, glissa une seconde fois. Le monstre s'éloignait de plus en plus du secours. L'eau froide, remarqua Bliss en plaçant ses coudes sous elle, se rapprochait aussi. Le monstre ne s'éloignait pas seulement à la nage, mais descendait sous la surface. Tous les rêves lointains que Bliss aurait pu avoir de vivre sur une île de monstres en mer s'évanouirent.

Comme si.

Bliss imagina Torny la maudissant pour avoir glissé et trébuché, et se força à se remettre sur pied. Elle se tourna vers le navire d'Eujo, espérant qu'ils la voyaient, et fit un, deux pas maladroits avant que le mucus ne la fasse glisser à nouveau, cette fois-ci en roulant, tombant du côté du monstre dans la mer agitée.

L'eau se referma autour d'elle, mais ne la toucha pas, sauf autour du visage de Bliss, la seule partie qui avait échappé à un impact direct avec le mucus. Bliss battit des bras et des jambes, et trouva rapidement la surface. Le mucus semblait la faire flotter, la maintenant au-dessus des vagues. Assez léger même, osa-t-elle imaginer, pour que Bliss puisse nager suffisamment près d'Eujo pour être secourue.

Cette pensée, comme un Foti forgeant un éclair dans son estomac, poussa Bliss à une action frénétique. Elle fendit l'eau, attaquant chaque vague comme si c'était son ennemi le plus détesté. Un rapide coup d'œil derrière elle confirma la retraite du monstre, la créature disparaissant sans laisser la moindre trace de son saccage. Seuls les débris flottaient autour de Bliss, son corps au milieu de planches, de cargaison et de ruines éparses.

Que ce soit Quik, Torny, ou-

Sa main effleura quelque chose de doux mais solide. Le mucus collait à l'objet, et Bliss ralentit sa nage suffisamment pour regarder. Une bourse, son cordon à moitié défait. Alors que ses doigts agrippaient le tissu, une légère chaleur traversa le fond du sac. Une sensation familière. Bliss retourna la bourse, plongea la main à l'intérieur tandis que ses jambes luttaient contre la mer. À l'intérieur se trouvaient deux pierres, toutes deux chaudes, toutes deux murmurant différents chuchotements dans son esprit.

Elle en reconnut une, les sons apaisants de Vis. Le skar s'anima dès qu'elle le saisit, trouvant les blessures de Bliss et les attaquant avec une férocité chatouillante. L'autre, cependant, restait en attente, si silencieux qu'il semblait presque endormi. Quand Bliss passa son autre main dessus, échangeant la pierre silencieuse, elle comprit : Foti. Un skar qui, selon Wax, nécessitait de l'agressivité pour être éveillé.

Wax.

Bliss pivota sur elle-même, cherchant et ne voyant rien. Le monstre avait jeté son frère dans cette direction, et la bourse le confirmait. Il ne devait pas être loin, mais où ? Comment pourrait-elle...

Là. Retourné par une vague et maintenant, comme guidé par une main douce, orienté dans le bon sens. Son nez et sa bouche affleurant à peine l'eau. Bliss se jeta vers lui, chaque os meurtri de son corps faisant de son mieux pour la porter à travers une vague après l'autre. Elle brûlait d'effort, skar de Vis ou pas, et atteignit Wax seulement pour s'effondrer à ses côtés, le mucus la maintenant à flot.

Les yeux de son frère étaient fermés, sa tête un patchwork

de contusions. L'épaule gauche de Wax pendait à un angle aigu, trop aigu pour être sain. Du sang s'accumulait autour de ses jambes là où l'eau, aussi tranchante que n'importe quelle pierre à la vitesse de l'impact de Wax, avait laissé sa marque cicatricielle. Avec tout cela, Bliss trouva sa peau presque glacée.

Mais ses poings étaient serrés, tous les deux, et Bliss pensait savoir ce qui s'y trouvait. Un rempart contre le pire, mais pas une barrière invincible. Il avait besoin d'aide, besoin d'une chance pour que les skars de Vis fassent leur travail.

Bliss ne pouvait pas lui donner cette chance. Non qu'elle n'ait pas essayé, pataugeant dans l'eau clapotante, d'abord en mettant ses mains sous Wax pour essayer de le soutenir, puis en glissant ses bras autour de lui quand il devint clair que Wax n'allait pas couler. Il était, en fait, un radeau de sauvetage pour elle. Elle le serra fort, sentit le froid de l'eau commencer à s'insinuer alors que le mucus du monstre se lavait lentement, très lentement.

Le navire d'Eujo s'éloignait aussi de plus en plus à chaque seconde. Bliss essaya de lever un bras, de l'agiter, mais pas une âme là-bas ne semblait regarder vers l'horizon, à la recherche de points sur la mer.

Bientôt, ses jambes la lâcheraient. Le mucus se laverait et elle gèlerait, ou les skars la maintiendraient au bord de la vie jusqu'à ce qu'une créature marine la dévore, elle et Wax. Ou ils mourraient de faim, à la dérive dans l'océan.

À la dérive.

Cette pensée, couplée à sa propre réflexion fataliste sur les skars de Vis, poussa Bliss à regarder de plus près les mains fermées de son frère. Comment se maintenait-il à flot ? Wax n'avait jamais mentionné ce pouvoir dans les pierres de vie. Les révélations, et avec elles l'espoir, se succédèrent rapidement : la présence de Wax ici signifiait qu'il avait dû survivre au Tourbillon, ce qui signifiait qu'il avait probablement un skar de Rana.

Et ces gardes de Kance avaient aussi pillé Eujo, et elle avait eu une pierre de l'île. L'une ou l'autre de ces explications pourrait expliquer pourquoi Wax flottait au-dessus des vagues comme s'il n'était pas touché. L'une ou l'autre pourrait être quelque chose que Bliss pourrait utiliser.

Elle glissa le long du torse de Wax. Trouva sa main gauche, la souleva de l'eau avec la sienne et la plaça sur le ventre de son frère. Toujours en battant des pieds, ballottée par les vagues, Bliss ouvrit la main de Wax. Trois pierres tombèrent, atterrissant sur son lin trempé. Bliss reconnut les skars de Vis et de Foti, mais pas le troisième, argenté et scintillant. Kance ? Rana ?

Wax haleta, un soupir douloureux alors que son corps s'enfonçait dans la mer. Agissant rapidement, Bliss ramassa les pierres, les remit dans la main de Wax alors que la première vague balayait son visage. Le temps qu'elle se retire, il était redevenu un radeau placide.

Plus d'énigmes résolues. Le skar argenté maintenait Wax à flot. Le skar de Vis le maintenait en vie. Foti serait inutile, ou presque, en pleine mer. Mais qu'en était-il de son autre main ?

Ses jambes commençant à s'engourdir, Bliss se jeta par-dessus son frère, saisit son bras droit et tira sa main sur sa poitrine. Elle l'ouvrit comme l'autre, cette fois en faisant mieux pour tenir la pierre à l'intérieur entre sa main droite et celle de Wax. Plus facile à récupérer s'il tombait. Sauf que le skar bleu-vert ne semblait pas avoir d'effet lorsqu'il tomba de la paume de Wax dans la sienne.

Mais les murmures, les murmures qui se déversèrent dans la tête de Bliss au contact du skar. Ils l'exhortaient à partir, à simplement battre des jambes et elle trouverait la mer comme une servante volontaire. Pas littéralement, bien sûr - Bliss ne pouvait pas comprendre les mots eux-mêmes - mais l'élan maintenant en était un de triomphe, de puissance et de foyer.

Elle serra le skar dans sa main droite, utilisa sa gauche pour saisir le bras de Wax, et regarda en arrière vers le navire d'Eujo. Toujours à la recherche de survivants.

Deux de plus étaient en chemin.

48
LA VIE SAUVAGE

Il se réveilla et se rendormit trop de fois pour les compter dans les jours qui suivirent, tandis que le navire d'Eujo continuait sa route vers Noctia. Quelqu'un l'avait attaché au lit, nécessaire, selon Eujo, pour empêcher Wax de tomber. Il tressaillait, se convulsait, roulait et se débattait dans son sommeil, ou du moins c'est ce que disait la Reine chaque fois que ses visites coïncidaient avec les moments de lucidité de Wax. Parfois, Bliss, Quik et Torny étaient là aussi, bien qu'ils aient tous l'air aussi mal en point que Wax se sentait.

Les skars, ces pierres miraculeuses, semblaient avoir atteint leur limite, bien que Wax entendît leurs murmures furieux dans son esprit, un assaut sifflant et furieux alors que les skars Vis attaquaient ses blessures, ressoudant sa peau et ses os. Cependant, avec seulement deux skars et tant de blessés, ces attaques ne se produisaient que de temps en temps, quand on pouvait en épargner une.

Wax, apparemment, n'était pas si proche de la mort qu'il méritait de passer avant les matelots, avant son propre frère et sa propre sœur.

Il avait perdu conscience quand le démon l'avait projeté dans l'eau, l'avait retrouvée sur le lit, et avait fait ses premiers pas libres dans l'heure qui suivit l'accostage du navire Kance dans le port de la Cité aux Anneaux. Eujo était là pour l'aider à se lever, lui offrant son bras et gardant tout signe d'inquiétude loin de son visage. La gratitude de Wax pour ce petit geste était plus profonde qu'elle ne le saurait jamais.

Un soleil blafard marqua sa sortie, une lente marche dans des draps Kance propres, sur le pont du navire. Eujo, après avoir confirmé que Wax n'avait jamais vu Noctia auparavant, l'emmena à la proue du bateau, laissant ses yeux errer en silence sur la ville grise et en pente.

— Plutôt moche, chuchota Wax.

Sa voix semblait carbonisée. Sa jambe gauche était faible, là où un éclat de métal du navire en train de couler avait trouvé refuge. Personne ne savait comment l'extraire, alors il festoyait là, scellé par les skars. Eujo disait qu'il devrait apprendre à gérer ce déséquilibre, qu'il y arriverait, avec le temps.

Si ces deux choses avaient été ses seuls problèmes, peut-être que Wax aurait pu trouver un mot astucieux à dire, quelque chose d'intelligent à la vue du siège de pierre des Îles. Au lieu de cela, il ne voulait rien de plus que de faire demi-tour et retourner en rampant dans son lit. Là, au moins, aucun démon ne le trouverait. Aucun tueur ne l'attacherait pour le jeter.

La mort ne serait pas si proche.

— Il y a beaucoup à voir, dit Eujo. Ça te ferait du bien d'aller te promener.

— Ça me ferait plus de bien de ne pas mourir, répliqua Wax. Moi-même, je veux dire.

— Ce ne sont pas les mots d'un Renouveau.

Wax haussa les épaules.

— Vous avez un navire et plus de skars. Si vous voulez le Renouveau et tout ce qui se trouve dans cette ville, c'est à vous. J'en ai fini.

— Abandonner n'est pas quelque chose qu'un Renouveau peut faire, Wax.

— Ah non ? Regardez-moi bien.

Avant qu'Eujo ne puisse dire un mot de plus, Wax tourna les talons et boita jusqu'à l'intérieur du navire. Marcher était difficile. Verrouiller la porte de sa cabine et tomber sur le lit était facile.

Quik se réveilla en haletant, comme il l'avait fait chaque jour depuis que le démon avait failli le noyer. Il sentait encore les vagues affamées de l'océan l'engloutir, le geler, se resserrer comme un étau. Son poignet droit, bandé et plâtré après la fracture, responsable d'avoir sauvé sa vie. Alors que le tentacule claquant du démon le lâchait, le chasseur avait tendu le bras avec le gantelet, ces extrémités pointues s'accrochant à la chair du démon et ralentissant la descente de Quik au prix d'un os brisé. La douleur, alors, aurait dû le faire perdre connaissance, mais Quik pouvait maîtriser la douleur, contrôler son corps, et il repoussa l'obscurité à temps pour tomber du démon et s'écraser dans l'eau non loin du vaisseau d'Eujo.

Donnant des coups de pied, luttant, s'accrochant à une planche flottante pour rester en vie alors que sa peau gelait, ses lèvres devenaient bleues, Quik tint bon jusqu'à ce qu'un petit canot de sauvetage le trouve, le hisse à bord et l'enveloppe dans d'épaisses couvertures. Eujo elle-même avait fait le bandage du poignet, une technique que chaque gamin des rues de Kance apprenait à un moment ou à un autre, les os cassés étant une affection courante dans les cités célestes.

— Tomber, dit Eujo, aussi chaleureuse que Quik ne l'avait jamais vue, a ses conséquences, et on tombe beaucoup en grandissant sur Kance.

Il prit son tour avec les skars Vis comme tout le monde, bien que comme Wax, Quik se retrouva à rester à l'intérieur du navire. Chaque fois qu'il s'aventurait près de la rambarde, voyant ces vagues, sa poitrine se serrait, ses muscles tremblaient. Une sensation de lâche, mais il ne trouvait pas le moyen de la surmonter, malgré tous ses efforts.

Sa cabine, au moins, offrait un certain soulagement. Noctia aussi, d'ailleurs.

Vêtu d'une cape argentée de Kance, de frais linges gris enveloppant sa poitrine et ses jambes, Quik quitta furtivement le navire d'Eujo. Ils accostaient pour plusieurs jours, au moins, pour des réparations suite à l'éperonnage du démon — décision d'Eujo — et peut-être plus longtemps si la glace maintenait fermée la route entre Noctia et Whent. Non que cela dérangeât Quik : la Cité aux Anneaux semblait solide sous ses pieds, une sensation qu'il préférait garder aussi longtemps que possible.

Bliss et Torny, à en croire Eujo, étaient déjà descendus du navire et dans la ville. Quik n'avait pas noué d'amitié avec les matelots, alors il s'aventura seul dans la métropole. Sa taille, sa carrure et sa main curieuse, couplées aux gantelets pendant à sa taille, lui assuraient un large passage tandis que Quik naviguait dans le port, s'orientant toujours plus profondément dans l'île, et plus haut.

Il avait une destination en tête, des questions auxquelles il pourrait obtenir des réponses, et des possibilités à explorer.

Quik n'avait vu Wax qu'une seule fois depuis le démon, et son frère semblait être un homme effacé. Plus de sourires, plus de tours, seulement des yeux hantés et un corps brisé. Si Quik avait perdu tout amour pour la mer, Wax avait perdu tout amour pour la vie, pour l'aventure. Le Renouveau Vis était brisé, et avec cette fin venait un choix : rentrer aux îles, ou aller ailleurs, faire autre chose.

Pavarde, de retour sur la côte de Foti, avait laissé à Quik une opportunité. Les Najahn étaient toujours à la recherche de nouvelles recrues, et les possibilités étaient illimitées.

Si Wax avait fini de sauver le monde, eh bien, Quik pouvait encore se battre pour lui sous le violet et le noir.

L'éperonnage avait sauvé Torny. Littéralement projetée dans le démon juste sous son tentacule, sectionnant le membre humide et les envoyant tous deux s'écraser sur le pont d'Eujo. Certes, le poids avait brisé la rambarde et fait une vilaine entaille dans le bois du navire Kance, mais bon, Eujo avait gagné une bandit pour ses efforts. Torny, portant quelques ecchymoses mais peu d'autres blessures, roula hors du tentacule et prit place à la proue, indiquant les personnes à secourir au canot de sauvetage.

Y compris Bliss, qui avait émergé au milieu d'un désespoir grandissant avec Wax à la remorque. Les invectives rapides de Torny avaient attiré l'attention de tous sur la Vis en difficulté, et Torny avait passé les jours suivants en mer à s'assurer que Bliss, Quik et Wax ne manquaient jamais un repas.

— Et tu me dois tout ça, dit Torny alors qu'elle et Bliss partageaient une bière au Croc du Rat. Le premier vrai verre qu'elle avait bu depuis bien trop longtemps, et le caramel malté la réchauffait comme il se devait. Je ne suis ni ta mère, ni ta servante.

« Mais tu es mon amie », signa Bliss en retour.

La Vis semblait un peu nerveuse au début, ici au milieu de toute l'agitation de la plus grande ville des Îles. Torny, cependant, calma ses angoisses avec des faits et des frivolités, lui montrant tous les endroits du port immense où Bliss pouvait voir ou obtenir des choses qu'elle ne trouverait jamais sur Vis.

Des troupes de théâtre de Tamas, des zéphyrs vivants de Kance prêts pour la course, des vêtements dorés tissés sur Rana et vendus par des marchands désespérés essayant d'écouler leurs stocks avant que l'hiver ne gèle les routes du nord, tout cela à voir et à prendre. Cette effervescence ramena une couleur vitale aux joues de Torny, un pouls à son cœur.

Elle avait fui ce maudit endroit, et elle ne le referait plus.

« Tu vivais ici ? » signa Bliss.

— Oui, autrefois. J'aimais ça aussi. Mais les choses changent, pas vrai ?

Bliss baissa les yeux sur elle-même. Torny suivit son regard et retint une grimace. Contrairement à Wax, Bliss s'en était sortie presque indemne, à l'exception des égratignures, des entailles et des ecchymoses portées par tous ceux qui étaient sur les navires ce jour-là. Non, la Vis semblait se replier sur elle-même plus souvent qu'à son tour, comptant les vies perdues entre les deux navires, et à quel point Wax avait été près d'en faire partie.

Quand Torny avait demandé, le deuxième jour, pourquoi Bliss semblait obsédée par les morts, Bliss avait répondu qu'elle en avait vu tellement en si peu de temps. La vie sur Vis n'avait pas été si dure, si meurtrière, et être si proche de tant de pertes la travaillait. Une pression dont elle ne semblait pas pouvoir se débarrasser.

À l'époque, sur le navire, Torny n'avait pas su quoi dire. Personne ne s'appuyait sur son épaule pour demander des conseils ou du réconfort.

Maintenant, avec un peu de confiance alcoolisée, elle avait quelques mots.

— C'est ça, Bliss, commença Torny, montant en puissance comme l'eau qui coule sur ces toits inclinés de Noctia. Tu as eu ta vie enchantée, mais les Îles ne fonctionnent pas comme ça. Elles sont dures, brutales, tachées de merde. Elle hésita. Le timing, dans un discours comme celui-ci, était tout. Torny avait au moins appris ça de Sledge. Mais c'est beau aussi. Tu dois dépasser l'obscurité, trouver le bon. Regarde ce que nous avons fait, les gens et les endroits que nous avons sauvés. Cet avant-poste de Rana ? Il aurait brûlé sans nous. Tous ces skars ? Perdus si nous ne poursuivons pas ces crétins de Kance et ne les ralentissons pas. Je parie que tes frères seraient morts une douzaine de fois si tu n'étais pas venue avec eux.

Bliss rit. « Tu as raison là-dessus. »

— Et devine où je serais sans toi ? poursuivit Torny. De retour sur Foti, soit morte dans ce raid Najahn, soit en sueur dans une forge, travaillant le fer. Tu m'as sauvée de ça. Ce n'est pas ta faute ce qui s'est passé là-bas, alors ne te laisse pas retenir par ça. Tes frères ont besoin de toi, et moi aussi.

La Vis ne rougissait pas beaucoup, mais Torny vit définitivement du rouge sur ces joues. Avant que Bliss ne puisse trouver un moyen de se dérober, d'esquiver et de détourner, Torny leva son verre, poussant Bliss à trinquer, un lien.

— À cette vie sauvage, et à gagner le Renouveau, dit Torny.

Le sourire, quand Bliss toucha son verre, signifiait tout.

49
LA PROMESSE DU RENOUVEAU

Dans l'hiver, la nuit tombait tôt, et avec elle, le navire s'illuminait d'une vie dorée. Les marins, pour la plupart encore convalescents ou en deuil de leurs amis perdus, trouvaient néanmoins un certain réconfort dans leur devoir et allumaient les lampes. Au-delà, la Cité des Anneaux scintillait le long de la montagne. Presque assez belle pour faire oublier à Wax les remparts gardés et les frégates en mer surveillant l'approche des démons. Pas qu'il puisse voir grand-chose par la petite fenêtre depuis son lit.

Après s'être rendu sur le pont, il était revenu se blottir sous une couverture qui semblait plus légère que l'air, et avait sombré dans un sommeil profond. Un coup à la porte l'avait réveillé en sursaut, lui laissant juste le temps d'observer le spectacle du soir avant que la serrure ne tourne.

— Hé, commença Wax alors qu'Eujo entrait, vêtue de cuir et portant une rapière de Kance à la hanche, une tenue qui ne présageait pas une soirée tranquille. J'étais...

— Tu ne faisais rien d'important, le coupa Eujo. Dure comme l'acier, comme toujours. Tu pars. Maintenant.

— Quoi ?

— Tu l'as dit toi-même. Tu as fini. Mon navire, mes gens, mes ressources soutiennent mon Renouveau, pas tes lamentations. Alors pars.

Wax cligna des yeux et se redressa. Il sentit mille arguments brûlants commencer à bouillonner en lui. Tous les dangers qu'il avait affrontés, les blessures qu'il avait subies, la peur teintée de culpabilité alors que son frère et sa sœur esquivaient la mort pour sa quête, chacun se dressait comme un couteau prêt à poignarder les froides paroles d'Eujo.

— À moins que, dit Eujo, en faisant traîner le mot, ses yeux prenant un pli malicieux que Wax n'avait jamais remarqué auparavant. À moins que... mais non. Tu n'es pas prêt.

Un piège de tentateur. Une vie passée avec des farceurs comme, eh bien, lui-même, rendait facile la reconnaissance du piège qu'Eujo tendait, mais qu'est-ce qui l'attendait de l'autre côté ? Un homme perdu pouvait trouver du réconfort dans un chemin révélé, et Wax n'avait nulle part où aller, alors il fit un pas sur le chemin qu'Eujo offrait.

— Quoi ? demanda Wax. Pour quoi ne suis-je pas prêt ?

— J'ai perdu mes Gardiens, si on peut même les appeler ainsi, répondit Eujo, sa main effleurant le bracelet sur son avant-bras, où brillaient quatre skars. Deux et l'équipage du navire peuvent me faire naviguer, mais ils ne me suivront pas jusqu'aux skars. Ton frère et ta sœur, et le voleur, semblent tous assez capables. Elle ralentit à nouveau, esquissant le plus léger des sourires. Un marché. Tu peux rester ici, t'apitoyer sur ton sort, si tu demandes à tes Gardiens de me rejoindre à la place.

Une offre que Wax pouvait refuser. Une insulte, essayer de lui voler ses Gardiens. Wax glissa hors du lit, se leva, essaya d'afficher de la colère et se rappela qu'il ne portait qu'une légère chemise de nuit de Kance. Les poings serrés et un froncement de sourcils ne pouvaient pas faire grand-chose avec des vêtements de nuit en toile de fond.

Eujo rit, bien que son ton moqueur n'ait pas teinté le son. — Enfin, un peu d'émotion de ta part.

— Je ne suis pas mort, balbutia Wax.

— Tu aurais pu me tromper, ainsi que tout le monde sur ce navire. Eujo abandonna sa gaieté et posa un doigt pointé sur la poitrine de Wax. Tu es d'accord ? Tes Gardiens contre ton lit de pitié ? Une seconde de silence misérable pour laisser Wax mijoter. Ou as-tu une autre idée ?

Blessé, bouleversé, effrayé. Wax pouvait être tout cela, c'est vrai, mais il était aussi le Renouveau de Vis. Il était toujours l'homme qui avait promis à son ami de mener le voyage jusqu'au bout, peu importe le nombre de cicatrices et de skars qu'il devrait collecter en chemin.

Alors que ces pensées s'enracinaient, les murmures incessants des pierres de Vis, Rana et Foti bourdonnaient. La plupart du temps, ils étaient silencieux, mais face aux piques d'Eujo, alors que Wax rassemblait sa volonté, le skar de Foti s'anima soudainement. Il s'embrasa, poussant Wax à saisir le collier autour de son cou, le métal devenant brûlant. Eujo suivit le mouvement, vit le rubis briller comme une forge, et ses yeux s'écarquillèrent.

— Wax, ne brûle pas mon navire.

— Je ne le ferai pas, dit Wax, la sueur perlant sur sa peau dans la pièce froide, tout son corps en surchauffe. Un autre mystère des skars ? Allait-il s'immoler ? Cela avait-il même de l'importance face au défi d'Eujo ? Je n'abandonnerai pas non plus mes Gardiens. Je suis un Renouveau, tout comme toi. Tu veux mes Gardiens, alors on prend ton navire. Jusqu'au bout de Kance.

Eujo pencha la tête. — J'ai déjà mon skar natal.

— Jusqu'à Kance, ou on part maintenant et tu y vas seule.

La Reine lui rendit son regard dur, puis acquiesça. — Marché conclu, Wax. Ou devrais-je dire, Renouveau. Bienvenue parmi nous. Elle parcourut Wax des yeux de haut en bas. Et habille-toi. C'est l'heure du dîner, et Noctia a de la nourriture que tu n'as jamais vue.

Eujo se retourna et partit, et en le faisant, le skar de Foti se calma. La chaleur se dissipa, le feu brut s'estompant de ses doigts, ses pieds, son front. Pourtant, quand Wax fit un pas vers le coffre contenant le linge, le sol derrière lui portait deux empreintes noircies.

Les skars lui avaient sauvé la vie. Combien d'autres pourraient-ils aider ? Jusqu'où leur pouvoir pouvait-il aller ?

Alors que Wax regardait par la fenêtre, vers les lumières sans fin de Noctia et les falaises noires derrière elles, il se demanda si le trône de pierre était vraiment la réponse. Ou si le salut, au contraire, résidait dans les murmures et le pouvoir brut autour de son cou.

— Toi et moi, murmura Wax pour lui-même, pour les skars. Nous sauverons tout le monde ensemble.

Ce qu'il ne savait pas, ce que ces planches noircies interrogeaient, c'était s'ils allaient d'abord tout détruire.

———

Alors que l'hiver ravage Les Sept Îles, un barbare s'enfonce dans les profondeurs pour tuer les démons, ou mourir en essayant.

Continuez l'aventure de Wax avec *Les Liens de Pierre*:

REMERCIEMENTS

On a tendance à croire que l'écriture est un acte solitaire, mais rien n'est plus éloigné de la vérité. Chaque écrivain dépend de ses amis, de sa famille et, bien sûr, des lecteurs pour continuer à tisser ses histoires.

Plus particulièrement, je tiens à remercier ma femme, Nicole, dont l'amour et les encouragements sans fin illuminent chaque jour. Mes frères, Jonathan, Justin et Matthew, ainsi que mes parents, Bob et Mary, qui m'aident à garder le sourire.

Et, bien entendu, vous tous, lecteurs, qui rendez cette vie possible.

Merci.

À PROPOS DE L'AUTEUR

A.R. Knight écrit de la science-fiction et de la fantasy dans le nord glacé du Wisconsin. Accompagné de ses deux chats, il aime se plonger dans des aventures qui mettent autant l'accent sur le méchant que sur le héros.

Après avoir obtenu un diplôme en journalisme et parcouru le pays pour installer des logiciels de santé, A.R. Knight a pensé qu'il serait bon de revenir à ce qu'il aimait. Il a donc maintenant un petit bureau et des matinées précoces pour tisser toutes les histoires qui naissent dans son imagination.

Quand il n'écrit pas, A.R. Knight a tendance à voyager partout où il le peut, que ce soit sur des îles au large de l'Équateur, dans la forêt tropicale, en snowboard dans les Montagnes Rocheuses, ou en sirotant du scotch à Édimbourg. C'est l'avantage de la vie d'écrivain, on peut l'emporter partout.

Pour le contacter ou voir ce qu'il fait, visitez www.blackkeybooks.com

Pour Art et Val

Copyright © 2025 par A.R. Knight

Tous droits réservés.

ISBN :

Ebook - 979-8-88858-295-4

Livre de poche - 979-8-88858-296-1

Publié par Black Key Books

Ce livre ou toute partie de celui-ci ne peut être reproduit ou utilisé de quelque manière que ce soit sans l'autorisation écrite expresse de l'éditeur, sauf pour l'utilisation de brèves citations dans une critique de livre.

Ceci est une œuvre de fiction. Toute ressemblance entre les personnages et les situations décrits dans ces pages et des lieux ou des personnes, vivantes ou décédées, est involontaire et fortuite.

www.blackkeybooks.com

www.ingramcontent.com/pod-product-compliance
Lightning Source LLC
Chambersburg PA
CBHW020325010826
48973CB00005B/1134